SOBRENATURAL

ELOGIOS A
SOBRENATURAL

"Extremamente cativante. Cynthia Hand introduziu com brilhantismo a magia da angeologia no mundo moderno, com muito romance e suspense, criando um dos livros mais cativantes que li nos últimos tempos. "Sobrenatural" me manteve acordada à noite, conjeturando sobre o que aconteceria em seguida."

— Richelle Mead, autora da série "Academia de Vampiros", relacionada em 1º lugar na lista de *best-sellers* do *New York Times*.

"Uma envolvente história sobre destino, família e primeiro amor. 'Sobrenatural' me tirou o fôlego e arrebatou meu coração."

— Kimberly Derting, autora de *The Body Finder*.

"Uma história apaixonante e sedutora. Eu adorei!"

— Alexandra Adornetto, autora de *Halo*, *best-seller* do *New York Times*.

SOBRENATURAL

CYNTHIA HAND

Tradução de
Paulo Afonso

iD editora

Título original: *Unearthly*

Coordenação editorial – Lenice Bueno da Silva
Assistente editorial – Amanda Osti da Silva
Tradução – Paulo Afonso
Preparação de originais – Logotecnia Produções Editoriais
Revisão – Ana Maria C. Tavares, Geuid Did Jardim, Luís M. Boa Nova,
Nancy H. Dias, Patrícia Murari
Coordenação de edição de arte – Camila Fiorenza Crispino
Diagramação – Cristina Uetake
Pré-impressão – Helio P. de Souza Filho, Marcio H. Kamoto
Impressão e acabamento – Corprint Gráfica e Editora Ltda.

Dados Internacionais de Catalogação na Publicação (CIP)
(Câmara Brasileira do Livro, SP, Brasil)

Hand, Cynthia
Sobrenatural / Cynthia Hand ; tradução de Paulo Afonso. – São Paulo : Moderna, 2011.

ISBN 978-85-16-06017-6

Título original: Unearthly.
1. Ficção norte americana I. Título.

11-11026 CDD-813

Índices para catálogo sistemático:
1. Ficção : Literatura norte-americana 813

Editora Moderna Ltda.
Rua Padre Adelino, 758, Belenzinho – 03303-904 – São Paulo, SP
Vendas e atendimento: Tel.: (11) 2790-1300
Fax: (11) 2790-1501
www.moderna.com.br
Impresso no Brasil, 2011

DE ACORDO COM AS NOVAS NORMAS ORTOGRÁFICAS

Para John

Os Nefilins habitavam a Terra naqueles dias,
e também depois — quando os anjos
se uniram às filhas dos homens e lhes geraram filhos.
São eles os heróis dos tempos antigos, homens de renome.
— Gênesis 6:4

PRÓLOGO

No início, há um garoto de pé entre as árvores. Tem mais ou menos a minha idade e está naquela faixa entre criança e homem, talvez com dezessete anos completos. Não sei bem como captei isso. Só vejo a parte posterior de sua cabeça, seus cabelos escuros encaracolados sobre a nuca úmida. Sinto a quentura seca do sol, tão intensa que drena a vida de tudo. Uma estranha luz alaranjada cobre o céu a leste. Há um forte cheiro de fumaça. Por um momento, sou tomada por uma tristeza tão sufocante que fica difícil respirar. Não sei por quê. Dou um passo em direção ao garoto e abro a boca para chamá-lo, mas não sei o nome dele. O chão estala sob meus pés. Ele me ouve. Começa a se virar. Mais um segundo e verei seu rosto.

É quando a visão desaparece. Eu pestanejo, e ela se foi.

1
O PROPÓSITO

Na primeira vez — no dia 6 de novembro, para ser exata — acordo às duas da manhã com um formigamento dentro da cabeça, como se vaga-lumes dançassem por trás de meus olhos. Sinto cheiro de fumaça. Levanto-me e ando de aposento em aposento para me certificar de que nada pegou fogo. Está tudo bem, todos dormem tranquilamente. A fumaça, penetrante e lenhosa, deve estar vindo de algum acampamento. Atribuo o susto à costumeira sucessão de esquisitices que é a minha vida. Tento, mas não consigo voltar a dormir. Desço então as escadas. Estou bebendo um copo de água junto à pia da cozinha quando, sem qualquer aviso, me vejo no meio de um bosque em chamas. Não é um sonho, é como se eu estivesse *fisicamente* no local. Não fico lá muito tempo, talvez trinta segundos, e volto à cozinha, agora pisando em uma poça de água, pois o copo caiu da minha mão.

Imediatamente, corro para acordar mamãe. Sento-me à beira de sua cama e, tentando controlar a respiração, conto-lhe em detalhes tudo o que consigo me lembrar da visão. É tão pouca coisa, na verdade... apenas o incêndio e o garoto.

— Muita coisa de uma vez seria pesado demais — diz ela. — É por isso que você recebe assim, em partes.

— Foi assim quando você recebeu seu propósito?

— É assim com a maioria de nós — diz ela, esquivando-se à minha pergunta.

Ela não vai me falar sobre seu propósito. É um dos assuntos proibidos. Isso me incomoda, pois somos muito próximas, sempre fomos, mas mamãe se recusa a partilhar comigo uma grande parte de sua vida.

— Me fale sobre as árvores na sua visão — diz ela. — Como elas eram?

— Acho que eram pinheiros. Tinham agulhas em vez de folhas.

Ela meneia a cabeça, pensativa, como se fosse uma pista importante. Mas não estou pensando nas árvores. Estou pensando no garoto.

— Eu gostaria de ter visto o rosto dele.

— Você vai ver.

— Eu gostaria de saber se tenho que proteger esse garoto.

Eu gosto da ideia de ser sua salvadora. Todos os sangue-de-anjo têm propósitos de diferentes tipos — uns são mensageiros, outros são testemunhas, outros têm a missão de confortar e outros, ainda, realizam coisas que fazem outras coisas acontecerem —, mas *anjo da guarda* tem uma aura ótima, especialmente angelical.

— Não consigo acreditar que você já está com idade suficiente para ter seu propósito — diz mamãe com um suspiro. — Me faz sentir velha.

— Você *é* velha.

Isso ela não pode contestar, considerando que já tem mais de cem anos, mesmo que não pareça ter mais de quarenta. Eu, por minha vez, sinto-me exatamente como sou: uma menina boba (embora não exatamente comum) de dezesseis anos que ainda vai à escola de manhã. No momento, não sinto que haja sangue de anjo dentro de mim. Olho para minha mãe, linda e vibrante, e sei que, qualquer que tenha sido o seu propósito, ela o enfrentou com coragem, senso de humor e competência.

— Você acha... — digo eu após alguns momentos. É difícil fazer a pergunta, pois não quero que ela pense que sou totalmente covarde. — Você acha possível que eu seja morta pelo fogo?

— Clara...

— Sério.

— Por que você está dizendo isso?

— É só porque me senti muito triste quando estava parada lá, atrás do garoto. Não sei por quê.

Mamãe me abraça e me aperta em seu peito. Posso ouvir as batidas fortes e uniformes de seu coração.

— Talvez a razão de eu estar tão triste é porque vou morrer — murmuro.

Ela me aperta mais.

— É raro — diz em voz baixa.

— Mas acontece.

— Vamos descobrir tudo juntas. — Ela me abraça com mais força e afasta os cabelos de meu rosto, como fazia sempre que eu tinha pesadelos, quando criança. — Agora, você precisa descansar.

Nunca me senti tão acordada na vida, mas me deito em sua cama e deixo que ela nos cubra. Ela me abraça. Irradia calor como se tivesse acabado de tomar sol, embora estejamos no meio da noite. Aspiro seu aroma: água de rosas e baunilha, o perfume de uma velha senhora. Sempre me faz sentir segura.

Quando fecho os olhos, ainda vejo o garoto. De pé, esperando. Por mim. Isso parece mais importante que a tristeza ou a possibilidade de uma morte horrorosa pelo fogo. Ele está esperando por mim.

Acordo com o som da chuva. Uma luz suave e acinzentada se filtra pelas persianas. Encontro mamãe na cozinha, em frente ao fogão, despejando ovos mexidos em uma travessa, já vestida e pronta para ir trabalhar como em qualquer outro dia. Seus longos cabelos castanho-avermelhados ainda estão molhados do banho. Ela está cantarolando. Parece feliz.

— Bom dia — cumprimento.

Ela se vira, larga a espátula, caminha sobre o linóleo e me dá um rápido abraço. Seu sorriso é orgulhoso, como naquela vez em que venci o torneio de soletração no terceiro ano: orgulhosa como se nunca esperasse menos.

— Como está se sentindo? Aguentando as pontas?

— Sim, estou bem.

— O que está havendo? — pergunta meu irmão, Jeffrey, parado à porta.

Nós nos viramos para olhá-lo. Ele está encostado no umbral, com o rosto ainda amarrotado de sono, malcheiroso e carrancudo como sempre. Nunca foi uma pessoa diurna. Está nos olhando fixamente. Uma centelha de medo atravessa seu rosto, como se ele estivesse se preparando para uma notícia horrível, como a morte de algum conhecido nosso.

— Sua irmã recebeu o propósito dela.

Mamãe sorri de novo, mas seu sorriso é menos jubiloso que antes. Ele me olha de alto a baixo, como que procurando sinais da missão divina em algum lugar de meu corpo.

— Você teve uma visão?

— Sim. De um incêndio florestal. — Fecho os olhos e vejo tudo novamente: a encosta cheia de pinheiros, um céu alaranjado, espirais de fumaça. — E um garoto.

— Como você sabe que não foi um sonho?

— Eu não estava dormindo.

— Mas o que significa tudo isso? — pergunta ele.

Informações relacionadas a anjos são novidade para ele. Ele ainda está na idade em que coisas sobrenaturais podem ser bacanas e excitantes. Tenho inveja dele.

— Não sei — digo. — É isso o que eu preciso descobrir.

Tenho a visão novamente dois dias depois. Estou na pista de *cooper* externa que contorna o ginásio da escola secundária de Mountain View High School, quando a coisa me atinge sem mais nem menos. O mundo que conheço — a Califórnia, a escola, o ginásio — logo desaparece. Estou no bosque. Posso até *sentir o gosto* do fogo. Desta vez, vejo as chamas alcançarem o alto do morro.

Quase atropelo uma líder de torcida.

— Olha pra frente, ô mala! — diz ela.

Tropegamente, eu me afasto para ela passar. Encosto-me então na arquibancada retrátil e, ofegante, tento voltar à visão. Mas é como tentar retornar a um sonho depois de estar totalmente acordado. Desapareceu.

Droga. Nunca ninguém me chamou de "mala" antes. Isso não é bom.

— Não pare — grita a sra. Schwartz, professora de educação física. — Preciso registrar em quanto tempo exatamente você corre uma milha. Estou falando com você, Clara!

Ela deve ter sido sargento em outra encarnação.

— Se você não fizer em menos de dez minutos, vai ter que correr de novo na semana que vem — acrescenta ela.

Começo a correr. Tento me concentrar no momento presente enquanto contorno a curva seguinte, mantendo um ritmo rápido para compensar o tempo perdido. Mas minha mente vagueia de volta à visão. As formas das árvores. O chão do bosque, juncado de pedras e agulhas de pinheiros. O garoto em pé, de costas para mim, observando a aproximação do fogo. Meu coração que de repente começa a palpitar.

— Última volta, Clara — diz a sra. Schwartz.

Eu acelero.

Por que ele está ali? — pergunto a mim mesma, sem fechar os olhos, mas ainda vendo sua imagem, como se estivesse gravada a fogo em minhas retinas. Ele ficará surpreso ao me ver? Minha mente fervilha de perguntas, mas, por trás de todas elas, há sempre uma:

Quem é ele?

Nesse momento, passo a toda pela sra. Schwartz.

— Ótimo, Clara! — diz ela. E um minuto depois: — Isso não pode estar certo.

Começando a caminhar, dou meia-volta, querendo saber qual foi o meu tempo.

— Consegui correr em menos de dez minutos?

— Eu cronometrei o seu tempo em cinco e quarenta e oito.

Ela parece verdadeiramente chocada. Olha para mim como se também estivesse tendo visões — mas de mim, na equipe de corrida.

Epa. Eu não estava prestando atenção, não estava me controlando. Vou levar uma bronca daquelas se mamãe descobrir.

Dou de ombros.

— O relógio deve estar com defeito — explico, tentando parecer relaxada, esperando que ela engula o argumento, mesmo que isso signifique ter de repetir a droga da corrida na semana seguinte.

— Sim — diz ela, meneanc o a cabeça distraidamente. — Eu devo ter acionado o cronômetro no momento errado.

Naquela noite, quando mamãe chega em casa, ela me encontra estirada no sofá, assistindo a reprises de *I Love Lucy*.

— A coisa está feia, hein?

— É a minha saída quando não está passando *O Toque de um Anjo* — respondo sarcasticamente.

De um saco de papel, ela tira um pote de sorvete *Chubby Hubby*, da Ben and Jerry's. Como se tivesse lido meus pensamentos.

— Você é uma deusa — digo.

— Nem tanto.

Ela me apresenta um livro: *Árvores da América do Norte: guia de identificação.*

— Talvez a minha árvore não esteja na América do Norte.

— Vamos começar com isso.

Levamos o livro para a mesa da cozinha e nos debruçamos sobre ele, procurando o tipo exato de pinheiro que apareceu na minha visão. Para alguém de fora, nós pareceríamos apenas uma mãe ajudando a filha com o dever de casa, não uma dupla de meios anjos pesquisando uma missão celestial.

— É esta — digo por fim, apontando uma imagem do livro e voltando a sentar na cadeira, sentindo-me muito satisfeita comigo mesma. — O pinheiro *lodgepole*.

— Agulhas retorcidas e amareladas, encontradas aos pares — leu mamãe. — Pinha marrom e oval?

— Não olhei as pinhas com muita atenção, mamãe. Mas a árvore está no formato certo, com os galhos partindo da metade do tronco, como está aí. Tenho a impressão de que é essa — respondo, servindo-me de uma colherada de sorvete.

— Tudo bem. — Ela consulta o livro novamente. — Parece que o pinheiro americano é encontrado exclusivamente nas Montanhas Rochosas e na costa noroeste dos Estados Unidos e do Canadá. Os índios americanos costumavam usar os troncos como suporte de suas tendas. Daí o nome, *lodgepole*[1]. E diz aqui que as pinhas precisam de um calor extremo, de um incêndio florestal, digamos, para se abrir e liberar as sementes.

— Isso é *tão* educativo — brinco eu. Mas a ideia de uma árvore que só cresce em lugares queimados me faz tremer de excitação. Até a árvore tem algum tipo de predestinação.

[1] Literalmente, "poste da tenda". (N.T.)

— Ótimo. Agora sabemos mais ou menos onde isso vai acontecer — diz mamãe. — Agora, tudo o que temos de fazer é restringir a busca.

— E depois?

Eu examino a imagem do pinheiro e, subitamente, imagino os galhos em chamas.

— Depois, vamos nos mudar.

— Nos mudar? Quer dizer, sair da Califórnia?

— Sim — diz ela, aparentemente a sério.

— Mas... — balbucio. — E a escola? E os meus amigos? E o seu emprego?

— Você vai para outra escola, suponho, e vai fazer novos amigos. Eu vou arranjar um novo emprego ou encontrar um jeito de poder trabalhar em casa.

— E Jeffrey?

Ela dá uma risada e um tapinha na minha mão, como se essa fosse uma pergunta tola.

— Jeffrey também vai.

— Ah é, ele vai adorar — digo eu, pensando em Jeffrey, com sua legião de amigos e seu infindável desfile de jogos de beisebol, eventos de luta livre, jogos de futebol e tudo mais.

Nós, Jeffrey e eu, temos vidas. Pela primeira vez, me ocorre que me meti numa enrascada maior do que pensava. Meu propósito vai mudar tudo.

No outro lado da mesa, mamãe fecha o livro sobre árvores e me olha nos olhos, com ar solene.

— Isso é coisa grande, Clara — diz ela. — Essa visão, esse propósito... é a razão de você estar no mundo.

— Eu sei. Só não pensei que teríamos de nos mudar.

Olho pela janela e vejo o quintal onde sempre brinquei, meu velho balanço que mamãe nunca se decidiu a desmontar, as roseiras encostadas na cerca dos fundos, que estão ali desde que consigo me lembrar. Além da cerca, mal consigo divisar o contorno nebuloso das montanhas distantes, que sempre foram os limites do meu mundo. Posso ouvir o Caltrain[2] estrondeando ao cruzar a Shoreline Boulevard[3] e também, se me concentrar o bastante, um leve som de música tocando no parque de diversões Great America, a três quilômetros de distância. Parece impossível que tenhamos de sair deste lugar.

Um canto da boca de mamãe se curva, esboçando um sorriso indulgente.

— Você achou que poderia tomar um avião no final de semana, cumprir seu propósito em algum lugar e voar de volta?

— Sim, talvez. — Desvio o olhar humildemente. — Quando você vai contar ao Jeffrey?

— Acho que isso pode esperar até sabermos para onde iremos.

— Posso assistir quando você contar para ele? Vou levar pipocas.

— A vez de Jeffrey vai chegar — diz ela, com tristeza nos olhos e com o olhar que ela tem quando pensa que nós estamos crescendo depressa demais. — Quando ele receber o propósito dele, você vai ter que lidar com isso também.

— Vamos nos mudar também?

— Vamos para onde o propósito dele nos levar.

---

[2] Trem que liga a cidade de São Francisco ao Vale do Silício, na Califórnia. (N.T.)

[3] Grande avenida da cidade de Mountain View, Califórnia. (N.T.)

— Isso é loucura — digo eu, abanando a cabeça. — Tudo isso parece loucura. Você sabe disso, não sabe?

— Deus escreve certo por linhas tortas, Clara. — Ela pega minha colher e tira uma grande bola de Chubby Hubby do pote. Então sorri e, bem diante dos meus olhos, volta a ser minha mamãe travessa e brincalhona. — Linhas tortas.

Ao longo das duas semanas seguintes, a visão se repete a cada dois ou três dias. Estou cuidando da minha vida quando de repente — *bum* — me vejo no meio de um anúncio com Smokey the Bear.[4] Chega nas horas mais inesperadas: a caminho da escola, no chuveiro, durante o almoço. Algumas vezes tenho apenas a sensação, sem a visão propriamente dita. Sinto o calor. Sinto o cheiro da fumaça.

Meus amigos notam e me colocam um desagradável apelido: Cadete, por causa da história em quadrinhos *Space Cadet*.[5] Acho que poderia ser pior. Os professores também notam. Mas faço minhas tarefas, portanto eles não têm muito o que falar quando me veem rabiscar coisas em meu diário que, visivelmente, não são anotações de aula.

Se alguém examinasse meu diário há alguns anos — um livrinho cor-de-rosa da Hello Kitty que ganhei quando tinha doze anos e trancava com uma fina chave dourada que eu pendurava no pescoço para me resguardar da curiosidade de Jeffrey — encontraria as divagações de uma menina perfeitamente normal. Desenhos de flores e princesas se misturavam a comentários sobre a

---

[4] Personagem criado em 1947 para protagonizar as campanhas de prevenção a incêndios florestais promovidas pelo Serviço Florestal dos Estados Unidos. (N.T.)

[5] História em quadrinhos cujo herói, pode-se dizer, vive no mundo da lua. (N.T.)

escola, o tempo, filmes que me agradaram, músicas que eu gostava de dançar, meus sonhos de representar a Fada Amêndoa na Suíte Quebra-Nozes, e também sobre como Jeremy Morris pediu a um de seus amigos que me perguntasse se eu queria namorar com ele. Eu disse que não, é claro, pois como eu iria namorar alguém covarde demais para falar comigo pessoalmente?

Depois foi a vez do diário angélico, que eu iniciei quando tinha quatorze anos. Este é azul-marinho, com espiral. Tem a imagem de um anjo na capa, um anjo sereno e feminino, que se parece estranhamente com mamãe, com seus cabelos castanho-avermelhados e asas douradas. Está de pé em uma lua crescente e de sua cabeça saem raios de luz. Nele eu anotei tudo o que mamãe me disse sobre anjos e sangue-de-anjo, todos os fatos e especulações que consegui arrancar dela. Também registrei minhas experiências, como a vez em que cortei meu antebraço com uma faca só para ver se iria sangrar (sangrei, *e muito*) e depois anotei com cuidado quanto tempo o ferimento demorou a sarar (cerca de vinte e quatro horas, do momento em que fiz o corte até o pequeno risco rosado desaparecer por completo); e a vez em que falei em suaíli com um homem no aeroporto de São Francisco (para a surpresa de ambos); ou como consegui executar vinte e cinco *grands jetés* de um lado para outro na academia de balé, sem me cansar. Foi quando mamãe começou a me repreender a sério, pedindo-me que me controlasse, pelo menos em público. E foi quando comecei a me descobrir. Já não era apenas Clara, a menina, era também Clara, a sangue-de-anjo, e Clara, a sobrenatural.

Meu diário atual (simples, com capa de couro negro) focaliza exclusivamente meu propósito: desenhos, anotações e detalhes da visão — sobretudo quando envolvem o garoto misterioso. Ele está sempre nos confins de minha mente, exceto nos momentos desnorteantes da visão, quando se move para o centro do palco.

Começo a conhecê-lo pelo modo como se apresenta em minha mente. Começo a me familiarizar com a curvatura de seus ombros largos, com seus cabelos castanhos cuidadosamente despenteados, longos o bastante para lhe cobrir as orelhas e roçar seu colarinho. Ele mantém as mãos enfiadas nos bolsos de sua jaqueta preta, feita de um material felpudo, percebo, talvez camurça. Seu corpo pende para um dos lados, como se ele estivesse prestes a se afastar. Ele é esbelto, mas forte. Quando começa a se virar, tenho um breve vislumbre de sua face, o que faz meu coração bater forte e minha respiração engasgar.

O que ele vai achar de mim? — pergunto-me.

Quero inspirar assombro. Quando eu aparecer no bosque, quando ele enfim se virar e se deparar comigo à sua frente, quero ao menos parecer um anjo. Quero ser luminosa e flutuante como mamãe. Eu não sou feia, sei disso. Os sangues-de-anjo são uma turma bastante atraente. Tenho pele bonita, lábios naturalmente rosados (nunca uso mais que um *gloss*) e joelhos bem-feitos, pelo menos foi o que me disseram. Mas sou alta demais, magra demais — e não no estilo gracioso de uma supermodelo, mas como uma cegonha, só braços e pernas. E meus olhos, às vezes cinza-nebulosos, às vezes azul-metálicos, parecem grandes demais para o meu rosto.

O cabelo é meu melhor atributo físico: longo e ondulado, de um dourado brilhante, com algo de vermelho. Acompanha-me para onde quer que eu vá, como uma aura. Seu problema é ser totalmente rebelde. Vive se emaranhando. Fica preso em zíperes, portas de carro, e mergulha na comida. Fazer tranças ou um coque na nuca não funciona — ele é como uma criatura viva tentando se libertar. Mal acabo de prendê-lo com enorme esforço, mechas surgem em meu rosto. No espaço de uma hora, ele se livra por completo de suas amarras. Levou a palavra *incontrolável* a um patamar inteiramente novo.

Assim, com a sorte que tenho, jamais chegarei a tempo de salvar o garoto no bosque, pois meus cabelos vão se enroscar em um galho de árvore um quilômetro antes.

— Clara, seu telefone está tocando! — grita mamãe da cozinha.

Dou um pulo, sobressaltada. Meu diário está à minha frente, sobre a mesa. Na página aberta, vejo um meticuloso desenho da parte de trás da cabeça do garoto, sua nuca, seus cabelos desgrenhados, com um vislumbre da bochecha e das pestanas. Eu não me lembro de ter desenhado isso.

— Tudo bem! — grito de volta.

Fecho o diário e o empurro para baixo de um livro de álgebra. Desço as escadas correndo. O andar térreo cheira como uma padaria. Amanhã é Dia de Ação de Graças e mamãe está fazendo tortas, usando o avental de dona de casa que possui desde os anos cinquenta (embora nos garanta que não era dona de casa nos anos cinquenta).

— É o seu pai.

Ergo uma das sobrancelhas, numa pergunta silenciosa.

— Não sei — diz ela.

Passa-me o telefone e sai discretamente da sala.

— Oi, pai — digo eu ao telefone.

— Oi.

Faz-se uma pausa. Trocamos três palavras e ele já está sem nada para dizer.

— Então, a que devo a honra?

Por um momento, ele não fala nada. Eu suspiro. Durante anos, ensaiei um discurso para lhe dizer como ficara furiosa por ele ter abandonado mamãe. Eu tinha três anos de idade quando eles se separaram. Não me lembro de tê-los visto brigando. Tudo o que retive da época em que estavam juntos foram breves instantes. Uma festa de aniversário. Uma tarde na praia. Ele de pé em frente à pia se barbeando. Então, a brutal lembrança do dia em que ele partiu, eu de pé com mamãe junto à entrada da garagem, ela com Jeffrey no colo, enquanto ele se afastava de carro. Não consigo perdoá-lo por isso. Não consigo lhe perdoar por um monte de coisas. Por atravessar todo o país para ficar longe de nós. Por não telefonar muito. Por nunca saber o que dizer quando telefona. Mas, acima de tudo, não consigo suportar o modo como o rosto de mamãe se contrai sempre que ela ouve o nome dele.

Mamãe não conversa sobre o que aconteceu entre eles, assim como não conversa sobre o propósito dela. Mas eis o que eu sei: minha mãe está tão próxima de ser uma mulher perfeita quanto é possível existir neste mundo. Ela é *meio anjo*, afinal de contas, embora meu pai não saiba disso. É linda. É inteligente e engraçada. É mágica. E ele a abandonou. Abandonou a nós todos.

E isso, pela minha cartilha, faz dele um tolo.

— Eu só queria saber se está tudo bem com você — diz ele, por fim.

— Por que não estaria tudo bem comigo?

Ele tosse.

— Quer dizer, é duro ser adolescente, não é? Escola. Garotos.

A conversa passou de inusitada a totalmente estranha.

— É — digo. — É duro.

— Sua mãe me disse que suas notas estão boas.

— Você falou com mamãe?

Outro silêncio.

— Como vai a vida na Grande Maçã? — pergunto, para desviar a conversa de mim mesma.

— Como sempre. Luzes brilhantes. Grande cidade. Eu vi Derek Jeter[6] no Central Park ontem. É uma vida terrível.

Ele também sabe ser charmoso. Estou sempre querendo me enfurecer com ele, dizer-lhe que não precisa se incomodar comigo, mas nunca consigo fazer isso. A última vez que o vi foi há dois anos, no verão em que completei quatorze anos. Eu praticara meu discurso de "eu te odeio" no aeroporto, no avião, na escada de desembarque, no terminal. Então o vi esperando por mim em frente à área de desembarque das malas e fui tomada por uma grotesca felicidade. Atirei-me nos braços dele e lhe disse como sentira sua falta.

— Eu estive pensando... — começa ele. — Talvez você e Jeffrey possam passar os feriados aqui em Nova York.

O convite em cima da hora quase me fez rir.

— Eu gostaria — respondo —, mas estou fazendo uma coisa importante no momento.

Como localizar um incêndio florestal. Que é minha única razão de estar no planeta. O que nunca vou conseguir explicar a ele, nem em mil anos.

---

[6] Famoso astro do beisebol. (N.T.)

Ele não diz nada.

— Desculpe. — Chocada, percebo que estou sendo sincera. — Eu falo com você se houver mudanças.

— Sua mãe me disse que você tirou carteira de motorista.

Obviamente tentando mudar de assunto.

— Sim, fiz o exame, estacionei no meio-fio e tudo isso. Estou com dezesseis anos. Já tenho idade. Só que mamãe não me empresta o carro.

— Talvez seja hora de nós providenciarmos um carro para você.

Fico boquiaberta. Ele simplesmente é cheio de surpresas.

Então, sinto cheiro de fumaça.

Desta vez, o incêndio deve estar mais distante. Não vejo as chamas. Não vejo o garoto. Uma rajada de ar quente e poeirento solta meus cabelos do rabo de cavalo. Tusso e me viro contra o vento, afastando os cabelos do rosto.

É quando vejo a caminhonete prateada. Estou a poucos passos do local em que ela está estacionada, à beira de uma estrada de terra. AVALANCHE, está escrito na traseira. É uma caminhonete enorme, com uma carroceria curta e coberta. Pertence ao garoto. De alguma forma, eu sei.

Olhe para a placa, digo a mim mesma. *Concentre-se nisso.*

A placa é bonita. Azul, na maior parte: um céu com nuvens. O lado direito é dominado por uma montanha rochosa com topo plano, que me parece vagamente familiar. À esquerda, percebo a silhueta negra de um caubói sobre um cavalo empinando. Ele levanta o chapéu no ar. Já vi isso, mas não me lembro onde foi. Tento ler a placa. No início, tudo o que consigo discernir é o número grande estampado no lado esquerdo: 22. Depois, distingo os quatro dígitos na extremidade oposta ao caubói: 99CX.

Empolgada por ter obtido uma informação tão valiosa tão facilmente, penso que vou enlouquecer de felicidade. Mas ainda estou na visão, e ela continua. Dou as costas para a caminhonete e entro depressa no bosque. Fumaça sobe do chão. Ouço um estalido em algum lugar por perto, como um galho caindo. Então vejo o garoto, exatamente como sempre está. Ele se vira. O incêndio, de repente, já está lambendo o alto do morro. O perigo é óbvio e iminente.

A tristeza avassaladora cai sobre mim como uma cortina. Minha garganta se fecha. Quero dizer o nome dele. Dou um passo em sua direção.

— Clara? Você está bem?

A voz de meu pai. Flutuo de volta a mim mesma. Estou encostada no refrigerador, olhando para a janela da cozinha, onde um beija-flor, com as asas zumbindo, paira diante do alimentador que minha mãe colocou ali. Ele inclina o bico, toma um gole de água com açúcar e se afasta a toda.

— Clara?

Ele parece alarmado. Ainda aturdida, coloco o fone no ouvido.

— Pai, acho que vou ter de falar com você depois.

2

VOCÊ ESTÁ DIANTE DE JACKSON HOLE

Na estrada para o Wyoming existem muitas placas. A maioria delas avisa sobre algum perigo: CUIDADO COM OS ALCES. CUIDADO COM OS DESLIZAMENTOS DE PEDRAS. CAMINHÕES, VERIFIQUEM OS FREIOS. ATENÇÃO COM AS BARREIRAS NAS ESTRADAS. CRUZAMENTO DE ALCES A 3 QUILÔMETROS. ÁREA DE AVALANCHES. PROIBIDO ESTACIONAR OU PARAR. Venho dirigindo meu carro desde a Califórnia, seguindo mamãe, com Jeffrey ao meu lado, no assento do passageiro. Tento não entrar em pânico com o fato de que toda a sinalização indica que estamos rumando para um lugar selvagem e perigoso.

No momento, avançamos em meio a um bosque de pinheiros *lodgepole*. Surrealismo é pouco. Não consigo me acostumar com as placas do Wyoming que vejo nos carros que passam, muitas delas com o fatídico número 22 no lado esquerdo. Este número nos trouxe muito longe, ao longo de seis curtas semanas de preparação frenética, quando vendemos nossa casa, demos adeus a amigos e vizinhos que conheci a vida inteira, fizemos as malas e nos dirigimos a um lugar onde nenhum de nós conhece uma única alma: Teton County, Wyoming — que, segundo o Google, é o condado de número 22, povoado por pouco mais de 20 mil pessoas. O que dá mais ou menos três pessoas por quilômetro quadrado.

Vamos morar no meio do mato. E tudo por minha causa.

Nunca vi tanta neve. É aterrorizante. Meu novo Prius (cortesia do meu velho e querido pai) está passando por uma prova e tanto na estrada montanhosa. Mas agora já não há volta. O cara do posto de gasolina nos garantiu que a travessia da montanha é perfeitamente segura, se não ocorrer nenhuma tempestade. Tudo o que consigo fazer é segurar o volante e tentar não prestar atenção ao precipício que está a poucos palmos da beira da estrada.

Avisto um letreiro com os dizeres: BEM-VINDO AO WYOMING.

— Ei — informo a Jeffrey. — É aqui.

Ele não responde. Está encolhido no assento, ouvindo um rock furioso em seu iPod. Quanto mais nos afastamos da Califórnia, de seus times e de seus amigos, mais emburrado ele fica. Já está ficando chato. Seguro o fio e arranco os fones de seus ouvidos.

— Que foi? — exclama ele, olhando para mim.

— Estamos no Wyoming, boboca. Estamos quase chegando.

— Grande coisa — diz ele, recolocando os fones.

Ele vai me odiar por algum tempo.

Jeffrey foi um garoto de trato fácil até descobrir a história dos anjos. Sei como funciona. Num minuto, você é um garoto de quatorze anos muito feliz, bom em tudo o que faz, popular, divertido; no minuto seguinte, você é uma aberração com asas. Isso requer alguns ajustes. E eu recebi minha pequena missão celestial só um mês após ele receber a informação. Agora, nós o estamos arrastando para Cafundós, Wyoming, em pleno janeiro, bem no meio do ano letivo.

Quando mamãe anunciou a mudança, ele berrou: "Eu não vou!". Com as mãos nos quadris, como se quisesse bater em alguém.

— Você vai — respondeu mamãe, olhando-o calmamente. — E eu não ficarei surpresa se você também encontrar seu propósito em Wyoming.

— Não me interessa — retrucou ele.

E olhou para mim de um modo que me deixa tensa sempre que me lembro do fato.

Mamãe, por sua vez, obviamente gosta de Wyoming. Antes da mudança, ela viajou algumas vezes para lá com o objetivo de procurar uma casa, matricular Jeffrey e eu em nossa nova escola e suavizar a transição entre seu trabalho na Apple e o trabalho que passaria a fazer para a empresa em casa, após a mudança. Ela tagarelava durante horas sobre o lindo cenário que agora faria parte de nossa vida cotidiana, o ar puro, a vida selvagem, o clima e o quanto nós iríamos adorar a neve no inverno.

É por isto que Jeffrey está viajando comigo. Ele não consegue aguentar mamãe falando durante horas sobre como tudo vai ser maravilhoso. Na primeira vez em que paramos para colocar gasolina, ele saiu do carro dela, pegou a mochila e entrou no meu carro. Sem nenhuma explicação. Acho que, no momento, ele decidiu odiar mamãe mais do que me odeia.

Puxo seus fones de ouvido novamente.

— Não foi por vontade minha, você sabe — digo a ele. — Mas, de qualquer forma, eu sinto muito.

— Não me interessa.

Meu telefone toca. Enfio a mão no bolso e o jogo para Jeffrey. Ele o agarra, perplexo.

— Você pode atender? — pergunto suavemente. — Estou dirigindo.

Ele suspira, abre o fone e o coloca no ouvido.

— Tá — diz ele. — Tudo bem. Tá.

Ele fecha o telefone.

— Ela disse que estamos quase chegando ao desfiladeiro de Teton. Quer que a gente pare no mirante.

Na mesma hora, chegamos a uma curva em que o vale onde viveremos se estende abaixo de uma cadeia de colinas baixas e recortadas montanhas azuis e brancas. É uma vista deslumbrante, parece uma cena de calendário ou cartão-postal. Mamãe para em um desvio para ter uma "visão panorâmica". Com cuidado, eu estaciono ao lado dela. Ela praticamente pula para fora do carro.

— Acho que ela quer que a gente salte — digo a Jeffrey.

Ele se limita a olhar para o painel.

Abro a porta e mergulho no ar da montanha. É como entrar num congelador. Coloco o capuz — de repente fino demais — sobre a cabeça e enterro as mãos nos bolsos. Literalmente, posso enxergar minha respiração a cada vez que expiro.

Mamãe vai até meu carro e bate no vidro da janela de Jeffrey.

— Saia do carro — ordena, com voz de quem está falando sério.

Ela acena para que eu a siga até a beira do precipício, onde uma grande placa de madeira, com a imagem de um caubói apontando para o vale abaixo, informa: OLÁ, FORASTEIRO. VOCÊ ESTÁ DIANTE DE JACKSON HOLE, A ÚLTIMA FRONTEIRA DO VELHO OESTE.

— Lá adiante é o Parque Nacional de Teton e o Yellowstone. — Mamãe aponta para o horizonte. — Precisamos ir para lá na primavera, para ver como é.

Jeffrey se junta a nós. Não está usando casaco, só calça jeans e camiseta, mas não parece estar com frio. Está furioso demais para sentir frio. Sua expressão enquanto observa nosso novo ambiente é cautelosamente neutra. Uma nuvem encobre o sol e mergulha o vale na escuridão. Na mesma hora, o ar parece esfriar dois graus. De súbito, sinto-me ansiosa, como se as árvores estivessem prestes a explodir em chamas, obrigando-me a cumprir meu propósito ali mesmo, só por termos chegado ao Wyoming de forma oficial. Muita coisa se espera de mim neste lugar.

— Não se preocupe. — Mamãe pousa as mãos em meus ombros e os aperta ligeiramente. — Você pertence a este lugar, Clara.

— Eu sei.

Tento esboçar um sorriso corajoso.

— Você vai adorar os esportes daqui — diz ela, aproximando--se de Jeffrey. — Esqui na neve, esqui aquático, montanhismo e tudo que é tipo de esportes radicais. Você tem minha autorização para praticar tudo isso.

— É — murmura ele.

— Ótimo — diz ela, parecendo satisfeita. — Tira então uma foto de nós e se dirige decididamente para o carro. — Agora, vamos embora.

Sigo atrás dela. A estrada começa a serpentear montanha abaixo. Outra placa atrai minha atenção: CUIDADO, alertam os dizeres, CURVAS FECHADAS À FRENTE.

Pouco antes de chegarmos a Jackson, dobramos na estrada Spring Gulch, que nos conduz a outra estrada longa e sinuosa. Nesta, nos deparamos com um grande portão de ferro. Precisamos digitar um código de acesso para transpô-lo. É a primeira pista de que nossa humilde moradia, na verdade, deve ser bastante luxuosa. Minha segunda pista são as enormes casas de troncos que vejo aninhadas entre as árvores. Acompanho o carro de mamãe, que entra em uma pista recentemente aberta e atravessa lentamente um bosque de pinheiros *lodgepole*, bétulas e choupos, até chegarmos a uma clareira, onde nossa nova casa se ergue em uma pequena elevação.

— Uau — murmuro, olhando para a casa através do para-brisa. — Jeffrey, olhe.

A casa é feita de troncos sólidos e pedras lisas. O telhado está coberto com uma camada de neve, branca e pura como a que se vê nos bolos de gengibre confeccionados no Natal, inclusive com pingentes de gelo pendurados nos beirais. É maior que nossa casa na Califórnia, porém mais aconchegante, com uma varanda coberta e enormes janelas que descortinam uma vista espetacular de montanhas cobertas de neve.

— Bem-vindos ao lar — diz mamãe. Ela está encostada no carro, observando nossas reações atarantadas, enquanto desembarcamos no balão de retorno. Está tão contente consigo mesma por ter encontrado essa casa que dá a impressão de que vai cantar. — Nosso vizinho mais próximo está a um quilômetro e meio. O pequeno bosque é todo nosso.

Uma brisa agita os galhos das árvores, espalhando flocos de neve no ar. É como se nossa casa estivesse dentro de um desses globos de vidro que repousam sobre as lareiras. O ar parece mais quente. Reina um silêncio absoluto. Sou inundada por uma sensação de bem-estar.

Aqui é nosso lar, penso eu. Estamos a salvo. Isto me proporciona um enorme alívio, após semanas às voltas com visões de perigo e tristeza, a incerteza de nossa mudança, de deixar tudo para trás, a insanidade de tudo. Finalmente posso nos imaginar vivendo no Wyoming. Em vez de apenas me ver dentro de um incêndio.

Olho para mamãe. Ela está literalmente radiante, mais resplandecente a cada segundo, emitindo um vibrante cantarolar de prazer angélico. Mais alguns momentos e começaremos a ver suas asas.

Jeffrey tosse. A visão ainda é nova o suficiente para que ele a estranhe.

— Mamãe — diz ele —, você está na tal da glória.

Ela diminui o brilho.

— E daí? — interfiro. — Não há ninguém por perto para ver. Nós podemos ser nós mesmos aqui.

— Sim — diz mamãe calmamente. — Na verdade, o quintal vai ser perfeito para praticar um pouco de voo.

Olho para ela assombrada. Mamãe tentou me ensinar a voar duas vezes, ambas completos desastres. Eu desisti completamente de voar, aceitando o fato de que serei sempre um sangue-de-anjo terrestre, um pássaro que não voa, como uma avestruz, talvez. Ou, com o tempo que está fazendo, um pinguim.

— Você pode ter que voar aqui — observa mamãe, com ar sério. — E você pode tentar — acrescenta ela, dirigindo-se a Jeffrey. — Aposto que você tem talento natural.

Posso sentir meu rosto ruborizando. Claro, Jeffrey tem talento natural, enquanto eu nem consigo sair do chão.

— Quero ver meu quarto — digo, escapando para a segurança da casa.

Naquela tarde, pisamos pela primeira vez na calçada da Broadway Avenue, em Jackson, Wyoming. Mesmo em janeiro, há muitos turistas. Diligências e charretes puxadas a cavalo passam a cada minuto, além de uma infindável sucessão de automóveis. Eu não consigo deixar de procurar certa caminhonete prateada: a misteriosa Avalanche com a placa 99CX.

— Você sabia que haveria tanto trânsito? — observo, enquanto olho o desfile de carros.

— O que você faria se o visse agora? — pergunta mamãe.

Ela está usando um chapéu de caubói ao qual não conseguiu resistir na primeira loja de presentes em que entramos. Um chapéu de caubói. Acho que ela está levando longe demais essa coisa de Velho Oeste.

— Provavelmente vai desmaiar — diz Jeffrey.

Ele pisca furiosamente, abana-se e finge desfalecer no colo de mamãe. Ambos riem.

Jeffrey já comprou uma camiseta com a imagem de um *snowboarder* e está namorando uma prancha de *snowboarding*[7] autêntica que viu na vitrine de uma loja. Seu humor melhorou muito desde que chegamos em casa e ele viu que nem tudo estava perdido. Está quase agindo como o velho Jeffrey — aquele que sorri, provoca e, às vezes, fala frases completas.

— Vocês são muito engraçados — digo, revirando os olhos.

Corro até um pequeno parque que vejo no outro lado da rua. O portal de entrada é um enorme arco feito com chifres de alces.

— Vamos por esse caminho — grito para mamãe e Jeffrey.

Atravessamos a rua às pressas, justamente quando a luz amarela começa a piscar. Permanecemos um minuto embaixo do arco, olhando para os chifres entrelaçados, que vagamente lembram ossos. Acima, nuvens escurecem o céu e um vento frio começa a soprar.

— Estou sentindo cheiro de churrasco — diz Jeffrey.

— Você é só um estômago gigantesco.

— Ué, eu tenho culpa se tenho um metabolismo mais rápido que as pessoas normais? Que tal comermos lá?

Ele aponta para um local na parte de cima da rua, onde uma fila de pessoas aguarda para entrar no Million Dollar Cowboy Bar.

— Claro, e também vou pagar uma cerveja para você — diz mamãe.

— Sério?

— Não.

Enquanto eles discutem, sou tomada por uma súbita ânsia de documentar o momento, para poder olhar para trás e dizer: "esse

---

[7] Espécie de surfe praticado na neve. (N.T.)

foi o começo". A primeira parte do propósito de Clara. Meu peito infla de emoção com a ideia. Um novo começo para nós todos.

— Com licença, madame, a senhora se incomodaria em bater uma foto nossa? — peço a uma senhora que está passando.

Ela acena que sim e pega a câmera com mamãe. Nós posamos sob o arco, mamãe no meio, Jeffrey e eu de cada lado. Sorrimos. A mulher tenta tirar uma foto, mas nada acontece. Mamãe se adianta para lhe mostrar como acionar o *flash*.

É quando o sol reaparece. De súbito, fico extremamente consciente do que está acontecendo ao redor, como se tudo tivesse desacelerado para que eu pudesse examinar as coisas peça por peça: as vozes das pessoas na calçada; o brilho de seus dentes quando falam; o estrépito dos motores e o suave rangido dos freios quando os carros param no sinal. Meu coração bate alto e devagar como um bumbo em ritmo lento. Minha respiração se arrasta de modo vagaroso para dentro e para fora dos pulmões. Sinto cheiro de esterco e sal-gema, do meu próprio xampu de lavanda, da baunilha do perfume de mamãe, do desodorante masculino de Jeffrey; sinto até o leve aroma de decomposição que ainda emana dos chifres de alce acima de nós. Música clássica ecoa atrás das portas de vidro de uma das galerias de arte. Um cachorro late a distância. Em algum lugar, uma criança chora. Tudo parece excessivo. Tenho a sensação de que vou explodir ao tentar abarcar todos os pormenores. Tudo é brilhante demais. Um pequeno pássaro escuro está empoleirado numa árvore do parque atrás de nós, cantando e eriçando as penas para se proteger do frio. Como posso vê-lo, se está às minhas costas? Mas sinto seus penetrantes olhos negros sobre mim; vejo que ele inclina a cabeça de um lado para outro e me observa, observa, observa, até que de repente decola da árvore e desaparece no céu, como uma espiral de fumaça.

— Clara — sussurra Jeffrey perto do meu ouvido. — Ei!

Com um sobressalto, retorno à Terra. Jackson Hole. Jeffrey. Mamãe. A senhora com a câmera. Todos estão olhando para mim.

— O que está havendo?

Sinto-me aturdida, desconectada, como se uma parte de mim ainda estivesse no céu, junto com o pássaro.

— Seu cabelo está, hum, brilhando — murmura Jeffrey.

Ele desvia o olhar, como se estivesse embaraçado.

Olho para baixo. Chego a engasgar. "Brilhando" não é a palavra certa. Meus cabelos se transformaram em uma iridescente mixórdia de luzes e cores em uma base dourado-prateada. Está fulgurante. Capta a luz como um espelho refletindo o sol. Mergulho as mãos nas mechas cálidas e luminosas. Meu coração, que parecia bater tão devagar há apenas alguns momentos, começa a martelar meu peito com dolorosa rapidez. O que está acontecendo comigo?

— Mamãe? — murmuro, olhando seus grandes olhos azuis.

Perfeitamente senhora de si, ela se vira para a senhora ao lado.

— Não está um lindo dia? — diz. — A senhora sabe o que dizem por aí: se você não está gostando do clima do Wyoming, espere dez minutos.

A senhora meneia a cabeça distraidamente, ainda olhando para meus cabelos, sobrenaturalmente radiantes, como se estivesse tentando descobrir algum truque de mágica. Mamãe se aproxima de mim e, com movimentos enérgicos, segura as mechas de meus cabelos como se fossem um pedaço de corda. Então, ela as joga dentro do meu capuz e o puxa sobre minha cabeça.

— Fique calma — sussurra ela, posicionando-se entre Jeffrey e mim. — Tudo bem. Estamos prontos agora.

A senhora pestaneja algumas vezes e abana a cabeça, como que tentando clarear as ideias. Agora que meus cabelos estão cobertos, é como se tudo voltasse ao normal, como se nada tivesse acontecido. Como se tivéssemos imaginado tudo. A senhora ergue a câmera.

— Sorriam — instrui ela.

Faço o possível.

Acabamos jantando na pizzaria Mountain High por ser o lugar mais próximo e acessível. Enquanto Jeffrey devora sua pizza, mamãe e eu beliscamos a nossa. Não conversamos. Sinto-me como se tivesse sido flagrada fazendo algo horrível. Algo vergonhoso. Mantenho o capuz sobre a cabeça o tempo todo, mesmo dentro do carro, enquanto voltamos vagarosamente para casa.

Ao chegarmos em casa, mamãe vai direto para seu escritório e fecha a porta. Jeffrey e eu, sem nada melhor para fazer, ligamos a TV. Ele fica olhando para mim como se eu estivesse prestes a explodir em chamas.

— Quer parar de me olhar? — exclamo finalmente. — Você está me deixando nervosa.

— Aquilo foi esquisito, lá na cidade. O que você fez?

— Eu não *fiz* nada. Só aconteceu.

Mamãe aparece à porta, segurando seu casaco.

— Vou ter que sair — diz ela. — Por favor, não saiam de casa até eu voltar.

Então, antes que possamos lhe perguntar alguma coisa, ela sai.

— Perfeito — murmura Jeffrey.

Jogo o controle remoto para ele e subo as escadas até meu quarto. Ainda tenho que arrumar muita coisa, mas minha mente continua a repassar aquele momento sob o arco de chifres de alce, quando parecia que o mundo inteiro estava se arrastando dentro de minha cabeça. E o meu cabelo! Sobrenatural. A expressão no rosto daquela senhora quando me viu daquele jeito: intrigada, no início; confusa, em seguida... depois um pouco assustada, como se eu fosse uma criatura alienígena, que deveria estar em um laboratório, com cientistas examinando meus cabelos fulgurantes sob um microscópio. Como se eu fosse um monstro.

Eu devo ter dormido. Quando dou por mim, mamãe está de pé à porta do quarto. Ela joga uma caixa de tintura para cabelos sobre minha cama. Pego a caixa.

— Tintura para cabelos? — leio eu. — Você está brincando comigo, não está? Vermelho?

— Castanho-avermelhado. Como o meu.

— Mas por quê? — pergunto.

— Vamos dar um jeito no seu cabelo — diz ela. — Depois a gente conversa.

— Vou ter que usar esta cor na escola! — choramingo, sentada na tampa da privada do banheiro do meu quarto, com uma toalha velha sobre os ombros, enquanto ela aplica a tintura nos meus cabelos.

— Eu adoro seus cabelos. Eu não pediria isso a você se achasse que não era importante. — Ela dá um passo atrás e examina minha cabeça, procurando pontos que possa ter deixado passar. — Pronto. Tudo feito. Agora vamos ter que esperar a cor se fixar.

— Tudo bem. Agora você vai explicar isso para mim, não vai?

Durante uns cinco segundos, ela parece nervosa. Senta-se então na borda da banheira e cruza as mãos no colo.

— O que aconteceu hoje foi normal — diz ela.

Isso me lembra a ocasião em que ela me falou sobre a menstruação, ou quando abordou a questão do sexo: tudo articulado de forma clínica e racional, perfeitamente, como se ela tivesse ensaiado o discurso durante anos.

— Ei, acorda, como é que o que aconteceu hoje foi normal?

— Tudo bem, não foi *normal* — diz ela rapidamente. — Normal para nós. À medida que seus poderes começam a aumentar, seu lado angélico começa a se manifestar de modo mais visível.

— Meu lado angélico. Ótimo. Como se eu já não tivesse problemas suficientes.

— Não é tão ruim — diz mamãe. — Você vai aprender a controlar isso.

— Vou aprender a controlar meu cabelo?

Ela ri.

— Sim, você vai acabar aprendendo a esconder isso, a reduzir a manifestação para que ela não possa ser percebida pelos olhos humanos. Mas, por enquanto, a tintura parece ser o modo mais prático.

De repente me dou conta de que ela sempre usa chapéus. Na praia. Nos parques. Quase todas as vezes que saímos, ela usa um chapéu. Possui dezenas de chapéus, bandanas e xales. Eu sempre achei que era por ser antiquada.

— Então, isso acontece com você? — pergunto.

Ela se vira para a porta, sorrindo levemente.

— Entre, Jeffrey.

Jeffrey sai do meu quarto, de onde estava escutando nossa conversa, e entra no banheiro. A expressão de culpa em seu rosto não dura muito. Logo se transforma em curiosidade desenfreada.

— Eu também vou ter que usar isso? — pergunta ele. — Esse negócio no cabelo?

— Sim — responde ela. — Isso acontece com a maioria de nós. Minha primeira vez foi em 1908, eu acho. Eu estava lendo um livro no banco de um parque. Foi então que... — Ela levanta o punho fechado até o alto da cabeça e espalma a mão de repente, como se fosse um tipo de explosão.

Eu me inclino ansiosamente na direção dela.

— E foi como se tudo estivesse andando mais devagar, como se você pudesse ouvir e ver coisas que normalmente não poderia?

Ela se vira e olha para mim. Seus olhos profundamente azuis têm a tonalidade do céu antes que escureça e são salpicados com pequenos pontos de luz, como se ela fosse iluminada por dentro. Posso me ver refletida neles. Pareço preocupada.

— Foi assim com você? — pergunta ela. — O tempo andou mais devagar?

Aceno que sim com a cabeça.

— Pobre criança. Não admira que você esteja tão abalada.

— O que você fez quando aconteceu com você? — pergunta Jeffrey.

— Pus o chapéu. Naquela época, as jovens damas respeitáveis usavam chapéus quando saíam. E felizmente, quando os chapéus não estavam mais em moda, foi inventada a tintura de cabelos. Eu fui morena por quase vinte anos. — Ela franze o nariz. — Não ficou bem em mim.

— Mas o que é isso? — pergunto. — Por que isso acontece?

Ela faz uma pausa, como se estivesse analisando com cuidado as palavras que dirá.

— Faz parte da erupção da glória. — Ela parece um pouco constrangida, como se nós não merecêssemos sua plena confiança no tocante ao assunto. — Chega de aulas por hoje. Se esse tipo de coisa voltar a acontecer... em público, quero dizer, acho que o melhor é agir normalmente. Na maioria dos casos, as pessoas se convencerão de que de fato não viram nada, que foi apenas um truque da luz, uma ilusão. Mas não seria má ideia, Jeffrey, usar um chapéu com mais frequência a partir de hoje. Só por precaução.

— Tudo bem — diz ele, com um sorriso maroto.

Ele só falta dormir com seu boné dos Giants.

— E vamos tentar não atrair atenção para nós — prossegue ela, olhando para ele de modo significativo, claramente aludindo à necessidade que ele tem de ser o melhor em tudo: o melhor *quarterback*[8], o melhor arremessador, o astro da seleção do colégio. — Nada de se mostrar.

Ele comprime os lábios.

— Não vai ser problema — diz ele. — Não há nenhum esporte para se fazer em janeiro, não é? Os testes para a equipe de luta livre foram em novembro. O beisebol só começa na primavera.

— Talvez seja melhor assim. Isso lhe dá mais tempo para se ajustar, antes de se envolver em alguma atividade extracurricular.

— Claro. Talvez seja melhor.

Seu rosto volta a ser uma máscara de desgosto. Ele sai do banheiro batendo a porta.

— Tudo bem, então está resolvido — diz mamãe, voltando-se para mim com um sorriso. — Vamos enxaguar isso.

---

[8] Uma espécie de meia-armador nos times de beisebol. (N.T.)

Meus cabelos estão cor de laranja. Como uma cenoura descascada. Assim que os vejo, penso seriamente em raspar a cabeça.

— Vamos dar um jeito nisso — promete mamãe, esforçando-se ao máximo para não rir. — Amanhã de manhã, bem cedo. Juro.

— Boa noite.

Bato a porta na frente dela. Depois, mergulho na cama e choro por muito tempo. Com esses maravilhosos cabelos alaranjados, lá se vão minhas esperanças de impressionar o Garoto Misterioso.

Depois que me acalmo, permaneço deitada, ouvindo o vento bater na minha janela. O bosque lá fora parece imenso e escuro. Posso sentir a presença maciça das montanhas atrás da casa. Estão acontecendo coisas que não consigo controlar; estou mudando e não há como as coisas retornarem ao que eram antes.

De repente, tenho a visão. Ela me vem como uma velha amiga, eclipsando meu quarto e me lançando em meio ao bosque fumegante. O ar está muito quente, seco e pesado. É difícil respirar. Vejo a Avalanche prateada estacionada à beira da estrada. Automaticamente, olho as colinas para me orientar. Começo a caminhar para o local onde sei que vou encontrar o garoto. Então sinto tristeza, uma tristeza pungente. É como se meu coração estivesse sendo dilacerado. A sensação aumenta a cada passo que dou. Meus olhos se enchem de lágrimas inúteis. Pisco para limpá-las e continuo a caminhar, determinada a alcançar o garoto. Ao vê-lo parado ali, totalmente desprevenido, sinto uma mistura de dor e saudade.

Cheguei, penso.

3

EU SOBREVIVI À PESTE NEGRA

A primeira coisa que atrai minha atenção quando entro no estacionamento da Escola Secundária de Jackson Hole é uma grande caminhonete prateada estacionada nos fundos do terreno. Aperto os olhos para enxergar a placa.

— Epa! — grita Jeffrey quando quase colido com a traseira de outra caminhonete, esta azul, muito mais velha e enferrujada, que está à minha frente. — Já está na hora de aprender a dirigir!

— Desculpe.

Aceno para o motorista da caminhonete azul, tentando pedir desculpas, mas ele berra algo pela janela que com certeza não quero entender e se afasta cantando os pneus. Estaciono o Prius cuidadosamente em uma vaga e permaneço sentada por algum tempo, tentando me recompor.

A Jackson Hole parece mais um *resort* que uma escola. É um grande prédio de tijolos emoldurados por uma série de enormes troncos na parte da frente. Os troncos lhe conferem uma aparência mais rústica. Como tudo mais em nossa nova cidade, a escola merece figurar em um cartão-postal, com suas janelas reluzentes, uniformemente espaçadas, e suas árvores de troncos brancos, lindas mesmo sem as folhas. Para não falar das imponentes montanhas que a cercam por três lados.

— Até mais tarde — diz Jeffrey, pulando do carro.

Pegando a mochila, ele caminha em direção à porta da escola como se fosse o dono do lugar. Algumas garotas no estacionamento se viram para examiná-lo. Ele as brinda com um sorriso descontraído, que imediatamente dá início aos cochichos e risinhos que sempre o acompanhavam em nossa velha escola.

— O princípio de não chamar a atenção para nós, pelo jeito, já era — murmuro.

Aplico nos lábios mais uma camada de *gloss* e inspeciono meu reflexo no espelho retrovisor. A humilhante cor do meu cabelo me faz encolher. Apesar dos esforços de minha mãe ao longo da semana anterior, eles ainda estão alaranjados. Tentamos de tudo, aplicamos tintura mais cinco vezes e até usamos tinta preta. Mas, depois de lavados, os cabelos sempre voltam à horrenda cor laranja, que chega a ferir os olhos. É como se fosse uma cruel brincadeira cósmica.

— Você não pode se fiar sempre na aparência, Clara — disse mamãe, depois que a tentativa número cinco falhou.

Como se ela pudesse falar alguma coisa. Como se ela alguma vez na vida tivesse tido uma aparência menos que deslumbrante.

— Eu *nunca* me fiei na minha aparência, mamãe.

— Claro que já — disse ela, um tanto alegre demais. — Apesar de você não ser fútil. Você sabia muito bem que, quando os outros alunos da escola de Mountain View olhavam para você, eles viam uma loura bonita.

— Pois é, mas agora não sou loura *nem* bonita — disse eu, desesperada.

Sim, talvez eu estivesse exagerando um pouco. Mas essa cor laranja nos meus cabelos é um horror.

Mamãe pôs um dedo sob meu queixo e me forçou a olhar para ela.

— Você poderia ter cabelos verdes e não perderia nem um pouco de sua beleza — disse ela.

— Você é minha mãe. É legalmente obrigada a dizer isso.

— Vamos tentar nos lembrar de que você não está aqui para participar de um concurso de beleza. Está aqui para cumprir seu propósito. Talvez esse problema com o cabelo seja um sinal de que as coisas aqui não vão ser tão fáceis para você quanto eram na Califórnia. E talvez haja uma razão para isso.

— Claro. Uma razão muito boa, tenho certeza.

— Pelo menos a tintura vai cobrir aquele brilho. Assim, você não vai ter que se preocupar em cobrir o cabelo.

— Que bom para mim.

— Você vai ter que se virar da melhor forma possível, Clara — disse ela.

Portanto, aqui estou eu, me virando da melhor forma possível, como se tivesse escolha. Saio do carro e me esgueiro até os fundos do estacionamento para inspecionar a caminhonete prateada. AVALANCHE está escrito na traseira, em letras prateadas. Número da placa: 99CX.

Ele está aqui. Forço-me a respirar. Ele de fato está aqui.

Agora, nada mais me resta a não ser caminhar até a escola, exibindo meus cabelos rebeldes e loucamente alaranjados. Observo os outros alunos entrando no prédio em pequenos grupos, rindo, conversando e brincando. Não conheço nenhum deles. Com exceção de um. Embora eu seja uma desconhecida para ele. Minhas mãos estão suadas e viscosas. Sinto um frio no estômago. Nunca estive tão nervosa na vida.

Você vai conseguir, Clara, penso eu. *Em comparação com o seu propósito, esta escola vai ser fácil.*

Aprumo então os ombros, tentando aparentar a confiança de Jeffrey, e me encaminho para a porta.

Meu primeiro erro, percebo quase de imediato, foi presumir que, apesar do exterior sofisticado, aquela escola seria em essência como qualquer outra. Como me enganei... A escola é tão sofisticada por dentro quanto parece por fora. Quase todas as salas de aula têm tetos altos e janelas do chão ao teto, com vista para as montanhas. A cantina é um cruzamento entre o interior de um *resort* de esqui e um museu de arte. Há pinturas, murais e colagens em praticamente todos os recantos. O prédio até cheira melhor que as escolas comuns: pinheiro, giz e uma aromática mistura de perfumes caros. Minha velha escola na Califórnia, construída com blocos de concreto pré-fabricados, parece um presídio se comparada com esta.

Aterrissei na terra das pessoas bonitas. E eu que pensava que tinha vindo da terra das pessoas bonitas. Sabem quando a tevê mostra a foto de uma celebridade tirada quando ela ainda estava na escola, e essa pessoa parece perfeitamente normal, não mais atraente que qualquer outra? E você pensa: o que aconteceu? Por que Jennifer Garner é tão deslumbrante agora? Pois vou lhes dizer: o que aconteceu foi dinheiro. Tratamentos faciais, penteados artísticos, roupas de grife e *personal trainers*. Foi isso o que aconteceu. E a garotada da Jackson Hole tem esse verniz de celebridade, exceto alguns poucos aqui e ali, que parecem caubóis autênticos com chapéus Stetson, pérolas nas camisas *western* de tecido xadrez, calças jeans apertadas e surradas botas de couro.

O currículo também é sofisticado. Se você quiser aprender a desenhar, existe um curso de arte. Mas você também pode se matricular no AP Studio Art, que o prepara para ingressar no movimentado cenário artístico de Jackson Hole. Existe um curso chamado Power Sports, que lhe ensinará como melhorar o desempenho de sua motocicleta, quadriciclo ou *snowmobile*. Você pode aprender a iniciar seu próprio negócio, projetar a casa de seus sonhos, desenvolver sua paixão pela cozinha francesa ou dar os primeiros passos para se tornar um engenheiro. Caso queira obter seu brevê de piloto, a escola lhe oferece alguns cursos de aerodinâmica. O mundo é cheio de possibilidades na Escola Secundária de Jackson Hole.

Realmente, vou ter que me acostumar.

Pensei que os outros alunos ficariam intrigados ao me ver, ou no mínimo curiosos. Sou carne nova no pedaço, afinal de contas, e vinda da Califórnia. Talvez tenha trazido um pouco de sabedoria da cidade grande para oferecer aos nativos. Errei de novo. A maior parte deles me ignora totalmente. Depois de assistir a três aulas (trigonometria, francês III e química), durante as quais ninguém me dá nem um alô, já estou ansiosa para correr até o carro e dirigir de volta à Califórnia, onde conheço todo o mundo desde sempre e todos me conhecem; onde, neste exato minuto, minhas amigas e eu estaríamos fofocando sobre o que fizemos no feriado e comparando horários; onde eu seria bonita e popular. Onde a vida é normal.

Então, eu o vejo.

Está de pé, de costas para mim, nas proximidades do meu armário. Uma onda de eletricidade atravessa meu corpo quando reconheço seus ombros, seus cabelos e o formato de sua cabeça. É quando tenho de novo a visão. Desta vez o vejo de duas formas simultâneas: com o casaco preto, entre as árvores, e de verdade, no corredor. É como se a visão fosse um véu tênue sobreposto à realidade.

Dou um passo em direção a ele e abro a boca para chamar seu nome. Então me lembro de que não sei seu nome. Como sempre, ele começa a se virar. Desta vez vejo seu rosto — e meu coração para de bater por um segundo. Sua boca se curva em um meio sorriso, enquanto ele graceja com o cara ao lado dele.

Ele olha para mim e seus olhos se encontram com os meus. O corredor se desvanece. Agora somos só eu e ele, no bosque. A visão aparece atrás dele, o fogo na encosta se aproxima de nós, crepitando, mais rápido do que seria possível.

Tenho que salvá-lo, penso.

E desmaio.

Acordo e vejo uma garota de longos cabelos castanho-dourados sentada no chão ao meu lado, com a mão sobre minha testa.

Ela fala em voz baixa, como se estivesse tentando acalmar um animal.

— O que houve? — pergunto.

Olho ao redor, procurando o garoto, mas ele desapareceu. Alguma coisa dura pressiona minhas costas. Percebo que estou deitada sobre meu livro de química.

— Você caiu — diz a garota, como se não fosse óbvio. — Você tem epilepsia ou coisa parecida? Parecia que você estava tendo um ataque.

Há gente olhando. Sinto um calor no rosto.

— Estou bem — respondo.

E me sento.

— Calma.

A garota se põe de pé e estende o braço para mim. Seguro a mão dela e me levanto com sua ajuda.

— Sou meio desajeitada — digo, como se isso explicasse o que ocorreu.

— Ela está bem. Voltem para a aula — diz a garota para uns caras que ainda estão nos observando. — Você comeu hoje de manhã? — pergunta ela.

— Quê?

— Pode ser esse negócio de açúcar no sangue. — Ela abraça minha cintura e me conduz pelo corredor. — Como você se chama?

— Clara.

— Wendy — diz ela.

— Para onde estamos indo?

— Para a enfermaria.

— Não. — Liberto-me do abraço dela, endireito o corpo e tento sorrir. — Estou bem, de verdade.

A campainha toca. De repente, o corredor fica deserto. Então, de uma esquina, surge uma mulher de cabelos amarelos, gorducha, usando uma bata azul e andando depressa. Atrás dela está o garoto. O *meu* garoto.

— Lá vai ela de novo — diz Wendy quando cambaleio e me seguro nela.

— Christian — brada a enfermeira, enquanto ambos correm em minha direção.

Christian. O nome dele.

Ele passa o braço por baixo dos meus joelhos e me levanta. Meu braço está em torno de seu ombro e meus dedos, a centímetros do ponto em que seus cabelos se encontram com sua nuca. Sou inundada por seu cheiro, uma mistura de sabonete Ivory com alguma água-de-colônia penetrante, maravilhosa. Olho seus olhos verdes. Estou tão próxima que posso ver pontinhos dourados neles.

— Oi — diz ele.

Deus me ajude, penso, enquanto ele sorri. É simplesmente demais.

— Oi — murmuro, desviando o olhar e ruborizando até a raiz dos cabelos alaranjados.

— Segure-se em mim — diz ele, e começa a me carregar pelo corredor.

Por cima de seu ombro, vejo Wendy me olhando. Depois, virando-se, ela caminha na direção oposta.

Quando chegamos à enfermaria, ele me pousa com cuidado em uma cama portátil. Faço o possível para não olhá-lo fixamente.

— Obrigada — balbucio.

— Sem problema. — Ele sorri novamente, de tal modo que me sinto feliz por estar sentada. — Você é bem leve.

Meu cérebro confuso tenta entender o significado dessas quatro palavras e colocá-las em ordem, sem muito sucesso.

— Obrigada — repito, sem encontrar outra palavra.

— Sim, obrigada, sr. Prescott — diz a enfermeira. — Agora volte para a aula.

Christian Prescott. O nome dele é Christian Prescott.

— A gente se vê — diz ele, já se dirigindo para a porta.

Eu aceno no momento exato em que ele sai da sala e me sinto uma idiota.

— E então? — diz a enfermeira, virando-se para mim.

— Estou bem. De verdade.

Ela parece duvidar.

— Eu poderia pular amarelinha. Para a senhora ver como me sinto bem — insisto, sem conseguir apagar o sorriso bobo em meu rosto.

Chego atrasada à aula de inglês *honors*[9]. Os alunos haviam disposto suas cadeiras em círculo. O professor, um homem mais velho com uma curta barba branca, faz sinal para que eu me aproxime.

— Pegue uma cadeira. Srta. Gardner, presumo?

— Sim.

Sinto toda a turma olhando diretamente para mim, enquanto pego uma cadeira no fundo da sala e a arrasto até o círculo. Re-

[9] Os cursos *honors*, tipicamente americanos, são bastante avançados e muitas vezes informais, com ênfase na criatividade e na iniciativa pessoal. (N.T.)

conheço Wendy, a garota que me ajudou no corredor. Ela afasta a cadeira para abrir espaço para a minha.

— Sou o sr. Phibbs — diz o professor. — Estamos no meio de um exercício muito útil para vocês, portanto fico feliz por você se juntar a nós. Todos aqui deverão informar três fatos únicos sobre si mesmos. Se alguém no círculo compartilhar um deles, levanta a mão, e a pessoa terá que escolher outra coisa. No momento, é a vez de Jason, que estava terminando de dizer que tem a maior prancha de *snowboarding* de Teton County. — O sr. Phibbs ergue suas grossas sobrancelhas. — O que Shawn contestou.

— A minha prancha é maior que a de qualquer um — gaba-se o garoto que presumo ser Shawn. — Só que não é de *snowboarding*.

— Ninguém pode dizer que isso não é uma coisa única — diz o sr. Phibbs, tossindo. — Agora vamos para Kay. Por favor, diga seu nome completo para a nova aluna.

Todos olham para uma morena miúda, com grandes olhos castanhos. Ela sorri, como se, para ela, ser o centro das atenções fosse a coisa mais natural do mundo.

— Meu nome é Kay Patterson — diz ela. — Meus pais são os donos da mais antiga loja de *fudges*[10] de Jackson. Já encontrei Harrison Ford várias vezes — acrescenta ela como seu segundo fato único —, porque nosso *fudge* é o favorito dele. Ele disse que eu me pareço com Carrie Fisher, de *Guerra nas Estrelas*.

Ela é fútil, penso eu. Mas se vestisse uma túnica branca e fizesse dois coques nos cabelos, um de cada lado, ela de fato poderia se passar pela Princesa Leia. Ela é muito atraente, de fato, sem dúvida uma das pessoas bonitas. Sua pele parece um creme de

[10] Espécie de doce de leite típico do oeste americano. Pode ter diversos sabores. (N.T.)

pêssego e seus cabelos castanhos caem sobre os ombros em cachos perfeitos. São tão brilhantes que nem parecem cabelos.

— E — acrescenta ela, como toque final — Christian Prescott é meu namorado.

Antipatizo com ela na mesma hora.

— Muito bem, Kay — diz o sr. Phibbs.

Wendy vem em seguida. Está ruborizada, obviamente por ter que falar de si mesma diante de toda a turma.

— Sou Wendy Avery — diz ela, dando de ombros. — Minha família dirige um rancho nos arredores de Wilson. Não sei o que mais posso ter de único. Quero ser veterinária... o que não é uma grande surpresa, pois gosto de cavalos. E faço minhas próprias roupas desde os seis anos de idade.

— Obrigado, Wendy — diz o sr. Phibbs.

Com um leve suspiro de alívio, Wendy volta a sentar-se. Na cadeira ao lado, Kay disfarça um bocejo. É um pequeno gesto feminino, mas me faz antipatizar mais ainda com ela.

Silêncio.

Ah, droga. Percebo que estão esperando por mim.

Tudo o que eu estava pensando em dizer desaparece de meu cérebro e começo a pensar nas coisas que não posso contar. Como: *posso falar fluentemente qualquer língua da Terra. Tenho asas que aparecem quando peço que apareçam e se presume que eu possa voar, mas sou um fracasso nisso. Sou loura natural. Tenho um impecável senso de direção, acho que é para me ajudar nessa coisa de voar, mas não me ajuda. Ah, e estou aqui numa missão para salvar o namorado de Kay.*

Dou um pigarro e digo:

— Meu nome é Clara Gardner, e me mudei para cá vinda da Califórnia.

Alguns alunos soltam risinhos e um cara no outro lado do círculo levanta a mão.

— Essa é uma das coisas únicas do sr. Lovett — diz o sr. Phibbs —, mas você não estava aqui quando ele disse isso. Você vai descobrir que alguns alunos daqui também migraram do Estado Dourado.

— Tudo bem. Vou tentar de novo. — Pelo jeito, terei que ser bem específica. — Eu me mudei para cá, vinda da Califórnia, há cerca de uma semana, porque ouvi todo mundo falar maravilhas sobre o *fudge* daqui.

Toda a turma ri, até mesmo Kay, que parece ter gostado do comentário. Subitamente, sinto-me como uma comediante que acaba de dizer a piada de abertura do show. Mas qualquer coisa é melhor que ficar conhecida como a esquisitona ruiva que desmaiou no meio do corredor depois da terceira aula. Que sejam piadas, então.

— Os pássaros são naturalmente atraídos por mim — prossigo. — Parecem me espreitar onde quer que eu vá. — Isto é verdade. Minha atual teoria para o fenômeno é que eles sentem o cheiro de minhas penas, embora seja impossível saber ao certo.

— Você está levantando a mão, Ângela? — pergunta o sr. Phibbs.

Admirada, olho à minha direita, onde uma garota de cabelos cor de carvão, usando uma túnica violeta sobre polainas pretas, abaixa rapidamente a mão.

— Não, eu só estava me espreguiçando — diz ela prosaicamente, fitando-me com seus olhos ambarinos. — Gostei desse negócio dos pássaros. Foi engraçado.

Mas ninguém está rindo desta vez. Estão todos olhando para mim. Engulo em seco.

— Tudo bem, tenho que mencionar mais uma coisa, certo? — digo, meio desesperada. — Minha mãe é programadora de computadores e meu pai é professor de física na Universidade de Nova York, o que provavelmente significa que eu deveria ser boa em matemática. — Faço uma cara triste.

A sugestão de que não sou boa em matemática é falsa, claro. Sou boa em matemática. Trata-se de uma língua, afinal de contas. É por isso que mamãe entende o modo como os computadores conversam uns com os outros sem ter de se esforçar. E, para início de conversa, deve ser por isso também que ela se sentiu atraída por papai — que é como uma calculadora humana, apesar de não ter nem uma gota de sangue angélico nas veias. Tanto Jeffrey quanto eu achamos matemática ridiculamente fácil.

Isto também não desperta risos, apenas uma risadinha piedosa de Wendy. Ao que parece, não sou talhada para ser comediante.

— Obrigado, Clara — diz o sr. Phibbs.

A última pessoa a relacionar suas três coisas únicas é a garota de cabelos negros que me olhou com tanta atenção, quando mencionei a coisa estranha sobre os pássaros. Seu nome, diz ela, é Ângela Zerbino. Depois de algumas madeixas negras para trás das orelhas, ela enumera rapidamente suas três coisas únicas.

— Minha mãe é dona do Pink Garter. Não conheci meu pai. E sou poeta.

Outro silêncio constrangedor. Ela olha ao redor como que desafiando alguém a questioná-la. Ninguém a olha nos olhos.

— Ótimo — diz o sr. Phibbs, pigarreando. Examina então suas anotações. — Agora nos conhecemos melhor. Mas como as pessoas realmente se conhecem? Seria com fatos, com as particularidades que nos distinguem dos outros seis bilhões e quinhentos milhões de indivíduos que habitam o planeta? Seriam nossos cérebros que nos fazem diferentes, o modo como cada pessoa é programada como um computador, com uma diferente combinação de softwares, lembranças, hábitos e heranças genéticas? Seria o que nós fazemos, as ações que empreendemos? Quais seriam as três coisas que vocês citariam, eu me pergunto, se eu lhes pedisse para listar as ações mais marcantes que já empreenderam na vida?

Vejo na mente um lampejo do incêndio.

— Nesta primavera, vamos passar um bocado de tempo discutindo o que significa ser único — continua o sr. Phibbs.

Ele se levanta e capenga até uma pequena mesa no fundo da sala, onde pega uma pilha de livros, que começa a distribuir.

— Nosso primeiro livro do semestre — diz ele.

Frankenstein.

— Está vivo! — berra o garoto da prancha maior que qualquer outra, erguendo o livro como que esperando que um raio o atingisse. Kay Patterson revira os olhos.

— Ah, você já está incorporando o Dr. Frankenstein. — O sr. Phibbs se vira para o quadro e escreve o nome *Mary Shelley* com um marcador preto, juntamente com o ano *1817*. — Este livro foi escrito por uma mulher não muito mais velha que vocês, que estava refletindo sobre a batalha entre a ciência e o mundo natural.

Ele se lança em uma preleção sobre Jean-Jacques Rousseau e o impacto de suas ideias sobre a arte e a literatura na época em que Mary Shelley estava escrevendo o livro. Tento não ficar olhando para Kay Patterson. Pergunto-me que tipo de garota ela é para ter conseguido agarrar um cara como Christian. Então, como não conheço nada dele, exceto o aspecto da sua nuca e seu pendor para socorrer garotas que desmaiam no corredor, pergunto-me que tipo de garoto ele é.

Percebo que estou mastigando a borracha do lápis. Ponho o lápis sobre a mesa.

— Mary Shelley queria explorar o que nos torna humanos, seja o que for — conclui o sr. Phibbs.

Ele me olha nos olhos, como se soubesse que eu não escutei nada do que ele falou nos últimos dez minutos. Depois olha para outro lado.

— Acho que nós vamos descobrir — diz ele, segurando o livro.

Então, a campainha toca.

— Você pode se sentar à minha mesa no almoço, se quiser — oferece Wendy ao sairmos da sala. — Você trouxe comida? Ou está pretendendo almoçar fora do campus?

— Não, pensei em comer aqui na cantina.

— Bem, acho que hoje é frango frito. — Faço uma careta. — Mas você pode pedir pizza ou sanduíche de manteiga de amendoim. São os pratos básicos na cantina da escola.

— Saudáveis.

Entro na fila para pegar minha comida e acompanho Wendy até a mesa dela, onde três garotas quase idênticas me observam com ar de curiosidade. Wendy desfia seus nomes: Lindsey, Emma e Audrey. Parecem bastante simpáticas. Definitivamente, não são da turma das bonitas. Usam jeans, camisetas, tranças, rabos de cavalo e pouca maquiagem. Mas são gentis. Normais.

— Vocês formam um grupo? — pergunto ao sentar.

Wendy ri.

— Nós nos chamamos de Invisíveis.

— Ah... — digo, sem saber se ela está brincando, nem como responder.

— Não somos malucas nem *nerds* — diz Lindsey, ou Emma, ou Audrey, não sei qual. — Nós somos só, bem, *invisíveis*.

— Invisíveis para...

— Para os caras populares — diz Wendy. — Eles não nos veem.

Ótimo. Fui me encaixar logo nas Invisíveis.

No outro lado da cafeteria, avisto Jeffrey, sentado junto com uns caras cujos agasalhos os identificam como atletas da escola. Uma garota miúda e loirinha está olhando para ele com ar de adoração. Ele diz alguma coisa. Todo mundo à mesa ri.

Inacreditável. Em menos de um dia, ele já é o Sr. Popular.

Alguém puxa uma cadeira ao meu lado. Viro-me. É Christian que se senta nela, escarranchado. Por um momento, tudo o que consigo focar são seus olhos verdes. Talvez eu não seja tão invisível, afinal de contas.

— Eu soube que você é da Califórnia — diz ele.

— Sim — murmuro, apressando-me em mastigar e engolir um naco do sanduíche de manteiga de amendoim.

A sala está mais silenciosa agora. As Invisíveis estão olhando para ele de olhos arregalados, como se ele nunca antes tivesse entrado no território delas. Na realidade, quase todo mundo na cantina está nos observando, com olhos curiosos e perscrutadores.

Tomo um rápido gole de leite e sorrio para ele, torcendo para que não haja restos de comida grudados nos meus dentes.

— Nós viemos de Mountain View. Fica ao sul de São Francisco — consigo dizer.

— Eu nasci em Los Angeles. Nós moramos lá até eu completar cinco anos. Mas não me lembro muito bem dessa época.

— Que bom.

Minha mente dá voltas para encontrar a resposta certa, algum modo de enfatizar esta coisa importante que temos em comum. Mas não encontro nada. O máximo que consigo fazer é dar um risinho nervoso. Um *risinho*, dá para acreditar?

— Meu nome é Christian — diz ele suavemente. — Eu não tive chance de me apresentar antes.

— Clara.

Estendo a mão para ele, um gesto que ele parece achar charmoso. Ele aperta a minha mão, e é como se minha visão e o mundo real se sobrepusessem. Ele sorri seu deslumbrante sorriso oblíquo. Ele é real. Sua mão em torno da minha é quente, confiante, e tem a pressão certa. Sinto-me tonta.

— Prazer em conhecer você, Clara — diz ele, sacudindo minha mão.

— O prazer é meu.

Ele sorri novamente. *Atraente* é pouco para definir esse cara. Ele é enlouquecedoramente lindo — os cabelos escuros intencionalmente desgrenhados; as sobrancelhas poderosas, que lhe dão um ar sério, mesmo quando sorri; os olhos que, dependendo da luz, podem ser castanhos ou cor de esmeralda; os ângulos do rosto, graciosamente esculpidos; a curvatura dos lábios cheios. Estou olhando para seu rosto há dez minutos e ainda me sinto obcecada por seus lábios.

— Muito obrigada pelo que você fez — digo eu.

— Foi um enorme prazer.

— Ei, pronto para ir?

Kay se aproxima e pousa a mão em sua nuca, enfiando os dedos nos cabelos, num gesto claramente possessivo. A expressão dela é tão neutra que poderia ter sido pintada, como se não lhe importasse nem um pouco com quem seu namorado está conversando. Christian se vira para olhá-la, com o rosto quase ao nível dos seus seios. No pescoço dela pende um reluzente coração de prata, cortado pela metade e gravado com as iniciais C.P. Ele sorri.

O encanto foi quebrado de forma eficiente.

— Sim, só um minuto — diz ele. — Kay, esta é...

— Clara Gardner — diz ela, meneando a cabeça. — Ela está na minha turma de inglês. Veio da Califórnia. Não gosta de pássaros. Não é boa em matemática.

— É, essa sou eu em poucas palavras.

— O quê? Será que eu não entendi alguma coisa? — pergunta Christian, confuso.

— Nada. É só um exercício idiota que fizemos na aula do Phibbs. É melhor a gente voltar antes da próxima aula — diz ela. Depois sorri para mim, exibindo seus dentes brancos e perfeitos. Sou capaz de apostar que já usou aparelho dentário. — Tem um ótimo restaurante chinês a um quilômetro e meio daqui. É onde nós costumamos almoçar. Você deveria experimentar a comida de lá qualquer dia desses, junto com suas amigas.

Tradução: *Você e eu nunca seremos amigas.*

— Gosto de comida chinesa — digo.

Christian se levanta da cadeira. Kay enrosca o braço no dele, lança-lhe um sorriso por sob as pestanas e o conduz para fora da cantina.

— Prazer em conhecê-la — grita ele para mim. — Outra vez.

E desaparece.

— Uau — exclama Wendy, que permaneceu sentada ao meu lado o tempo todo, sem emitir nenhum som. — Impressionante a tentativa de flerte.

— Acho que eu estava inspirada — digo, ainda um tanto aturdida.

— Bem, não pense que existem muitas garotas que não se sintam inspiradas por Christian Prescott — observa ela, fazendo as outras garotas rirem.

— No primeiro ano, eu tive uma fantasia em que ele me convidava para o baile de final do ano e eu era coroada rainha do baile — suspira a garota que acho que é Emma, corando a ponto de ficar escarlate. — Já superei isso.

— Eu aposto que Christian vai ser o rei do baile este ano. — Wendy franze o nariz. — Mas Kay vai ser a rainha. É melhor você tomar cuidado.

— Ela é ruim assim?

Wendy ri, depois dá de ombros.

— Eu e ela éramos boas amigas no primeiro grau, dormíamos uma na casa da outra, brincávamos de boneca e tudo mais, mas quando chegamos ao segundo grau foi como... — Wendy abana a cabeça tristemente. — Ela é mimada. Mas é legal depois que você a conhece. E pode ser muito agradável. Mas não pise nos calos dela.

Tenho certeza de que já pisei nos calos de Kay Patterson. Posso perceber pelo modo como ela manteve a voz suave, amistosa, mas com uma ponta de desprezo.

Olho em torno da cantina. Noto a garota de cabelos negros da aula de inglês, Ângela Zerbino. Está sentada sozinha, com o almoço ainda intocado à sua frente, lendo um livro grosso, de capa preta. Ela levanta os olhos e meneia levemente a cabeça, como se quisesse me conhecer. Sustento o olhar dela por alguns momentos, depois olho para outro lado. Ela volta a ler o livro.

— E ela? — pergunto a Wendy, inclinando a cabeça na direção de Ângela.

— Ângela? Ela não é rejeitada nem nada disso. Parece que prefere ficar sozinha. É compenetrada. Concentrada. Sempre foi assim.

— O que é Pink Garter? Pelo nome parece... vocês sabem, um lugar onde... vocês sabem...

Wendy ri.

— Um prostíbulo?[11]

— Sim — admito, embaraçada.

— É um teatro da cidade — diz Wendy, ainda rindo. — Melodramas de caubóis, alguns musicais.

— Ah — digo, finalmente entendendo. — Achei estranho quando ela disse na aula que a mãe era dona de um prostíbulo e que não tinha conhecido o pai. Excesso de informações, se vocês me entendem.

Todas à mesa começam a rir. Olho novamente para Ângela, que se virou um pouco, de modo que não consigo ver seu rosto.

— Ela parece legal — comento.

— Ela é — concorda Wendy, meneando a cabeça. — Meu irmão foi apaixonado por Ângela durante algum tempo.

— Você tem um irmão?

Ela dá uma fungada como se quisesse poder me dar uma resposta diferente.

---

[11] *pink garter* — Literalmente: liga (de meia) cor-de-rosa. (N.T.)

— Sim. Na verdade, somos gêmeos. E ele é um chato.

— Sei como é a sensação.

Olho para Jeffrey em meio a seus novos amigos.

— E por falar no diabo... — diz Wendy, segurando a manga da camisa de um garoto que está passando por nossa mesa.

— Epa — protesta ele. — Que foi?

— Nada. Eu só estava contando para a garota nova que irmão maravilhoso você é.

Ela lhe lança um enorme sorriso, como que dizendo que poderia não estar falando toda a verdade.

— Esse é Tucker Avery — apresenta ela, apontando na direção dele.

Seu irmão se parece com ela em quase tudo: os mesmos olhos azuis enevoados, a mesma cor bronzeada, os mesmos cabelos castanho-dourados — só que os dele são curtos e espetados. E ele é cerca de trinta centímetros mais alto. Com certeza faz parte do grupo dos caubóis, embora seja mais discreto que alguns deles. Usa apenas uma camiseta cinza, jeans e botas de caubói. Também é atraente, mas diferente de Christian, menos refinado, mais bronzeado e musculoso, com um vestígio de barba no queixo. Parece ter trabalhado ao sol durante toda a vida.

— Essa é Clara — disse Wendy.

— Você é a garota do Prius que quase bateu na minha caminhonete hoje de manhã — diz ele.

— Ah, me desculpe.

Ele me olha de cima a baixo. Sinto que estou enrubescendo, provavelmente pela centésima vez hoje.

— Da Califórnia, não é?

A palavra *Califórnia*, pronunciada por ele, parece um insulto.

— Tucker — adverte Wendy, puxando seu braço.

— Bem, não acho que teria causado nenhum prejuízo à sua caminhonete se tivesse batido nela — retruco. — A traseira está tão enferrujada que já está quase caindo.

Wendy arregala os olhos. Parece verdadeiramente alarmada.

Tucker ri sarcasticamente.

— Essa caminhonete enferrujada provavelmente vai tirar você de algum banco de neve na próxima tempestade.

— Tucker! — exclama Wendy. — Você não tem uma reunião com a equipe de rodeio ou coisa parecida?

Estou me esforçando para pensar em uma réplica envolvendo a incrível quantidade de dinheiro que vou economizar durante o ano dirigindo meu Prius, em vez daquela caminhonete beberrona, mas não encontro as palavras adequadas.

— Foi você quem quis bater papo — responde ele a Wendy.

— Eu não sabia que você ia agir como um grosseirão.

— Muito bem. — Ele me lança um sorriso malicioso. — Prazer em conhecê-la, Cenoura — diz ele, olhando para meus cabelos. — Ah, quero dizer, Clara.

Meu rosto está em chamas.

— O prazer é meu, Ferrugem — devolvo, mas ele já está se afastando a passos largos.

Ótimo. Estou na escola há menos de cinco horas e já fiz dois inimigos, simplesmente por existir.

— Eu lhe disse que ele era um chato — diz Wendy.

— Foi uma mentira caridosa — digo, e ambas rimos.

A primeira pessoa que vejo na aula seguinte é Ângela Zerbino. Ela está sentada na fileira da frente, já debruçada sobre o caderno.

Ocupo um assento algumas fileiras atrás. Olho ao redor e vejo diversos retratos de monarcas britânicos afixados nas paredes. Uma grande mesa na frente da sala exibe um modelo da Torre de Londres, feito com palitos de picolé, e uma réplica em papel machê de Stonehenge. Em um canto, vejo um manequim vestindo uma armadura; em outro, uma tábua grande com três buracos: um autêntico pelourinho.

Parece que vai ser interessante.

Os outros alunos chegam aos poucos. Quando a campainha toca, o professor sai de um aposento ao lado. É um cara magricela, de cabelos compridos amarrados em um rabo de cavalo e óculos de lentes grossas. Usa camisa social e gravata sobre jeans pretos e botas de caubói, o que lhe dá um ar descontraído.

— Olá, sou o sr. Erikson. Bem-vindos ao semestre da primavera do nosso curso de história britânica — diz ele, pegando um jarro de vidro que estava sobre a mesa e sacudindo os papéis que estão lá dentro. — Vamos começar nos dividindo em diversos tipos de cidadãos britânicos. Neste vaso há dez pedaços de papel com a palavra *servo*. Se você tirar um destes, você é basicamente um escravo. Vai ter que lidar com isso. Há três pedaços de papel com a palavra *clérigo*. Se tirar um destes, vai ser um integrante da Igreja, freira ou padre, o que for apropriado.

Ele olha para os fundos da sala, onde um aluno acabou de entrar.

— Christian, que bom que você veio se juntar a nós.

Preciso de toda a minha força de vontade para não me virar.

— Desculpe — ouço Christian dizer. — Isso não vai acontecer de novo.

— Se acontecer, você vai passar cinco minutos no pelourinho.

— Com certeza não vai acontecer de novo.

— Excelente — diz o sr. Erikson. — Agora, onde eu estava? Ah, sim. Cinco pedaços de papel têm as palavras *lorde/lady*. Se você tirar um destes, parabéns, você possui terras, talvez até um ou dois servos. Três têm a palavra *cavaleiro*, vocês sabem o que é. E há um papel, somente um, com as palavras *rei/rainha*. Se tirar este, você governará todos nós.

Ele estende o jarro para Ângela.

— Eu vou ser a rainha — declara ela.

— Veremos — diz o sr. Erikson.

Ângela tira um papel do vaso e o lê. Seu sorriso murcha. *Lady*.

— Eu não me lamentaria — diz-lhe o sr. Erikson. — É uma vida relativamente boa.

— Claro, se eu quiser ser vendida ao homem mais rico que quiser se casar comigo.

— *Touché*, Lady Ângela — admite o sr. Erikson.

Ele percorre a sala. Já conhece todos os alunos e os chama pelo nome.

— Hum... cabelos vermelhos — diz ele, ao chegar minha vez. — Pode ser uma bruxa.

Alguém dá um risinho debochado pelas minhas costas. Dou uma rápida olhada por sobre o ombro e vejo o detestável Tucker, o irmão de Wendy, sentado atrás de mim. Ele me brinda com um sorriso diabólico.

Tiro um papel. *Clérigo*.

— Muito bem, Irmã Clara. Agora você, sr. Avery.

Viro-me para ver Tucker retirar o papel do jarro.

— *Cavaleiro* — ele lê, parecendo satisfeito.

— Sir Tucker.

O papel de rei vai para Brady, um cara que não conheço e que — a julgar pela musculatura e pelo modo como aceita seu papel como se fosse um direito, em vez de obra do acaso — joga futebol americano.

Christian fica por último.

— Ah — diz ele com simulada consternação, ao ler o papel. — Sou um servo.

Em seguida, o sr. Erikson anda pela sala rolando um conjunto de dados para ver quem sobrevive à Peste Negra. As probabilidades de sobrevivência não são boas para os servos ou clérigos, já que estes cuidavam dos doentes. Mas, milagrosamente, eu sobrevivo. O sr. Erikson me recompensa com um distintivo laminado onde se lê: EU SOBREVIVI À PESTE NEGRA.

Mamãe ficaria orgulhosa de mim.

Christian não sobrevive. Recebe então um distintivo decorado com uma caveira e ossos, onde se lê: EU PERECI NA PESTE NEGRA. O sr. Erikson assinala sua morte no caderno em que mantém o registro de nossas novas vidas. Depois nos assegura, em tom de brincadeira, que as costumeiras regras de vida e morte não se aplicam ao exercício.

Mesmo assim, não consigo deixar de encarar a morte de Christian como um mau sinal.

Mamãe está esperando por nós na porta da frente quando voltamos para casa.

— Contem tudo para mim — exige ela, assim que cruzamos a soleira. — Quero todos os detalhes. Ele frequenta a escola? Você o viu?

— Ah, ela viu — diz Jeffrey, antes que eu possa responder. — Ela viu o cara e desmaiou no meio do corredor. Toda a escola estava comentando sobre isso.

Ela se vira para mim de olhos arregalados. Eu dou de ombros.

— Eu disse que ela iria desmaiar — comenta Jeffrey.

— Você é um gênio.

Mamãe estende a mão para afagar os cabelos dele, mas ele se esquiva e diz:

— Sou rápido demais para você.

— Tem batatas fritas e molho para vocês na cozinha — diz ela.

Jeffrey vai para a cozinha se empanturrar.

— O que aconteceu? — pergunta ela.

— Exatamente o que Jeffrey disse. Desabei na frente de todo mundo.

— Ah, querida — diz ela, com expressão de solidariedade.

— Quando acordei, tinha uma garota me socorrendo. Acho que ela pode ser minha amiga. Depois... — engulo em seco. — Ele voltou com a enfermeira e me carregou até a enfermaria.

Mamãe fica boquiaberta. Nunca a vi tão espantada.

— Ele carregou você?

— Sim, como se eu fosse uma dama em perigo.

Ela ri. Eu suspiro.

— Você já sabe o nome dele? — diz a voz de Jeffrey na cozinha.

— Cale a boca — grito.

— O nome dele é Christian — grita ele de volta. — Dá para acreditar? Viajamos essa distância toda para Clara poder salvar um cara chamado Christian.

— Entendi a ironia[12].

— Mas agora você sabe o nome dele — diz mamãe suavemente.

— Sim. — Não consigo deixar de sorrir. — Sei o nome dele.

— E as coisas estão acontecendo. As peças estão se juntando. — Ela olha para mim mais séria. — Você está preparada, filhota?

Não penso em outra coisa há semanas e já sei há dois anos que minha hora iria chegar. Mas será que estou preparada?

— Acho que sim — digo.

Espero que sim.

[12] Christian significa "cristão", em inglês. (N.T.)

4

A ENVERGADURA DAS ASAS

Eu tinha quatorze anos quando mamãe me falou sobre os anjos. Certa manhã, durante o café, ela anunciou que eu não iria à escola naquele dia; iríamos fazer um passeio, só eu e ela, mãe e filha. Deixamos Jeffrey na escola e percorremos cerca de cinquenta quilômetros, desde nossa casa, em Mountain View, até o Parque Estadual Big Basin Redwoods, nas montanhas próximas ao oceano. Mamãe parou o carro no estacionamento principal, pôs uma mochila no ombro e disse:

— A última a chegar é uma moloide.

Dirigiu-se então a uma trilha pavimentada. Tive praticamente que correr para conseguir acompanhá-la.

— Mães normais levam suas filhas para furar as orelhas — gritei atrás dela.

Não havia mais ninguém na trilha. Uma neblina atravessava o bosque. As sequoias chegavam a ter seis metros de diâmetro e eram tão altas que não se conseguia ver onde terminavam, apenas pequenos espaços entre os galhos, atravessados por réstias de luz.

— Para onde estamos indo? — perguntei, ofegante.

— Para o Poleiro do Abutre — respondeu mamãe por cima do ombro.

Como se isso me ajudasse.

Passamos diante de campings desertos, atravessamos riachos e nos curvamos sob gigantescos troncos musguentos nos lugares onde árvores haviam tombado sobre a trilha. Mamãe estava calada. Aquele não era um momento de cumplicidade entre mãe e filha, como quando ela me levou ao Fisherman's Wharf[13], à Winchester Mystery House[14] ou à loja da IKEA[15]. Somente a nossa movimentação perturbava a quietude do bosque. O silêncio era tão pesado e sufocante que tive vontade de gritar só para quebrá-lo.

Ela não voltou a falar até chegarmos a um grande afloramento rochoso, que se projetava da encosta da montanha como um dedo apontando para o céu. Para chegar ao topo, tivemos que escalar uma face íngreme, com cerca de seis metros — o que mamãe fez rápida e facilmente, sem olhar para trás.

— Mamãe, espere! — gritei, enquanto me arrastava.

Eu nunca subira nem mesmo o paredão de escalada que havia no ginásio da escola. Mas mamãe logo desapareceu no topo do rochedo, derrubando algumas pedrinhas em cima de mim.

— Mãe! — berrei.

---

[13] Área turística à beira-mar, em São Francisco. (N.T.)

[14] Conhecida mansão turística localizada em San Jose, Califórnia. (N.T.)

[15] Conhecida mansão turística localizada em San Jose, Califórnia. (N.T.)

Ela espreitou pela beirada da rocha.

— Você pode fazer isto, Clara — disse ela. — Confie em mim. Vale a pena.

Eu realmente não tinha alternativa. Estendendo os braços para cima, agarrei-me ao paredão do penhasco e comecei a subir, dizendo a mim mesma que não olhasse para baixo, para o abismo. Subitamente me vi no topo, ofegante, ao lado de mamãe.

— Uau! — exclamei, contemplando a paisagem.

— Impressionante, não é?

Abaixo de nós, estendia-se o vale de sequoias, circundado por montanhas distantes. Estávamos em um desses lugares onde se pode enxergar quilômetros em qualquer direção. Fechei os olhos, abri os braços e deixei o vento passar por mim, enquanto cheirava o ar e sentia uma intensa combinação de odores — árvores, musgo, coisas em crescimento, uma pitada de terra, água de riachos e oxigênio, puro e limpo. Uma águia descrevia uma lenta circunferência sobre o bosque. Eu podia imaginar facilmente como seria deslizar no ar, sem nada entre mim e o interminável céu azul, exceto pequenos flocos de nuvens.

— Sente-se aqui — disse mamãe.

Abri os olhos e a vi sentada em uma pedra. Ela deu um tapinha no espaço ao seu lado. Sentei-me ali. Ela remexeu na mochila, retirou uma garrafa de água, removeu a tampa e tomou um longo gole. Depois me ofereceu a garrafa. Bebi também, olhando para ela. Ela estava distraída, com o olhar distante, perdida em pensamentos.

— É algum problema comigo? — perguntei.

Ela teve um sobressalto e riu nervosamente.

— Não, querida — disse ela. — É que tenho uma coisa importante para lhe dizer.

Minha mente começou a girar enquanto eu pensava no que poderia ser.

— Você conheceu um cara — arrisquei.

Parecia uma óbvia possibilidade.

— Do que você está falando? — perguntou ela.

Mamãe nunca namorara muito, embora todos os que a conhecessem gostassem dela imediatamente e os homens a seguissem com os olhos. Ela costumava dizer que era ocupada demais para ter um relacionamento sério: estava envolvida demais com seu trabalho de programadora na Apple e atarefada demais criando os filhos sozinha no resto do tempo. Eu achava que ela ainda estava apaixonada por papai. Mas talvez ela tivesse algum caso amoroso secreto que desejava me confessar. Talvez, dentro de alguns meses, eu me visse de vestido cor-de-rosa e flores no cabelo, assistindo ao casamento dela com um cara que eu deveria chamar de papai. Isso já tinha acontecido com algumas amigas minhas.

— Você me trouxe aqui para me falar que conheceu um cara, que se apaixonou por ele e quer se casar com ele, ou alguma coisa assim — disse eu rapidamente, sem olhar para ela, pois não queria que ela percebesse como eu detestava a ideia.

— Clara Gardner.

— Por mim não há problema, sério.

— Você é um amor, Clara, mas está enganada — disse ela. — Eu trouxe você aqui porque acho que já tem idade suficiente para saber a verdade.

— Tudo bem — disse eu, ansiosa. Parecia ser coisa importante. — Que verdade?

Ela inspirou profundamente, soltou o ar e se inclinou em minha direção.

— Quando eu tinha mais ou menos a sua idade, vivia em São Francisco com minha avó — começou ela.

Eu sabia alguma coisa sobre o assunto. O pai dela desaparecera antes de ela nascer, e a mãe morrera ao lhe dar à luz. Eu sempre achei que isso parecia um conto de fadas — minha mãe, a trágica heroína órfã. Parecia uma heroína dos livros que eu lia.

— Nós morávamos em uma casa grande na rua Mason — disse ela.

— Por que você nunca me levou lá?

Nós tínhamos visitado São Francisco várias vezes, pelo menos duas ou três vezes por ano, e ela nunca me dissera nada sobre uma casa na rua Mason.

— Ela pegou fogo há muitos anos — explicou ela. — Acho que o lugar agora é uma loja de suvenires. De qualquer forma, eu acordei certo dia, de manhã cedo, com a casa tremendo violentamente. Tive que me agarrar à cabeceira da cama para não ser jogada no chão.

— Terremoto — observei.

Tendo crescido na Califórnia, eu já enfrentara alguns terremotos, mas nenhum que durasse mais que alguns segundos ou que causasse danos sérios. Mesmo assim, era uma coisa assustadora.

Mamãe assentiu.

— Eu podia ouvir a louça caindo do armário e as janelas quebrando na casa toda. De repente, eu ouvi um som como um gemido. A parede do meu quarto cedeu e os tijolos da chaminé caíram por cima de mim.

Olhei para ela horrorizada.

— Não sei quanto tempo fiquei ali — disse mamãe, após alguns momentos. — Quando abri os olhos de novo, vi um homem de pé ao meu lado. Ele se inclinou e disse: "Não se mexa, menina". Depois me levantou nos braços. Os tijolos caíram de cima de mim como se não pesassem nada. Ele me carregou até a janela. O vidro estava quebrado. Eu vi pessoas saindo das casas e correndo para a rua. Então, aconteceu uma coisa estranha. Estávamos em outro lugar. Ainda se parecia com o meu quarto, só que diferente, de alguma forma, como se outra pessoa vivesse ali. E estava intacto, como se o terremoto nunca tivesse acontecido. No lado de fora da janela havia muita luz; era tão forte que fazia os meus olhos doerem.

— E depois, o que aconteceu?

— O homem me colocou de pé. Fiquei espantada por não cair imediatamente. Minha camisola tinha virado um lixo e eu me sentia um pouco tonta. Mas fora isso eu estava bem. "Obrigada", eu disse para ele. Não sabia o que mais poderia dizer. Ele tinha cabelos dourados que brilhavam como nada que eu já tivesse visto. E era alto, o homem mais alto que eu já tinha visto, e muito bonito.

Ela sorriu ao se lembrar. Eu esfreguei os braços, que tinham ficado arrepiados. Tentei imaginar aquele cara alto e bonito, de cabelos louros e brilhantes, uma espécie de Brad Pitt surgindo do nada para salvar minha mãe. Franzi a testa. A imagem me perturbava, mas eu não sabia por quê.

— Ele disse: "De nada, Margaret" — prosseguiu mamãe.

— Como ele sabia seu nome?

— Perguntei isso a mim mesma. Perguntei a ele. Ele me disse que era amigo do meu pai. Tinham servido juntos, ele disse. E disse que me observava desde o dia em que eu nasci.

— Puxa. Como se fosse seu anjo da guarda.

— Exatamente. Como se fosse meu anjo da guarda — confirmou mamãe, meneando a cabeça. — Embora ele não fosse se identificar assim, é claro.

Esperei que ela continuasse.

— Era isso o que ele era, Clara. Quero que você entenda. Ele era um anjo.

— Claro — disse eu. — Um anjo. Com asas e tudo, com certeza.

— Eu só vi as asas dele mais tarde, mas sim.

Ela parecia extremamente séria.

— Aham — murmurei. Pensei no anjo do vitral da igreja, com um halo, túnica púrpura e enormes asas douradas estendidas nas costas. — O que aconteceu depois?

Isso não pode ficar mais estranho, pensei.

Mas ficou.

— Ele me disse que eu era especial — disse ela.

— Especial como?

— Ele disse que meu pai era um anjo e minha mãe era humana. E eu era uma *Dimidius*. Isso significa metade.

Eu ri. Não consegui evitar.

— Pare com isso. Você está brincando, não está?

— Não. — Ela me olhou fixamente. — Não é brincadeira, Clara. É verdade.

Olhei para ela também. Acontece que eu confiava nela. Mais do que em qualquer pessoa. Tanto quanto eu sabia, ela nunca me contara mentiras, nem mesmo essas mentirinhas que muitos pais dizem aos filhos para que estes se comportem, acreditem no coelhinho da Páscoa ou seja lá o que for. Ela era minha mãe, é claro, mas também era minha melhor amiga. Um lugar-comum, mas verdadeiro. E agora estava me contando uma história maluca, uma coisa impossível, olhando para mim como se tudo dependesse da minha reação.

— Então você está dizendo... você está dizendo que você é metade anjo — disse eu lentamente.

— Sim.

— Mamãe, por favor, pare com isso. — Eu queria que ela risse e me dissesse que aquela coisa de anjo fora um sonho que tivera. Como em *O Mágico de Oz*, quando Dorothy acorda e descobre que a história de Oz fora uma grande e colorida alucinação provocada por uma pancada na cabeça. — Então, o que aconteceu?

— Ele me trouxe de volta à Terra. Me ajudou a encontrar minha avó, que àquela altura estava histérica, convencida de que eu tinha sido esmagada. E quando o incêndio chegou ao nosso bairro, ele nos ajudou a escapar para o Parque Golden Gate. Ficou conosco por três dias. Depois disso, não o vi por muitos anos.

Eu permanecia em silêncio, incomodada com os detalhes da história. Cerca de um ano antes, minha turma fizera uma excursão a um museu de São Francisco, que abrira uma nova exposição sobre o grande terremoto que a cidade sofreu. Vimos fotos de prédios desmoronados, bondes jogados para fora dos trilhos, esqueletos enegrecidos de casas incendiadas. Ouvimos velhas gravações de pessoas que tinham estado lá, pessoas cujas vozes tremiam ao descrever o terrível desastre.

Havia muita celeuma em torno do assunto naquele ano, pois era o centésimo aniversário do terremoto.

— Você disse que houve incêndios? — perguntei.

— Incêndios terríveis. A casa da minha avó queimou totalmente.

— E quando foi isso?

— Foi em abril — disse ela. — Abril de 1906.

Pensei que ia vomitar.

— Quer dizer que você tem o quê, cento e dez anos?

— Vou fazer cento e dezesseis este ano.

— Não acredito em você — balbuciei.

— Eu sei que é difícil.

Pus-me de pé. Mamãe tentou segurar minha mão, mas eu a afastei. Vi um lampejo de dor em seus olhos. Ela também se levantou e deu um passo para trás, dando-me um pouco de espaço, meneando a cabeça como se entendesse perfeitamente o que eu estava pensando. Como se soubesse que iria esclarecer tudo.

Eu não conseguia respirar direito.

Ela estava louca. Era a única explicação que fazia sentido. Minha mãe, que até aquele momento parecia ser a melhor mãe do mundo — minha versão particular da série *Gilmore Girls*[16], a inveja de todas as minhas amigas, com seus lindos cabelos acobreados, sua fabulosa pele aveludada e seu peculiar senso de humor —, era na verdade uma louca delirante.

— O que você está querendo? Por que está me contando isso? — perguntei, pestanejando para limpar as lágrimas.

— Porque você precisa saber que também é especial.

---

[16] Série de TV que aborda o relacionamento entre mãe e filha. (N.T.)

Olhei-a, incrédula.

— Sou especial — repeti. — Porque se você é metade anjo, eu serei o quê? Um quarto de anjo?

— Quem tem um quarto de anjo é chamado de *Quartarius*.

— Quero ir para casa — disse eu, languidamente.

Tinha que ligar para meu pai. Ele poderia saber o que fazer. Eu precisava encontrar ajuda para mamãe.

— Eu também não teria acreditado nisso — disse ela. — Não sem uma prova.

No início, pensei que o sol devia ter saído de trás das nuvens, iluminando de repente a plataforma de onde contemplávamos o panorama. Mas aos poucos fui compreendendo que era uma luz mais forte. Virei-me e vi minha mãe irradiando luz — tão forte que tive de proteger os olhos. Era como olhar para o sol. Meus olhos chegaram a lacrimejar. Seu brilho diminuiu um pouco e vi que ela tinha asas, asas enormes que se desdobravam atrás dela.

— Isto se chama glória — disse ela.

Entendi suas palavras, embora ela não estivesse falando em inglês, mas numa língua estranha em que cada sílaba soava como duas notas musicais. Era uma coisa tão fantástica e assustadora que me arrepiou os cabelos da nuca.

— Mamãe — sussurrei, desamparadamente.

Suas asas se abriram para trás e bateram uma vez, emitindo um som surdo, como um coração que pulsasse sob a terra. Meus cabelos foram soprados para trás. Ainda resplandecendo, ela se ergueu do chão devagar, com uma graça e leveza impossíveis. De súbito, disparou por cima do arvoredo, cobrindo rapidamente toda a largura do vale até se tornar apenas um ponto brilhante no horizonte. Atônita, sozinha e emudecida, fiquei parada na plataforma rochosa, mais escura agora por mamãe não estar lá para iluminá-la.

— Mamãe! — gritei.

Ela fez uma curva e deslizou pelo ar em minha direção, desta vez mais devagar. Ao chegar à beira do penhasco, deteve-se e pairou no ar, batendo as asas suavemente.

— Acho que acredito em você — disse eu.

Os olhos dela faiscaram.

Por alguma razão, eu não conseguia parar de chorar.

— Querida — disse ela. — Vai ficar tudo bem.

— Você é um anjo — arquejei, entre lágrimas. — Isso significa que eu...

Não consegui dizer as palavras.

— Significa que você também é parte anjo — disse ela.

Naquela noite, estaquei no meio do meu quarto, com a porta trancada, e desejei que minhas asas aparecessem. Mamãe me garantira que, com o tempo, eu seria capaz de convocá-las e até usá-las para voar. Eu não conseguia imaginar isso. Era loucura demais. Em frente ao espelho de corpo inteiro e vestindo uma camisola, pensei nos comerciais da *Victoria's Secret*, aqueles em que as modelos se vestem como anjos, com as asas enroladas sensualmente em volta do corpo. Mas nenhuma asa apareceu em mim. Senti vontade de rir com o ridículo da ideia. Eu com asas brotando dos ombros. Eu, parte anjo.

A história de minha mãe ser metade anjo fazia todo o sentido — pelo menos tanto quanto podia fazer sentido a história de ela ser uma entidade sobrenatural. Ela sempre me parecera exageradamente linda. E ao contrário de mim, com minha teimosia emburrada, meus acessos de fúria e meu sarcasmo, ela era graciosa e ponderada. Perfeita a ponto de ser irritante. Eu não conseguiria citar um defeito dela.

A menos que se inclua o fato de ela ter mentido para mim durante toda a minha vida, pensei, cedendo a um lampejo de amargura. Não deveria haver algum tipo de regra estabelecendo que os anjos não podem mentir?

Só que ela não mentira realmente. Ele nunca me disse: "Sabe de uma coisa? Você *não* é diferente das outras pessoas". Na verdade, sempre me disse o contrário. Sempre disse que eu era especial. É que eu nunca tinha acreditado nela até então.

— Você é melhor em tudo — dissera ela ainda no Poleiro do Abutre. — Mais forte, mais rápida, mais inteligente. Você nunca reparou?

— Hum, não — respondi prontamente.

Mas isso não era verdade. Eu sempre tivera a sensação de ser diferente das outras pessoas. Mamãe tem um vídeo que me mostra andando com sete meses de idade. Aprendi a ler com três anos. Sempre fui a primeira da turma em coisas como dominar as tabelas de multiplicação, decorar os cinquenta estados do país, e por aí vai. Além disso, eu era boa nas atividades físicas. Corria rápido. Saltava alto e arremessava com força. Todo mundo me queria na equipe nos jogos das aulas de educação física.

Apesar de tudo, eu não fui uma criança prodígio nem nada parecido. Não era excepcional em nada. Não jogava golfe como Tiger Woods, nem escrevia sinfonias com a idade de cinco anos, nem participava de competições de xadrez. De modo geral, no entanto, as coisas eram um pouco mais fáceis para mim do que para as outras crianças. Notei isso, certamente, mas nunca pensei muito no assunto. No máximo, presumi que era melhor nas coisas porque não perdia muito tempo vendo besteiras na tevê. Ou porque minha mãe me fazia treinar, estudar e ler livros.

Agora eu não sabia o que pensar. Tudo estava se encaixando. E se desencaixando ao mesmo tempo.

Mamãe sorrira.

— Muitas vezes só fazemos o que se espera de nós — disse ela. — Quando somos capazes de realizar muito mais.

A essa altura, eu estava tão atarantada que tive de me sentar. Mamãe começara a falar novamente, ensinando-me o básico. Asas: confere. Mais forte, mais rápida, mais inteligente: confere. Capaz de realizar muito mais. Alguma coisa sobre línguas. E havia duas regras: *não conte nada a Jeffrey — ele não tem idade suficiente. Não conte aos humanos — eles não vão acreditar e, mesmo que acreditem, não saberão lidar com isso.* Minha nuca ainda se arrepiava quando eu me lembrava do modo como ela dissera "humanos", como se a palavra de repente não se aplicasse a nós. Falara então sobre o propósito e sobre como, dentro em breve, eu receberia o meu. Era importante, dissera ela, mas não algo que pudesse explicar com facilidade. Depois se calara, parando de responder às minhas perguntas. Já me dissera que havia coisas que eu teria de aprender com o tempo. Através da experiência. E outras que eu não ainda não precisava saber.

— Por que você não me contou tudo isso antes? — perguntara eu.

— Porque eu queria que você tivesse uma vida normal tanto quanto possível — respondera ela. — Eu queria que você fosse uma menina normal.

Eu jamais voltaria a ser normal. Isto estava claro.

Olhei para meu reflexo no espelho do quarto.

— Tudo bem — disse eu. — Me mostre... *as asas*!

Nada.

— Mais rápida que uma bala! — bradei para o espelho, exibindo minha melhor pose de Super-Homem.

Meu sorriso acabou desaparecendo e a garota diante de mim me olhou com ar cético.

— Vamos — disse eu, abrindo os braços.

Depois, empinei os ombros para a frente e pensei intensamente em asas. Imaginei que estavam irrompendo de mim, perfurando a pele, desdobrando-se como as de mamãe no topo da montanha. Abri os olhos.

Nada de asas.

Suspirei e me joguei na cama. Desliguei a luminária. As estrelas fosforescentes pregadas no teto do meu quarto agora pareciam bobas, infantis. Olhei para o meu despertador. Passava da meia-noite. Escola no dia seguinte. Eu teria de fazer um teste de soletração que perdera no terceiro período, o que me pareceu ainda mais ridículo.

— Quartarius — disse eu, o nome que mamãe dava a quem tinha um quarto de anjo.

Q-U-A-R-T-A-R-I-U-S. Clara é uma Quartarius.

Pensei no estranho idioma que minha mãe falara. Ela o chamava de angélico. Belo e extraordinário como as notas de uma canção.

— Me mostre minhas asas — disse eu.

Minha voz pareceu estranha desta vez, como se houvesse ecos mais agudos e mais baixos em torno das palavras. Levei um susto.

Eu falava angélico.

Então, senti as asas embaixo de mim, erguendo-me ligeiramente na cama, uma dobrada sobre a outra. Iam até meus calcanhares. Eram brancas e brilhantes.

— Porra! — exclamei, tapando a boca em seguida.

Bem devagar, temendo que as asas desaparecessem, levantei-me da cama e acendi a luz. Postei-me em frente ao espelho e as observei pela primeira vez. Eram de verdade — asas de verdade com penas de verdade, pesadas e palpitantes. Uma prova cabal de que o que acontecera com minha mãe não fora brincadeira. Elas eram tão lindas que só de olhar para elas eu sentia um aperto no peito.

Delicadamente, toquei nelas. Eram quentes, vivas. Eu conseguia movê-las, descobri, do mesmo modo que movia os braços. Como se fossem de fato uma parte de mim, um conjunto adicional de membros que eu desconhecera a vida inteira, até aquele momento. Tinham de três a três metros e meio de envergadura, mas era difícil ter certeza, pois ultrapassavam a largura do espelho.

Envergadura, pensei, abanando a cabeça. Eu tenho envergadura. Isso é um absurdo.

Examinei as penas. Algumas eram longas, lisas e pontudas. Outras, macias e arredondadas. As penas mais curtas — que ficavam mais próximas ao corpo, no local em que as asas se conectavam aos ombros — eram pequenas, penugentas e tinham o tamanho do meu polegar. Peguei uma delas e a puxei até arrancá-la; doeu tanto que meus olhos se encheram de lágrimas. Olhei atentamente para a pena em minha mão, tentando me acostumar com o fato de que aquilo saíra de mim. Por um momento, a pena apenas permaneceu sobre a palma da minha mão. Depois, lentamente, começou a se dissolver, como que se evaporando no ar, até que nada restou.

Eu tinha asas. Eu tinha penas. Eu tinha sangue de anjo.

E agora?, perguntei a mim mesma. Aprendo a voar? Fico em uma nuvem tocando harpa? Vou receber mensagens de Deus? Senti um pavor se alastrar dentro de mim. Apesar de nossa família não ser exatamente religiosa, eu sempre acreditara em Deus. Mas estava começando a descobrir que há uma grande diferença entre acreditar em Deus e saber que Ele existe — e aparentemente tem algum grande projeto para a minha vida. Era uma coisa bastante estranha, para dizer o mínimo. O meu entendimento do universo e do meu lugar nele fora completamente virado de pernas para o ar em menos de vinte e quatro horas.

Eu não sabia o que fazer para as asas sumirem novamente. Então as dobrei nas costas e as comprimi ao máximo. Deitei na cama e posicionei os braços de modo a senti-las embaixo de mim. A casa estava em silêncio. Era como se todos os outros habitantes da Terra estivessem adormecidos. Todos continuavam iguais, mas eu tinha mudado. Naquela noite, tudo o que consegui fazer foi permanecer deitada, pensando no assunto, maravilhada e amedrontada, afagando suavemente as penas sob meu corpo. Até que adormeci.

5

A PALHAÇA *SEXY*

Christian e eu temos apenas uma aula juntos. Captar sua atenção, portanto, não é tarefa fácil. Todos os dias, durante a aula de história britânica, tento escolher uma cadeira que aumente minhas chances de que ele se sente ao meu lado. Hoje as estrelas se alinharam pela terceira vez, e ele se instala na carteira ao lado. Sorrio e digo olá. Ele retribui o sorriso e diz oi. Por um instante, uma força inegável parece nos atrair um para o outro como se fôssemos ímãs. Mas, como nas outras vezes, ele abre o caderno ou verifica o telefone celular por baixo da mesa, sinalizando que nosso papo de abobrinhas terminou. É como se nos últimos segundos um dos ímãs fosse virado ao contrário e o afastasse de mim. Ele não é rude, nem nada; apenas não está interessado em me conhecer. E por que estaria? Ele não faz ideia do futuro que nos aguarda.

Assim, todos os dias, eu o observo, tentando memorizar tudo que posso sem saber ao certo o que me poderá ser útil algum dia. Ele gosta de usar camisas de mangas compridas com as mangas enroladas até os cotovelos e o mesmo modelo de jeans Seven em nuances levemente diferentes de azul ou preto. Usa cadernos de papel reciclado e escreve com uma esferográfica de tinta verde. Quase sempre sabe a resposta correta quando o sr. Erikson lhe pergunta alguma coisa. Quando não sabe, faz uma piada a respeito do fato, indicando que, além de inteligente, é humilde e engraçado. Gosta de pastilhas de menta. De vez em quando, enfia a mão no bolso de trás da calça, retira a pequena lata prateada e joga uma pastilha na boca. Para mim, isso significa que ele espera ser beijado.

Por falar nisso, Kay se encontra com ele todos os dias depois da aula. Talvez tenha percebido como a garota nova olhava para seu homem naquele dia na cantina e não queira vê-lo vulnerável de novo. Portanto, tudo o que tenho são os preciosos minutos antes da aula. E, até o momento, nada do que eu tenha feito ou dito provocou uma resposta significativa de Christian.

Mas amanhã é o Dia da Camiseta[17]. Preciso de uma camiseta que dê origem a uma conversa.

— Não se estresse com isso — diz Wendy, enquanto desfilo diante dela usando uma série de camisetas.

Ela veio para minha casa depois da escola; está sentada no chão do meu quarto, perto da janela, com as pernas dobradas sob o corpo. É a própria imagem da melhor amiga ajudando a melhor amiga a tomar uma importante decisão sobre moda.

[17] T-Shirt Day, em inglês. Feriado comemorado no dia 11 de fevereiro, nos Estados Unidos. Nesse dia, militantes de diversas procedências vestem camisetas alusivas às causas que defendem e não militantes usam as camisetas com as mais variadas finalidades: enviar recados, fazer gracejos, chamar a atenção, exibir fotos de pessoas queridas etc. (N.T.)

— Poderia ser um conjunto musical? — pergunto.

Abro uma camiseta preta, alusiva a uma excursão das Dixie Chicks[18].

— Não essa.

— Por quê?

— Acredite no que estou dizendo.

Pego uma das minhas favoritas: a verde-folha com uma imagem de Elvis, que comprei em uma viagem que fiz a Graceland alguns anos antes. O jovem Elvis com ar sonhador, debruçado sobre sua guitarra.

Wendy emite um som neutro.

Levanto uma camiseta rosa-choque com os dizeres: TODOS AMAM UMA GAROTA DA CALIFÓRNIA. Essa pode ser a melhor opção, pois me daria uma chance de enfatizar o que Christian e eu temos em comum. Mas vai brigar com meus cabelos cor de laranja.

Wendy caçoa.

— Acho que meu irmão está planejando usar uma camiseta dizendo: "Volte para a Califórnia".

— Celerado... Afinal, o que é que ele tem contra os californianos?

Ela dá de ombros.

— É uma longa história. Resumindo, meu avô era o dono do rancho Lazy Dog e agora o dono é um californiano rico. Meus pais apenas administram o rancho para ele, e Tucker se ressente disso. Além do mais, você insultou Bluebell.

— Bluebell[19]?

---

[18] Trio americano de música country composto só por mulheres. (N.T.)

[19] Bluebell é uma flor azul nativa do oeste americano. (N.T.)

— Nestas paragens, ninguém pode desrespeitar a caminhonete de um homem sem sofrer graves consequências.

Começo a rir.

— Bem, ele deveria superar isso. Tucker tentou me queimar na fogueira ontem, durante a aula de história britânica. Eu estava cuidando de minha própria vida, fazendo anotações como uma boa menina, e então, de repente, ele se levanta e me acusa de ser uma bruxa.

— Parece mesmo coisa de Tucker — admite Wendy.

— Todo mundo teve que votar. A freira aqui escapou por pouco. É claro que vou ter que retribuir o favor.

Christian, lembro-me com alegria, votou contra a minha execução. Claro que o voto dele não conta muito porque ele é um servo. Mas, ainda assim, ele não quis me ver morta — mesmo que só em teoria, o que deve valer alguma coisa.

— Você sabe que isso só vai encorajar Tucker, não sabe? — observa Wendy.

— Ei, eu posso lidar com seu irmão. Além disso, há um prêmio para os alunos que conseguirem sobreviver até o fim do semestre. E eu sou uma sobrevivente.

Agora é a vez de Wendy rir.

— Sim. Bem, Tucker também é.

— Não consigo acreditar que você dividiu o útero com ele.

Ela sorri.

— Realmente, há horas em que eu mesma não consigo acreditar — diz ela. — Mas ele é um bom garoto. Só que às vezes esconde isso muito bem.

Ela olha pela janela. Suas bochechas estão cor-de-rosa. Será que a ofendi? Apesar de todas as brincadeiras sobre a chatice de

Tucker, será que ela é sensível em relação a ele? Acho que consigo entender isso. Eu posso zombar de Jeffrey, mas se alguém se meter com meu irmãozinho é melhor tomar cuidado.

— Elvis, então? Estou ficando sem opções.

— Claro. — Ela se encosta à parede e estica os braços acima da cabeça, como se a conversa a tivesse cansado. — Ninguém liga, mesmo.

— É. Bem, você sempre morou aqui — lembro-lhe. — Você é aceita. Mas, no meu caso, acho que, se eu fizer um movimento errado, posso ser expulsa da escola por uma multidão enfurecida.

— Ah, por favor. Você vai ser aceita. Eu aceitei você, não aceitei?

Aceitou mesmo. Após duas semanas, ainda estou almoçando na mesa das Invisíveis.

Até agora, identifiquei dos grupos principais na Jackson Hole: os Que Têm — as pessoas bonitas, os ricos de Jackson Hole, cujos pais possuem restaurantes, galerias de arte e hotéis; e os Que Não Têm — mais humildes e menos vistosos, os garotos cujos pais trabalham para os ricos de Jackson Hole. Quem quiser constatar o grande abismo que há entre esses dois grupos, basta olhar de Kay — com seus penteados perfeitos e unhas feitas à francesa — para Wendy, que é inegavelmente bonita, mas usa os cabelos tisnados pelo sol presos numa trança às costas e não pinta as unhas curtas.

E eu, onde me enquadro?

Estou começando a perceber que nossa casa grande com vista para as montanhas significa que temos muita grana, coisa que mamãe nunca mencionou na Califórnia. Aparentemente, somos abonados. No entanto, mamãe nos criou sem nenhuma sugestão de riqueza. Afinal de contas, ela atravessou a Grande Depressão. Insiste que Jeffrey e eu poupemos parte do dinheiro que nos dá todas as semanas, obriga-nos a comer até a última migalha de nossos pratos, remenda nossas roupas, remenda nossas meias e diminui a calefação no inverno, pois sempre podemos vestir mais um suéter.

— Sim, você me aceitou, mas ainda estou tentando entender por quê — digo a Wendy. — Acho que você deve ser uma espécie de aberração. Ou isso, ou está tentando me converter à sua secreta religião equina.

— Droga, você me pegou — diz ela teatralmente. — Você frustrou meu plano diabólico!

— Eu sabia!

Gosto de Wendy. Ela é um pouco estranha, mas gentil e muito gente boa. E me salvou de ser rotulada como esquisita ou solitária, assim como amenizou a saudade que sinto das minhas amigas na Califórnia. Quando telefono para elas, agora, sinto que não tenho muita coisa a dizer, pois já estou fora do circuito. É óbvio que estão se virando bem sem mim.

Mas não posso ficar remoendo isso, nem tentando descobrir se sou uma Que Tem ou uma Que Não Tem. Meu verdadeiro problema não está relacionado a riqueza ou pobreza, mas ao fato de que quase todos os alunos da Jackson Hole se conhecem desde o maternal. Formaram suas panelinhas há muitos anos. Embora minha inclinação natural seja me aproximar da turma mais modesta, Christian é uma das pessoas bonitas, portanto tenho que estar entre elas. Mas existem obstáculos. Obstáculos enormes e evidentes. O primeiro deles é o almoço. A turma dos populares geralmente almoça fora do campus. Claro. Tendo dinheiro e carro, você ficaria no campus para comer frango frito? Acho que não. Eu tenho dinheiro e carro, mas na primeira semana de aula, a caminho da escola, dei uma derrapada de cento e oitenta graus na estrada coberta de gelo. Jeffrey disse que foi melhor que a montanha-russa do parque Six Flags. Agora vamos para a escola de ônibus, o que significa que não posso sair do campus para almoçar, a menos que alguém me dê carona — e as pessoas não estão formando fila para me convidar. Isso me leva ao obstáculo número dois: parece que sou tímida. Pelo menos entre pessoas que não prestam muita atenção em mim. Nunca notei isso na Califórnia. Nunca precisei ser extrovertida na minha velha escola; meus amigos pareciam gravitar naturalmente em minha direção. Aqui a história é bem diferente, embora, em grande parte, devido ao obstáculo número três: Kay Patterson. É difícil fazer um monte de amigos quando a garota mais popular da escola olha de atravessado para você.

Na manhã seguinte, Jeffrey entra na cozinha vestindo uma camiseta com os seguintes dizeres: SE OS IDIOTAS PUDESSEM VOAR, ESTE LUGAR SERIA UM AEROPORTO. Sei que as pessoas vão achar engraçado e ninguém ficará ofendido, porque todo mundo gosta dele na escola. As coisas são muito fáceis para ele.

— Aí, você não está com vontade de dirigir hoje? — pergunta ele. — Não quero andar até o ponto de ônibus. Está frio demais.

— Você está com vontade de morrer hoje?

— Claro. Adoro arriscar a vida. É bom para me manter alerta.

Arremesso meu pão contra ele, que o apara no ar. Olho para a porta fechada do escritório de mamãe. Ele sorri, esperançoso.

— OK — digo. — Vou aquecer o carro.

— Está vendo — diz ele, enquanto percorremos lentamente a longa estrada até a escola. — Você sabe dirigir na neve. Daqui a pouco, vai ser uma profissional.

Ele está sendo estranhamente simpático.

— Tudo bem, o que está havendo com você? — pergunto. — O que você quer?

— Entrei na equipe de luta livre.

— Como você conseguiu isso se os testes foram em novembro?

Ele dá de ombros como se não fosse nada de mais.

— Eu desafiei o melhor lutador da equipe para uma luta. E venci. É uma escola pequena. Eles precisam de lutadores.

— Mamãe já sabe?

— Eu disse a ela que estou na equipe. Não ficou muito entusiasmada. Mas ela não pode nos proibir de participar das atividades da escola, certo? Estou cansado dessa besteira de "é melhor não chamar a atenção, senão alguém vai perceber que nós somos diferentes". Quer dizer, não é porque eu ganho uma luta que as pessoas vão dizer: "Quem é aquele garoto? Ele é bom lutador mesmo, deve ser um *anjo*".

— Verdade — concordo, meio contrafeita.

Mas mamãe não é do tipo que impõe regras só porque pode. Tem que haver uma explicação para sua cautela.

— O negócio é o seguinte: preciso de carona para alguns treinos — diz ele, mexendo-se pouco à vontade no banco. — Quer dizer, para todos.

Durante alguns momentos, reina o silêncio no interior do carro, quebrado apenas pelo motor da calefação soprando sobre nossas pernas.

— Que horas? — pergunto finalmente.

Preparo-me para más notícias.

— Cinco da manhã.

— Nem pensar.

— Ah, por favor.

— Peça à mamãe para levar você.

— Ela disse que, já que eu insisto em fazer parte da equipe de luta livre, vou ter de encontrar transporte. Ser responsável por mim mesmo.

— Bem, boa sorte — digo, dando uma risada.

— Por favor. Vão ser só algumas semanas. Depois, meu amigo Darrin vai fazer dezesseis anos e pode me levar.

— Tenho certeza de que mamãe vai adorar isso.

— Por favor, Clara. Você me deve — diz ele baixinho.

Eu devo a ele. É por minha causa que sua vida virou de cabeça para baixo. Não que ele pareça estar sofrendo muito.

— Eu não lhe devo droga nenhuma — retruco. — Mas... tudo bem. Por seis semanas, no máximo. Depois você vai ter que arranjar outra pessoa para ser seu chofer.

Ele parece genuinamente feliz. Pode ser que nós estejamos em um processo de recuperação, ele e eu, no sentido de que tudo volte a ser como antes. Redenção, não é como chamam isso? Seis semanas acordando cedo não parece um preço alto demais para que ele deixe de me odiar.

— Mas há uma condição — digo a ele.

— Qual?

Ponho para tocar meu CD da Kelly Clarkson.

— Teremos que ouvir as minhas músicas.

Wendy está usando uma camiseta com os dizeres: OS CAVALOS COMERAM MEU DEVER DE CASA.

— Achei *adorível* — sussurro para ela, enquanto esperamos começar a aula de inglês *honors* —, mistura de adorável com horrível.

Vejo Jason Lovett, a atual paixão dela, olhando em nossa direção do outro lado da sala.

— Não olhe agora, Wendy, mas seu príncipe encantado está dando uma conferida em você.

— Cale a boca.

— Espero que ele saiba montar a cavalo, pois o filme sempre termina com o mocinho e a mocinha cavalgando em direção ao sol poente.

A campainha toca e o sr. Phibbs se dirige rapidamente para a frente da sala.

— Dez pontos extras para o primeiro aluno que conseguir identificar corretamente a citação escrita na minha camiseta — anuncia ele.

Ele apruma o corpo e joga os ombros para trás, para que nós possamos ler as palavras que cobrem seu peito. Todos nós nos inclinamos para a frente e apertamos os olhos, tentando discernir as minúsculas letras: SE HÁ UMA COISA QUE A CIÊNCIA NOS ENSINA, É A ACEITAR NOSSOS FRACASSOS TÃO BEM QUANTO NOSSOS SUCESSOS, COM TRANQUILA DIGNIDADE E ELEGÂNCIA.

Fácil. Terminamos de ler o livro na semana passada. Olho ao redor, mas não vejo mãos levantadas. Wendy está tentando não fazer contato visual com o sr. Phibbs para que ele não a chame. Jason Lovett está tentando fazer contato visual com Wendy. Ângela Zerbino, que quase sempre apresenta a resposta certa, está escrevendo em seu caderno, provavelmente algum tortuoso poema épico sobre as injustiças em sua vida. Alguém nos fundos da sala assoa o nariz e uma garota começa a estalar os dedos sobre a carteira, mas ninguém diz nada.

— Alguém sabe? — pergunta o sr. Phibbs, desalentado.

Ele se deu ao trabalho de mandar confeccionar a camiseta, e nenhum de seus distintos alunos de inglês *honors* consegue identificar uma passagem de um livro que acabaram de estudar.

Que se dane. Levanto a mão.

— Srta. Gardner — diz o sr. Phibbs, começando a se animar.

— Sim, é do *Frankenstein*, certo? A ironia na citação é que o Dr. Frankenstein diz a frase pouco antes de tentar estrangular o monstro que ele mesmo criou. Lá se foi a dignidade.

— Sim, é um trecho bastante irônico — ri o sr. Phibbs, registrando meus dez pontos.

Tento parecer entusiasmada.

Wendy coloca um pedaço de papel sobre a minha carteira. Espero um momento e o desdobro discretamente.

Sabichona, está escrito. *Adivinhe quem não está aqui hoje?* Ela desenhou um rostinho sorridente na margem do papel. Inspeciono a sala novamente. Percebo então que ninguém está tentando abrir um buraco na minha cabeça com o olhar.

Kay não está presente.

Sorrio. Vai ser um lindo dia.

— Eu trouxe o folheto do estágio de veterinária de que lhe falei — diz Wendy para mim, quando a campainha anuncia a hora do almoço.

Entro às pressas no corredor, desço as escadas em disparada e me dirijo até meu armário. Ela tem que correr para me acompanhar.

— Calma, você está morrendo de fome ou o quê? — Ela ri, enquanto disco às pressas a combinação do armário. — Hoje tem sanduíche de almôndegas. Isso e as batatas recheadas são as melhores coisas do cardápio o ano inteiro.

— O quê?

Estou distraída examinando o mar de rostos ao meu redor, procurando um par de olhos verdes bastante familiar.

— Bem, o estágio é em Montana. Realmente, é espetacular.

Lá. Lá está Christian, em frente ao armário dele. Não, Kay não está à vista. Ele veste a jaqueta — camurça preta! — e pega suas chaves. Uma descarga de trêmula excitação sacode meu estômago.

— Vou almoçar fora hoje — digo, pegando minha parca.

A boca de Wendy forma um pequeno O de surpresa.

— Você veio de carro?

— Vim. Jeffrey me convenceu a lhe dar carona durante as próximas semanas.

— Legal — diz ela. — Podemos ir ao Bubba's. Tucker trabalhou lá, por isso eles sempre me dão desconto. A comida é boa, pode acreditar. Deixe eu pegar meu casaco.

Christian está saindo. Não tenho muito tempo.

— É que eu tenho uma consulta marcada, Wen — digo eu, hesitante, torcendo para que ela não me pergunte com que médico.

— Ah — diz ela.

Percebo que ela não sabe se deve acreditar em mim.

— É, e não quero chegar atrasada.

Ele já está quase na porta.

Fecho meu armário e me viro para Wendy, tentando não olhá-la nos olhos. Sou uma péssima mentirosa. Mas agora não há tempo para sentimentos de culpa. Afinal, isso tem a ver com meu propósito.

— Vejo você depois da escola, tudo bem? Tenho que ir.

Rumo então à saída, praticamente correndo.

Saio do estacionamento e sigo a Avalanche de Christian, tentando manter alguns carros entre nós para não parecer que o estou seguindo. Ele dirige até uma Pizza Hut, a alguns quarteirões da escola. Desce do carro acompanhado por um cara que reconheço vagamente da aula de inglês.

Planejo minha abordagem. Vou fingir que os encontrei por acaso.

— Ah, olá — murmuro para mim mesma, olhando-me no espelho retrovisor, fingindo surpresa. — Vocês também costumam vir aqui? Posso me sentar com vocês?

E ele olhará para mim com aqueles olhos aquosos, e dirá "sim" naquela voz levemente rouca, e se levantará para me dar lugar à mesa, e a cadeira ainda estará quente com o calor de seu corpo. E eu soltarei a língua e, de alguma forma, direi coisas incrivelmente espirituosas. E ele enfim saberá quem eu sou.

Não é um plano perfeito, mas é o melhor que consegui conceber com tão pouco tempo para pensar.

O local está lotado. Localizo Christian nos fundos, enfiado num compartimento circular com cinco outras pessoas. Com certeza não há lugar para mim, nem algum modo de ir até lá sem tornar minhas intenções pateticamente óbvias. Sinto-me frustrada mais uma vez.

Encontro uma pequena mesa em um canto à entrada, em frente às máquinas de jogos. Sento-me de costas para Christian e seus amigos, de modo que eles não vejam meu rosto, embora tenha certeza de que reconhecerão meus cabelos rebeldes e alaranjados se me lançarem um olhar mais que fortuito. Preciso imaginar outro plano.

Enquanto espero alguém aparecer para anotar meu pedido, Christian e os outros caras na mesa pulam do banco e correm até a fileira de máquinas, como crianças saindo para o recreio. Agora os vejo com clareza, agrupados em torno de uma máquina de fliperama. Christian está no centro, enfiando moedas na ranhura. Ele se debruça sobre a máquina enquanto joga. Suas espessas sobrancelhas se juntam, num esforço de concentração, enquanto suas mãos se movem rapidamente nas laterais. Ele está usando uma camiseta de mangas compridas, azul-marinho, com os dizeres QUAL É SEU SÍMBOLO? grafados em letras brancas.

Há também uma faixa branca por baixo, com as imagens de um diamante negro, um quadrado azul e um círculo verde. Não faço ideia do que significam.

— Ih, cara.

Como um bando de trogloditas solidários, os amigos de Christian soltam grunhidos quando ele, ao que tudo indica, deixa a bola passar pelas alavancas não apenas uma vez, mas duas, três vezes. *Pinball*, obviamente, não é seu jogo.

— Cara, o que é que há com você hoje? — pergunta o sujeito da aula de inglês; acho que o nome dele é Shawn, aquele com uma obsessão não muito saudável por sua prancha. — Você está fora de forma, cara. Onde estão aqueles reflexos rápidos?

Christian não responde logo — ainda está jogando. Depois dá um gemido e vira as costas para a máquina.

— Aí, eu estou com muita coisa para pensar no momento — diz ele.

— É, como fazer canja de galinha para a coitadinha da Kay — caçoa o outro cara.

Christian abana a cabeça.

— Você está me imitando, mas as mulheres adoram sopa. Mais do que de flores. Pode acreditar.

Tento reunir coragem para falar com ele. Na Califórnia, era um fato sabido que eu jogava *pinball* muito bem. Posso ser aquela garota que é craque em *videogames*. É mil vezes melhor que aparecer perto da mesa dele como um cachorro perdido. Pode ser a minha chance.

— Ei — diz Shawn quando me levanto para ir até lá. — Aquela não é a Palhaça?

Quem?

— O quê? — diz Christian. — Quem é palhaça?

— Você sabe, a garota nova. Aquela da Califórnia.

O mais triste de tudo foi que realmente levei um minuto para compreender que ele estava falando de mim. Às vezes, é horrível possuir uma audição sobrenaturalmente boa.

— Ela está olhando direto para você, cara — diz Shawn.

Rapidamente, desvio o olhar. O nome se instala na boca do meu estômago como cimento molhado. Palhaça. Acho que nunca mais vou poder mostrar meu rosto (ou meus cabelos) em público. E os golpes não param.

— Ela tem olhos grandes, não tem? Como uma coruja — diz outro sujeito. — Aí, acho que ela está te perseguindo, Prescott. Quer dizer, ela é *sexy*, mas tem jeito de maluca, vocês não acham?

Shawn ri.

— Cara... Palhaça *Sexy*. O melhor apelido que já vi.

Acho que ele não está querendo ser desaforado; presumiu, logicamente, que eu não conseguiria ouvi-lo no lado oposto do restaurante, em meio a tanto barulho. Mas ouço suas palavras como se ele estivesse falando em um microfone. Uma centelha de calor intenso percorre meu corpo, da cabeça aos pés. Sinto meu estômago se revirar. Preciso sair rápido dali, pois quanto mais tempo permanecer, mais certeza tenho de que uma das duas coisas irá acontecer: ou vou vomitar ou vou chorar. E prefiro morrer a fazer qualquer uma delas na frente de Christian Prescott.

— Parem com isso, caras — murmura Christian. — Tenho certeza de que ela só veio aqui para almoçar.

Sim, sim. E já estou de saída. Agora.

***

Aula de história britânica, trinta minutos depois. Estou sentada na carteira mais afastada da porta. Tento não pensar na palavra *Palhaça*. Gostaria de estar com um capuz para cobrir meus cabelos de palhaço.

O sr. Erikson está recostado na beira da mesa, usando uma camiseta larga com os dizeres: AS GAROTAS GOSTAM DOS HISTORIADORES.

— Antes de iniciar a aula, quero formar duplas com vocês para os trabalhos especiais que irão fazer — anuncia ele, abrindo a caderneta de desempenho dos alunos. — Juntos, vocês terão de escolher um tópico. Pode ser qualquer um, desde que esteja relacionado com a história da Inglaterra, País de Gales, Irlanda ou Escócia. Pesquisem o assunto cuidadosamente durante os próximos meses. Depois, vocês irão apresentar o que aprenderam ao resto da turma.

Alguém dá um chute na parte de trás da minha cadeira.

Arrisco uma olhada por cima do ombro. Tucker. Como esse cara sempre consegue sentar atrás de mim?

Eu o ignoro.

Ele chuta minha cadeira novamente. Com força.

— Qual é o seu problema? — sussurro por sobre o ombro.

— Você.

— Pode ser mais específico?

Ele sorri. Resisto ao impulso de me virar e bater com meu pesado volume de História Ilustrada da Grã-Bretanha em sua cabeça. Em vez disso, contento-me com uma frase clássica:

— Pare com isso.

— Está havendo algum problema, Irmã Clara? — pergunta o Sr. Erikson.

Penso em lhe dizer que Tucker está tendo dificuldade em manter os pés parados. Posso sentir todos os olhares voltados para mim, o que é a última coisa que desejo. Não hoje.

— Não, só estou entusiasmada com o trabalho — digo.

— É bom você se entusiasmar com o estudo de história — diz o sr. Erikson. — Mas tente se conter até eu colocar você com alguém, certo?

Só não me coloque com Tucker, suplico, uma prece tão séria quanto qualquer outra que eu já tenha feito. Pergunto a mim mesma se as preces dos sangues-de-anjo contam mais que as das pessoas comuns. Se eu fechar meus olhos e desejar de todo o coração ser colocada com Christian, talvez isso aconteça milagrosamente. Então, passaremos várias horas juntos, após as aulas, elaborando nosso trabalho. Durante essas horas, não haverá interferência de Kay, durante essas horas mostrarei a ele que não sou nenhuma palhaça maluca com olhos de coruja e finalmente esclarecerei tudo.

Christian, peço aos céus. *Por favor*, acrescento, só para ser educada.

Christian acaba fazendo dupla com o Rei Brady.

— Não se esqueça de que você é um servo — diz Brady.

— Não, majestade — responde Christian humildemente.

— E, por fim, acho que Irmã Clara e Lady Ângela podem formar uma dupla dinâmica — diz o sr. Erikson. — Agora, por favor, passem alguns minutos com seus parceiros para planejar como irão formular o projeto.

Como sempre, Ângela está sentada na fileira da frente. Instalo-me na carteira ao lado dela.

— Elvis — diz ela, olhando para minha camiseta. — Bonito.

— Ah. Obrigada. Gosto da sua também.

A camiseta dela estampa uma cópia da famosa pintura de Bouguereau com dois anjinhos nus: o anjinho beija a anjinha no rosto.

— É *Il Primo Bacio*, não é? *O Primeiro Beijo*?

— Sim. Minha mãe me leva para visitar a família dela na Itália todos os verões. Comprei essa camiseta em Roma por dois euros.

— Legal.

Não sei mais o que dizer. Na pintura, as asas brancas do menino são minúsculas. É pouco provável que sejam capazes de tirar do chão seu corpo gorducho. A menina está olhando para baixo, como se não estivesse nem um pouco interessada no beijo. Ela é mais alta que o menino, mais esbelta, mais madura. Suas asas são cinza-escuras.

— Bem, eu pensei que nós poderíamos nos encontrar na segunda-feira, no Pink Garter, o teatro da minha mãe. Não há nenhum show sendo ensaiado no momento. Assim, vamos ter bastante espaço para trabalhar — diz Ângela.

— Parece excelente — digo, com pouquíssimo entusiasmo. — Na segunda-feira, então, depois da escola?

— Eu tenho ensaio na orquestra. Termina por volta das sete. Posso me encontrar com você no Garter às sete e meia?

— Ótimo — digo. — Estarei lá.

— Está tudo bem com você? — pergunta ela.

— Sim, desculpe. — Sinto o rosto abrasado e esticado como se estivesse queimado de sol. Consigo dar outro sorriso amarelo. — Hoje é um daqueles dias.

* * *

Na mesma noite, sonho com o incêndio no bosque. O mesmo de sempre: os pinheiros e choupos, o calor, as chamas se aproximando, Christian de pé com as costas viradas para mim, observando tudo. Fumaça rodopiando no ar. Ando até onde ele está.

— Christian — chamo.

Ele se vira para mim. Seus olhos se prendem aos meus. Ele abre a boca para dizer alguma coisa. Sei que é importante, mais uma pista, algo fundamental para que eu compreenda meu propósito.

— Eu conheço você? — pergunta ele.

— Nós frequentamos a mesma escola — digo eu para lembrá-lo. Nada.

— Fazemos o mesmo curso de história britânica.

A ficha não cai.

— Você me carregou até a enfermaria no meu primeiro dia na escola. Eu desmaiei no corredor, lembra?

— Ah, certo, eu me lembro de você — diz ele. — Qual é o seu nome mesmo?

— Clara. — Não tenho tempo para lembrá-lo da minha existência. O fogo está se aproximando. — Tenho que tirar você daqui — digo, segurando seu braço.

Não sei o que espera que eu faça. Só sei que temos de sair daqui.

— O quê?

— Estou aqui para salvar você.

— Me salvar? — exclama ele com ar incrédulo.

— Sim.

Ele sorri. Depois começa a rir, tapando a boca com a mão.

— Desculpe — diz ele. — Mas como *você* pode *me* salvar?

* * *

— Foi só um sonho — comenta mamãe.

Ela me serve uma xícara de chá de framboesa e se recosta na bancada da cozinha, parecendo serena como sempre, embora um pouco cansada e desgrenhada, o que é normal, considerando que são quatro horas da manhã e sua filha, em pânico, acaba de acordá-la.

— Açúcar? — oferece ela.

Abano a cabeça.

— Como você sabe que foi um sonho? — pergunto.

— Porque parece que sua visão sempre ocorre enquanto você está acordada. Alguns dos sangues-de-anjo sonham suas visões, mas você não. E também porque não consigo acreditar que Christian não se lembre do seu nome.

Dou de ombros. Então, como sempre faço, conto tudo a ela. Falo sobre como me sinto atraída por Christian, sobre as poucas vezes que conversamos durante as aulas e sobre como eu nunca sei o que dizer. Falo sobre Kay e sobre a minha brilhante ideia de convidar a mim mesma para almoçar à mesa de Christian, e como o plano saiu totalmente errado. E falo sobre a Palhaça.

— Palhaça? — pergunta ela com seu sorriso tranquilo, quando finalmente termino de falar.

— Sim. Mas um dos caras prefere Palhaça *Sexy*. — Suspiro e tomo um gole de chá. — Eu sou uma aberração.

Mamãe me empurra de brincadeira.

— Clara! Eles disseram que você é *sexy*.

— Hum, não exatamente — digo eu.

— Não sinta pena de si mesma. Deveríamos pensar em outros nomes.

— Outros nomes?

— Outros nomes que eles poderiam usar para você. Assim, quando você ouvir algum deles, já vai ter uma resposta preparada.

— Como assim?

— Cabeça de Abóbora.

— Cabeça de Abóbora — repito lentamente.

— Era um grande insulto quando eu era criança.

— Quando, em 1900?

Ela se serve de mais uma xícara de chá.

— Fui chamada de Cabeça de Abóbora muitas vezes. Também me chamavam de Pequena Órfã Annie[20], que era um poema popular, na época. E Larva. Eu *odiava* Larva.

É difícil imaginá-la criança, muito menos uma criança com quem outros garotos impliquem. Mas me faz sentir um pouco (só um pouco) melhor por ter sido chamada de Palhaça.

— Tudo bem. Algum outro apelido?

— Deixe ver. Cenoura. Esse é outro apelido comum.

— Alguém já me chamou desse nome — admito.

— Ah, Pippi Meialonga.[21]

— Caramba — digo eu, rindo. — Mande mais, Cabeça de Fósforo.

E assim continuamos, de um lado para outro, até começarmos a rir histericamente. Jeffrey aparece à entrada da porta e fica nos olhando, espantado.

— Desculpe — diz mamãe, ainda rindo sem parar. — Nós acordamos você.

---

[20] Personagem de uma antiga história em quadrinhos, cujos cabelos eram ruivos. (N.T.)

[21] *Pippi Longstalking*, em inglês. Personagem-título de uma série de livros infantis, cujos cabelos são ruivos. Lançada no Brasil, a série recebeu o nome de Pippi Meialonga. (N.T.)

— Não. Tenho treino de luta livre.

Ele vai até o refrigerador, pega uma caixa de suco de laranja, serve-se de um copo, bebe tudo em três goles e coloca o copo dentro da pia, enquanto tentamos nos controlar.

Não consigo me conter. Viro-me para mamãe.

— Você faz parte da família Weasley[22]? — pergunto.

— Essa foi boa, Páprica — dispara ela.

— Nem sei o que é isso. Mas não precisa me *paparicar*.

E começamos a rir novamente, como duas hienas.

— Vocês duas têm que pensar seriamente em diminuir o consumo de cafeína. Clara, não se esqueça de que você tem que me levar para o treino dentro de vinte minutos — diz Jeffrey.

— Tem razão, mano.

Ele sobe para o quarto. Nossas gargalhadas vão esmorecendo. Limpo os olhos. Minha barriga está doendo de tanto rir.

— Você é ótima, sabia? — digo a mamãe.

— Foi engraçado — responde ela. — Faz muito tempo que eu não ria tanto.

Faz-se silêncio.

— Como é Christian? — pergunta ela de repente, como se estivesse apenas de conversa fiada. Sei que ele é deslumbrante e, aparentemente, tem complexo de herói. Mas como ele é? Você nunca me disse.

Fico ruborizada.

— Não sei. — Dou de ombros, sem graça. — Ele é um grande mistério, e parece que meu trabalho vai ser desvendar esse misté-

[22] Nome da família de Ron Weasley, um dos protagonistas da série Harry Potter. Seus integrantes têm cabelos ruivos. (N.T.)

rio. Até a camiseta que ele usou hoje era uma espécie de código. Dizia: "qual é o seu símbolo?" Por baixo havia um diamante negro, um quadrado azul e um círculo verde. Não faço ideia do que isso quer dizer.

— Hum... — diz mamãe. — Misterioso.

Ela entra no escritório. Poucos minutos depois, sai de lá com uma folha impressa. Com mais de cem anos de idade, minha mãe sabe usar o Google como poucos.

— Esqui — informa ela, triunfante. — Os símbolos são fixados no alto das pistas de esqui para indicar o grau de dificuldade das ladeiras. Diamantes negros para as pistas difíceis, quadrados negros para as intermediárias e círculos verdes para as supostamente fáceis. Ele é esquiador.

— Esquiador — digo eu. — Está vendo? Eu nem sabia disso. Quer dizer, sei que ele é canhoto, que usa perfume Obsession e fica rabiscando nas margens do caderno quando está entediado com a aula. Mas não sei quem ele é. E ele realmente não sabe quem eu sou.

— Isso vai mudar — diz ela.

— Vai mesmo? Será que eu preciso saber quem ele é? Ou só preciso salvá-lo? Não paro de perguntar a mim mesma: por quê? Por que ele? Quer dizer, pessoas morrem em incêndios florestais. Talvez não muitas, mas algumas, todos os anos. Tenho certeza. Então, por que eu estou sendo enviada para salvar Christian? E se eu não puder? O que vai acontecer então?

— Clara, me escute. — Mamãe se inclina e segura minha mão. Já não há brilho em seus olhos. Suas íris estão tão escuras que parecem arroxeadas. — Você não está sendo enviada em uma missão que não tenha capacidade para executar. Você vai ter que encontrar força dentro de si mesma e terá de refinar essa força. Você foi feita para essa missão. E Christian não é um garoto qualquer, escolhido aleatoriamente, sem nenhum motivo. Existe um motivo para tudo isso.

— Você acha que Christian poderá se tornar importante, como ser presidente algum dia ou descobrir a cura do câncer?

Ela sorri.

— Ele é tremendamente importante — diz ela. — E você também.

Quero muito acreditar nela.

6

VOU ESQUIAR

Na manhã de domingo, vamos a uma grande e famosa estação de esqui situada em Teton Village, a poucos quilômetros de Jackson. Jeffrey cochila no banco traseiro. Mamãe parece cansada, provavelmente por ter passado muito tempo discutindo assuntos sérios com a filha durante a madrugada.

— Nós temos que dobrar antes de Wilson, certo? — pergunta ela, segurando o volante na posição "dez para as duas" e semicerrando os olhos como se o sol os estivesse incomodando.

— Sim, é a Rodovia 380, à direita.

— É a 390 — diz Jeffrey, ainda de olhos fechados.

Mamãe alisa o nariz com as pontas dos dedos, pisca algumas vezes e muda a posição das mãos no volante.

— O que está havendo com você hoje? — pergunto.

— Dor de cabeça. Tem um trabalho que não está saindo como eu planejei.

— Você está trabalhando muito mesmo. Que tipo de trabalho?

Ela dobra cuidadosamente na Rodovia 390.

— E agora? — pergunta ela.

Consulto o mapa do MapQuest que imprimi.

— Siga em frente por cerca de oito quilômetros. Teton Village fica à esquerda. Não há como nós não acharmos o resort.

Dirigimos por alguns minutos, passando por restaurantes, lojas e alguns hotéis-fazenda. De repente, a área de esqui se abre ao nosso lado. Pistas brancas cortam o arvoredo, dividindo a montanha em grandes faixas brancas. Um teleférico liga a base com o topo. Toda a montanha parece incrivelmente íngreme. Como o Everest.

Jeffrey se apruma para olhar melhor.

— Essa montanha é um barato — diz ele, como quem não aguenta esperar nem mais um minuto para se atirar nas pistas.

Ele confere o relógio.

— Anda logo, mamãe. Por que você tem que dirigir como uma avó?

— Você precisa de dinheiro? — pergunta mamãe, ignorando o comentário dele. — Eu dei a Clara um pouco de dinheiro para as aulas.

— Eu não preciso de aulas. Só preciso chegar lá ainda neste milênio.

— Pare de encher a paciência — digo eu. — Vamos chegar quando chegarmos. Faltam menos de dois quilômetros agora.

— Talvez eu possa saltar e ir andando. Iria chegar mais rápido.

— Vocês dois, parem de... — mamãe começa a dizer, quando o carro escorrega no gelo.

Ela pisa no freio, mas derrapamos de lado e ganhamos velocidade. Mamãe e eu gritamos, enquanto o carro sai da estrada e entra num banco de neve. Paramos à beira de um pequeno campo. Trêmula, mamãe inspira profundamente.

— Ué, foi você quem disse que nós iríamos adorar o inverno aqui — lembrei-lhe.

— Perfeito — diz Jeffrey com sarcasmo. Desafivelando o cinto, ele abre a porta. O carro está sobre meio metro de neve. Uma vez mais, ele olha para o relógio. — Simplesmente perfeito.

— Você tem que comparecer a alguma reunião importante? — pergunto.

Ele me lança um olhar aborrecido.

— Ah, entendi — digo. — Você está pretendendo se encontrar com alguém. Qual é o nome dela?

— Não é da sua conta.

Mamãe suspira e engrena a marcha à ré. O carro se move cerca de trinta centímetros e os pneus começam a girar em falso. Ela engrena a primeira marcha, anda um pouco para a frente e tenta a ré de novo. Sem resultado. Estamos presos em um banco de neve. Bem diante das pistas de esqui. A situação não poderia ser mais humilhante.

— Posso sair e empurrar — oferece Jeffrey.

— Espere um pouco — diz mamãe. — Alguém vai aparecer.

Como se a tivesse ouvido, uma caminhonete para no acostamento da estrada. Um cara desce do veículo e caminha em nossa direção. Mamãe abaixa o vidro da janela.

— Bem, bem, bem, o que temos aqui? — pergunta ele.

Fico boquiaberta. Tucker se debruça na janela, sorrindo de orelha a orelha.

Ah, sim, a situação podia ser mais humilhante.

— Olá, Cenoura — diz ele. — Oi, Jeff.

Ele acena com a cabeça para meu irmão como se ambos fossem grandes amigos. Jeff devolve o cumprimento. Mamãe sorri para ele.

— Acho que não nos conhecemos. Eu sou Maggie Gardner.

— Tucker Avery — apresenta-se ele.

— Você é o irmão de Wendy.

— Sim, senhora.

— Estamos precisando muito de ajuda — diz ela afetuosamente, enquanto me afundo no banco desejando estar morta.

— Claro. Fiquem sentados aí.

Ele corre até a caminhonete e retorna com duas cordas, que amarra rapidamente embaixo do carro como alguém que já fez esse tipo de coisa um milhão de vezes. Retorna à caminhonete e a estaciona atrás de nós, amarrando nela as outras extremidades da corda. Então nos reboca suavemente até a estrada. A coisa toda demora cinco minutos.

Mamãe sai do carro e faz sinal para que eu saia também. Olho para ela como se ela estivesse louca, mas ela insiste.

— Você precisa agradecer — diz ela, baixinho.

— Mamãe.

— Agora.

— Está bem.

Saio do carro. Tucker está ajoelhado na neve desprendendo as cordas da caminhonete. Ele olha para mim e sorri de novo, revelando uma covinha em sua bochecha esquerda.

— Caso você não tenha percebido, foi o meu caminhão que tirou você de um banco de neve — diz ele.

— Muito obrigada — diz minha mãe, olhando significativamente para mim.

— Sim, obrigada — digo eu, entredentes.

— De nada — diz ele cordialmente.

Nesse momento, percebo que Tucker pode ser simpático quando quer.

— E diga a Wendy que mandei um abraço — diz mamãe.

— Vou fazer isso. Prazer em conhecer a senhora.

Se estivesse usando seu chapéu de caubói, Tucker o teria levantado ligeiramente. Então, sem dizer mais nada, ele retorna à caminhonete e vai embora.

Olho para as pistas de esqui — a mesma direção seguida por Tucker —, pensando se devo mesmo me meter naquilo.

Mas Christian é esquiador, lembro a mim mesma.

Então, vou esquiar.

— Esse Tucker parece ser um rapaz agradável — diz mamãe, enquanto caminhamos até o carro. — Como é que você nunca me falou sobre ele antes?

Quinze minutos mais tarde, estou na área onde os alunos devem encontrar seus instrutores. Está repleta de crianças com óculos de neve e capacetes, gritando sem parar. Sinto-me completamente fora de meu hábitat, como um astronauta prestes a dar seus primeiros passos em um planeta desconhecido. Estou utilizando esquis alugados e estranhas botas alugadas, que parecem estar apertadas e me fazem andar de forma engraçada, e todos os outros equipamentos para a neve que minha mãe me convenceu a usar. Só não quis colocar os óculos de neve. E enfiei o horrendo capuz de lã no bolso do casaco. Mas do pescoço para baixo cada centímetro de meu corpo está coberto e acolchoado. Não sei nem se posso me mexer, quanto mais esquiar. Meu instrutor, que deve me encontrar às nove em ponto, já está cinco minutos atrasado. Observei meu irritante irmão pular no teleférico como se não fosse nada demais e deslizar para baixo alguns minutos depois como se tivesse nascido sobre um esqui, acompanhado por uma garota loira. A vida é uma droga. Além disso, meus pés estão enregelados.

— Desculpe o atraso — diz uma voz ressonante atrás de mim. — Eu tive que tirar uns californianos de um banco de neve.

Não pode ser verdade. O destino não é tão cruel. Dou meia-volta e me deparo com os olhos azuis de Tucker.

— Sorte deles — comento.

Seus lábios se contraem como se ele estivesse tentando não rir. Parece estar de bom humor.

— Quer dizer que você circula por aí tirando idiotas da neve e lhes ensinando a esquiar — digo eu.

Ele encolhe os ombros.

— Dá para pagar minhas despesas aqui.

— Você é bom nisso?

— Em tirar idiotas da neve? Sou o melhor.

— Ha, ha. Você é hilariante... Não. Em ensinar idiotas a esquiar.

— Acho que você vai descobrir.

Tucker começa a aula com uma lição sobre como obter equilíbrio, posicionar os esquis, virar-me e parar. Ele me trata como qualquer outro aluno, o que é ótimo. Até relaxo um pouco. Parece tudo muito simples quando se aprende por etapas.

Então ele me pede para usar o teleférico de cabo[23].

— É fácil. Segure o cabo e deixe-o levar você até o alto da colina. Quando chegar ao topo, largue o cabo.

Ao que parece, ele acha que sou retardada. Ando desajeitadamente até o início da linha e seguro o cabo negro, oleoso e sacolejante. Desequilibro-me e quase caio para a frente, mas de alguma forma consigo alinhar os esquis, permitindo que o cabo me puxe colina acima. Dou uma rápida olhada por cima do ombro, para verificar se Tucker está rindo. Não está. Parece um juiz de Olimpíada se preparando para dar uma nota. Ou um cara prestes a presenciar um terrível acidente.

No alto da colina, largo o cabo e luto para me afastar antes que o garoto seguinte se choque contra mim. Permaneço um momento olhando para baixo. Tucker me aguarda ao pé da colina. Não é uma ladeira íngreme, e não existem árvores que eu possa abalroar. Mas atrás de Tucker a ladeira continua a descer, para além do teleférico de cabo, do hotel e das pequenas lojas que margeiam o caminho para o estacionamento. Subitamente, vejo a mim mesma com meio corpo embaixo de um carro.

— Vamos lá! — grita Tucker. — A neve não vai morder.

---

[23] *rope tow*, no original. Espécie de teleférico simples, constituído apenas por um cabo que gira a pouca altura sobre roldanas que interligam a parte alta e a parte baixa de uma elevação. Para chegar ao topo, o esquiador simplesmente calça os esquis e segura o cabo no sentido ascendente. (N.T.)

Ele acha que estou com medo. Tudo bem, eu *estou* com medo. Mas a ideia de que Tucker esteja pensando que sou frouxa faz meu queixo se levantar com determinação. Posiciono os esquis em um meticuloso V, como ele me ensinou. Então, impulsiono o corpo para frente.

O ar frio fustiga meu rosto, penetra em meus cabelos e os faz esvoaçar atrás de mim como uma bandeira. Ponho mais pressão em um dos pés e deslizo levemente para a esquerda. Reproduzo então o movimento, desta vez para a direita, descrevendo um arco para a direita. De um lado para outro, traço meu caminho colina abaixo. Durante alguns momentos, sigo em linha reta, ganhando um pouco de velocidade; depois repito a operação. Fácil. Quando me aproximo de Tucker, distribuo meu peso igualmente em ambos os pés e abro mais o V, como ele me ensinou. E paro. Uma sopa.

— Talvez eu deva tentar do outro jeito — digo eu. — Com os esquis paralelos.

Ele olha para mim, franzindo a testa. Seu bom humor aparentemente desapareceu.

— Acho que você quer me fazer acreditar que esta é a primeira vez que está esquiando — diz ele.

Olho para seu rosto carrancudo, perplexa. Será que ele estava esperando que eu caísse nessa pequena colina? Olho para os outros iniciantes. Parecem um bando de patinhos, tentando não colidir uns com os outros. O mais comum é errarem a direção do percurso.

Eu deveria mentir para Tucker, dizer-lhe que já esquiara antes. Manter a devida discrição. Mas eu não queria mentir para outro membro da família Avery na mesma semana.

— Devo tentar outra vez?

— Sim — diz ele. — Acho que você deve tentar outra vez.

Desta vez ele sobe comigo e, quando desço a colina, ele desce ao meu lado. Ele me deixa tão nervosa que quase caio por duas vezes. Mas penso em como seria humilhante cair na frente de Tucker e consigo me manter ereta. Quando chegamos à base, ele me pede para descermos de novo, desta vez no estilo paralelo, que me parece muito melhor. É mais gracioso. Mais divertido.

— Venho ensinando essa turma há dois anos — diz ele, quando chegamos à base pela quinta vez —, e é a primeira vez que alguém faz a aula inteira sem cair nem uma vez.

— Eu tenho um bom equilíbrio — explico. — Eu costumava dançar. Lá na Califórnia. Balé.

Ele me olha de olhos semicerrados, como que não conseguindo entender por que eu mentiria sobre uma coisa dessas, a menos que estivesse tentando me mostrar. Ou talvez ele esteja desnorteado com a ideia de que uma garota rica da Califórnia possa ser boa em alguma coisa, além de fazer compras em shoppings.

— Bem, é isso — diz ele abruptamente. — Acabou a aula.

Ele se vira na direção do hotel.

— O que eu devo fazer agora? — pergunto.

— Experimente andar no teleférico — diz ele, afastando-se em seus esquis.

Por algum tempo, permaneço fora da fila do teleférico, observando as pessoas subirem nas cadeiras. Eles fazem a coisa parecer fácil. Só é preciso cronometrar com exatidão. Eu gostaria que Tucker não fosse tão bobo. Seria bom que ele pudesse me orientar nessa parte.

Decido embarcar. Entro na fila. Quando me aproximo da frente, um funcionário faz um furo no meu bilhete.

— Você está sozinha?

— Estou.

— Sem acompanhante! — grita ele na direção do final da fila. — Temos uma pessoa desacompanhada aqui!

Que embaraçoso. Subitamente, prefiro ter colocado os óculos.

— Tudo bem — diz o controlador do teleférico, fazendo sinal para que alguém ocupe a cadeira que vem na minha direção.

Quando gesticula para mim, arrasto-me até a linha que foi desenhada na neve, posiciono os esquis e, por cima do ombro, olho nervosamente para a cadeira que se aproxima. Ela atinge minhas pernas com força. Sento-me e sou içada no ar. De repente, estou voando sobre a encosta da montanha, balançando levemente. Dou um suspiro de alívio.

— É tão ruim assim?

Viro-me para ver com quem estou sentada. No mesmo instante, sinto falta de ar.

Estou dividindo a cadeira do teleférico com Christian Prescott.

— Oi — digo.

— Olá, Clara — responde ele.

Ele se lembra do meu nome. O que eu tive foi só um sonho. Um sonho muito idiota.

— Um bom dia para descer as encostas, não é? — pergunta ele.

— É.

Meu coração está pulsando em um ritmo louco, que faz o sangue latejar nos meus ouvidos. Ele parece totalmente à vontade na cadeira. Com seu agasalho verde-folha, calças pretas, gorro preto, óculos puxados para o alto da cabeça e um cachecol feito de um material felpudo, ele parece o garoto-propaganda de alguma estação de esqui. Seus olhos, de um profundo verde-esmeralda, estão deslumbrantes contra o pano de fundo do agasalho. Ele está tão próximo de mim que sinto seu calor.

— Você não esteve na Pizza Hut outro dia? — pergunta ele.

Ele tinha que trazer o assunto à tona. Meu rosto fica abrasado. Ele pode estar olhando para meus cabelos neste exato momento, pensando: Palhaça. Por que, mas por que não coloquei a droga de um gorro sobre a droga do cabelo?

— É, talvez — balbucio. — Quer dizer, eu estive lá. Eu... talvez você tenha me visto. Acho que você me viu, certo? Quer dizer, eu vi você.

— Você deveria ter me dado um alô.

— Acho que deveria.

Olho para o chão que desfila abaixo de nós, desejando pensar em um assunto de conversa. Ele está usando esplêndidos esquis pretos com uma espécie de curva, que parecem muito diferentes dos meus.

— Você não pratica *snowboarding*? — pergunto.

— Pratico, às vezes — diz ele. — Mas gosto mais de esquiar. Estou na equipe de corrida. Quer um Jolly Rancher?

— O quê?

Ele enfia seus bastões embaixo da coxa e retira as luvas. Depois, abre o zíper do agasalho, enfia a mão sob a blusa e pega um punhado de balas.

— Eu sempre trago essas balas quando venho esquiar — explica ele.

Subitamente, minha boca ficou incrivelmente seca.

— Claro, vou querer uma.

— Ardida ou cereja?

— Ardida — digo.

Ele desembrulha uma bala e a joga na boca. Então, estende outra para mim. Com minhas luvas grossas, não consigo nem mesmo pegá-la.

— Eu tiro.

Ele desembrulha a bala e se inclina para mim. Tento afastar meus cabelos do rosto.

— Abra a boca — diz ele, segurando a bala.

Abro a boca. Cuidadosamente, ele deposita a bala sobre minha língua. Nossos olhares se encontram por um momento. Quando fecho a boca, ele se recosta de novo na cadeira.

— Obrigada — digo, chupando a bala.

A bala é surpreendentemente ardida. Seria melhor ter escolhido a de cereja.

— De nada.

Ele recoloca as luvas.

— É preciso treinar todos os fins de semana para fazer parte da equipe de esqui? — pergunto.

— Nos fins de semana eu venho aqui mais para me divertir. E para participar das corridas, quando elas são realizadas aqui. Durante a semana eu treino à noite no Snow King.

— Uau, você consegue esquiar à noite?

Ele ri.

— Claro. As pistas são iluminadas. Na verdade, eu adoro esquiar à noite. Não fica tão cheio. Da cidade, dá para ver as luzes. É bonito.

— Parece lindo.

Nenhum de nós diz nada por algum tempo. Ele bate um esqui contra o outro, suavemente, jogando uma chuveirada de neve na colina abaixo. É uma coisa surrealista estar pendurada no ar ao lado dele na encosta de uma montanha, vendo-o de perto, ouvindo sua voz.

— Snow King é aquela estação de esqui dentro de Jackson Hole? — pergunto.

— É. Tem só quinze pistas, mas é uma boa colina para treinar. E quando competimos nos campeonatos estaduais, os garotos da escola podem nos ver do estacionamento.

Estou prestes a lhe dizer que gostaria de vê-lo disputar uma corrida de esqui, quando percebo que a cadeira está se aproximando de uma pequena guarita no lado da montanha e os esquiadores estão descendo.

— Ah, droga.

— Que foi? — pergunta Christian.

— Não sei como sair dessa coisa.

— Você não...

— É o primeiro dia em que estou esquiando — digo eu, com o pânico apertando minha garganta. A guarita está cada vez mais próxima. — O que eu faço?

— Mantenha para cima as pontas dos esquis — responde ele rapidamente. — Vamos chegar ao topo do monte. Quando o terreno se nivelar, fique de pé e se afaste para o lado. Você vai ter que fazer isso bem rápido, para sair do caminho das pessoas que vêm atrás.

— Ih, cara. Não sei se vir aqui foi uma ideia muito boa.

— Relaxe — diz ele. — Vou ajudar você.

A cadeira está a segundos da guarita. Todos os músculos do meu corpo se contraem.

— Segure bem os bastões — orienta ele.

Você consegue, digo a mim mesma, enfiando os dedos nas alças dos bastões e os segurando com força. Você é uma sangue-de--anjo. *Mais forte, mais rápida, mais inteligente. Use isso, pelo menos por uma vez.*

— Pontas para cima — diz Christian.

Levanto as pontas dos meus esquis. Passamos por uma pequena mureta e, como ele disse, alcançamos um terreno plano.

— Fique de pé — ordena Christian.

Tento me levantar. A cadeira me atinge nas panturrilhas, empurrando-me para a frente.

— Agora, chegue para o lado — diz ele, já esquiando para a esquerda.

Tento segui-lo, enfiando os bastões na neve e me impulsionando com toda a força. Percebo tarde demais que ele queria dizer que eu fosse para a direita, enquanto ele ia para a esquerda. Quando ele se vira para ver como estou, estou me precipitando em sua direção, já sem equilíbrio. Meus esquis deslizam por sobre os dele. Eu me debato e um dos meus braços atinge o ombro dele.

— Pare! — grita ele, tentando se firmar, mas sem conseguir.

Escorregamos por alguns metros e acabamos caindo, embolados no chão.

— Mil desculpas — digo.

Estou emborcada sobre ele. Minha bala Jolly Rancher picante está caída na neve, ao lado de sua cabeça. Seu gorro e seus óculos desapareceram. Meus esquis se desprenderam e meus bastões ficaram pelo caminho. Luto para sair de cima dele, mas não consigo apoiar os pés.

— Fique parada — diz ele com firmeza.

Paro de me mexer. Ele me enlaça e nos rola suavemente para o lado. Esticando a mão, remove seu esqui que está sob minha perna e rola ainda mais para o lado, afastando-se de mim. Fico caída na neve, de costas, querendo que um buraco se abra embaixo de mim e me engula pelo resto do ano letivo. Talvez para sempre. Fecho os olhos.

— Tudo bem com você? — diz ele.

Abro os olhos. Ele está debruçado sobre mim, com o rosto bem próximo. Posso sentir em seu hálito o aroma da bala de cereja. Atrás dele, uma nuvem sai da frente do sol. O céu se abre, muito brilhante. De súbito, sinto-me consciente de tudo: de meu coração bombeando sangue nas veias, da neve que se derrete lentamente sob meu corpo, das agulhas dos pinheiros oscilando na brisa, do perfume das árvores misturado à fragrância da colônia de Christian e a algo que pode ser cera de esquis, e do matraquear das correntes passando pelas roldanas do teleférico.

E Christian, com os cabelos colados no crânio, rindo para mim com os olhos, a apenas um hálito de distância.

Não penso no incêndio, nem em meu propósito. Não penso em salvá-lo. Penso: como seria beijar Christian?

— Tudo bem.

Ele afasta uma mecha de cabelo do meu rosto, deslizando a mão nua sobre meu rosto.

— Isso foi divertido — diz ele. — Faz tempo que não faço isso.

No início, acho que ele está se referindo a ter mexido em meus cabelos, mas logo percebo que ele se refere à queda.

— Acho que vou ter que treinar para usar o teleférico.

— Talvez um pouco — observa ele. — Mas você se saiu muito bem para uma primeira vez. Se eu não tivesse entrado no seu caminho, você teria sido perfeita.

— Claro. Então você foi o culpado.

— Totalmente.

Ele olha para o sujeito que está sentado na guarita, que está falando em um telefone — provavelmente chamando os guardas da estação para me expulsar da montanha.

— Ela está bem, Jim — grita Christian.

Depois, localiza meus esquis e bastões, que por sorte não caíram muito longe. Depois encontra o próprio gorro e os óculos.

— Você estava usando gorro? — pergunta ele, enfiando seu gorro na cabeça e recolocando os óculos por cima.

— Não — respondo. — Eu não, não estava usando gorro.

— Dizem que noventa por cento do calor do corpo escapa pela cabeça — diz ele.

— Vou tentar me lembrar disso.

Ele alinha os esquis à minha frente e se ajoelha para me ajudar a calçá-los. Seguro seu ombro para me equilibrar.

— Obrigada — murmuro, olhando para ele.

Mais uma vez, meu herói. E se presume que sou eu quem deve salvá-lo.

— Sem problema — diz ele, olhando para cima.

Seus olhos se estreitam, como se ele estivesse estudando meu rosto. Um floco de neve aterrissa em seu rosto e derrete. Sua expressão muda, como se ele, de repente, tivesse se lembrado de alguma coisa. Ele se levanta e calça os esquis rapidamente.

— Naquela direção tem uma pista para iniciantes. Não é muito íngreme — diz ele, apontando para uma área atrás de mim. — Chama-se Ursinho Pooh[24].

— Que ótimo.

O símbolo é um círculo verde.

— Eu gostaria de ficar para ajudar, mas já estou atrasado. Tenho de subir mais a montanha — diz ele. — Você acha que consegue descer sem dificuldade?

— Claro — digo rapidamente. — Eu estava indo bem na colina dos iniciantes. Não caí nem uma vez hoje. Quer dizer, até agora. Como você sobe mais a montanha?

— Tem outro teleférico que vai até lá. — Ele gesticula em direção a um ponto onde, de fato, há outro teleférico ainda maior, transportando pessoas para o alto de uma encosta impossivelmente íngreme. — E mais outro, depois.

— Que loucura — comento. — Nós poderíamos subir até o topo.

— Eu poderia. Mas não é para principiantes.

O momento mágico definitivamente terminou.

— Certo. Bem, obrigada novamente. — Digo meio sem graça. — Por tudo.

— Foi um prazer. — Ele já está esquiando em direção ao outro teleférico. — Vejo você depois, Clara — grita ele por cima do ombro.

Eu o vejo sentar-se graciosamente no outro teleférico. A cadeira balança para a frente e para trás enquanto atravessa o ar ene-

[24] Personagem de histórias infantis. (N.T.)

voado, subindo a montanha. Eu o observo até seu agasalho verde desaparecer.

— Sim, você vai ver — sussurro.

Foi um grande passo, nossa primeira conversa de verdade. Quando penso nisso, meu peito se inflama com uma emoção tão poderosa que sinto lágrimas nos olhos. É embaraçoso.

É algo como esperança.

7

DIZE-ME COM QUEM ANDAS

Na segunda-feira, por volta das sete e meia da noite, dirijo até o Pink Garter para me encontrar com Ângela Zerbino. O teatro está totalmente às escuras. Bato na porta, mas ninguém vem atender. Puxo o telefone celular, mas percebo que não tenho o número do telefone de Ângela. Bato na porta de novo, com mais força. A porta se abre tão depressa que dou um pulo. Uma mulher baixa e robusta, com longos cabelos negros, olha fixamente para mim. Parece irritada.

— Estamos fechados — diz ela.

Ela ergue as sobrancelhas.

— Você é amiga de Ângela?

— Bem...

— Entre — disse a mulher, mantendo a porta aberta.

Está desconfortavelmente silencioso no lado de dentro, que cheira a pipoca e serragem. Olho ao redor. Uma caixa registradora de aspecto antigo repousa sobre um balcão de vidro, cujas vitrines estão cheias de balas e doces. As paredes são decoradas com cartazes de produções anteriores do teatro, a maioria versando sobre caubóis.

— Bonito lugar — digo.

Esbarro então numa pequena baliza, interligada a outras balizas por meio de cordas trançadas. Quase a derrubo, mas consigo endireitá-la antes que se produza uma reação em cadeia e todas caiam no chão. Tensa, olho para a mulher, que me observa com uma expressão estranha e indecifrável. Ela se parece com Ângela, exceto pelos olhos castanho-escuros — e não ambarinos como os de Ângela. E por possuir rugas profundas em torno da boca, o que lhe confere uma aparência mais velha que a sugerida por seu corpo. Ela me lembra uma cigana de filme antigo.

— Meu nome é Clara Gardner — explico nervosamente. — Ângela e eu vamos fazer um trabalho da escola juntas.

Ela meneia a cabeça. Noto que usa um grande crucifixo de ouro no pescoço, com a imagem do corpo de Jesus.

— Pode aguardar aqui — diz ela. — Ela não vai demorar.

Eu a acompanho por uma arcada que desemboca no teatro propriamente dito. Está escuro como breu. Ouço-a se afastar para um lado; um disco de luz aparece no palco.

— Pode se sentar em qualquer lugar — informa ela.

Quando meus olhos se ajustam, vejo que o teatro está cheio de mesas redondas, cobertas com toalhas brancas. Caminho até a mais próxima e me sento.

— Quando a senhora acha que Ângela vai chegar? — pergunto, mas a mulher já desapareceu.

Estou esperando há talvez cinco minutos, completamente intimidada pelo lugar, quando Ângela irrompe por uma porta lateral.

— Ufa, desculpe — diz ela. — A orquestra se atrasou.

— Você toca o quê?

— Violino.

É fácil imaginá-la com um violino enfiado sob o queixo, executando alguma lúgubre melodia romena.

— Você mora aqui? — pergunto.

— Moro. Num apartamento aí em cima.

— São só sua mãe e você?

Ela examina as unhas.

— Sim.

— Eu também não moro com meu pai — comento. — Só com minha mãe e meu irmão.

Ela meio que me examina durante alguns segundos.

— Por que vocês se mudaram para cá? — pergunta, sentando-se na cadeira à minha frente e me observando com seus solenes olhos cor de mel. — Estou presumindo que você não botou fogo na sua antiga escola.

— Como?

Ela me olha com ar indulgente.

— É o boato que corre. Quer dizer, você não sabia que sua família teve de fugir da Califórnia por causa do seu comportamento criminoso?

Eu teria rido se não estivesse tão horrorizada.

— Não se preocupe — diz ela. — Isso vai passar. Os boatos espalhados por Kay sempre acabam passando. Não sei como você conseguiu pisar nos calos dela tão rápido, é impressionante.

— Hum, obrigada. — Dou um sorriso presunçoso. — Deixando de lado meu ato criminoso, nós nos mudamos para cá por causa da minha mãe. Ela estava enjoada da Califórnia. Como adora as montanhas, ela decidiu nos criar em um lugar onde pudéssemos ver o ar que respiramos, entende?

Ela sorri com o meu gracejo, mas apenas por educação. Um sorriso piedoso.

Faz-se um longo silêncio.

— Tudo bem, chega de bate-papo — digo, sentindo-me inquieta. — Vamos falar sobre o nosso trabalho. Eu estava pensando no reinado da Rainha Elisabeth. Nós poderíamos falar sobre como era ser mulher naqueles tempos, mesmo que uma mulher muito poderosa. Um trabalho sobre o aumento de poder das mulheres.

Por algum motivo, acho que Ângela se interessará por este assunto.

— Na verdade tenho outra ideia — replica ela.

— Tudo bem. Pode mandar.

— Acho que poderíamos fazer uma apresentação sobre os Anjos de Mons.

Quase engasgo. Se eu estivesse bebendo alguma coisa, teria espalhado o líquido por toda a mesa.

— Quem são os Anjos de Mons? — pergunto.

— É uma história da Primeira Guerra Mundial. Houve uma grande batalha entre os alemães e os britânicos. Os britânicos estavam em número muito menor, mas venceram. Depois que a batalha terminou, correu um rumor sobre uns homens fantasmagóricos que apareceram para ajudar os britânicos. Esses homens misteriosos alvejaram os alemães com arcos e flechas. Uma das versões dá conta que os homens se postaram entre os dois exércitos, brilhando com um tipo de luz sobrenatural.

— Interessante — comento.

— A história é um embuste, claro. Algum escritor inventou isso e a coisa saiu do controle. É uma versão primitiva dos OVNIs, uma história maluca repetida muitas vezes.

— Tudo bem — digo, respirando fundo. — Parece que você estudou o assunto.

Posso imaginar a expressão de mamãe quando eu lhe disser que vou fazer um trabalho sobre anjos para a matéria de história britânica.

— Eu acho que isso seria interessante para a turma — diz Ângela. — Um momento específico no tempo, como o sr. Erikson sugeriu. E acho que podemos relacionar o assunto com a época atual.

Minha mente fervilha, tentando descobrir um modo diplomático de rechaçar a ideia dela.

— É, bem... Eu realmente gosto do tema da Rainha Elisabeth, mas...

Estou me debatendo.

Ela sorri.

— Que foi?

— Você devia ver sua cara — observa ela. — Está realmente ficando nervosa.

— O quê? Não, não estou.

Ela se debruça sobre a mesa.

— Eu quero pesquisar os anjos. Mas os anjos têm que ser britânicos, pois, afinal de contas, a matéria é história britânica. E essa é a melhor história de anjos britânica que existe. E não seria uma loucura se fosse verdadeira?

Sinto-me como se meu coração tivesse caído no estômago.

— Pensei que você tinha dito que era um embuste.

— Bem, sim. É o que eles gostariam que todo mundo pensasse, não é?

— Quem são eles?

— Os sangues-de-anjo — responde ela.

Fico de pé.

— Clara, senta. Relaxe. Eu sei.

— Você sabe o qu...

— *Senta* — repete ela. Em angélico.

Fico literalmente de queixo caído.

— Como você...?

— O que, você pensou que era a única? — diz ela secamente, contemplando as unhas.

Enterro-me na cadeira. Acho que isso pode ser classificado como uma revelação verdadeira e extremamente honesta. Nunca, nem em um milhão de anos, eu esperaria tropeçar em outro sangue-de-anjo na Jackson Hole. Estou desnorteada. Ângela, por sua vez, está tão energizada que praticamente emite faíscas. Depois de me perscrutar por alguns instantes, levanta-se de repente.

— Venha.

Pula então para cima do palco, ainda exibindo seu sorriso de gato que comeu o canário, e acena para que eu me junte a ela.

Ponho-me de pé e, lentamente, subo as escadas do palco, olhando para o teatro vazio.

— Que foi?

Ela tira o casaco e o arremessa na escuridão. Dá alguns passos para trás e para a um metro de mim. Depois se vira e me encara.

— Tudo bem — diz ela.

Estou começando a ficar alarmada.

— *Mostra-te* — diz ela em angélico.

Um clarão de luz explode como um flash. Pisco e tropeço sob o súbito peso das asas sobre meus ombros. Ângela também estende suas asas, sorrindo para mim.

— Então é verdade! — exclama ela, excitada. Lágrimas brilham em seus olhos. Ela franze um pouco a testa e suas asas desaparecem com um estalo.

— Diga as palavras — pede.

— *Mostre-se*! — grito.

O clarão surge novamente e, num instante, suas asas se abrem. Ela bate palmas, com ar deliciado.

Ainda estou aturdida.

— Como você soube? — pergunto.

— Os pássaros me deram a pista — responde ela. — O que você disse sobre eles na aula.

Meus esforços para manter discrição foram inúteis. Mamãe vai me matar.

— Os pássaros também me deixam maluca. Mas eu não sabia se era uma tremenda coincidência ou não. Então, eu soube que você era craque em francês. Eu estou estudando espanhol. Sou muito boa nesse idioma porque falo italiano fluentemente, por causa da família da minha mãe e todos os verões que eu passei na Itália. São línguas parecidas, românicas etc. Essa é a minha história.

Não consigo tirar os olhos das asas dela. É um choque, para mim, ver asas em alguém que não conheço bem, ainda mais numa combinação tão tresloucada: uma garota de reluzentes cabelos negros cobrindo um lado do rosto, camiseta regata preta, jeans cinzentos com buracos nos joelhos, delineador preto nos olhos e na boca e unhas pintadas de violeta. E atrás dela, sem mais nem menos, aquelas ofuscantes asas brancas, refletindo de tal forma as luzes do palco que a fazem emitir uma radiação positivamente celestial.

— Mas eu ainda não tinha certeza, até que seu irmão derrotou toda a equipe de luta livre — continua ela.

— *Toda* a equipe de luta livre?

Não foi a versão que ouvi de Jeffrey.

— Você não soube? Ele foi até o treinador e pediu para entrar na equipe. O treinador disse que não, que os testes tinham sido em novembro, que ele tentasse a sorte no próximo ano. Então Jeffrey disse: "Eu vou lutar contra os melhores caras da equipe em cada peso. Se eles me vencerem, ótimo, vou tentar de novo no ano que vem. Se não, estou na equipe". Foi assim que a história circulou. Eu faço ginástica no primeiro período, portanto estava lá, mas não prestei muita atenção até ele passar pelo peso médio. Então, praticamente a escola inteira parou para o ver derrotar o campeão dos pesos pesados, Toby Jameson. O cara é um monstro. Foi uma coisa incrível de ver. Jeffrey o derrubou com facilidade, nem pareceu cansado. Quando eu o vi daquele jeito, soube que ele não podia ser totalmente humano. Depois eu usei aquela camisa de anjos na aula de história britânica e você ficou toda tensa e pensativa quando olhou para ela. Então, eu confirmei minhas suspeitas.

— Foi assim tão óbvio?

— Para mim, foi — diz ela. — Mas fico feliz. Eu nunca tinha conhecido ninguém igual a mim.

Ela ri e, antes que eu possa assimilar totalmente o que ela está dizendo, dobra os joelhos e decola do palco, voando sem esforço sobre o teatro ensombrecido, indo até a altura das vigas.

— Venha — diz ela.

Olho para ela e penso nos enormes prejuízos que vou dar ao teatro, se tentar.

— Acho que o seguro do teatro não tem como cobrir uma tentativa minha de voar aqui.

Ela desce levemente em direção ao palco.

— Não consigo voar — admito.

— É difícil no início — diz ela. — Passei todo o ano passado subindo nas montanhas à noite para pular de lajes e aproveitar as correntes de ar. Levei meses para pegar realmente o jeito da coisa.

É a primeira vez que ouço alguém me dizer algo que me faz sentir melhor a respeito de voar.

— Sua mãe não lhe ensinou? — pergunto.

Ela abana a cabeça freneticamente, como se achasse a ideia hilariante.

— Minha mãe é tão humana quanto qualquer outro ser humano. Quer dizer, que sangue-de-anjo daria à filha o nome de Ângela?

Disfarço um sorriso.

— Acho que ela não tem imaginação. Mas sempre me deu muita atenção.

— Então é o seu pai.

Imediatamente, sua expressão se torna séria.

— Ele era um anjo.

— Um anjo? Isso quer dizer que você é Dimidius, meio a meio.

Ela acena com a cabeça, confirmando. Isso significa que ela é duas vezes mais poderosa que eu. E pode voar. E seus cabelos têm cor normal. Sou um poço de inveja.

— Então sua mãe não é humana — diz ela. — Isso significa que você é...

— Sou apenas Quartarius. Minha mãe é Dimidius e meu pai é só um cara normal.

De repente me sinto um tanto exposta, de pé no meio do palco com as asas abertas. Então as dobro e desejo que desapareçam. Ângela faz o mesmo. Por alguns momentos, nos entreolhamos novamente.

— Você disse na aula que não conheceu seu pai.

A expressão dela é estudadamente inexpressiva.

— Claro que não — diz ela prosaicamente. — Ele é um Asa-Negra.

Meneio a cabeça como se compreendesse o que ela está dizendo. Mas não compreendo. Ângela se vira, sai do disco de luz e anda até um recanto escuro do palco.

— Minha mãe foi casada uma vez, mas o marido dela morreu de câncer antes que ela completasse trinta anos. Ele era ator e ela era essa mulher tímida, uma figurinista de teatro. Este teatro era dele. Eles não tiveram filhos. Depois que ele morreu, ela foi a Roma fazer uma peregrinação. Ela é católica, então Roma é um lugar muito importante para minha mãe. Além disso, ela tem parentes lá. Certa noite, ela estava voltando da missa quando um homem a seguiu. A princípio, ela tentou ignorar o cara, mas teve um mau pressentimento a respeito dele. Ele começou a andar mais depressa, então ela correu. E não parou até chegar à casa dos parentes.

Ângela senta-se na beirada do palco, com as pernas penduradas sobre o poço da orquestra. Mantém os olhos baixos enquanto conta a história, mas sua voz é firme.

— Ela pensou que estava segura — diz. — Mas naquela noite sonhou que o homem estava sentado ao pé da cama dela. O rosto dele era como uma estátua, ela me contou, como o *Davi*, de Michelangelo: impassível, mas com tristeza nos olhos. As palavras que ele disse deixaram minha mãe paralisada. Ela não conseguia se mover nem emitir nenhum som. Nem acordar.

Sentei-me ao lado dela.

— Então ele estuprou minha mãe — murmura ela. — E ela percebeu que não era um sonho.

Ela olha para cima, embaraçada. Um dos cantos de sua boca se ergue.

— O lado ruim da coisa é que eu não fui exatamente concebida com amor. Mas o lado bom é que eu tenho esses poderes incríveis.

— Certo — digo, assentindo com a cabeça.

Eu nunca tinha ouvido falar de uma coisa dessas. Um anjo estuprando uma humana? Não consigo imaginar. A noite está começando a parecer um episódio de *Além da Imaginação*. Vim preparar um trabalho do colégio e, de repente, estou sentada na beirada de um palco com outra sangue-de-anjo que me desfia a história de sua vida. É uma coisa surrealista.

— Eu sinto muito, Ângela — digo. — Isso... é horrível.

Ela fecha os olhos por um momento, como se pudesse ver tudo em sua mente.

— Mas, se sua mãe é humana e você nunca viu seu pai, como você sabe que é sangue-de-anjo? — pergunto.

— Minha mãe me contou. Disse que certa noite, poucos dias antes de eu nascer, outro anjo apareceu para ela e lhe falou sobre os sangues-de-anjo. Por algum tempo, ela pensou que tinha sido um sonho louco. Mas ela me contou tudo assim que viu que havia alguma coisa diferente comigo. Eu tinha dez anos.

Esse não é o tipo de história que alguém queira ouvir a respeito de sua mãe. Penso no modo como mamãe me contou sobre os sangues-de-anjo, apenas dois anos atrás, e como foi difícil aceitar. Minha mente dá voltas só de pensar no que eu teria feito se ela tivesse me passado essa informação quando eu era criança. Ou se ela tivesse sido estuprada.

— Levei muito tempo para descobrir mais alguma coisa — diz Ângela. — Minha mãe não sabia nada sobre anjos além do que está na *Bíblia*. Ela disse que eu era uma Nefilim, como está no Gênesis, e que quando eu crescesse seria uma heroína, como nos tempos de Sansão.

— Então é melhor você não cortar os cabelos.

Ela ri e desliza os dedos por seus longos cabelos negros.

— Mas você sabia sobre os Dimidius, Quartarius e tudo isso — observo.

— Pesquei os fatos aqui e ali. Eu me considero um pouco historiadora de anjos.

Faz-se silêncio por alguns instantes.

— Uau — digo.

— Pois é.

— Eu ainda acho que nosso trabalho deve ser sobre a Rainha Elisabeth.

Ela ri, vira-se para mim, tira as pernas do poço da orquestra e as cruza no estilo índio, tão próxima de mim que seus joelhos tocam os meus.

— Vamos ser grandes amigas — diz.

Eu acredito nela.

Tenho de estar em casa por volta das dez, o que mal dá tempo para conversarmos. E nem sei por onde devo começar, as perguntas surgem depressa demais. Uma coisa está clara: Ângela sabe toneladas de coisas a respeito dos anjos: sua história, seus pretensos poderes, nomes dos diferentes tipos de anjos que aparecem na literatura e nos textos religiosos, além de suas respectivas posições na hierarquia angélica. Mas em outras áreas, coisas sobre anjos e sangues-de-anjo que só podem ser obtidas de dentro, ela não sabe muito. Ela e eu podemos aprender bastante uma com a outra, percebo, considerando que minha mãe só me conta o que entende ser absolutamente necessário. Quando conta.

— Você fez suas pesquisas em Roma? — pergunto.

— A maior parte. Roma é um bom lugar para estudar sobre anjos. Tem muito material histórico lá. Mas eu encontrei um *Intangere* em Milão, no ano passado. Aprendi mais com ele do que em qualquer outra fonte.

— Espere aí. O que é Intangere?

— Bobinha — diz ela, como se eu tivesse a obrigação de adivinhar. — É a palavra latina para "sangue puro". Literalmente significa "integral, intocado, completo". Então, existe o Intangere, o Dimidius e o Quartarius.

— Ah, é — digo, como se tivesse me esquecido momentaneamente. — Quer dizer que você se encontrou com um anjo de verdade?

— Foi. Embora eu ache que isso não deveria ter acontecido. Estávamos em uma igrejinha afastada, e eu vi um homem de pé. Ele tinha uma espécie de brilho, então eu disse olá em angélico. Ele me olhou e segurou meu braço. De repente, estávamos em outro lugar, mas era como se continuássemos na igreja também, ao mesmo tempo.

— Parece o céu.

Ela franze a testa e se inclina para mim, como se não tivesse ouvido bem.

— O quê?

— Parece que ele levou você para o céu.

Seus olhos se arregalam, com súbita compreensão.

— O que você sabe sobre o céu? — pergunta ela.

Fico ruborizada.

— Bem, não muito. Sei que é dimensional, que existe acima da Terra. Como uma cortina, minha mãe disse, um véu. Ela foi lá uma vez, quer dizer, um anjo a levou até lá.

— Você tem muita sorte de ter sua mãe — diz Ângela, com inveja nos olhos. — Eu tenho que trabalhar duro para obter informações. Você só precisa perguntar.

— Bem, eu posso perguntar — digo, pouco à vontade. — Mas isso não significa que ela responda às minhas perguntas.

Ângela me olha atentamente.

— E por que ela não faria isso?

— Não sei. Ela disse que eu tenho de descobrir essas coisas por conta própria, pela experiência, ou alguma bobagem desse tipo. Por exemplo, você disse que seu pai era um Asa-Negra. Não faço ideia do que seja. Presumo que é uma coisa ruim, um anjo mau, mas minha mãe com certeza nunca mencionou isso.

Ângela pensa por alguns momentos.

— Os Asas-Negras são anjos caídos — diz ela finalmente. — Acho que eles caíram há muito tempo, bem no início.

— Início de quê?

— Dos tempos.

— Ah. Certo. As asas deles são negras mesmo?

— Acho que sim — responde ela. — É assim que são identificados. Asas brancas significam um anjo bom; Asas-Negras, um anjo ruim.

É impressionante quanta coisa eu desconheço. Fico me achando uma boba. E sentindo uma curiosidade incômoda. E medo.

— Você chega e pede para eles mostrarem as asas, por favor?

— Você ordena, em angélico, que eles se mostrem.

— E eles são obrigados? — pergunto.

— Parecia que você tinha escolha quando eu lhe dei a ordem?

— Não, apenas aconteceu.

— Isso se aplica a eles também, é um programa de identificação imediata que está inserido dentro deles. Útil, não é?

— Como você sabe tudo isso?

— Phen me contou. É o anjo que encontrei na igreja. Ele me alertou contra os Asas-Negras.

Ela se interrompe abruptamente, abaixando os olhos.

— O que foi? — pergunto delicadamente. — O que ele disse?

Ela fecha os olhos por um breve instante e volta a abri-los.

— Ele disse que eles podem tentar me encontrar algum dia.

— Mas por que eles gostariam de encontrar você?

Ela ergue os olhos.

— Porque meu pai era um Asa-Negra. E porque eles precisam de nós — diz ela. Seus olhos dourados assumem uma expressão feroz. — Estão formando um exército.

— Mãe! — grito no momento em que a porta da casa se fecha atrás de mim.

Ela sai correndo do escritório, com uma expressão alarmada.

— O quê? Que houve? Você se machucou?

— Por que você não me disse que há uma guerra entre os anjos?

Ela para.

— O quê?

— Ângela Zerbino é sangue-de-anjo — digo, ainda excitada. — Ela me disse que uma guerra está sendo travada entre os anjos bons e os maus.

— Ângela Zerbino é sangue-de-anjo?

— Dimidius. Agora, responda à minha pergunta.

— Bem, querida — diz ela, ainda parecendo confusa. — Eu achei que você sabia.

— Como eu ia saber se você não me contou? Você nunca me conta nada.

— Existe bem e mal neste mundo — observa ela após uma longa pausa. — Eu lhe disse isso.

Posso perceber que ela ainda está escolhendo as palavras, mesmo agora. Chega a dar raiva.

— Sim, mas você nunca me falou sobre os Asas-Negras! — exclamo. — Você nunca me contou que ele andam por aí recrutando ou matando todos os sangues-de-anjo que eles encontram.

Ela hesita.

— Então é verdade.

— Sim — reconhece ela. — Embora eu ache que eles estão mais interessados nos Dimidius.

— Certo, os Quartarius não têm muito poder — digo sarcasticamente. — Acho que eu deveria me sentir aliviada.

Mamãe ainda está processando as informações.

— Então Ângela Zerbino lhe disse que é sangue-de-anjo. Ela só disse?

— Ela me mostrou as asas e tudo.

— Qual era a cor?

— Das asas? Branca.

— Branca como? — pergunta ela meticulosamente.

— Eram de um branco perfeito, mamãe, chegava a doer nos olhos. Isso tem importância?

— O matiz de nossas asas reflete nossa posição — explica ela. — Os Asas-Brancas têm asas brancas, é claro, e os Asas-Negras, asas negras. Mas as asas de quem está no meio, como nós, a prole, são em diversos tons de cinza.

— Suas asas sempre me parecerem bem brancas — digo.

Na mesma hora, sou dominada pela ânsia de chamar minhas asas para ver que tonalidade elas têm, para descobrir qual é minha verdadeira posição espiritual. Coisa que com certeza não sei.

— Minhas asas são bem claras — reconhece mamãe. — Mas não como neve recém-caída.

— Bem, as asas de Ângela são brancas — digo. — Acho que isso significa uma alma pura.

Mamãe vai até o armário, pega um copo e o enche com água que bebe lentamente. Calmamente.

— A mãe dela foi estuprada por um Asa-Negra. — Olho para ela, tentando detectar alguma reação. Mas não há nenhuma. — Ela está preocupada com a possibilidade de algum dia os Asas-Negras aparecerem para buscá-la. Você devia ter visto a expressão dela quando ela me falou sobre isso. Amedrontada. Muito, muito amedrontada.

Mamãe pousa o copo na pia e olha para mim. Não parece perturbada com nada do que lhe contei. O que me perturba ainda mais. Então, eu compreendo.

— Você já sabia a respeito de Ângela — digo. — Como?

— Tenho minhas fontes. Ela não tenta esconder muito suas habilidades. Para alguém que está preocupada com os Asas-Negras, ela não está sendo cuidadosa. E se revelar para você assim é uma imprudência.

Olho para ela. Naquele momento percebo com clareza quanta coisa minha mãe não me contou.

— Você mente para mim — digo. — Eu lhe conto tudo e você mente para mim.

Ela me olha nos olhos, atônita com a acusação.

— Não, não minto. É que existem algumas coisas que...

— Existem muitos sangues-de-anjo em Jackson Hole?

Ela parece magoada com minha súbita pergunta. Que não responde.

Pego a mochila no chão da cozinha, onde a tinha jogado, e me dirijo ao meu quarto.

— Ei — diz mamãe. — Ainda estou falando com você.

— Não, ao que parece não está.

— Clara — ela exclama, com voz exasperada. — Se eu não lhe conto tudo, é para sua própria proteção.

— Isso não faz sentido. Como permanecer na ignorância pode me proteger?

— O que mais Ângela lhe contou?

— Nada.

Vou para o quarto e bato a porta. Tiro o casaco e o atiro sobre a cama, lutando contra a vontade de gritar, de chorar, ou ambas as coisas. Depois, vou até o espelho e chamo minhas asas, enrolando-as em torno de mim para ver melhor as penas. São bem brancas, penso, deslizando a mão sobre elas. Não como neve recém-caída, como disse minha mãe, mas brancas.

Não tão brancas quanto as de Ângela, no entanto.

Ouço mamãe se aproximar pelo corredor. Ela para em frente à minha porta. Espero que ela bata ou entre para me dizer que não quer que eu ande mais com Ângela, para minha própria proteção. Mas ela não faz isso. Fica só parada lá por alguns momentos. Então a ouço se afastar.

Aguardo um pouco para ter certeza de que mamãe já retornou ao andar de baixo. Então me esgueiro pelo corredor até o quarto de Jeffrey. Ele está sentado à escrivaninha em frente ao seu laptop, digitando no teclado — batendo papo com alguém, ao que parece. Quando me vê, tecla alguma coisa bem depressa, levanta-se com um pulo e se posta diante de mim. Abaixo um pouco o volume da música que ele está ouvindo para ouvir meus próprios pensamentos.

— Você disse a ela que voltaria num instante? — digo eu, com um sorriso malicioso. — Qual é o nome dela, afinal de contas? Não adianta negar. Vai ser mais embaraçoso para você se eu tiver que perguntar na escola.

— Kimber — admite ele imediatamente. — O nome dela é Kimber.

Sua expressão é neutra, mas posso ver uma leve coloração vermelha tingindo suas orelhas.

— Lindo nome. É a garota loira, presumo?

— Você não veio aqui só para encarnar em mim, certo?

— Bem, isso é muito divertido, mas não. Eu queria lhe dizer uma coisa.

Tiro uma pilha de roupa suja de cima de seu pufe e me sento nele. Sinto falta de ar por alguns segundos, como se estivesse quebrando uma regra. Na verdade, a regra mais importante de mamãe: "não conte nada aos seus filhos". Mas estou farta de viver nas sombras. E furiosa. Furiosa com tudo, com a minha droga de vida e todas as pessoas que fazem parte dela. Preciso extravasar.

— Ângela Zerbino é sangue-de-anjo — digo.

Ele pestaneja.

— Quem?

— Ela é da penúltima série. Alta, cabelos pretos e longos. Uma espécie de emo. Solitária.

Ele olha para o teto pensativamente, como se estivesse procurando o rosto de Ângela dentro de sua mente.

— Como você sabe que ela é sangue-de-anjo?

— Ela me falou. Mas essa não é a pergunta certa, Jeffrey.

— Como assim?

— O que você deveria estar me perguntando é *por que* Ângela Zerbino me contou que era sangue-de-anjo. E se você tivesse me perguntado isso, eu responderia que ela me contou porque sabia que *eu* sou sangue-de-anjo.

— Hein? Como ela sabia que você é sangue-de-anjo?

— Está vendo, essa é a pergunta certa — observo. Inclino-me para frente. — Ela sabia porque viu você enfrentar a equipe de luta livre no mês passado. Ela viu você derrotar Toby Jameson, que provavelmente pesa cem quilos, sem nem mesmo suar. Então disse para si mesma: "uau, esse cara é um bom lutador, ele deve ser um *anjo*".

Seu rosto empalidece. Uma reação levemente satisfatória. É claro que estou deixando de fora alguns detalhes incômodos, como meu tolo comentário sobre os pássaros, as aulas de francês e o modo como olhei para a camiseta de Ângela, caindo na armadilha dela. Mas Jeffrey fora o fator decisivo: ela só tivera certeza de que éramos mais que humanos depois de observá-lo no tatame naquele dia.

— Você contou para mamãe?

Ele está tão pálido que parece esverdeado. Pois, se eu contar a mamãe, é o fim para Jeffrey. Nada mais de luta livre, beisebol na primavera ou futebol no outono, ou seja lá o que for que ele esteja sonhando. Provavelmente vai ficar de castigo até a faculdade.

— Não — respondo. — Mas ela vai me fazer a pergunta certa mais cedo ou mais tarde.

É estranho, pensando bem, que ela ainda não tenha me perguntado. Talvez suas fontes já tenham lhe contado isso também.

— Você vai contar para ela? — pergunta ele, tão suavemente que mal consigo ouvi-lo em meio à música.

Sua expressão é verdadeiramente patética. E eu, que estava furiosa poucos momentos atrás, agora me sinto exaurida e triste.

— Não. Só queria dizer a você. Não sei por quê. Eu queria que você soubesse.

— Obrigado — diz ele, dando uma risada curta e sem alegria. — Eu acho.

— De nada. Não vou contar nunca. Não vou mesmo.

Levanto-me para sair.

— Estou me sentindo um trapaceiro — diz ele. — Todas as fitas, medalhas e troféus que ganhei na Califórnia não significam nada. É como se eu estivesse tomando esteroides, só que eu não sabia disso.

Sei exatamente o que ele quer dizer. Foi por isso que larguei o balé, uma coisa que eu adorava, e não voltei a praticá-lo em Jackson. Parecia uma coisa desonesta fazer tão facilmente, tão naturalmente, algo que as outras garotas precisavam se esforçar tanto para fazer. Era uma coisa injusta, pensei, desviar a atenção para mim quando eu tinha uma vantagem tão grande. Então, parei.

— Mas, se eu me segurar, vou me sentir um farsante — diz Jeffrey. — E isso é pior.

— Eu sei.

— Não vou fazer isso — diz ele.

Miro seus olhos cinzentos, extremamente sérios. Ele engole em seco, mas sustenta meu olhar. — Não vou me segurar. Não fingir ser menos do que sou.

— Mesmo que isso nos coloque em perigo? — pergunto, desviando os olhos.

— Que perigo? Ângela Zerbino é perigosa?

É o momento de lhe falar dos Asas-Negras. Contar-lhe que existem anjos maus, anjos que nos caçam e às vezes nos matam. Que existem matizes de cinza que não conhecíamos. É algo que tenho de lhe dizer, algo que ele precisa saber, mas seus olhos me imploram que eu não roube mais nada de sua inocência.

Mamãe nos disse que somos especiais, mas que "presente" é esse, cujo embrulho contém uma guerra entre anjos? Talvez eu também não queira perder mais da minha inocência. Talvez eu não queira ser notável, não queira voar, falar algum estranho idioma angélico ou salvar o mundo — salvando um cara bacana de cada vez. Só quero ser humana.

— Tome cuidado, está bem? — recomendo a Jeffrey.

— Vou tomar — diz ele. E acrescenta: — Obrigado... você às vezes é legal, sabia?

— Lembre-se disso na próxima vez em que me arrancar da cama às cinco da manhã — digo eu, languidamente. — A propósito, diga a Kimber que eu mandei um beijo.

Escapo então para o meu quarto, onde permaneço deitada na escuridão com as palavras "Asa-Negra" fervilhando em minha cabeça.

8

A GAROTA DO QUADRADO AZUL

O sol amanheceu tão brilhante que tenho a impressão de estar sobre uma nuvem congelada. Estou no alto de uma pista chamada Wide Open. Tem dois quadrados azuis. Significa que é mais difícil que as pistas com círculos verdes, mas não tão difícil quanto as classificadas com diamantes negros. Vou chegar lá. O vale abaixo é tão branco e sereno que é difícil acreditar que estamos na primeira semana de março.

Reajusto os óculos, enfio as mãos nas alças dos bastões e flexiono os pés, para testar os cordões das botas. Tudo pronto. Lanço-me montanha abaixo. O ar frio fustiga a parte exposta do meu rosto, mas estou sorrindo como uma idiota. A sensação é muito boa — é o mais próximo que consigo chegar de voar. Quase sinto minhas asas em momentos assim, embora elas não estejam abertas.

Num dos lados da pista, há um trecho de moguls[25] que resolvo testar. Sacolejando sobre eles, percebo a força dos meus joelhos e a potência das minhas pernas. Estou ficando boa com moguls. Mergulho até os joelhos na neve fofa, cuja poeira de neve me dá a sensação de estar atravessando uma nuvem. Gosto de ir para as pistas bem cedo, logo após uma nevasca, para abrir meu próprio caminho na neve recém-caída.

Apaixonei-me pelo esqui. Pena que a estação está quase terminando.

A Wide Open me leva até a Passagem do Desfiladeiro Sul, uma trilha que cruza a montanha quase horizontalmente. Alinho os esquis e me inclino para a frente, ganhando impulso e atravessando o bosque. Ouço um pássaro cantar, mas quando me aproximo, ele se cala. A trilha desemboca em outra ladeira bem cuidada, a Werner, uma das minhas favoritas. Mas me detenho antes de ingressar nela. Algumas pessoas estão montando grandes balizas de slalom[26] na colina. Haverá competição hoje.

Isso significa que Christian estará aqui.

— Que hora é a corrida? — grito para um dos caras que está trabalhando.

— Meio-dia em ponto — grita ele de volta.

Confiro meu relógio. Faltam poucos minutos para as onze. Vou comer alguma coisa. Depois levarei uma cadeira desmontável para o alto da Werner e assistirei à disputa.

No hotel, avisto Tucker Avery almoçando com uma garota. É uma novidade. Passei quase todos os fins de semana em Teton

[25] Moguls são pequenos montes de neve em uma pista de esqui. (N.T.)

[26] Modalidade em que os esquiadores têm que ziguezaguear entre balizas previamente dispostas na pista. (N.T.)

Village neste inverno (graças à mamãe, que não refugou diante do preço do passe, ridiculamente caro), e na maioria deles avistei Tucker à tarde, depois de suas aulas matinais na colina dos iniciantes. Mas não costumo encontrá-lo na montanha. Ele prefere esquiar em áreas rurais remotas, longe das pistas aplainadas. Nunca tentei esse tipo de coisa — que aparentemente requer um parceiro, para que um possa socorrer o outro em caso de acidente. Não estou interessada em esportes radicais; meu objetivo é me tornar uma garota "diamante negro". Teton County é divertido, com suas placas que sempre nos lembram de que ESTA MONTANHA É DIFERENTE DE TUDO O QUE VOCÊ EXPERIMENTOU ANTES. E se não souber o que está fazendo, VOCÊ PODE MORRER. Os avisos nas áreas afastadas dizem coisas como ALÉM DESTE PONTO, HÁ UMA ÁREA DE ALTO RISCO COM MUITOS PERIGOS, INCLUSIVE, MAS NÃO SOMENTE, AVALANCHES, PRECIPÍCIOS E OBSTÁCULOS OCULTOS. VOCÊ PODE SER RESPONSÁVEL PELOS CUSTOS DE SEU RESGATE. Então pensei: não, obrigada. Prefiro viver.

Será que a garota que está conversando com Tucker esquia com ele nas áreas afastadas? Discretamente, dou alguns passos para o lado, de modo a ver seu rosto. É Ava Peters. Está na minha turma de química. Com certeza, é uma das pessoas bonitas. Tem seios um pouco volumosos e cabelos loiros, que parecem quase brancos. O pai dela é dono de uma empresa de *rafting*[27]. Ver Tucker com uma garota popular não me surpreende, embora ele seja, definitivamente, um "que não tem". Já reparei que, na escola, ele é

[27] Canoagem praticada em corredeiras, com botes infláveis. (N.T.)

um desses caras que se dão bem com todo mundo. Todo mundo menos eu, quero dizer.

Ava está usando muita pintura nos olhos. Pergunto-me se ele gosta desse tipo de coisa.

Ele me vê e sorri desdenhosamente, antes que eu tenha chance de olhar para outro lado. Devolvo o sorriso desdenhoso e tento caminhar descontraidamente até o balcão de frios, mas não consigo. É impossível caminhar descontraidamente usando botas de esqui.

Junto com alguns espectadores, estou à beira da pista Werner, observando Christian serpentear por entre as balizas, algumas vezes as tocando com o ombro. É gracioso o modo como ele se inclina em direção à baliza, apoiando-se nas bordas dos esquis e quase roçando a neve com os joelhos. Seus movimentos são extremamente cuidadosos e objetivos. A concentração o faz comprimir os lábios.

Depois que ele passa como um raio pela linha de chegada, ando desajeitadamente até o local em que ele está observando os outros competidores e digo olá.

— Você venceu? — pergunto.

— Eu sempre venço, exceto quando não venço. Dessa vez, não venci.

Ele dá de ombros como se não se importasse, mas posso ver pela sua expressão que não ficou feliz com seu desempenho.

— Você me pareceu bem. Rápido, quero dizer.

— Obrigado — diz ele.

Ele ajeita o número que está preso em seu peito: 9. Isso me faz lembrar do número da placa de sua caminhonete: 99CX.

— Está treinando para as Olimpíadas?

Ele abana a cabeça.

— Não. Estou na equipe de esqui, não no clube de esqui.

Devo ter parecido confusa, pois ele sorri e diz:

— A equipe de esqui é a equipe oficial da escola, que só compete contra outras equipes de Wyoming. O clube de esqui é onde estão as feras, os esquiadores que obtêm patrocinadores, reconhecimento nacional e tudo isso.

— Você não quer ganhar medalhas de ouro?

— Fiz parte do clube durante algum tempo. Mas é muito estressante para mim. Pressão demais. Eu não quero ser esquiador profissional. Só gosto de esquiar nas competições de velocidade. — Ele sorri de repente. — A velocidade vicia.

É verdade. Eu sorrio.

— Ainda estou tentando descer o morro e continuar inteira.

— Como vai indo? Está pegando o jeito da coisa?

— Melhorando a cada dia.

— Logo você vai estar pronta para as pistas de velocidade.

— Sim, e quando isso acontecer é melhor você abrir o olho.

Ele ri.

— Tenho certeza de que você vai acabar comigo.

— Certo.

Ele olha ao redor como se estivesse esperando alguém. Isso me deixa nervosa, com a sensação de que a qualquer momento Kay vai se materializar do nada e me mandar ficar longe do namorado dela.

— Kay também esquia? — pergunto.

Ele dá uma risada curta.

— Não, ela prefere ficar no hotel. Isso quando vem. Ela sabe esquiar, mas diz que sente muito frio. Ela detesta a estação de esqui, porque não podemos fazer muitas coisas juntos nos fins de semana.

— Isso é horrível.

Ele olha ao redor mais uma vez.

— É — diz ele.

— Kay está na minha turma de inglês. Ela nunca fala muito. Eu sempre fico pensando se ela lê mesmo os livros.

Pois é, minha boca se desconectou completamente do meu cérebro. Olho para o rosto de Christian para ver se o ofendi. Mas ele apenas dá uma risada, dessa vez mais longa e calorosa.

— Ela assiste às aulas *honors* para melhorar seu conceito quando for entrar numa faculdade, mas ler livros realmente não é o forte dela — diz ele.

Nem quero pensar no que seria o forte dela. Não quero pensar em Kay, de jeito nenhum, mas agora que estamos conversando sobre ela fiquei curiosa.

— Quando você e Kay começaram a namorar?

— No segundo ano, durante o outono — responde ele. — Ela é chefe de torcida e, na época, eu jogava futebol. No primeiro jogo da temporada, ela se machucou. Caiu e torceu o tornozelo.

— Me deixe adivinhar. Você carregou Kay para fora do campo. E foram felizes para sempre?

Ele desvia o olhar, embaraçado.

— Alguma coisa assim — diz ele.

Faz-se um silêncio constrangedor.

— Kay parece... — quero dizer "legal", mas acho impossível pronunciar a palavra. — Parece que ela gosta mesmo de você.

Ele não diz nada por alguns momentos, apenas olha para alguém que está descendo a pista em um *snowboard*.

— Ela gosta — diz ele pensativamente, como se estivesse falando mais para si mesmo que comigo.

— Ótimo — consigo dizer.

Não que eu queira que Kay seja uma boa pessoa. Sinto-me muito bem pensando nela como a bruxa malvada.

Ele tosse pouco à vontade, e percebo que o estou encarando com meus grandes olhos de coruja. Fico vermelha e olho para a colina, onde o *snowboarder* está cruzando a linha de chegada.

— Boa descida! — grita Christian. — Saiu fumaça!

— Obrigado, cara — grita de volta o *snowboarder*.

Ele tira os óculos. É Shawn Davidson, o cara que me chamou de Palhaça no Pizza Hut. Ele olha de mim para Christian e de Christian para mim. Sinto seu olhar se concentrar em mim como um holofote.

— É melhor eu ir — diz Christian. — A corrida terminou. O treinador vai querer discutir os detalhes conosco no pavilhão dos esquiadores, ver os vídeos e tudo isso.

— OK — digo. — Foi bom...

Mas ele já se foi, deslizando colina abaixo. Uma vez mais, terei que descer a montanha sozinha.

No final de março, a temperatura aumenta e o vale degela no espaço de dois dias. Os bosques se enchem de flores silvestres, vermelhas e violetas. Reluzentes folhas verdes eclodem nos choupos. A região, tão branca e silenciosa durante o inverno, enche-se de cores e ruídos. Gosto de ficar na varanda dos fundos de nossa casa, ouvindo o rítmico sussurro da brisa entre as árvores, o gorgolejar feliz do riacho que corta nosso terreno, os passarinhos cantando (e às vezes investindo contra mim) e os esquilos tagarelando. O ar cheira a flores e pinheiros aquecidos pelo sol. As montanhas atrás da casa ainda estão cobertas de neve, mas a primavera com certeza já começou.

Com ela, reaparece a visão a todo vapor. Durante todo o inverno, essa perturbação em minha mente se manteve discreta; na verdade, só ocorreu duas vezes desde o primeiro dia de aulas, quando avistei Christian no corredor. As forças celestiais me deram uma folga, mas esta aparentemente terminou. Um belo dia, estou a caminho da escola quando, de repente (puf!), estou de volta ao bosque já familiar, andando em direção a Christian.

Chamo seu nome. Ele se vira para mim. Seus olhos têm um matiz verde-dourado à luz oblíqua da tarde.

— É você — diz ele, com voz rouca.

— Sou eu — respondo. — Estou aqui.

— Clara!

Pisco. A primeira coisa que vejo é a mão de Jeffrey sobre o volante do Prius. Meu pé ainda pressiona levemente o acelerador. O carro se move bem devagar para o lado da estrada.

— Desculpe — digo, ofegante. Ajeito o carro no acostamento e paro. — Jeffrey, desculpe mesmo.

— Tudo bem — murmura ele. — É a visão, não é?

— Sim.

— Então você não tem como controlar.

— É, mas não pensei que aconteceria numa hora em que eu posso acabar morta. E se eu batesse? Chega de falar na visão, certo?

— Mas você não bateu — diz ele. — Eu estava aqui.

— Graças a Deus.

Ele dá um sorriso maroto.

— Isso quer dizer que eu posso dirigir no resto do caminho?

Quando conto à mamãe que a visão retornou, ela começa a falar sobre me ensinar a voar novamente, usando a palavra "treinamento" com frequência, como se nossa casa fosse um acampamento militar. Ela tem estado de mau humor ao longo do inverno. Passa a maior parte do tempo no escritório com a porta fechada, bebendo chá, enrolada num cobertor de crochê. Sempre que entro lá, ela me olha com expressão de poucos amigos, como se não quisesse ser perturbada. Para falar a verdade, eu quase tenho evitado falar com ela desde aquele dia em que estive com Ângela pela primeira vez, e ficou evidente que mamãe vinha me mantendo na ignorância intencionalmente. Passo muitas tardes no Pink Garter com Ângela. Mamãe não gosta disso, mas é uma exigência da escola (decidimos, afinal, fazer o trabalho sobre a Rainha Elizabeth) e ela não pode se opor. Nos fins de semana, vou para as pistas de esqui. Alego que o esqui tem relação com Christian e, portanto, com meu propósito. Isso pode ser definido como treinamento, não pode?

Só que a neve na montanha está cada vez mais rala.

Wendy aproveita o tempo mais quente para me convencer a andar a cavalo. Acabo no rancho Lazy Dog, montada numa égua preto e branca chamada Sassy. Wendy diz que Sassy é uma boa montaria para eu aprender a cavalgar, pois está com cerca de trinta anos e não já se mostra tão rebelde quanto antes[28]. Por mim

---

[28] Sassy, em inglês, significa "petulante". (N.T.)

tudo bem, embora eu logo me sinta à vontade na sela, como se tivesse montado durante a vida inteira.

— Você está indo muito bem — diz Wendy, observando-me da cerca, enquanto ando lentamente na beira do pasto, montada em Sassy. — Você é uma amazona nata.

Sassy ergue as orelhas. A distância, vejo dois homens a cavalo, galopando em direção à grande estrebaria vermelha na extremidade do pasto. O som de suas risadas flutua até nós através do campo.

— Papai e Tucker — diz Wendy. — O jantar fica pronto daqui a pouco. É melhor recolher Sassy.

Cutuco Sassy com o calcanhar e ela começa a se encaminhar para a estrebaria.

— Olá, pessoal! — cumprimenta o sr. Avery quando nos aproximamos. — Pelo jeito, você está indo bem.

— Obrigada. Meu nome é Clara.

— Eu sei — diz o sr. Avery. Ele se parece muito com Tucker. — Wendy tem falado sobre você há meses, sem parar.

Ele sorri, o que o faz mais parecido com Tucker.

— Papai — murmura Wendy.

Ela se adianta e acaricia o queixo do cavalo em que seu pai está montado.

— Meu Deus — ri Tucker. — Ela pôs você na velha Sassy.

Prometo a mim mesma manter a calma com Tucker em consideração a Wendy, independentemente do que ele me diga. Nada de comentários rudes. Nada de respostas mordazes. Vou me comportar o melhor possível.

— Eu gosto dela.

Inclino-me e afago o pescoço de Sassy.

— É a égua em que a gente põe as criancinhas.

— Tucker, cale a boca — diz Wendy.

— Mas é verdade. Essa égua não anda mais depressa que uma lesma há uns cinco anos, eu acho. Sentar nela é praticamente sentar numa cadeira.

Bem, vamos mostrar a ele.

— Boa menina — digo a Sassy em angélico, com muita delicadeza. Suas orelhas giram quando ela ouve minha voz. — Vamos correr — sussurro.

A rapidez com que ela obedece me deixa surpresa. Em questão de segundos, já estamos no outro lado do pasto, galopando a toda. Por alguns momentos, o mundo desacelera. Contemplo as montanhas ao fundo, que refletem o sol poente com um brilho dourado. Delicio-me com o ar primaveril que me acaricia a pele, a experiência extraordinária de estar sobre um cavalo, os intermitentes eflúvios de feno exalados por sua respiração, a poeira que levantamos. As pernas de Sassy parecem fazer o mundo girar. É uma sensação maravilhosa.

Então, uma rajada de vento joga meus cabelos sobre o rosto. Durante um aterrorizante segundo não consigo enxergar — e estamos indo rápido demais. Imagino-me arremessada para fora da sela e mergulhando numa pilha de esterco, fazendo Tucker rir às gargalhadas. Abano a cabeça furiosamente e afasto os cabelos dos olhos. Mas levo um susto. A cerca está se aproximando a toda velocidade. E Sassy não dá nenhum indício de que pretende parar.

— Você consegue pular a cerca? — pergunto, ainda sussurrando.

Afinal, ela é uma égua bastante velha.

Sinto-a se contrair embaixo de mim. Faço uma pequena prece e me inclino sobre seu pescoço. De repente, estamos no ar, por pouco não atingindo a cerca. Aterrissamos com tanta força que meus dentes se entrechocam. Viro a égua em direção à estrebaria e puxo um pouco as rédeas, para que ela diminua a marcha. Trotamos então até o local em que Tucker, Wendy e o sr. Avery estão me olhando boquiabertos.

E lá se foi a decisão de me comportar bem.

— Eia — digo, puxando as rédeas até Sassy parar.

— Caramba! — arqueja Wendy — O que foi *isso*?

— Não sei. — Dou um riso forçado. — Acho que foi mais ideia da égua.

— Isso foi incrível!

— Acho que ela ainda tem um pouco de petulância, afinal de contas.

Olho triunfante para Tucker, desta vez emudecido.

— Essa realmente foi demais — diz o sr. Avery. — Eu não sabia que a velha menina ainda tinha tanta energia.

— Há quanto tempo você monta? — pergunta Tucker.

— Esta é a primeira vez, não é incrível? — diz Wendy. — Ela é uma amazona nata.

— Claro — diz Tucker, sustentando meu olhar. — Amazona nata.

— Você já convidou Jason Lovett para o baile? — pergunto a Wendy alguns minutos depois, enquanto conduzimos Sassy para a estrebaria.

Ela fica da cor de um pimentão.

— É o baile da escola — diz ela, com descontração forçada. — Ele é quem deve mc convidar, não é?

— Todo mundo sabe que ele é tímido. Provavelmente está intimidado com sua beleza deslumbrante. Acho melhor você convidar Jason.

— Mas talvez ele tenha uma namorada na Califórnia.

— Relacionamento de longa distância. Já era. De qualquer forma, você não tem certeza. Mas pergunte a ele. Aí você vai descobrir.

— Não sei...

— Wen, por favor. Ele gosta de você. Olha para você o tempo todo na aula de inglês. E você também sente atração por ele. Tem alguma coisa contra os californianos?

Durante um minuto, o único som audível é a respiração da égua.

— O que está havendo entre você e meu irmão? — pergunta Wendy.

Sem mais nem menos.

— Seu irmão? O que você quer dizer com "havendo"?

— Parece que está havendo alguma coisa entre vocês.

— Você está brincando, certo? Nós só gostamos de implicar um com o outro, você sabe disso.

— Mas você gosta dele, não?

Fico de queixo caído.

— Não, eu...

Paro de falar.

— Você gosta de Christian Prescott — diz ela, completando minha frase. — É, eu sei. Mas ele é como um deus. A gente admira os deuses, mas não os namora. A gente só gosta de caras assim a distância.

Não sei o que dizer.

— Wendy...

— Escute, eu não estou empurrando você para o meu irmão. Isso me faz ficar arrepiada, de verdade, minha melhor amiga namorando meu irmão. Mas quero lhe dizer que, caso você *esteja* interessada nele, tudo bem. Posso superar isso. Se você quiser namorar...

— Mas Tucker nem gosta de mim — balbucio.

— Ele gosta de você.

— Acho que é o contrário.

— Quando você estava no primeiro grau, não tinha um garoto que ficava beliscando seu braço?

— Tucker não está mais no primeiro grau.

— Ele ainda está no primeiro grau, acredite no que estou falando — diz ela.

Olho para ela de olhos arregalados.

— Então você está me dizendo que Tucker se comporta como um idiota porque ele *gosta* de mim?

— Por aí.

— Duvido.

Abano a cabeça, incrédula.

— Essa ideia nunca lhe passou pela cabeça?

— Não!

— Hum. Eu não vou atrapalhar em nada. Por mim, tudo bem.

Meu coração está batendo com força. Engulo em seco.

— Wendy, eu não gosto do seu irmão. Não desse jeito. De jeito nenhum, na verdade. Sem querer ofender.

— Não fico ofendida — diz ela, dando de ombros despreocupadamente. — Só queria que você soubesse que eu não vou me incomodar com essa coisa entre você e Tucker, se algum dia houver alguma coisa entre você e Tucker.

— Não há nada entre mim e Tucker, está bem? Podemos mudar de assunto?

— Claro — diz ela. Porém, pelo olhar pensativo em seu rosto, sei que ela gostaria de dizer mais coisas.

9

VIVA A RAINHA

— Será que eu consigo entrar nesse negócio sozinha? — pergunto.

— Vista o que conseguir — diz Ângela. — E eu ajudo você com o resto.

Observo o vestido — com seus diversos componentes — que está pendurado no camarim do Pink Garter. Parece complicado. Talvez devêssemos ter escolhido os Anjos de Mons.

— Quanto tempo eu vou ter que ficar com isso amanhã?

Calço as meias de seda, que amarro com uma fita abaixo do joelho.

— Não muito tempo — responde Ângela. — Vou ajudar você a se vestir pouco antes do início da aula. Depois, você só vai precisar usar o vestido durante a apresentação.

— Mesmo assim. Você sabe que essa coisa pode me matar. Posso ter que sacrificar minha vida para a gente obter uma boa nota no trabalho.

— Muita nobreza de sua parte — diz ela.

Luto para me enfiar no espartilho e nas enlouquecedoras dobras da anágua. Pego o cabide com o vestido e vou até o palco.

— Acho que vou precisar de você para amarrar o espartilho — digo —, antes de vestir o resto.

Ela se levanta com um pulo e vem me ajudar. Uma coisa se pode dizer em favor de Ângela: ela nunca faz nada malfeito. Portanto, deixa os laços bem apertados.

— Não tão apertados! Eu preciso respirar, sabia?

— Pare de reclamar. Você tem sorte por nós não termos encontrado nenhuma barbatana de baleia[29] para colocar nessa coisa.

Quando ela enfia o vestido por sobre minha cabeça, tenho a impressão de estar usando todos os itens de vestuário disponíveis no Garter. Ângela anda ao meu redor, puxando as roupas de baixo para se certificar de que estão bem arrumadas. Depois, dá um passo para trás.

— Uau, isso ficou bom. Com a maquiagem e o cabelo certo, você vai se parecer exatamente com a Rainha Elizabeth.

— Ótimo — digo sem entusiasmo. — Vou ficar com cara de prostituta doente.

— Ah, eu me esqueci dos rufos!

Ela pula do palco e corre até uma caixa de papelão, que está no chão. De seu interior, retira uma espécie de gola alta e cheia de babados, que lembra uma dessas coisas que as pessoas põem

---

[29] Os espartilhos usados pelas damas até o final do século dezenove eram, muitas vezes, sustentados por barbatanas de baleias. (N.T.)

nos cachorros para impedi-los de se lamber. Há outros babados menores para os punhos.

— Ninguém me falou dos rufos — digo.

Ângela começa a caminhar em minha direção. De repente, suas asas aparecem e batem algumas vezes, levando-a facilmente até o palco. Depois desaparecem.

— Exibicionista.

— Fique quieta. — Ela ajusta o último rufo na manga de minha blusa. — Minha mãe é um gênio.

Como se tudo tivesse sido combinado, Anna Zerbino surge do saguão com uma pilha de toalhas de mesa. Ao me ver, para no corredor.

— Então coube — diz ela, olhando-me de alto a baixo com seus olhos sombrios.

— Está ótimo — digo. — Obrigada por ter tido tanto trabalho.

Ela meneia a cabeça.

— O jantar está pronto. Lasanha.

— Tudo bem, já terminamos o ajuste — digo a Ângela. — Me tire dessa coisa.

— Não tão rápido — sussurra Ângela, olhando para a mãe por cima do ombro. — Ainda não terminamos nossa *outra* pesquisa.

Ela é tão previsível. Sempre pesquisando sobre anjos.

— Por favor — sussurro de volta. — É lasanha.

— Já vamos, mamãe — diz Ângela.

Ela finge ajeitar meu colarinho até que sua mãe saia do teatro. Assim que ficamos a sós novamente, ela diz:

— É que descobri uma coisa interessante.

— O que foi?

— Os anjos... os anjos puros, quero dizer, são todos homens.

— Todos homens?

— Não existem Intangere mulheres.

— Interessante. Agora me ajude a sair deste vestido.

— Mas acho que os anjos podem parecer mulheres, se quiserem. Acredito que eles podem mudar de forma, são transmorfos — explica ela, com os olhos dourados dançando de excitação.

— Então podem se transformar em gatos, pássaros e coisas assim.

— Certo, mas é mais do que isso — diz ela. — Eu tenho outra teoria.

— Ah, lá vamos nós — suspiro.

— Acho que todas as histórias sobre criaturas sobrenaturais, como vampiros, lobisomens, fantasmas, sereias, extraterrestres, o que for, podem estar relacionadas com os anjos. Os humanos não sabem o que estão vendo, mas talvez sejam anjos sob formas diferentes.

Ângela tem algumas teorias malucas, mas são sempre bacanas.

— Impressionante — comento. — Agora vamos comer.

— Espere — diz ela. — Também descobri uma coisa sobre seus cabelos.

— Meus cabelos?

— Esse negócio de você ficar com os cabelos fulgurantes. — Ela vai até a mesa, pega seu caderno e folheia as páginas. — O nome é *comae caelestis*. Os romanos usavam essa expressão para descrever "deslumbrantes raios de luz que emanam dos cabelos da cabeça, símbolos de um ser celestial".

— Você encontrou isso na internet? — pergunto, rindo admirada.

Ela confirma com a cabeça. Como sempre, Ângela transformou a pepita de informação que lhe dei em uma mina de ouro.

— Eu gostaria que isso acontecesse comigo — diz ela, enrolando melancolicamente no dedo uma mecha de seus luzidios cabelos negros. — Aposto que é uma coisa impressionante.

— É uma coisa devastadora, sabia? E você iria ter que tingir os cabelos.

Ela dá de ombros, como se isto não lhe parecesse tão ruim.

— E o que você tem para mim esta semana? — pergunta ela.

— Que tal o conceito de propósito?

É um assunto importante, que eu provavelmente deveria ter abordado muito antes. Acontece que eu não tinha nenhum desejo especial de falar sobre o propósito, pois seria obrigada a falar sobre o meu. Mas já contara a Ângela tudo o mais que sabia. Cheguei a lhe mostrar as anotações do meu velho diário angélico. No fundo, eu esperava que ela, em sua infinita sabedoria, já soubesse tudo a respeito do propósito.

— Defina o propósito — pede ela.

Mas não tive essa sorte.

— Primeiro me tire desta coisa — aponto para o vestido.

Ela se move em torno de mim, desprendendo e afrouxando todos os laços e nós. Entro no camarim e visto minhas roupas normais. Quando saio de lá, ela está sentada a uma das mesas, tamborilando com o lápis no caderno.

— Muito bem — diz ela. — Fale.

Ocupo a cadeira em frente a ela.

— Todos os sangues-de-anjo têm um propósito na Terra. De modo geral, ele aparece na forma de uma visão.

Ela rabisca furiosamente no caderno.

— Quando a gente tem essa visão? — pergunta.

— É diferente para cada um, mas costuma ser em algum ponto entre os treze e os vinte anos. Acontece depois que seus poderes começam a se manifestar. Eu só tive a minha no ano passado.

— E a gente só recebe um propósito.

— Tanto quanto eu sei. Mamãe sempre diz que é o único motivo de estarmos neste mundo.

— E o que acontece se você não cumprir o propósito?

— Não sei — digo.

— E o que acontece depois que você cumpre? Você continua a viver uma vida normal?

— Não sei — digo novamente. Que perita de segunda categoria estou me revelando. — Mamãe não quer me falar sobre isso.

— Qual é o seu propósito? — pergunta ela, ainda escrevendo.

Quando não digo nada, ela levanta os olhos.

— Ah, tem que ser mantido em segredo?

— Não sei. Só sei que é pessoal.

— Tudo bem — diz ela. — Você não precisa me contar.

Mas eu *quero* contar a ela. Quero falar sobre o assunto com outra pessoa que não seja minha mãe.

— É sobre Christian Prescott.

Ela larga o lápis, com ar tão surpreso que quase dou uma risada.

— Christian Prescott? — repete ela, como se eu estivesse fazendo uma brincadeira de mau gosto.

— Vejo um incêndio num bosque e depois eu vejo Christian no meio das árvores. Parece que eu devo salvar Christian Prescott.

— Uau.

— Pois é.

Ela fica em silêncio por alguns momentos.

— Foi por isso que vocês se mudaram para cá? — pergunta ela finalmente.

— Foi. Vi o caminhão de Christian em minha visão e li a placa. Foi assim que soubemos que tínhamos de vir para cá.

— Uau.

— Pare de dizer isso.

— E quando isso deve acontecer?

— Eu gostaria de saber. Na temporada de incêndios, é tudo que eu sei.

— Não me admira que você seja tão obcecada por ele.

— Ange!

— Ah, por favor. Você o devora com os olhos na aula de história britânica. Pensei que estivesse apenas fascinada, como todo mundo na escola parece estar. Fico feliz em saber que você tem um bom motivo.

— Tudo bem, chega de falar sobre anjos — digo, levantando-me e me encaminhando para a porta. Tenho certeza de que estou vermelha como uma beterraba. — Nossa lasanha está esfriando.

— Mas você não me perguntou qual é o meu propósito — observa ela.

Eu paro.

— Você conhece o seu propósito?

— Bem, eu não sabia até agora que esse era o meu propósito. Mas já faz uns três anos que venho tendo esse mesmo sonho. Sonho acordada.

— Como é o sonho? Se você não se importa que eu pergunte.

Ela fica séria de repente.

— Não, tudo bem — diz ela. — Estou atravessando um grande pátio, bem depressa, quase correndo, como se estivesse atrasada. Há muitas pessoas ao meu redor, pessoas com mochilas e xícaras de café. Então, acho que deve ser o campus de alguma faculdade ou coisa do tipo. É de manhã. Eu subo correndo uma escadaria de pedra. No alto da escadaria está um homem de terno cinza. Eu ponho a mão no ombro dele e ele se vira.

Ela para de falar, contemplando o teatro às escuras como que observando os acontecimentos que se desenrolam em sua mente.

— E depois?

Ela olha para mim, pouco à vontade.

— Não sei. Acho que devo entregar uma mensagem a ele. Existem palavras, coisas que devo dizer, mas nunca consigo me lembrar delas.

— Elas virão até você na hora certa.

Estou parecendo minha mãe.

Uma coisa reconfortante a respeito de Ângela, penso eu naquela noite, quando já me preparo para dormir, é que ela me lembra de que não estou sozinha. Talvez eu não devesse me sentir sozinha, pois tenho mamãe e Jeffrey, mas me sinto. Tenho a sensação de que sou a única pessoa no mundo a ter que cumprir um propósito divino. Agora, sei que não sou. E Ângela, apesar de sua tendência a achar que sabe tudo, sabe tanto quanto eu a respeito de seu propósito. E nenhuma pesquisa ou teoria pode ajudá-la. Simplesmente, ela vai ter que aguardar as respostas. Isto faz que eu que me sinta melhor.

— Olá, você — diz mamãe, enfiando a cabeça pela porta do meu quarto. — Divertiu-se com Ângela?

Sua expressão está cuidadosamente neutra, como sempre acontece quando Ângela vem à tona.

— Sim, já terminamos nosso trabalho. Vamos fazer a apresentação amanhã. Então, acho que não vamos mais passar muito tempo juntas.

— Que bom. Assim teremos algum tempo para as aulas de voo.

— Maravilhoso — respondo com o rosto inexpressivo.

Ela franze a testa.

— Foi bom Ângela ter aparecido. — Ela entra no quarto e senta ao meu lado na cama. — Acho que é ótimo você ter uma amiga sangue-de-anjo.

— Acha mesmo?

— Claro. Você só precisa ter cuidado, só isso.

— Certo. Todo mundo sabe que Ângela é uma celerada.

— Você pensa que pode ser você mesma quando está com Ângela — diz ela. — Eu compreendo isso. Mas os sangues-de-anjo são diferentes. Não são como seus amigos normais. Você nunca sabe quais são as verdadeiras intenções deles.

— Não é muita paranoia?

— Apenas tenha cuidado — responde ela.

Ela nem ao menos conhece Ângela. Nem o propósito dela. Não sabe como Ângela é engraçada e inteligente, nem todas as coisas bacanas que aprendi com ela.

— Mamãe — digo eu, hesitante. — Quanto tempo você demorou para juntar todas as peças do seu propósito? Quando você soube, com certeza absoluta, o que você teria de fazer?

— Eu não soube.

Seu olhar se entristece por alguns segundos, sua expressão se torna cautelosa e seu corpo se contrai dos pés à cabeça. Ela acha que já falou muito. Não vai me revelar mais nada.

Dou um suspiro.

— Mamãe, por que você simplesmente não me diz?

— O que eu quero dizer — prossegue ela, como se não tivesse escutado minha pergunta — é que eu *nunca* soube com absoluta certeza. Não absoluta. O processo todo, geralmente, é muito intuitivo.

Ouvimos uma explosão de música. Jeffrey sai do quarto e vai até o banheiro, fazendo o chão estremecer sob seus pés enormes. Quando volto a olhar para mamãe, ela já está alegre como sempre.

— Às vezes, você vai ter que agir baseada na fé — diz ela.

— É, eu sei — concordo, resignada.

Diversas perguntas me vêm à ponta da língua. Mas ela nunca irá respondê-las. Nunca me deixa entrar em seu secreto mundo angélico, e eu não entendo por quê.

— Preciso dormir — digo. — Tenho uma grande apresentação de história britânica para fazer amanhã.

— Está bem.

Ela parece cansada. Há manchas arroxeadas sob seus olhos, de cujos cantos partem linhas finas que nunca vi antes. Ela parece uma mulher de quarenta e poucos anos — o que não é nada mau, considerando que está com cento e dezoito. Mas nunca a vi tão depauperada.

— Está tudo bem com você? — pergunto.

Pouso minha mão sobre a dela. Sua pele está fria e úmida, o que me surpreende.

— Tudo bem. — Ela retira a mão. — A semana está sendo cansativa.

Ela se levanta e caminha até a porta.

— Pronta para dormir? — pergunta, estendendo a mão para o interruptor.

— Estou.

— Boa noite — diz ela e apaga a luz.

Por alguns instantes, permanece à soleira da porta, perfilada pela luz do corredor.

— Eu te amo, Clara — diz ela. — Não se esqueça disso, está bem?

Sinto vontade de chorar. Como nos afastamos tanto em tão pouco tempo?

— Eu também te amo, mamãe.

Ela fecha a porta do quarto, e fico sozinha no escuro.

— Mais uma camada — diz Ângela. — Seu cabelo é tão... irritante!

— Eu lhe falei — replico.

Ela pulveriza meus cabelos com outra nuvem tóxica. Começo a tossir. Quando meus olhos param de lacrimejar, olho para o espelho. A Rainha Elizabeth me olha de volta. Não parece estar se divertindo.

— Acho que realmente podemos ganhar um dez.

— E você tinha alguma dúvida? — diz Ângela, empurrando os óculos mais para cima do nariz. — Eu é que vou falar na maior parte do tempo, lembra? Você só tem que ficar parada lá e ser bonita.

— Para você, é fácil falar — resmungo. — Essa roupa deve pesar mais de quarenta quilos.

Ela revira os olhos.

— Espere um minuto — digo. — Quando você começou a usar óculos? Você tem uma visão perfeita.

— É a *minha* roupa. Você faz o papel de rainha. Eu faço o papel de aluna estudiosa que sempre tira nota dez e sabe tudo o que é possível saber sobre o período elizabetano.

— Nossa! Você é doente, sabia?

— Vamos — diz ela. — A campainha já vai tocar.

Acompanho Ângela pelo corredor. Os outros alunos se afastam para eu passar. Quando eles apontam e cochicham, tento sorrir. Paramos em frente à sala de aula. Ângela se vira e começa a dar os toques finais na minha roupa.

— Lindos rufos — caçoa ela.

— Você me paga.

— Espere aqui. — Ela parece um pouquinho nervosa. — Vou anunciar você.

Ela entra na sala e eu permaneço no corredor, tentando escutar alguma coisa. Meu coração começa a bater forte. Ouço Ângela falando e o sr. Erikson respondendo a ela. A turma ri de algo que ele diz. Olho através da pequena janela da porta. Ângela está de pé diante da turma, apontando para o cartaz que preparamos, que traz uma cronologia da vida da Rainha Elizabeth. Ela irá me anunciar após a morte da Rainha Mary. A qualquer momento. Respiro fundo e me aprumo o melhor que posso sob o peso esmagador do vestido.

Christian está lá. Posso vê-lo pela janela, sentado na primeira fila, repousando a cabeça na mão.

Christian tem um lindo perfil.

— Então, sem mais delongas — diz Ângela, por fim —, apresento-lhes Sua Alteza Real, a Rainha Elizabeth, primeira da casa de Tudor, Rainha da Inglaterra e da Irlanda... Tucker, abra a porta.

A porta se abre e eu entro na sala, tão dignamente quanto posso. Tomando cuidado para não tropeçar no volumoso vestido, caminho até a frente da sala e me posto ao lado de Ângela. A turma toda parece respirar fundo.

Evidentemente, nós não conseguimos reproduzir nenhum dos vestidos de Elizabeth que encontramos na Wikipédia, incrustados de esmeraldas e rubis, confeccionados com metros e mais metros de tecidos dispendiosos. Mas a mãe de Ângela criou uma excelente imitação. O vestido é de um dourado intenso, com brocados prateados. Por baixo, há uma camisa de seda branca que desponta nas mangas. Colamos pérolas falsas em todas as bainhas. O espartilho me comprime na forma de um triângulo, na parte de cima, de onde a saia se alarga em direção ao chão. Os rufos em meu pescoço e punhos são feitos de rígida renda branca, também decorada com pérolas falsas. Coroando tudo está meu rosto, quase inteiramente maquiado de branco — algo que supostamente representa a pureza de Elizabeth —, contrastando com o batom vermelho. Ângela repartiu meus cabelos ao meio, prendeu-os em um coque na nuca, elaboradamente trançado, e os encimou com uma pequena coroa elaborada com arame e pérolas falsas. Uma pequena pérola está pendurada no alto da minha testa. Uma longa peça de veludo branco pende da minha cabeça, como um véu de noiva.

A turma me encara como se eu fosse a própria Rainha Elizabeth, transportada através do tempo. Subitamente me sinto bela e poderosa, como se o sangue dos reis de fato corresse em minhas veias. Já não sou mais a Palhaça.

— A Rainha Mary morreu — diz Ângela. — Viva a Rainha Elizabeth!

É a minha vez. Fecho os olhos e inspiro tão fundo quanto o espartilho me permite. Então, ergo a cabeça e olho para os alunos como se eles fossem meus súditos leais.

— Meus lordes, as leis da natureza me fazem lamentar a perda de minha irmã — digo em minha melhor pronúncia britânica. — O fardo que caiu sobre mim me deixa assombrada; no entanto, considerando que sou uma criatura de Deus, coroada em obediência ao Seu desígnio, a este me rendo agora, desejando do fundo do coração poder desfrutar de Sua graça para ser ministra de Sua vontade celestial nesta função que me é outorgada.

A turma está em silêncio. Relanceio os olhos para Christian, que está me encarando como se nunca tivesse me visto. Nossos olhares se encontram. Ele sorri.

Subitamente, sinto cheiro de fumaça.

Não agora, penso, como se a visão fosse uma pessoa a quem eu pudesse dar ordens. O trecho seguinte do meu discurso me foge da cabeça. Começo a divisar os contornos das árvores.

Por favor, penso desesperadamente. *Vá embora*.

É inútil. Estou com Christian no bosque. Olho para seus olhos salpicados de ouro. Desta vez, ele está tão perto que sinto seu aroma, uma maravilhosa mistura de sabonete e odor masculino. Posso estender a mão e tocá-lo. Quero fazer isso. Acho que nunca quis tanto uma coisa na vida. Mas a tristeza começa a crescer dentro de mim, uma tristeza tão intensa e dolorosa que meus olhos se enchem de lágrimas. Eu já quase me esquecera dessa tristeza. Abaixo a cabeça. É quando percebo que ele está segurando minha mão. Os longos dedos de Christian enlaçados em torno dos meus. Seu polegar desliza sobre eles. Em choque, começo a arquejar.

O que significa isso?

Levanto os olhos. Estou de volta à sala, olhando fixamente para Christian. Alguém solta um riso escarninho. Todos estão me olhando com ar de expectativa. Posso sentir a tensão de Ângela, que emana dela em ondas. Está ficando nervosa. Ela queria me dar papéis com lembretes. Talvez não fosse uma ideia ruim.

— Vossa Majestade? — sussurra o sr. Erikson.

De repente, lembro-me da frase seguinte.

— Coragem — digo rapidamente, incapaz de desviar meus olhos de Christian.

Ele sorri de novo, como se estivéssemos tendo uma conversa particular.

— Sei que tenho um corpo frágil de mulher — continuo. — Mas com o coração e a bravura de um rei.

— Muito bem, muito bem! — diz Ângela, arregalando os olhos por trás dos óculos. — Viva a rainha!

— Viva a rainha — repete o sr. Erikson, logo acompanhado por toda a turma.

Não posso deixar de sorrir. Ângela, parecendo aliviada com o término da minha participação, começa a discorrer sobre detalhes do reinado de Elizabeth. Agora, só preciso ficar parada ali e ser bonita, como ela disse. E tentar acalmar as batidas aceleradas do meu coração.

— Por um longo tempo, é claro, todos na Inglaterra só pareciam interessados em descobrir um marido adequado para Elizabeth — diz Ângela, olhando para o sr. Erikson como se estivesse demonstrando um ponto de vista. — Todos duvidavam de que ela fosse capaz de governar sozinha. Mas ela acabou se revelando um dos melhores e mais reverenciados monarcas da história. Ela propiciou uma era de ouro para a Inglaterra.

— É, mas não morreu virgem? — pergunta Tucker, no fundo da sala.

Ângela não se abala. Imediatamente, inicia sua dissertação sobre a Rainha Virgem, sobre o modo como Elizabeth utilizou a imagem da virgindade para tornar mais atraente sua condição de solteira.

Tucker está encostado à parede dos fundos, sorrindo maliciosamente.

— Sir Tucker — digo de súbito, interrompendo Ângela.

— Hein?

— Acredito que a resposta correta seja "sim, *Vossa Majestade*" — digo, em minha entonação mais arrogante.

Não posso deixá-lo caçoar de mim na frente de toda a turma, posso?

— Sim, Vossa Majestade — responde ele sarcasticamente.

— Tome cuidado, Sir Tucker, ou será colocado no pelourinho.

Ele assume uma expressão desdenhosa e olha para o sr. Erikson.

— Ela não pode fazer isso, pode? Ela não é a governante da turma. Brady é o governante.

— Ela é a rainha hoje — diz o sr. Erikson, recostando-se na cadeira. — Eu me calaria se fosse você.

— Você pode tirar o título dele — sugere Brady, aparentemente não se incomodando nem um pouco com o fato de eu lhe ter usurpado o trono. — E fazer dele um servo.

— É — diz Christian. — Fazer dele um servo. Ser servo é uma droga.

Em sua condição de servo, o pobre Christian já fora morto diversas vezes nas aulas. Além de morrer de peste negra no primeiro dia, ele morreu de fome, teve as mãos decepadas por ter roubado um pão e foi pisoteado pelo cavalo de seu amo só porque este queria se divertir. Já está na terceira encarnação de Christian.

— Ou pode se livrar dele definitivamente. Prendê-lo na Torre de Londres. Mandar que ele seja arrastado e desmembrado. Talvez torturado na roda. Ou inoculado com um enema de chumbo derretido — sugere o sr. Erikson, rindo.

A gente tem que admirar um professor que sugere a morte por meio de um enema de chumbo derretido.

— Talvez seja melhor pôr o assunto em votação — digo, olhando friamente para Tucker, lembrando-me de que, por causa dele, eu quase fora incinerada como feiticeira.

Doce vingança.

— Todos os que forem a favor da morte de Sir Tucker, o herege, levantem a mão — diz Ângela rapidamente.

Olho para as mãos levantadas. Unanimidade. Exceto por Tucker, que permanece no fundo da sala, de braços cruzados.

— Que seja o enema de chumbo derretido — decreto.

— Estou registrando — informa o sr. Erikson alegremente.

— Agora que isso está resolvido — diz Ângela, lançando-me um olhar penetrante —, permitam que eu lhes fale sobre a derrota da Invencível Armada espanhola.

Lanço a Tucker um olhar triunfante. Ele ergue os cantos da boca em um meio sorriso. E acena com a cabeça para mim como que dizendo: *Touché*.

Ponto para Clara.

Que ninguém se faça de bobo comigo.

— O que foi *aquilo*? — sussurra Ângela, quando estamos a caminho do banheiro depois da aula.

— O negócio com Tucker? Não dá para entender esse cara.

— Não, aquele negócio de você sair do ar no meio de sua fala e me deixar sem saber o que fazer na frente de toda a turma.

— Desculpe — digo. — Eu tive a visão. Quanto tempo eu fiquei fora do ar?

— Só uns dez segundos. Mas foram os dez segundos mais longos que já tive. Pensei que teria de lhe dar um tapa.

— Desculpe — digo novamente. — Não é uma coisa que eu possa controlar.

— Eu sei. Tudo bem.

Entrando no banheiro feminino, dirigimo-nos ao compartimento reservado para pessoas deficientes, onde Ângela desmonta o vestido para que eu possa sair de dentro dele. Quando desamarra o espartilho, dou um suspiro de alívio. Enfim posso inspirar profundamente.

— Você viu o incêndio no bosque? — pergunta ela, olhando para fora, certificando-se de que estamos sozinhas.

— Não, não desta vez.

Ela sorri maldosamente enquanto me entrega o agasalho de moletom.

— Você viu Christian?

Sinto um rubor se alastrando nas bochechas.

— Sim.

Removo cuidadosamente a coroa e a entrego a Ângela. Depois, visto o casaco por sobre a cabeça.

— Quer dizer que você estava olhando para Christian na aula e, ao mesmo tempo, olhando para ele no futuro. Isso é loucura, Clara.

— Nem me fale.

Visto minha calça jeans e me posto diante do espelho para verificar os danos sofridos pelo meu cabelo.

— Nossa! Preciso tomar um banho.

— E no futuro, o que aconteceu?

— Nada — respondo rapidamente. — Foram só dez segundos, lembra? Não deu tempo de acontecer nada.

Abro a torneira da pia e abaixo a cabeça para lavar o rosto. A maquiagem branca se dissolve em minhas mãos e rodopia para dentro do ralo. O contato da água fria com minha pele ruborizada é agradável. Ângela me entrega uma toalha de papel e eu me seco; depois, limpo o batom vermelho. Ela pega uma escova em sua mochila e começa a tirar os grampos dos meus cabelos.

— Nada de novo, então? — diz ela, olhando-me nos olhos através do espelho. — A visão não teve nenhuma parte nova?

Suspiro. Acho que posso dizer a ela. Ângela sempre consegue extrair a verdade, de um modo ou de outro. É incrivelmente observadora *e* persistente.

— Ele estava... — começo. — Nós estávamos... de mãos dadas.

— Não diga! — exclama Ângela. — Nesse caso, vocês dois são amantes!

— Não! — protesto. — Quer dizer, talvez. Não sei o que nós somos. Estamos de mãos dadas, e daí? Não significa nada, necessariamente.

— Ah, *está bem*. — Ângela olha para mim, incrédula, enquanto arrasta a escova pelo meu cabelo saturado de spray. — Pare com isso. Você sabe que está completamente apaixonada por ele.

— Eu nem conheço Christian direito. Ai! Vá devagar!

— Bem, eu o conheço desde o maternal — diz Ângela, ignorando meus protestos e continuando a desemaranhar meus cabelos. — E acredite em mim, Christian Prescott é tudo o que se supõe que ele seja. Inteligente, engraçado, gentil e, ah, sim, *sexy* como um galã de cinema.

— Está me parecendo que é você quem está apaixonada por ele — observo.

— Oitava série — diz Ângela. — Festa de aniversário de Ava Preston. Estamos fazendo o jogo da garrafa. Minha garrafa aponta para Christian, então vamos até a varanda dos fundos para trocar beijos.

— E depois?

— E depois foi ótimo. Mas não saiu faísca. Nenhuma química. Nada. Foi como se eu estivesse beijando meu irmão. Não se preocupe, Clara, ele é todo seu.

— Aí, essa minha visão é um trabalho, está lembrada? — replico. — Não é namoro. E acho que ele é todo de Kay. Portanto, chega desse papo maluco.

Ela ri com ironia.

— Kay é bonita. E é esperta o bastante para manter a atenção dele. Mas Kay é uma garota normal. Você é uma criatura angélica. É mais inteligente e mais atraente do que ela em todos os aspectos. É geneticamente superior. Tudo bem, tem esse negócio do cabelo. A cor é ruim, tira a atenção das pessoas e tal. Mas você é extremamente *sexy*. E tem alguma coisa de Scarlett Johansson, sem o peitão. Todos os caras da Escola Secundária de Jackson Hole sabem quem você é, pode acreditar. — E acrescenta: — Além disso, Christian e Kay estão quase terminando.

— Como assim? O que você soube?

— Nada — diz ela com uma expressão irreverente. — É só o cronograma, sabe? Esse tipo de relacionamento tem duração limitada.

— Que tipo relacionamento é esse, exatamente?

Ela me olha nos olhos.

— Do tipo físico. Ou você acha que Christian se sentiu atraído pelo maravilhoso senso de humor de Kay?

— O prazo de validade deles está quase expirando. Acredite em mim — diz ela diante do meu silêncio, retorcendo o canto da boca num sorriso maligno.

É inacreditável que as asas dela sejam mais brancas que as minhas.

— Você é estranha, sabia? — comento, abanando a cabeça. — Muito estranha.

— Basta esperar — diz ela. — Você vai ver. Logo ele vai ser todo seu. Ele é seu destino, afinal de contas.

Ela bate as pestanas.

— Ah, você pensa realmente que meu propósito é arranjar um namorado? Isso seria maravilhoso, pois é claro que eu preciso de ajuda na parte romântica. Mas você não acha que o mundo é um pouco maior do que eu, Christian e nossas vidas amorosas?

— Talvez — diz ela, sem deixar transparecer se está ou não falando sério. — A gente nunca sabe.

Depois das aulas, espero Wendy no estacionamento da escola. Ela vai comigo até minha casa. Vamos estudar juntas para uma prova sobre Jane Austen na turma de Phibbs. Como sempre, não consigo deixar de reparar na Avalanche de Christian estacionada nos fundos.

Wendy se aproxima e me dá um alegre tapinha no braço.

— Tucker me contou que você foi rainha hoje — diz ela.

Lentamente, desvio o olhar da caminhonete de Christian.

— É, mandei bem. Literalmente.

— Eu gostaria de ter visto você vestida de rainha — diz ela. — Você poderia ter me procurado no almoço. Eu poderia ter ajudado você a se preparar.

— Ah, eu não quis dar trabalho a você com essas coisas da minha turma de história — replico, como se tivesse evitado incomodá-la.

Mas a verdade é que não sei lidar com Ângela e Wendy no mesmo espaço. E não seria estranho falar sobre coisas normais, como a escola e os garotos, quando já estou tão acostumada a conversar sobre assuntos angélicos com Ângela? Durante as duas últimas semanas, praticamente só vi Wendy nas aulas e no almoço, onde ainda me sento à mesa das Invisíveis. Quase todos os dias, depois da escola, passei o tempo com Ângela, elaborando nosso trabalho.

— Preparada para Jane Austen? — pergunto.

— Fique sabendo que já me apaixonei pelo sr. Darcy[30] — responde ela.

— Ah, claro — digo, distraída por ter avistado Christian e Kay.

Eles estão de pé ao lado da caminhonete prateada, conversando. Kay está sorrindo para ele. Ela se apoia nele enquanto fala, quase o cobrindo com o corpo. Ele parece não se importar. Então se beijam. Não um beijinho rápido, mas um beijo demorado, em que ela envolve o pescoço de Christian com os braços e ele a abraça pela cintura, puxando-a para perto e a levantando. Depois, ele dá um passo para trás afaga o rosto dela, enfiando uma mecha de cabelos atrás de sua orelha. Diz alguma coisa. Ela meneia a cabeça. Ele abre a porta do lado do motorista e ela entra na caminhonete. Ele entra em seguida pela mesma porta, mas a Avalanche não se move. Eles não vão a lugar nenhum.

Não parecem formar um casal cuja data de validade está prestes a expirar. Parecem felizes.

— Você não está me escutando, está? — pergunta Wendy, aumentando o tom de voz.

Dou um pulo, assustada, e olho para ela. Sua cabeça está levemente inclinada para um lado e seus olhos azuis estão semicerrados.

— Desculpe — digo rapidamente. — Hoje eu ordenei que Tucker fosse executado, ele lhe contou?

Espero que o rosto dela se ilumine, que ela faça algum comentário espirituoso, mas ela apenas abana a cabeça.

— Que foi?

— Christian já tem namorada, como você deve ter reparado — diz ela. — Sugiro que você supere isso.

---

[30] Personagem do livro *Orgulho e Preconceito*, de Jane Austen. (N.T.)

Minha boca se abre, depois se fecha, depois se abre de novo.

— Não precisa ser agressiva! — balbucio finalmente.

— É verdade.

— Você não sabe nada sobre esse assunto — retruco.

— Bem, talvez eu soubesse se você voltasse a conversar comigo — diz ela, cruzando os braços sobre o peito.

— Ah, estou vendo, você está com ciúme. Por isso a agressividade.

Ela olha para o lado rapidamente, de um modo que confirma o fato: está com ciúme de Ângela e do tempo que passamos juntas.

— Estou enjoada de ver você babando por Christian Prescott como se ele fosse um pedaço de carne, só isso.

Foi um dia cansativo. Então, também perco a calma.

— O que você tem com isso, Wen? É a minha vida. Por que você não para de ser invisível e arranja uma vida também?

Ela me encara durante um longo momento. Seu rosto se avermelha lentamente. Seus olhos brilham com as lágrimas que ela é teimosa demais para derramar. Ela se vira de costas para mim. Posso ver seus ombros começando a se agitar.

— Wen...

— Esqueça — diz ela, colocando a mochila no ombro. — Pensei que você fosse minha amiga para valer e não só até encontrar alguém melhor. Foi um erro meu.

— Pare, Wendy, você é minha amiga — digo, dando um passo para trás. Eu...

— Sem querer ofender, Clara, mas nem tudo gira em torno de *você*.

Olho fixamente para ela.

— Vou pegar o ônibus para casa — diz ela, afastando-se de mim.

10

LIÇÃO DE VOO

Eu gostaria que meu recesso de primavera[31] fosse divertido, com alguma viagem excitante a Miami ou mesmo uma simples excursão com meus amigos. Mas Wendy ainda não estava falando comigo (caramba, como essa garota é rancorosa!) e Ângela estava ocupada ajudando sua mãe com a faxina de primavera no Pink Garter. O recesso, portanto, foram nove maravilhosos dias presa em casa com Jeffrey, que estava de castigo por ter vencido os campeonatos regionais de luta livre. Duas semanas sem tevê, telefone ou internet. Achei isso um tanto excessivo. Jeffrey estava furioso, e

[31] *spring break* — recesso escolar instituído nos Estados Unidos, Canadá, Reino Unido e alguns outros países do Hemisfério Norte durante a primavera. As datas variam conforme o país, região e instituição de ensino. Mas o período é sempre de segunda a sexta-feira. (N. T.)

mamãe, irritada. Por mais tempo que eu permanecesse na varanda tomando sol, não conseguia deixar de sentir o clima gélido que reinava em casa.

É um alívio voltar à escola. No almoço, sento-me e fico esperando que Ângela apareça. Estou entretida removendo com um guardanapo o excesso de gordura de uma fatia de pizza de *pepperoni*, quando Wendy irrompe saltitante na cantina. Entra na fila do peixe e acena para a mesa das Invisíveis, um tanto espasmodicamente. A expressão de "mal posso esperar para lhe contar" está estampada em seu rosto. Começo a achar que isso tem alguma coisa a ver com o baile.

Mordo um pedaço de pizza e lembro a mim mesma que não quero ir ao baile. Prefiro ficar em casa tomando sorvetes da Ben and Jerry's e assistindo a filmes "água com açúcar" ao lado de mamãe, que precisa de muito descanso e relaxamento.

Por que essa perspectiva me deixa tão deprimida?

— Vocês nunca vão adivinhar o que aconteceu — ouço Wendy dizer, deixando-se cair na cadeira na mesa das Invisíveis, a poucos passos de distância.

Por um momento, seus olhos se encontram com os meus, e sinto que ambas queremos superar aquela briga idiota e fazer as pazes. E ela então me dará a empolgante notícia.

— Você conseguiu acompanhante para o baile? — pergunta Emma.

Os olhos azuis de Wendy resplandecem. Fico pensando se o fato não mereceria um grito de vitória.

— Não — diz ela. — Bem, sim. Vou ao baile com Jason Lovett. Mas essa não é a grande notícia. Consegui o estágio!

— O estágio — repete Lindsey inexpressivamente.

É claro! O estágio em Montana do qual ela vive falando desde que soube dele! Naquela clínica onde todos os veterinários se formaram na Universidade Estadual de Washington. Mais empolgação, pessoal! Vocês não dizem que são amigas dela?

— No All West Veterinary Hospital — explica ela.

— Ah, certo. — diz Lindsey vagamente. — Não é aquele em Bozeman?

— Sim — responde Wendy, um tanto ofegante. — Eu seria capaz de matar alguém para conseguir esse estágio. Praticamente todos os veterinários se formaram na Universidade Estadual de Washington[32], que é a universidade dos meus sonhos, como vocês sabem.

Ela olha para mim novamente. Dou um leve sorriso. Ela desvia o olhar.

— Parabéns! — dizem as garotas da mesa quase em uníssono.

— Obrigada.

Ela parece genuinamente feliz, orgulhosa e empolgada com as perspectivas futuras. Mesmo sem dar nenhum grito de vitória.

— Espere, isso quer dizer que você vai ficar fora durante todo o verão? — pergunta Audrey, franzindo a testa.

— De junho a agosto.

— Que bom para você — diz Emma. — Agora nos conte como Jason Lovett convidou você.

Quase posso ouvir Wendy ruborizando.

— Na verdade, fui eu que convidei Jason.

Inclino-me para a frente e apoio o queixo nas mãos, como se estivesse entediada, em vez de ouvindo a conversa. Fico feliz por

[32] A Universidade Estadual de Washington tem a reputação de abrigar uma das melhores faculdades de medicina veterinária dos Estados Unidos. (N.T.)

Wendy. Jason parece bom garoto. Ele é um pouco baixo, mas forte, tem olhos castanhos esperançosos e uma voz meio fina que, pelo bem dele, espero que engrosse quando ficar mais velho. É um rapaz agradável. Alguém que a tratará bem.

Ângela finalmente aparece. Joga o saco de papel com o lanche sobre a mesa e senta-se numa cadeira. Intuitivamente, seus olhos relanceiam a mesa das Invisíveis, onde Wendy está contando às amigas como convidou Jason.

— Você deveria fazer as pazes com ela — diz Ângela. — Ela já superou seja lá o que for que houve. Falando nisso, por que ela brigou com você?

— Acho que ficou com ciúme por causa do tempo que eu passei com você — respondo enfaticamente.

— Ah, bom. Mas aí não posso fazer nada. Eu sou maravilhosa, como você sabe.

Sorrio.

— Eu sei.

— Ah! Por falar em ser maravilhosa, tenho uma notícia para você. — Ela se inclina para a frente, com um brilho travesso nos olhos. — Eu soube que Christian e Kay tiveram grandes problemas durante o recesso de primavera — sussurra teatralmente.

Rapidamente, inspeciono a cantina. Demoro um segundo, mas localizo Christian, sentado sozinho nos fundos da sala. Kay não está à vista. E ele está sem os amigos. Interessante.

— Que tipo de problemas?

— Do tipo em que há uma grande discussão na frente de cem pessoas. Está correndo o boato maldoso de que Christian anda se encontrando com uma garota da equipe de esqui de Cheyenne durante os torneios do campeonato estadual.

— E quem espalharia um boato desses?

Ela sorri com seu irritante ar de sabe-tudo.

— Eu lhe falei, não falei? Boato ou não, era só uma questão de tempo.

Neste momento, Kay Patterson entra na sala.

Está usando uma saia que, tenho certeza, viola o código de vestuário da escola. E a maquiagem, mais carregada que o habitual, chega a formar uma máscara em torno dos olhos; os lábios estão pintados com um batom vermelho vivo, bastante espalhafatoso. Seus olhos logo procuram Christian, que parece inteiramente concentrado em seus bolinhos de batata. Ele não levanta os olhos, mas posso dizer, por sua postura, que ele sabe que ela está lá. E ela sabe que ele sabe disso. Por um momento, tenho a impressão de que ela vai chorar. Mas, balançando os quadris, ela caminha até uma mesa onde estão alguns jovens atletas da escola. Toda a cantina se vira para observá-la. Ela escolhe um dos garotos, aparentemente ao acaso, diz alguma coisa com voz de operadora de telessexo e passa os dedos por seus cabelos.

De repente, ela se senta no colo de Jeffrey.

Acho que os queixos de todos os presentes atingem o chão ao mesmo tempo.

Agora, já não se trata apenas de problemas entre Christian e Kay. Trata-se de Kay se inclinando sobre Jeffrey e dizendo alguma coisa em seu ouvido, tão próxima que poderia lambê-lo. Os olhos dele se arregalam um pouco, mas ele obviamente está tentando se manter calmo. E não se mexe.

Eu me levanto.

— Com licença um minuto — digo educadamente a Ângela, como se estivesse indo retocar a maquiagem.

Mas estou fula de raiva. Tenho a intenção de andar até lá e usar minha superforça angélica para dar um soco no gracioso nariz arrebitado de Kay Patterson. Por muitas razões, na verdade. E o fato de ela ter escolhido meu irmãozinho para fazer seu jogo tortuoso é a menor delas.

— Espere. — Ângela segura meu braço com a força de um torno. — Calma, Clara. Jeffrey já está grandinho. Ele sabe cuidar de si mesmo.

Jeffrey parece prestes a engolir seu pomo de adão.

— Onde está Christian? — grasna ele.

— Eu não sei onde Christian está — ronrona Kay, como se não desse a mínima. — Você sabe?

Desvio o olhar para não ver aquela nova e sórdida versão de Kay. Christian para de comer e começa a juntar o que sobrou sobre a bandeja. Põe-se então de pé, deposita a bandeja no aparador, lança um olhar de desdém na direção de Kay e se dirige à porta.

Bom para ele, penso, enquanto ele sai batendo a porta. Pela janela interna da cantina, eu o vejo caminhar pelo corredor rumo à saída principal. Sua fúria o acompanha tão claramente quanto uma nuvem de fumaça. Até que ele some de vista.

— Eis a sua chance — sussurra Ângela. — Vá atrás dele.

Eu poderia dizer alguma coisa a ele. Mas o quê?

— Ele quer ficar sozinho agora — replico. — Você não iria querer?

— Covarde — diz ela.

Fuzilo-a com os olhos.

— Não — digo de repente, tão furiosa que tenho dificuldade em fazer as palavras atravessarem meus dentes cerrados. — Me... chame... de covarde.

Liberto-me do aperto de Ângela e atravesso a cantina em direção a Kay. Dou um tapinha em seu ombro.

— Com licença — digo. — O que você acha que está fazendo?

Kay levanta os olhos. Há algo de calculista em sua expressão. Ela sorri.

— Algum problema, Pippi?

Pippi. Meialonga. Risos ecoam na cantina. Mas mamãe tinha razão. Isso não me perturba. Já ouvi o nome antes.

— Puxa, que original. Agora, por favor, saia de cima do meu irmão.

Alguém segura meu braço e o aperta gentilmente. Viro a cabeça e vejo Wendy de pé ao meu lado.

— Essa não é você, Kay — diz ela.

O que é verdade. Por mais que eu queira acreditar que Kay é a encarnação do mal, por mais que uma parte de mim queira ver essa pequena comédia como uma demonstração do verdadeiro caráter de Kay, ela não é assim. Trata-se de uma óbvia e patética encenação, a reação de um animal ferido. Perceber isso diminui minha vontade de quebrar o nariz dela.

— Eu sei que você está magoada, Kay, mas... — começo a falar.

— Você não sabe de nada.

Ela afrouxa o abraço de polvo com que envolveu Jeffrey e me olha furiosa com seus olhos de chocolate. Os olhos de Jeffrey me dizem algo diferente: não faça isso, Clara. Você está me deixando envergonhado. Vá embora.

— Christian se foi — prossigo. — Então de que adianta ficar babando pelo namorado de outra pessoa? Ou você só está querendo estragar nosso apetite?

Se Kay pareceu embaraçada ou insegura, foi apenas por um milésimo de segundo. Virando-se para Jeffrey, ela diz em voz açucarada:

— Você tem namorada?

Ele encara as perigosas pupilas de Kay, aureoladas de negro, e depois relanceia os olhos para Kimber, que se mantém na fila da pizza desde que tudo começou. Ela me lembra um duende da Keebler[33]. Ou a garota do chocolate quente da Swiss Miss[34], com seus cabelos loiros, quase brancos, presos em tranças e enrolados sobre a cabeça. Seu rosto está pálido, com duas manchas vermelhas nas bochechas. Seus olhos irradiam fagulhas.

Talvez não seja eu quem vai derrotar Kay, afinal de contas.

— Tenho — responde Jeffrey, esboçando um sorriso. — Kimber Lane. Ela é a minha namorada.

O olhar trocado entre Jeffrey e Kimber naquele momento mereceria um fundo musical melodramático. Epa, penso. Meu irmãozinho está apaixonado. Que coisa cafona.

— Tudo bem, então — diz Kay com forçada brejeirice, pondo-se de pé e alisando a saia.

Em seguida, levanta a cabeça e dá um riso forçado, como se tudo tivesse sido um jogo divertido que agora lhe provoca tédio.

— Vejo você mais tarde — diz a Jeffrey.

Ela se afasta, requebrando os quadris, e logo é cercada por seu pequeno grupo de amigas. Assim que saem da cantina, uma algazarra toma conta do ambiente, com todos os alunos falando ao mesmo tempo.

---

[33] Os Duendes da Keebler são personagens de animação dos comerciais da Keebler Company, a segunda maior fabricante de biscoitos dos Estados Unidos. (N.T.)

[34] Marca americana de chocolate em pó e pudins, também divulgada através de desenhos animados. (N.T.)

Wendy larga meu braço.

— Oi — digo, virando-me para ela. — Sinto muito pelas besteiras que eu disse.

— Eu também.

— Vamos nos encontrar depois das aulas?

Ela sorri.

— Com certeza — responde. — Eu adoraria.

Wendy e eu nos enfurnamos no meu quarto e fazemos os deveres de casa, debruçadas sobre os livros e sem falar muito, apenas levantando os olhos ocasionalmente para sorrir ou fazer alguma pergunta. Eu mal presto atenção nos problemas de aerodinâmica e nas três teorias de física que presumivelmente explicam a sustentação. A matéria só trata de números e ângulos, nada que se pareça com o que deve ser um voo na vida real. Mas ironicamente sou boa nela.

O fato é que não consigo parar de pensar em Christian. Ele não apareceu na aula de história britânica.

— E então? Ouvi dizer que você vai ao baile da escola com Jason Lovett — digo a Wendy, fechando o livro. Não consigo mais permanecer aprisionada dentro de minha própria cabeça. — A notícia é quente ou não?

— É — diz ela, com um sorriso feliz.

— O que você vai vestir?

Ela morde os lábios. Evidentemente, existe um problema no departamento de vestuário.

— Você ainda não tem um vestido? — pergunto.

— Tenho alguma coisa — responde ela, tentando parecer alegre. — Uso o vestido para ir à igreja, mas acho que posso dar uma melhorada nele.

— Oh, não. Nada de vestido de igreja. — Levanto-me com um pulo e corro até meu armário, onde pego dois vestidos que usava para ir às festas na Califórnia. Volto para perto de Wendy e abro os braços, com um vestido em cada mão. — Basta escolher o que lhe agrada mais.

De repente, ela evita me olhar.

— Mas e você? — balbucia.

— Eu não vou.

— Não acredito que ninguém convidou você, ainda.

Dou de ombros.

— Bem, por que você não convida alguém? Quer dizer, de que adianta o movimento de liberação das mulheres se nós não pudermos convidar os caras para as festas? Eu convidei Jason.

— Não há ninguém com quem eu queira ir.

— Aham...

— Que foi?

— Vou deixar essa passar.

— De qualquer forma, Jason Lovett vai ser seu príncipe encantado no baile da escola, e você vai precisar muito de um vestido de cinderela. Então, escolha um.

Ela já está olhando com olhos famintos para o vestido rosa-claro que está na minha mão direita.

— Acho que este vai ficar ótimo em você — digo, sacudindo o vestido.

— É mesmo? Você não acha que vou parecer ridícula?

— Experimente.

— Ela pega o vestido e corre até o *closet*, para trocar de roupa.

— Você é alta demais — choraminga ela por trás da porta.

— É para isso que servem os saltos.

— Você tem seios maiores que os meus.

— Impossível.

A porta se abre. Ela fica parada no lugar, hesitante, com seus longos cabelos castanho-dourados caídos por sobre os ombros. O vestido se dobra sobre seus pés, mas nada que uma bainha não dê jeito.

— Você está deslumbrante. — Remexo em minha caixa de joias, procurando o colar faiscante que combina com o vestido. — Vamos a Jackson amanhã para ver alguns brincos. É pena que o *shopping* mais próximo fique em Idaho Falls. A Claire's tem os melhores artigos para bailes. Leva quanto tempo daqui até lá, umas duas horas?

— Duas horas e meia — responde ela. — Mas minhas orelhas não são furadas.

— Acho que consigo achar uma batata e uma agulha pontuda.

Ela estremece e põe as mãos sobre as orelhas.

— O que você fazia para se divertir antes de eu aparecer? — pergunto.

— Ordenhava vacas.

Há uma leve batida na porta e minha mãe enfia a cabeça pela abertura. No mesmo instante, Wendy cora até a raiz dos cabelos e começa a recuar em direção ao *closet*, mas mamãe se adianta para olhá-la melhor.

— O quê? Vestidos de baile? Como é que eu não fui convidada? — exclama ela.

— O baile da escola. No sábado depois deste. Eu lhe falei sobre isso, lembra?

— Ah, sim — diz ela. — E você não vai.

Ela parece desapontada.

— Você queria alguma coisa, mamãe?

— Sim, queria lembrar você de que nós vamos praticar nossa ioga hoje à noite.

Demoro um segundo para entender. Depois, fico um pouco nervosa.

— Nós não poderíamos fazer isso outro dia? Estou meio ocupada com...

— Eu sei que vocês, meninas, estão se divertindo muito, mas vou ter de roubar você para passarmos um tempo juntas, mãe e filha.

— De qualquer forma, eu preciso ir — murmura Wendy. — Tenho que terminar esse trabalho de casa.

— Você está adorável, Wendy — diz mamãe, sorrindo para ela. — E os sapatos?

— Acho que meus sapatos pretos vão servir.

Mamãe abana a cabeça.

— Nada de sapatos pretos com esse vestido.

— Nós vamos procurar brincos em Jackson amanhã — sugiro. — Poderíamos procurar sapatos também.

Wendy começa a se encolher, apavorada com a sugestão. Não há nenhuma loja em Jackson cujos preços não sejam para turistas.

— Ou poderíamos pular Jackson e fazer a coisa direito — diz mamãe. — Que tal irmos a Idaho Falls neste fim de semana?

Não sei se ela estava escutando nossa conversa ou se ela e eu estamos sintonizadas no mesmo canal.

— Às vezes — digo a ela com um sorriso — é como se você pudesse ler minha mente.

— Como você sabe, Wendy não tem muito dinheiro — comento com mamãe depois que Wendy vai embora. Estamos no quintal dos fundos, contemplando o sol se pôr atrás das montanhas. Vestida apenas com uma camiseta regata e calça de moletom, começo a tremer de frio. Enrolo um cachecol de lã em torno do pescoço. — Então, quando formos a Idaho Falls comprar sapatos, não nos arraste para nenhuma loja cara. Ela vai ficar embaraçada.

— Eu estava pensando na Payless[35] — replica mamãe afetadamente. — Acho que seria ótimo passarmos algum tempo juntas, só nós, meninas. Não tivemos muito disso desde que nos mudamos para cá.

— Tudo bem.

— Acho que você também poderia chamar Ângela. Ela já tem acompanhante para o baile?

Paro de remexer no cachecol e olho fixamente para ela.

— Sim, já tem.

— Então, ela pode vir também.

— Por quê?

— Eu quero conhecer suas amigas, Clara. Você traz Wendy aqui o tempo todo, mas nunca traz Ângela. Então eu quero conhecê-la. Acho que já está na hora.

— Sim, mas...

— Sei que você fica nervosa com a ideia, mas não deveria — diz ela. — Vou me comportar.

[35] Payless ShoeSource. Loja americana que vende calçados a preços acessíveis. (N.T.)

Não é realmente mamãe que me preocupa. Ou talvez seja.

— Tudo bem, vou falar com ela.

— Maravilha. Tire o cachecol.

— Está muito frio!

— Isso pode se enrolar na asa.

Faz sentido. Tiro o cachecol.

— Temos que fazer isso agora? Estou tendo aulas de aerodinâmica na escola. E só estou tirando dez, por falar nisso.

— A matéria é sobre o voo de aviões. Isto é sobre você. Você precisa treinar, Clara. Deixei você à vontade durante todo o inverno para ir se acostumando com o ambiente. Agora você precisa se concentrar no seu propósito, para estar preparada quando a temporada de incêndios começar. Só faltam alguns meses.

— Eu sei — digo melancolicamente.

— Agora, por favor.

— Tudo bem, ótimo.

Desdobro as asas, coisa que não faço há algum tempo. Pelo menos ficou mais fácil: já não preciso falar em angélico. Ainda acho que minhas asas são bonitas — macias, brancas e perfeitas como as de uma coruja. Mas no momento parecem enormes e canhestras como um dinossauro de filme barato.

— Certo, abra bem — diz mamãe.

Estendo as asas o máximo que posso, até que seu peso começa a cansar meus ombros.

— Para sair do chão, você precisa se tornar mais leve.

Ela fica repetindo isso, mas eu não tenho a menor ideia de como fazê-lo.

— Daqui a pouco você vai sacudir uma varinha mágica e me dizer para pensar em coisas felizes — resmungo.

— Limpe a mente.

— Pronto.

— Agora, pensamento positivo.

Suspiro.

— Tente relaxar.

Olho para ela, desanimada.

— Tente fechar os olhos — sugere ela. — Inspire profundamente pelo nariz e expire pela boca. Imagine que está se tornando mais leve, que seus ossos estão pesando menos.

Fecho os olhos.

— É parecido com ioga — digo.

— Você tem que se esvaziar, tirar da mente as coisas que tornam você mais pesada.

Tento limpar a mente. Em vez disto, vejo o rosto de Christian. Não através da visão, cercado de fogo e fumaça, mas a um hálito de distância, como quando ele se inclinou sobre mim na pista do esqui. Vejo suas pestanas escuras e espessas. Seus olhos com respingos de ouro. Seu calor. As covinhas que se formam quando ele sorri.

Minhas asas já não parecem tão pesadas.

— Muito bem, Clara — diz mamãe. — Agora tente se erguer do chão.

— Como?

— Bata as asas.

Imagino minhas asas capturando o ar, como as asas dela fizeram no Poleiro do Abutre. Penso em disparar pelo céu como um foguete, varando as nuvens, roçando as copas das árvores. Seria maravilhoso poder voar assim, não seria? Responder ao chamado do céu?

Nada nem mesmo se mexe.

— Talvez ajude se você abrir os olhos agora — diz mamãe, dando uma risada.

Abro os olhos. *Batam*, ordeno às minhas asas silenciosamente.

— Não consigo — arquejo após alguns instantes.

Estou suando, apesar do ar frio.

— Você está pensando muito. Lembre-se de que suas asas são como seus braços. Você não precisa pensar em seus braços para que se movam, você apenas os move.

Olho para ela. A frustração me faz cerrar os dentes. Então, devagar, minhas asas se flexionam, para trás e para frente.

— É isso — diz mamãe. — Você está conseguindo!

Só que não estou conseguindo. Meus pés ainda estão firmemente plantados no chão. Minhas asas se movem, abanam o ar, sopram meus cabelos para cima do rosto. Mas não consigo me erguer no ar.

— Sou muito pesada.

— Você precisa se tornar mais leve.

— Eu sei!

Tento pensar em Christian de novo, seus olhos, seu sorriso, qualquer coisa tangível, mas subitamente só consigo vê-lo como aparece na visão, de costas para mim, com o fogo se aproximando.

E se eu não for capaz de fazer isso?, penso. E se a coisa toda depender de minha capacidade para voar? E se ele morrer?

— Por favor! — grito, contraindo todo o meu corpo. — Voem!

Flexiono os joelhos, dou um pulo e consigo me elevar alguns palmos. Durante cinco segundos acho que consegui. Mas caio depressa, em ângulo, dobrando um tornozelo ao aterrissar. Desequilibrada, desabo no gramado, formando um emaranhado de membros e asas.

Por um momento, permaneço deitada na grama úmida, respirando ofegante.

— Clara — diz mamãe.

— Não dá.

— Você se machucou?

Sim, eu me machuquei. Desejo que minhas asas desapareçam.

— Continue tentando. Você vai conseguir.

— Não, não vou. Não hoje.

Eu me levanto cuidadosamente e limpo a terra e a grama que se grudaram em minhas calças, recusando-me a olhar para ela.

— Você está acostumada a ter facilidade em tudo. Agora você vai precisar dar duro.

Eu gostaria que ela parasse de dizer isso. Seu rosto fica com aquela expressão desapontada, como se ela esperasse mais de mim. Isso faz com que eu me sinta um fracasso, tanto como humana, condição em que eu deveria ser notável — linda, rápida, forte, confiante, capaz de fazer qualquer coisa que esperem de mim —, quanto como anjo. Como garota comum, não estou sendo nenhuma maravilha. E como anjo, sou simplesmente péssima.

— Clara. — Mamãe se aproxima de mim abrindo os braços, como se fôssemos nos abraçar e tudo fosse ficar bem. — Você tem que tentar de novo. Você pode fazer isso.

— Pare de querer me dirigir o tempo todo, certo? Me deixe em paz.

— Querida...

— Me deixe em paz! — grito.

Olho bem dentro de seus olhos atônitos.

— Tudo bem — diz ela, virando-se e caminhando rapidamente para a casa.

A porta bate. Ouço a voz de Jeffrey na cozinha e também a voz dela, baixa e paciente, respondendo a ele. Esfrego meus olhos irritados. Quero correr para longe, mas não tenho para onde ir. Fico parada no lugar, com o pescoço, os ombros e o tornozelo doendo, sentindo pena de mim mesma, até que o quintal mergulha na escuridão e nada me resta a fazer senão entrar em casa mancando.

11

IDAHO FALLS

Ângela aparece em nossa casa mais cedo na manhã de sábado. Assim que a vejo na varanda, percebo que a ideia de chamá-la foi um erro enorme. Ela parece uma criança na manhã de Natal. Está absolutamente desvairada com a perspectiva de conhecer minha mãe.

— Vá com calma, está bem? — digo a ela antes de deixá-la entrar. — Lembre-se do que conversamos. Tranquila. Nada de falar sobre anjos.

— Tudo bem.

— Estou falando sério. Sem perguntas relacionadas a anjos.

— Você já me falou isso mais de cem vezes.

— Pergunte a ela sobre Pearl Harbor ou coisa assim. Provavelmente ela vai gostar.

Ângela revira os olhos.

Ela parece não entender que nossa amizade depende em grande parte de sua discrição perante minha mãe. Se o que nós conversamos naquelas tardes após as aulas tivesse chegado ao conhecimento de mamãe — as pesquisas sobre anjos e suas teorias malucas —, é provável que ela nunca mais me permitisse retornar ao Pink Garter.

— Talvez fosse melhor você não falar nada — digo. Ela põe as mãos nos quadris e me fuzila com os olhos. — Tudo bem, tudo bem. Venha comigo.

Na cozinha, mamãe está colocando uma enorme bandeja com panquecas sobre a mesa. Ela sorri.

— Olá, Ângela.

— Olá, sra. Gardner — diz Ângela com uma entonação reverente.

— Pode me chamar de Maggie — sugere mamãe. — É bom conhecê-la finalmente.

— Clara me falou tanto a seu respeito que sinto como se já a conhecesse.

— Só falou bem, espero.

Olho para mamãe. Mal trocamos três frases desde a fracassada lição de voo. Ela está sorrindo sem mostrar os dentes, seu sorriso para pessoas que não conhece. — Na verdade, Clara não me falou muito de você — diz ela.

— Ah — diz Ângela. — Bem, não há muita coisa para se dizer.

— Tudo bem; então, temos panquecas — comento. — Aposto que Ângela está morrendo de fome.

Enquanto mamãe se vira para pegar um prato no armário, lanço um olhar de advertência a Ângela.

— Que foi? — sussurra ela.

Ela está completamente deslumbrada com minha mãe. Não tira os olhos dela durante todo o café da manhã. O que teria sido aceitável — estranho, mas aceitável — se não fosse o fato de que, após duas mordidas em sua panqueca, ela solta a matraca:

— Um sangue-de-anjo pode voar até que altura? Você acha que nós podemos chegar ao espaço?

Mamãe apenas ri e diz que parece uma boa ideia, mas que, com certeza, iríamos precisar de oxigênio.

— Nem o Super-Homem consegue voar até a lua — acrescenta ela.

Elas sorriem uma para a outra, o que me incomoda. Se eu fizesse essa pergunta, mamãe diria que não sabe ou que não é importante; ou mudaria de assunto. Eu sei o que ela está fazendo: dando corda a Ângela. Quer saber o que Angela sabe. O que eu, definitivamente, não desejo que aconteça.

Mas Ângela está incontrolável.

— E aquela coisa da luz? — pergunta ela.

— Coisa da luz?

— Você sabe, quando os anjos brilham com a luz celestial? Como é isso?

— Nós chamamos de glória — responde mamãe.

— Mas para que serve?

Mamãe pousa na mesa seu copo de leite e age como se tivesse ouvido uma pergunta profunda, que exigisse uma reflexão séria.

— Para muitas coisas — diz finalmente.

— Aposto que a luz é muito útil — observa Ângela. — Serve como farol. E faz a gente parecer angélica, é claro. Ninguém vai duvidar se a gente mostrar as asas e a glória. Mas não devemos fazer isso, certo?

— Nós nunca devemos nos revelar — diz mamãe, olhando-me por um instante. — Embora haja exceções. A glória provoca um efeito estranho nos humanos.

— Qual efeito?

— Eles ficam aterrorizados.

Endireito-me um pouco na cadeira. Eu não sabia disso, nem Ângela.

— Ah, entendi — diz Ângela, agora realmente fazendo progressos. — Mas o que é a *glória*? Tem de ser mais que só luz para ter esse tipo de efeito, não?

Mamãe pigarreia. Está pisando em terreno minado. Um assunto do qual ela nunca me falou.

— Você está sempre dizendo que é muito mais fácil voar se nós nos conectamos com a glória — intervenho, sem querer deixá-la escapar do anzol. — Você faz isso parecer uma fonte de energia.

Ela suspira de modo quase imperceptível.

— É como nos conectamos com Deus.

Ângela e eu fazemos uma pausa para refletir.

— Como assim? — pergunta Ângela. — Como quando as pessoas rezam?

— Quando você está na glória, você está conectado com tudo. Consegue ouvir as árvores respirando. Pode contar as penas na asa de um pássaro. Sabe se vai chover. Você se torna parte das coisas, da força que une toda a vida.

— Você vai nos ensinar a fazer isso? — pergunta Ângela.

Ela está visivelmente extasiada com a conversa. Não vê a hora de pegar seu caderno para anotar as coisas importantes.

— Isso não pode ser ensinado. Você tem que aprender a se tranquilizar e a se despir de tudo, com exceção da essência que faz de você o que você é. Não são seus pensamentos ou sentimentos. É a individualidade subjacente a tudo.

— Parece bem difícil.

— Eu já tinha quarenta anos quando consegui fazer as coisas corretamente — diz mamãe. — Alguns sangues-de-anjo nunca atingem esse estágio. Mas ele pode ser desencadeado por acontecimentos ou sentimentos marcantes.

— Como aquele negócio no cabelo de Clara, certo? Você disse a ela que isso pode ser desencadeado por emoções — diz Ângela.

Mamãe se levanta da mesa e vai até a janela.

— Oh, Meu Deus. Cale a boca — sussurro para Ângela.

— Tem uma caminhonete azul parada aqui na frente — anuncia mamãe após alguns momentos. — Wendy chegou.

Deixo mamãe e Ângela e corro para receber Wendy, que, embora não saiba, veio me salvar daquela conversa sobre anjos.

Tucker a trouxe. Ele está encostado na Bluebell, olhando para o bosque. Tenho a sensação de que ele não deveria ter permissão para estar ali, nem para contemplar meu bosque, ouvir meu riacho ou se regalar com os trinados dos meus passarinhos.

— Oi, Cenoura — diz ele quando me vê.

Procuro Wendy, que descubro remexendo dentro da caminhonete à procura de alguma coisa.

— Lindo dia para fazer compras — acrescenta ele.

Ele está zombando de mim, percebo. Mas não consigo pensar em nenhuma resposta mordaz.

— É — digo.

Wendy bate a porta da caminhonete e sobe os degraus da varanda no exato momento em que Ângela sai da casa.

— Oi, Ângela — diz ela alegremente. Aparentemente está determinada a ser gentil com minha outra melhor amiga. — Como vai?

— Ótima — diz Ângela.

— Estou tão empolgada de ir a Idaho Falls. Não vou lá desde nunca.

— Nem eu.

Tucker não vai embora. Está olhando para o meu bosque novamente. Desafiando o bom senso, desço os degraus da varanda e vou até ele.

— Fazendo compras para o baile da escola, hein? — pergunta ele quando me aproximo.

— Hum, mais ou menos. Wendy precisa de sapatos. Ângela vai procurar outros acessórios, já que o vestido dela quem vai fazer é a mãe. E eu estou indo pelo passeio, acho.

— Você não vai ao baile da escola?

— Não.

Pouco à vontade, desvio o olhar para a casa, onde Wendy, de súbito, parece ficar estranhamente entretida em sua inusitada conversa com Ângela.

— Por que não?

Olhei-o como que dizendo: “o que você acha?”

— Ninguém convidou você?

Balanço a cabeça.

— Terrível, não é?

— É, é mesmo.

Ele esfrega a nuca e olha para o bosque. Pigarreia. Por um segundo, tenho a ideia absurda de que ele está prestes a me convidar para o baile. Fico tão aterrorizada que meu coração começa a bater de forma desordenada, executando todos os tipos de piruetas malucas. Pois eu teria de rejeitá-lo na frente de Wendy e Ângela, que parecem estar conversando, mas, sei muito bem, estão prestando atenção em nós. E ele se sentiria humilhado. Eu realmente não quero ver Tucker humilhado.

— Vá sozinha — diz ele, em vez disso. — É o que eu faria.

Quase rio de alívio.

— Pois é.

Ele se vira e grita para Wendy.

— Eu já vou embora. Venha aqui um segundo.

— Clara vai me levar em casa, então não vou mais precisar dos seus serviços, Jeeves[36] — diz Wendy, como se ele fosse seu motorista.

Ele meneia a cabeça, segura o braço dela e a leva até o outro lado da caminhonete, onde conversam em voz baixa.

— Eu não sei quanto custam esses sapatos de baile, mas isso pode ajudar — diz ele.

— Tucker Avery — diz Wendy. — Você sabe que eu não posso aceitar.

— Não sei de nada.

Ela dá uma fungada.

---

[36] Famoso mordomo criado pelo escritor inglês P. G. Wodehouse em seus livros humorísticos. (N.T.)

— Você é um amor. Mas isso é dinheiro dos seus rodeios. Eu não posso aceitar.

— Depois eu ganho mais.

Ele deve ter continuado a segurar o dinheiro diante dela, pois ela diz não de modo mais enfático.

— Tudo bem — resmunga ele, dando-lhe um rápido abraço.

Depois, entra na caminhonete, contorna o balão, para e abaixa o vidro da janela.

— Divirtam-se no Idaho. Não provoquem nenhum plantador de batatas — diz ele.

— Certo. Pode ser perigoso.

— Ah, Cenoura...

— Sim?

— Se você resolver ir ao baile, reserve uma dança para mim, tudo bem?

Antes que eu tenha tempo de processar seu pedido, ele se afasta na caminhonete.

— Homens — diz Ângela atrás de mim.

— Achei isso muito legal — diz Wendy.

Desconcertada, dou um suspiro.

— Vamos entrar.

De repente, Wendy solta uma exclamação e puxa uma nota de cinquenta dólares do bolso de seu agasalho.

— Aquele nojento — diz ela sorrindo.

No instante em que ponho os olhos no vestido, eu me apaixono por ele. Se eu fosse ao baile, é o que eu usaria. Não há outro. No que se refere a vestidos, às vezes a gente simplesmente sabe. Eles nos chamam. Esse tem inspiração grega: sem alças, cintura alta e uma longa faixa de tecido jogada para trás, por cima de um dos ombros. É de um azul profundo, um pouco mais claro que o azul-marinho.

— Tudo bem — diz Ângela, depois de me ver contemplando o vestido durante cinco minutos. — Esse você vai ter que experimentar.

— O quê? Não. Eu não vou ao baile.

— E daí? Ei, Maggie, Wendy! — grita Ângela em direção ao setor de calçados da loja de departamentos, onde Wendy e mamãe estão examinando os sapatos de salto alto em promoção. — Venham ver esse vestido para Clara.

Elas largam tudo e vêm ver o vestido. Chegam a ficar boquiabertas. E insistem para que eu o experimente.

— Mas eu não vou ao baile — protesto, já tirando a blusa dentro do provador de roupas.

— Você não precisa de acompanhante — diz Ângela do outro lado da porta. — Você sabe que *pode* ir sozinha.

— Claro. Ir sozinha ao baile de final de ano da escola. Para ficar olhando os outros dançarem. Deve ser maravilhoso.

— Bem, nós sabemos de uma pessoa que quer dançar com você — diz Wendy timidamente.

— Ele acabou de terminar com a namorada, como você sabe — diz mamãe.

— Tucker? — pergunta Wendy, confusa.

— Christian — responde mamãe.

Meu coração para de bater por um momento. Quando Wendy e Ângela não respondem, abro a porta da cabine e coloco o pescoço para fora.

— Como você sabe que Christian terminou com Kay?

Ela e Ângela trocam um olhar. Só as deixei sozinhas por uns cinco minutos, de manhã, e Ângela provavelmente já lhe apresentou sua teoria de que "Christian e Clara são almas gêmeas". Eu gostaria de saber o que mamãe pensa disso.

— Se eu fosse Christian, ninguém me veria nem perto do baile — diz Wendy. — Seria como um ninho de cobras para ele.

É verdade. Nesta última semana, na escola, Christian parecia desligado — nada muito perceptível, mas como o observo muito, notei. Ele não fez nenhuma de suas brincadeiras habituais na aula de história britânica. Não anotou nada. E faltou a duas aulas seguidas, coisa que nunca tinha acontecido. Christian já chegara atrasado, é verdade, mas jamais faltara. Acho que o rompimento com Kay o deixou realmente deprimido.

Ponho o vestido por cima da cabeça. Serve. Como se tivesse sido feito para mim. Que injustiça.

— Vamos, deixe a gente ver — ordena Ângela.

Saio do provador e me posto diante do enorme espelho.

— Eu gostaria que meus cabelos não fossem cor de laranja — digo, afastando do rosto uma mecha rebelde.

— Você deveria comprar esse vestido — diz Ângela.

— Mas eu não vou ao baile — repito.

— Você deveria ir ao baile só para poder usar esse vestido — diz Wendy.

— Isso mesmo — concorda Ângela.

— Você está muito linda — diz mamãe. Então, para meu completo espanto, pega um lenço na bolsa e enxuga os olhos. Depois diz: — Vou comprar. Se você não for ao baile este ano, pode usar no ano que vem. É realmente perfeito, Clara. Faz o azul dos seus olhos ficar ainda mais deslumbrante.

Não adianta argumentar com elas. Assim, quinze minutos depois, vejo-me saindo da loja de departamentos com o vestido nas mãos. Então nos dividimos — dividir para conquistar, como diz mamãe. Ângela e eu para visitar as joalherias, mamãe e Wendy para percorrer as lojas de calçados, pois não há nada entre o céu e a terra de que minha mãe goste mais que comprar sapatos novos. Concordamos em nos encontrar dentro de uma hora, na entrada do shopping.

Estou me sentindo estranha. Ângela e Wendy é que vão ao baile e a única coisa que compramos, até o momento, foi um vestido para mim — e eu não vou ao baile. Acho irônico. Também estou irritada com o fato de não poder usar brincos de verdade, pois minhas orelhas não têm furos; quando mando furá-las, elas cicatrizam depressa demais. Não gosto de nenhum dos brincos de pressão que vejo. Quero alguma coisa extraordinária para esse baile ao qual não vou.

De repente, começo a me sentir tonta e enjoada, então Ângela para em uma Pretzel Time. Pedimos um *pretzel* de canela para cada uma. Espero que um pouco de alimento no estômago me ajude a melhorar. O shopping está lotado e não há lugar para nos sentarmos. Então nos encostamos a uma parede e comemos nossos *pretzels*, observando o entra e sai na livraria Barnes & Noble.

— Você está chateada comigo? — pergunta Ângela.

— O quê? Não.

— Você mal falou comigo desde o café da manhã.

— Bem, você não ia falar sobre anjos, lembra? Você prometeu.

— Desculpe — diz ela.

— Vá devagar com minha mãe, está bem? Pare de olhar para ela de olhos arregalados, de perguntar coisas e tudo mais.

— Eu estou olhando de olhos arregalados para ela? — ela ruboriza.

— Você parece uma boneca Kewpie.

— Desculpe — diz ela de novo. — Ela é a única Dimidius que conheci na vida. Quero saber como ela é.

— Eu já lhe disse. Em parte é uma mulher de trinta anos, de ideias avançadas, em outra parte uma tranquila criatura angelical e em outra parte uma velha senhora rabugenta.

— Não estou vendo a velha senhora rabugenta.

— Pode acreditar, ela está lá. E você é em parte uma adolescente maluca, em parte uma criatura angelical e em parte uma detetive particular.

Ela sorri.

— Vou tentar me comportar.

Então o vejo. Um homem me olhando à porta da GNC. É alto, com cabelos escuros puxados para trás, amarrados em rabo de cavalo. Usa calças jeans desbotadas e um casaco de camurça marrom, que pende frouxamente ao redor de seu corpo. Com tanta gente passando no shopping lotado, eu poderia nem ter reparado nele. Só reparei devido à intensidade de seu olhar sobre nós.

— Ângela — digo em voz fraca, deixando meu *pretzel* cair no chão.

Uma horrível onda de tristeza desaba sobre mim. Tenho que me esforçar para não cair com a intensidade da súbita emoção. Cerro as mãos com tanta força que minhas unhas penetram dolorosamente nas palmas. Começo a chorar.

— Epa, qual é o problema, Clara? — pergunta Ângela. — Prometo que vou me comportar.

Tento responder. Tento atravessar a tristeza e formar palavras. Lágrimas escorrem do meu rosto.

— Aquele homem — murmuro.

Ela segue meu olhar. Então, solta um arquejo entrecortado e olha para o outro lado.

— Vamos — diz. — Vamos encontrar sua mãe.

Ela passa o braço em torno do meu ombro e me conduz rapidamente pelo corredor, esbarrando nas pessoas, abrindo caminho por entre famílias e grupos de adolescentes. A certa altura, dá uma olhada para trás.

— Ele está nos seguindo?

Não consigo articular nada mais alto que um sussurro. Tenho a sensação de estar lutando para manter a cabeça à tona numa lagoa de frias águas escuras, sentindo-me cada vez mais cansada, enregelada até a medula e já não aguentando mais. Quero afundar e deixar que as trevas me engulam.

— Não o estou vendo — diz Ângela.

Então, como em uma prece atendida, encontramos minha mãe. Ela e Wendy estão saindo da Payless carregando sacolas.

— Ei, vocês duas — diz mamãe. Então nota nossos rostos. — O que aconteceu?

— Podemos conversar um minuto? — Ângela segura o braço de mamãe e a afasta de Wendy, que parece confusa e um tanto ofendida. — Tem um homem — sussurra ela. — Ele estava olhando para nós, e Clara simplesmente... simplesmente...

— Ele é muito triste — consigo dizer.

— Onde? — pergunta mamãe.

— Atrás de nós — diz Ângela. — Eu o perdi de vista, mas ele com certeza está em algum lugar aí atrás.

Mamãe fecha o zíper de seu casaco e cobre a cabeça com o capuz. Aproxima-se então de Wendy e tenta sorrir.

— Tudo bem? — pergunta Wendy.

— Clara está se sentindo mal — responde mamãe. — É melhor a gente ir embora.

Não é uma mentira. Mal consigo colocar um pé à frente do outro enquanto nos dirigimos rapidamente à loja de departamentos.

— Não olhe para trás — cochicha mamãe no meu ouvido. — Ande, Clara. Mexa os pés.

Passamos às pressas pelo setor de cosméticos, pelo de *lingerie* e, finalmente, pelo de roupas de festas, onde iniciamos o dia. Em questão de segundos, estamos no estacionamento. Quando vemos nosso carro, mamãe começa a correr, arrastando-me com ela.

— O que está acontecendo? — pergunta Wendy, enquanto corremos.

— Entrem no carro — ordena mamãe, e todas mergulhamos para o interior do veículo.

Saímos em disparada do estacionamento. Somente quando estamos a alguns quilômetros de Idaho Falls, a tristeza começa a se dissipar, como se fosse uma cortina se erguendo. Trêmula, respiro profundamente.

— Você está bem? — pergunta Wendy, ainda parecendo confusa.

— Só preciso ir para casa.

— Ela tem remédio em casa — intervém Ângela. — É um problema de saúde que ela tem.

— Problema de saúde? — repete Wendy. — Que tipo de problema de saúde?

— Hum...

Mamãe lança um olhar exasperado a Ângela.

— É uma forma rara de anemia — continua Ângela tranquilamente. — Às vezes, ela se sente enjoada e sem firmeza nas pernas.

Wendy meneia a cabeça como se estivesse entendendo.

— Como naquele dia em que ela desmaiou na escola.

— Exatamente. Ela precisa tomar seus comprimidos.

— Por que você não me contou? — pergunta Wendy.

Ela olha para Ângela e depois novamente para mim, como que dizendo: "Como é que você contou isso para Ângela e não contou para mim?". Parece magoada.

— Geralmente a coisa não é grave — digo. — Estou me sentindo bem melhor agora.

Ângela e eu trocamos um olhar. Principalmente pela reação de minha mãe, ambas sabemos que a coisa é grave, muito grave.

Ao chegarmos em casa, três horas mais tarde, e depois de deixarmos Wendy no Lazy Dog, mamãe diz para nós:

— Tudo bem. Vão para o quarto. Esperem por mim lá. Vou demorar um pouco.

Ângela e eu entramos em casa. Ainda não escureceu, mas sinto uma necessidade premente de acender todas as luzes a caminho do quarto. Sentamo-nos juntas na minha cama.

Ouvimos mamãe bater na porta do quarto de Jeffrey.

— Oi — diz ela quando ele atende. — Pensei em levar você para ver um filme em Jackson, já que passei o dia inteiro mimando sua irmã. É justo.

Depois que eles partem, Ângela me abraça e enrola meu edredom em torno de nós duas, pois não consigo parar de tremer. Ficamos aguardando. O carro de mamãe sobe a alameda de casa cerca de uma hora depois. Ela bate a porta da frente. Ouvimos os cautelosos rangidos de seus passos na escada. Então ela bate em nossa porta, muito suavemente.

— Entre — digo em voz rouca.

Ela sorri quando nos vê abraçadas.

— Você não deveria ter levado Jeffrey embora — digo. — E se o cara estiver aí fora?

— Eu não quero que vocês duas fiquem assustadas, está bem? Estamos todos seguros aqui.

— Quem era ele? — pergunta Ângela.

Mamãe suspira, com ar cansado e resignado.

— Um Asa-Negra. As probabilidades são de que ele só estivesse de passagem.

— Um anjo caído no shopping de Idaho Falls? — admira-se Ângela.

— Quando eu vi esse homem, eu... — Começo a engasgar ao lembrar.

— Você sentiu a tristeza dele.

— A tristeza dele? — repete Ângela.

— Os anjos não têm o tipo de livre-arbítrio que vocês e eu temos. Quando eles se rebelam contra seu destino, sofrem uma quantidade enorme de dor física e psicológica. Todos os Asas-Negras sentem isso.

— Por que você e Ângela não sentiram isso? — pergunto.

— Alguns de nós são mais sensíveis que outros à presença deles — diz ela. — Na verdade, é uma vantagem. Você pode senti-los se aproximando.

— E o que a gente deve fazer quando vê os Asas-Negras?

— O que nós fizemos hoje. Correr.

— Nós não podemos lutar contra eles? — pergunta Ângela, com voz mais esganiçada que o normal.

Mamãe balança a cabeça.

— Nem você?

— Não. Os anjos são quase infinitamente poderosos. O máximo que se pode fazer é fugir. Se você tiver sorte — e hoje nós tivemos sorte —, o anjo vai achar que não vale a pena perder tempo com você.

Ficamos em silêncio por um minuto.

— A melhor defesa é não ser detectada — diz mamãe.

— Então, por que você não queria que eu soubesse a respeito deles? — Eu não consigo refrear o tom acusador de minha voz. — Por que você não queria que Jeffrey soubesse?

— Porque a sua percepção os atrai, Clara. Quando você tem consciência da existência deles, tem mais probabilidades de ser descoberta.

Ela olha firmemente para Ângela, que sustenta seu olhar por alguns segundos, antes de desviar os olhos, apertando a borda do edredom. Foi Ângela quem me falou sobre os Asas-Negras.

— Desculpe — sussurra ela.

— Tudo bem — diz mamãe. — Você não sabia.

* * *

Mais tarde, vou dormir na cama de mamãe. Quero me sentir segura ao lado de seu calor radiante. Mas ela está fria. Seu rosto está pálido e abatido, como se ela estivesse cansada de tentar nos proteger, de ser a corajosa, a que sabe tudo. Seus pés parecem dois blocos de gelo. Encosto meu pé neles, na esperança de aquecê-la.

— Mamãe — digo no escuro. — Eu estava pensando numa coisa.

— Hum.

— Na minha visão, quando eu de repente me sinto tão triste, é por causa de um Asa-Negra?

Silêncio. Depois, um suspiro.

— Quando você falou sobre a tristeza que sentia, o modo como você descreveu a coisa, isso me pareceu uma possibilidade. — Ela segura meu pulso e me puxa mais para perto. — Não se preocupe, Clara. Ficar preocupada não vai ajudar em nada. Você ainda não sabe qual é o seu propósito. Ainda está trabalhando com alguns fragmentos muito pequenos. Eu não quero que você encha a cabeça com ideias preconcebidas antes de verificar tudo por si mesma.

Um calafrio atravessa meu corpo.

12

CALE A BOCA E DANCE

Na segunda-feira, tudo começa a voltar ao normal. Caminho pelos corredores da Jackson High com os mesmos colegas e assisto às mesmas aulas tediosas (com exceção de história britânica, é claro, onde vejo Christian e Brady fazerem uma apresentação sobre William Wallace e, por alguns momentos, imagino Christian usando um saiote escocês). O Asa-Negra logo começa a parecer um sonho ruim, e me sinto segura de novo.

De qualquer forma, decido levar o propósito mais a sério. Chega de brincar de garota normal. Não sou. Sou uma sangue-de-anjo. Tenho um trabalho a fazer. Preciso parar de me lamentar, parar de adiar as coisas, parar de questionar tudo. Preciso agir.

Na quarta-feira, após as aulas, avisto Christian no corredor, remexendo no armário. Vou até ele e toco em seu ombro. Uma pequena vibração atravessa meu corpo, como um choque de eletricidade estática. Ele se vira e me encara com seus olhos verdes. Não parece estar com disposição para conversar.

— Oi, Clara — diz ele. — Posso te ajudar em alguma coisa?

— Achei que eu poderia ajudar *você*. Notei que você faltou à aula na semana passada.

— Meu tio me levou para acampar.

— Você não quer que eu lhe empreste minhas anotações de história britânica?

— Com certeza, seria ótimo — diz ele, como se história britânica fosse a última de suas preocupações, e só estivesse querendo me agradar.

Ele não está sendo ele mesmo, de jeito nenhum. Deixou de fazer brincadeiras, já não se mostra confiante e falta aquela sutil elegância em sua postura. Há sombras sob seus olhos.

Entrego-lhe meu caderno. No momento em que ele o pega, um grupo de garotas passa por nós, garotas populares, amigas de Kay. Elas cochicham umas com as outras e lançam olhares venenosos para Christian. Os ombros dele se contraem.

— Elas vão esquecer — digo a ele. — Você é notícia de primeira página hoje, mas espere uma semana. Tudo vai se acalmar.

— É? Como você sabe tanta coisa?

— Ah, é que eu sou o maior alvo de boatos que existe na escola. Acho que tem surgido um boato sobre mim por semana desde que cheguei aqui. Deve ser porque eu sou recém-chegada. Você já ouviu aquele de que eu seduzi o treinador de basquete? É o meu favorito.

— Os boatos sobre mim não são verdadeiros — diz Christian, exaltado. — Eu é que terminei com Kay, não o contrário.

— Oh. Na minha experiência, os boatos nem sempre...

— Eu estava tentando fazer a coisa certa. Eu não podia ser o que ela queria e estava tentando fazer a coisa certa — diz ele, com uma veemência no olhar que me lembra seu aspecto na visão, uma combinação de intensidade e vulnerabilidade, o que apenas o torna incrivelmente mais *sexy*.

— Realmente, isso não me interessa — digo.

— Eu não sabia que iria ser assim.

Estamos de pé no corredor enquanto os outros alunos circulam ao nosso redor. Pendurado no teto, quase sobre a cabeça de Christian, está um *banner* promovendo o baile. AMOR MÍTICO, está escrito em letras azuis. Sábado, de sete a meia-noite. Amor Mítico.

De repente, minha mente começa a girar a um milhão de quilômetros por hora, como a roda do programa A Roda da Fortuna. De repente, para.

— Você quer ir ao baile comigo? — digo impulsivamente.

— O quê?

— Eu não tenho acompanhante, você não tem acompanhante, então talvez a gente possa ir junto.

Ele fica me encarando. Se meu coração bater mais forte, eu desmaio. Tento manter a calma, mostrar-me despreocupada. Caso ele diga não, posso agir como se isso me fosse indiferente.

— Ninguém convidou você?

Por que todo mundo me pergunta isso?

— Não.

Uma luz brilha em seus olhos.

— Claro, por que não? Ser o par da Rainha Elizabeth.

Ele sorri.

Não posso deixar de sorrir de volta.

— Parece que vai ser sábado, das sete a meia-noite — digo, apontando o *banner*.

Ele olha para cima.

— Eu nem sei onde apanhar você.

Rapidamente, informo meu endereço e começo a lhe explicar como chegar ao local. Ele me interrompe com seu característico riso arquejante. Balança a cabeça, enfia a mão no armário, pega uma caneta e segura meu pulso. Na mesma hora, minha nuca fica arrepiada.

— Me mande um e-mail com seu endereço — sugere ele.

Desdobrando meus dedos, ele escreve seu e-mail na palma da minha mão com tinta verde.

— Tudo bem.

Minha voz soa ridiculamente esganiçada e trêmula. Uma mecha de cabelos cai sobre meu rosto, e eu a prendo atrás da orelha.

Ele dá um clique na caneta, travando-a, e coloca a mochila nos ombros.

— Sete horas?

— Tudo bem — digo novamente.

O toque dele, ao que parece, reduziu meu vocabulário a três sílabas. Talvez Ângela tenha razão. Talvez a extasiante visão em que estamos de mãos dadas signifique que uma parte do meu propósito seja namorar esse cara *sexy*. Não seria nada mal.

— Tudo bem, tenho de ir — diz ele, despertando-me do devaneio.

Sua boca se levanta naquele meio sorriso oblíquo com que ele mimoseia todas as garotas. Subitamente, parece voltar a ser ele mesmo, esquecendo-se por um momento do problema com Kay.

— Vejo você no sábado — despede-se ele.

— Vejo você, então.

Enquanto ele se afasta, fecho a mão em torno do seu endereço de e-mail. Sou um gênio, penso. Foi uma ideia genial.

Vou ao baile da escola com Christian Prescott.

Mamãe está chorando de novo. Pouco antes das sete horas, na noite do baile, estou em pé diante do enorme espelho do quarto dela. E ela está chorando. Não soluçando, nem nada parecido, pois isso seria pouco digno para ela, mas lágrimas escorrem pelo seu rosto. É alarmante. Num minuto, ela está me ajudando a colocar duas fitas prateadas nos cabelos — algo de inspiração grega, diz ela; no minuto seguinte, está sentada à beira da cama chorando silenciosamente.

— Mamãe — digo, sem saber o que fazer.

— Estou só feliz demais por você — funga ela, embaraçada.

— Certo. Feliz. — Não sei como lidar com a desconcertante sensibilidade que ela tem demonstrado ultimamente. — Tente se controlar, está bem? Ele vai chegar a qualquer momento.

Ela sorri.

— Avalanche prateada subindo a alameda — grita Jeffrey do andar de baixo.

Mamãe se levanta.

— Fique aqui — diz ela, enxugando os olhos. — É sempre melhor fazer o rapaz esperar.

Vou até a janela e, disfarçadamente, observo Christian estacionar em frente a casa. Antes de se dirigir à porta, ele endireita a gravata e passa a mão pelos cabelos desgrenhados. Olho-me no espelho pela última vez. O tema do baile, "Amor Mítico", pretende evocar mitos de deuses e deusas, Hércules, esse tipo de coisa. Portanto, meu vestido de inspiração grega está ótimo. Deixei meus cabelos caírem em ondas pelas costas, assim não precisarei lutar para lhes impor um estilo. Terei que tingi-los dentro de pouco tempo. Minhas raízes louras estão começando a aparecer.

— Lá vem ela — diz mamãe quando apareço no alto da escada.

Ela e Christian olham para mim. Sorrio e desço os degraus.

— Uau — diz Christian quando paro à frente dele. Seu olhar me examina dos pés à cabeça. — Que beleza.

Não sei bem se ele está se referindo a mim ou ao vestido. De qualquer modo, aceito o elogio.

Ele está usando um reluzente *smoking* preto, colete prateado, camisa branca com abotoaduras e tudo o mais. Em uma palavra: está de dar água na boca. Nem mesmo mamãe consegue tirar os olhos de cima dele.

— Você parece ótimo — digo.

— Christian estava me dizendo que mora aqui perto — diz mamãe, com os olhos cintilantes, sem nenhum sinal das lágrimas que antes lhe cobriam o rosto. — Cinco quilômetros a leste daqui, não foi o que você falou?

— Mais ou menos — diz ele ainda olhando para mim. — Se for em linha reta.

— Você tem irmãos e irmãs? — pergunta ela.

— Não, sou só eu.

— É melhor a gente ir — digo, ao sentir que ela está tentando descobrir como minha visão irá se materializar e temendo que ela o assuste.

— Vocês dois ficam maravilhosos juntos — comenta mamãe. — Posso bater uma foto?

— Claro — diz Christian.

Ela corre até o escritório para pegar a câmera. Christian e eu a aguardamos em silêncio. Ele tem um cheiro delicioso, com sua mistura de sabonete, colônia e algo próprio. Feromônios, eu acho, mas parece algo mais que pura química.

Sorrio para ele.

— Obrigada por ser tão paciente. Você sabe como são as mães.

Ele não responde e, por um momento, fico pensando se há alguma chance de iniciarmos alguma coisa esta noite. Minha mãe retorna e pede que nos postemos contra a parede para que ela bata a foto. Christian pousa a mão levemente no meio das minhas costas. Um minúsculo tremor percorre meu corpo. Alguma coisa acontece entre nós quando nos tocamos, algo que não consigo explicar, mas que me dá uma sensação de fraqueza e força ao mesmo tempo. Sinto o sangue correr nas veias e o ar entrando e saindo de meus pulmões. É como se meu corpo o reconhecesse. Não sei o que significa, mas gosto disso.

— Ah, eu já ia me esquecendo — digo, após o clarão do flash. — Eu comprei uma flor para você colocar na lapela.

Corro até a cozinha para retirá-la da geladeira.

— Aqui está.

Ando até ele e tento prender a flor — uma rosa branca com um pouco de verde — na lapela de seu *smoking*. Acabo me ferindo com o alfinete de fixação.

— Oh — diz ele, contraindo-se como se o alfinete tivesse perfurado seu dedo, em vez do meu.

Estico o dedo para cima e vejo uma gota de sangue se formar na ponta.

Christian segura minha mão e a inspeciona. Prendo a respiração. Eu poderia me acostumar com isso.

— Você acha que vai sobreviver? — pergunta ele, olhando-me nos olhos.

Tenho que fechá-los para impedir minha voz de tremer.

— Acho que sim. Nem está mais sangrando.

Pego o lenço que mamãe está me estendendo e o aperto contra o ferimento, tomando cuidado para não tocar o vestido.

— Vamos tentar de novo — digo.

Desta vez chego mais perto. Nossas respirações se misturam enquanto, cuidadosamente, prendo a flor em sua lapela. É a mesma sensação que tive quando estávamos na pista de esqui, caídos sobre a neve a um hálito de distância. Como se eu pudesse me inclinar e beijá-lo, na frente de minha mãe e tudo. Dou um rápido passo para trás, pensando que as coisas deverão correr muito bem esta noite, ou muito mal.

— Obrigado — diz ele, olhando para baixo e contemplando meu trabalho. — Eu lhe trouxe um buquê, também, mas está na caminhonete. — Ele se vira para mamãe. — Foi um prazer conhecê-la, sra. Gardner.

— Por favor, me chame de Maggie.

Ele meneia a cabeça amavelmente.

— Esteja em casa antes da meia-noite — acrescenta ela.

Olho para ela sem piscar. Não é possível que ela esteja falando sério. O baile nem mesmo termina antes da meia-noite.

— Vamos? — pergunta Christian, sem me dar tempo de pensar em algum argumento razoável.

Ele me estende o braço e eu o seguro.

— Vamos — respondo.

E damos o fora dali.

Na porta do museu de arte de Jackson, onde o baile está sendo realizado, as garotas recebem delicados lauréis feitos de folhas pintadas de prateado; os garotos, longas faixas de tecido branco, que devem usar sobre um dos ombros, como se fossem togas. Agora que ficamos oficialmente parecidos com gregos antigos, recebemos permissão para entrar no recinto. O baile já está a todo o vapor.

— Vamos primeiro tirar as fotos? — propõe Christian. — A fila não está muito longa.

— Claro.

Uma música lenta começa a tocar enquanto nos dirigimos ao recanto onde as fotos estão sendo tiradas. Vejo Jason Lovett convidar Wendy para dançar. Em meu vestido cor-de-rosa, ela parece uma autêntica princesa. Ela faz que sim com a cabeça. Ambos se abraçam e, desajeitadamente, começam a bambolear no compasso da música. É adorável. Também avisto Tucker em um canto, dançando com uma ruiva que não conheço. Ele me vê e esboça um aceno, mas então vê Christian. Seu olhar relanceia entre nós, como se ele estivesse tentando entender o que teria acontecido desde o último sábado, quando eu lhe disse que não tinha acompanhante.

— Muito bem, chegou a vez de vocês dois — informa o fotógrafo.

Christian e eu subimos numa plataforma montada no local. Christian se posta atrás de mim e me abraça descontraidamente, como se fosse a coisa mais natural do mundo. O *flash* espoca.

— Venha, vamos dançar — diz Christian.

Subitamente feliz, eu o acompanho até o salão, cujo piso está juncado de rosas brancas. Ele segura a minha mão e me faz dar um rodopio. Depois me toma nos braços delicadamente, ainda me segurando pela mão. Mais uma vez, sou inundada por um frêmito elétrico, como se tivesse acabado de tomar uma xícara de expresso bem forte.

— Então você sabe dançar — observo, enquanto ele nos conduz habilmente em meio à multidão.

— Um pouco.

Ele sorri. De fato, sabe conduzir. Relaxo e o deixo me levar para onde quiser. Olho apenas seu rosto, ignorando nossos pés, que espalham poeira e rosas, e os olhares que sinto pesando sobre nós.

Piso no pé dele. Duas vezes. E ainda acho que sei dançar.

Tento não olhá-lo nos olhos. Às vezes ainda me surpreendo ao vê-lo de frente. Isso me lembra a história que mamãe costumava contar a respeito de um escultor cuja estátua de repente ganhou vida. É assim que me sinto em relação a Christian. Ele está vivo de um modo que parece impossível, como se eu o tivesse criado a partir dos esboços que desenhei quando tive a visão pela primeira vez. A partir dos meus sonhos.

Mas não se trata de um conto de fadas, lembro a mim mesma. Estou aqui com um propósito. Preciso entender o que irá nos colocar juntos na floresta.

— Então seu tio levou você para acampar? O acampamento era perto daqui? — pergunto.

Ele parece confuso.

— Hã, foi em Teton. Um lugar de difícil acesso.

— Vocês não dirigiram até lá?

— Não, fomos caminhando.

Ele ainda está confuso com meu tópico de conversa.

— Só perguntei porque estou querendo acampar no verão. E pretendo caminhar também. Dormir sob as estrelas. Nunca fizemos isso na Califórnia.

— Então você se mudou para o lugar certo — diz ele. — Há uma infinidade de livros que falam a respeito dos maravilhosos lugares para acampar que existem aqui.

Eu gostaria de saber se nós estaremos juntos em um desses lugares quando o incêndio começar.

Dançamos até o final da canção. Depois nos afastamos um do outro, um tanto embaraçadamente.

— Sabe o que estou morrendo de vontade de tomar? — pergunto para quebrar o silêncio. — Ponche!

Abrimos caminho até a mesa de bebidas e nos servimos de azeitonas gregas, bolachas e um pouco de queijo *feta* em minúsculos pratos de plástico. Não coloco muito, pois não sei como ficará meu hálito depois. Encontramos uma mesa vazia e nos sentamos. Avisto Ângela dançando com um jovem alto e louro. Já o vi no corredor da escola algumas vezes. Ela me disse que o nome dele é Tyler alguma coisa. O vestido vermelho vivo confeccionado pela mãe dela ficou fantástico. Ela contornou seus olhos dourados com uma pesada sombra preta, que se ergue nos cantos, ao estilo dos antigos egípcios. Se o tema da festa é Amor Mítico, então ela é uma deusa, sem dúvida. Só que do tipo que exige sacrifícios sangrentos. Ela percebe meu olhar e ergue o polegar. Depois dança sugestivamente em torno do garoto, que simplesmente permanece no lugar, balançando ao ritmo da música.

— Você é amiga da Ângela?

— Sou.

— Ela é meio perturbada.

— Você não é a primeira pessoa que me diz isso — observo, rindo, pois ele não faz ideia de como Ângela pode ser perturbada e maluca. Ele não a ouviu discorrer sobre as habilidades telepáticas dos Intangeres.

— Acho que as pessoas ficam intimidadas com a inteligência dela. Assim como as pessoas ficam intimidadas com você...

Eu me interrompo no meio da frase.

— O quê? Você acha que as pessoas ficam intimidadas comigo? Por quê?

— Porque você é tão... perfeito, e popular, e bom em tudo o que faz.

— Perfeito — diz ele com expressão irônica, tendo a dignidade de parecer genuinamente embaraçado.

— Na verdade, é uma coisa que incomoda.

Ele ri. Depois, estende o braço por sobre a mesa e segura minha mão, incendiando todos os meus nervos.

— Acredite no que estou dizendo, eu não sou perfeito — diz ele.

Deste ponto em diante, as coisas realmente começam a correr bem. Christian é um acompanhante modelo. Encantador, atencioso, ponderado. Além de ser a personificação da sensualidade. Por algum tempo, esqueço tudo sobre o meu propósito. Apenas danço. Deixo-me invadir pela magnética sensação de estar junto a ele até que tudo o mais se esvai. Estou, literalmente, tendo a melhor experiência de minha vida.

Então Kay aparece. Deslumbrante, é claro, em seu vestido de renda violeta que gruda no corpo, realçando sua cintura esbelta. Seus cabelos negros penteados para trás se derramam em cachos sobre a nuca. Algo neles reflete a luz e os faz faiscar. Uma de suas mãos enluvadas até o cotovelo abraça a cintura do acompanhante, para quem ela ri como se estivesse encantada. Nem mesmo olha em nossa direção. Quando uma música lenta começa a tocar, ela puxa o acompanhante até a área de dança.

Quando voltamos a dançar, Christian me puxa para mais perto. Nossos corpos se juntam. Minha cabeça se ajusta com perfeição à curva de seu ombro. Fecho os olhos e o absorvo com a respiração. Subitamente a visão me vem de novo, a mais intensa que já tive.

Estou caminhando em uma estrada de terra na floresta. O caminhão de Christian está estacionado à beira da estrada. O cheiro de fumaça me deixa atordoada. Saio da estrada e começo a caminhar por entre as árvores. Não estou preocupada. Sei exatamente onde o encontrarei. Meus pés me levam até o local sem que eu precise direcioná-los. Quando o vejo de pé com as costas viradas para mim, com seu casaco de camurça preta e as mãos nos bolsos, sinto-me tomada pela tristeza que já me é familiar. A intensidade da tristeza dificulta a minha respiração. Estou tão frágil nesse momento que poderia me estilhaçar em um milhão de pedaços.

— Christian — eu o chamo.

Ele se vira. Olha para mim com um misto de tristeza e alívio.

— É você — diz ele.

E começa a andar em minha direção. Atrás dele, o fogo atinge o alto do morro. Está avançando em nossa direção, mas não sinto medo. Christian e eu nos aproximamos até ficarmos frente a frente.

— Sou eu — respondo. — Estou aqui.

Estendo o braço e seguro a mão dele, o que me parece fácil, como se eu tivesse passado a vida inteira com ele. Ele levanta sua outra mão e toca meu rosto. Sua pele está tão quente que quase me queima, mas não me afasto. Por alguns instantes, permanecemos assim, imóveis, como se o tempo tivesse parado, como se o fogo não estivesse se alastrando em nossa direção. Então nos abraçamos fortemente. Nossos corpos se apertam tanto que parece que nos tornamos uma só pessoa. Sinto-me como se o chão estivesse se abrindo embaixo de nós.

Ofegante, eis-me de volta ao baile. Vejo os grandes olhos verdes de Christian. Estamos parados no meio da área de dança, olhando um para o outro. Tenho a impressão de que meu coração vai pular de dentro do peito. Sou assaltada por uma vertigem, e meus joelhos vacilam. Os braços de Christian me seguram.

— Tudo bem com você?

Ele olha ao redor rapidamente para ver se as pessoas estão nos observando. Estão. Por cima de seu ombro avisto Kay, que me olha com ódio declarado.

— Preciso de ar.

Corro então em direção à varanda, irrompendo na noite fria. Encosto-me à parede, fecho os olhos e tento acalmar meu coração acelerado.

— Clara?

Abro os olhos. Christian está diante de mim, com o rosto pálido, parecendo tão abalado quanto eu.

— Estou bem — digo, sorrindo para corroborar o fato. — Está um pouco abafado lá dentro.

— Acho melhor trazer uma bebida para você — diz ele, sem sair do lugar.

— Estou bem.

Sinto-me uma tola. Uma pontada de raiva faísca dentro de mim. Eu não pedi nada disso. Voarei com Christian nos braços. E depois? O deslumbrante Christian Prescott irá salvar o mundo e minha participação estará encerrada. Terei cumprido meu propósito.

É como se eu fosse uma muleta na vida de alguém.

— Vou trazer um ponche — diz Christian.

Balanço a cabeça.

— Foi uma má ideia.

— O quê?

— Você não está querendo ficar aqui comigo — digo, olhando-o nos olhos. — Ainda está apaixonado por Kay.

Ele não responde.

— Eu achei que havia uma ligação entre nós, mas... Eu queria que você gostasse de mim, isso é tudo. O que você e Kay tinham, ou têm, seja lá como for, eu nunca tive.

Para minha consternação, há lágrimas em meus olhos.

— Desculpe — diz ele finalmente, encostando-se ao meu lado e me olhando com ar sincero. — Eu gosto de você, Clara.

Estou começando a sofrer os efeitos da montanha-russa emocional em que andei a noite inteira. E também a ficar com dor de cabeça.

— Você nem me conhece — digo.

— Eu gostaria de conhecer.

Seria bom se ele soubesse como isso é importante. Mas antes que eu tenha chance de responder, a porta se abre. Brady Hunt surge na varanda.

— Estão anunciando o rei do baile — diz ele, olhando para Christian com ar de expectativa.

Christian hesita.

— É melhor você ir — sugiro.

Brady olha para mim de modo estranho e volta para o salão. Christian abre a porta e a segura para eu passar, mas balanço a cabeça.

— Preciso de mais um minuto, está bem?

Fecho os olhos até ouvir a porta se fechar. O ar esfria subitamente. Um por um, o sr. Erikson anuncia os cortesãos do rei, quase todos das equipes esportivas.

— E o rei do baile é... — apregoa o sr. Erikson. O salão fica em silêncio absoluto. — Christian Prescott.

Volto ao salão a tempo de ver a srta. Colbert, minha professora de francês, entregar um cetro de ouro a Christian, que sorri afavelmente. Ele lida muito bem com a atenção que desperta, como um ator de cinema ou um político. Talvez algum dia seja *mesmo* presidente. A srta. Colbert demonstra prazer um pouco mais do que deveria, ao fazê-lo se ajoelhar diante dela para colocar a coroa de louros sobre sua cabeça. Ele a agradece, põe-se de pé e acena para a multidão, que aplaude freneticamente.

Depois se afasta para um lado, enquanto o sr. Erikson lê o nome das cortesãs da rainha do baile. É quando começo a ficar nervosa. Evidentemente, não sou chamada. Não fui nem indicada. Eu sou Bozo, a palhaça. Mas todas as garotas da corte da rainha são amigas de Kay. Isso só pode significar que...

— E, agora, a rainha do baile — diz o sr. Erikson. — Kay Patterson.

O salão estremece com os estrepitosos aplausos dos alunos que votaram nela. Kay se aproxima do palco com infinita graça e tranquilidade. Pega o buquê de rosas brancas e se inclina diante do sr. Erikson, que substitui sua pequena coroa de louros prateados por uma grande, de louros dourados.

— Agora, como sempre, o rei e a rainha irão dançar — diz o sr. Erikson.

Uma série de palavras bem pouco angelicais me vêm à mente. Kay olha para Christian de modo sugestivo. Ele olha para baixo, como se estivesse tentando decidir alguma coisa. Depois levanta os olhos e sorri novamente. Quando a música começa a tocar, ele se aproxima de Kay e segura sua mão. Ela passa o braço em torno do ombro dele. Eles começam a dançar. Todos ao meu redor começam a tagarelar animadamente, enquanto os observam se mover lindamente ao som da música. Christian e Kay juntos de novo.

Sinto-me como se tivesse despencado no inferno.

— Olá, Cenoura — diz uma voz.

Meu corpo se contrai.

— Não agora, Tucker. Não vou conseguir aguentar você agora.

— Dance comigo — diz ele.

— Não.

— Pare com isso; você está fazendo um papel ridículo parada aqui, olhando seu acompanhante dançar com outra pessoa.

Viro-me e lanço-lhe um olhar furioso. Mas uma coisa tenho que dizer a seu favor: ele é bastante atraente. O colarinho da camisa branca destaca seu rosto bronzeado. Dentro do *smoking*, seus ombros parecem largos e fortes. Seus cabelos castanho-dourados estão bem penteados. Seus olhos azuis resplandecem sob as luzes. Sinto até cheiro de colônia.

— Tudo bem — digo.

Ele estende a mão e eu a seguro. Em seguida o acompanho até a área de dança e passo o braço em torno de sua nuca. Ele não diz nada, apenas se move de um lado para outro, olhando meu rosto. Toda a raiva se esvai de mim. Ele está me fazendo um favor — ou pelo menos é o que parece. Olho para o teto, procurando o balde de sangue de porco que ele está prestes a despejar em mim[37].

— Cadê a sua acompanhante? — pergunto.

— Bem, essa pergunta é complicada. Depende do que você quer dizer.

— Com quem você veio hoje à noite?

— Com ela — diz Tucker, gesticulando com a cabeça em direção à garota ruiva, que está ao lado da mesa de ponche.

— E com ela — acrescenta, olhando em direção à bancada do DJ, onde uma morena que não conheço, presumivelmente uma veterana, está solicitando uma música.

— E com ela — finaliza, apontando para uma loura que está dançando bem perto do segundo colocado nas indicações para rei.

— Você veio com três garotas?

---

[37] Alusão ao filme *Carrie, A Estranha*, em que a protagonista é vítima dessa brincadeira de mau gosto. (N.T.)

— Elas estão na equipe de rodeio — diz ele, como se isso explicasse tudo. — Nenhuma delas tinha acompanhante. Então eu achei que era homem o bastante para trazer as três.

— Você é inacreditável.

— E você veio com Christian Prescott — observa ele. — Seu sonho se tornou realidade.

No momento, a situação parece mais um pesadelo. Olho por cima do ombro para Christian e Kay. Previsivelmente, Kay está chorando agarrada aos ombros de Christian.

Tucker segue meu olhar.

Christian aproxima o rosto de Kay e cochicha alguma coisa. Seja o que for, não é bem recebido. Ela começa a chorar ainda mais.

— Cara, eu não queria estar no lugar dele nem que me pagassem — diz Tucker.

Eu o fuzilo com os olhos.

— Desculpe. Vou calar a boca.

— Faça isso.

Ele abafa um sorriso. Terminamos de dançar sem dar mais nenhuma palavra.

— Obrigado pela dança.

— Obrigada por ter me convidado — respondo, ainda olhando para Christian.

Ele está com os braços em torno de Kay. O rosto dela está enterrado em seu peito. Eu não sei o que fazer. Fico parada no lugar olhando para ele. Ele se afasta dela e lhe diz alguma coisa, suavemente. Depois a leva até uma mesa, onde puxa uma cadeira para ela se sentar. Chega a lhe trazer um copo de ponche, mas ela recusa a bebida. Linhas de maquiagem estão secando em seu rosto. Ela parece exausta. No início, pensei que tudo fosse uma representação, um ardil, como quando bancara a vagabunda com Jeffrey. Mas, ao vê-la afundada na cadeira, acho impossível acreditar que ela não esteja de fato arrasada.

Christian vem ao meu encontro, visivelmente perturbado.

— Sinto muito — diz ele. — Eu não sabia que isso iria acontecer.

— Eu sei — respondo educadamente. — Está tudo bem. Cadê o acompanhante de Kay?

Ele que a conforte, penso.

— Foi embora — diz Christian.

— Foi embora — repito, incrédula.

— Então eu pensei — continua Christian com o rosto vermelho — que talvez seja melhor eu levar Kay em casa.

Olho para ele, perplexa.

— Volto logo para buscar você — diz ele rapidamente. — Posso deixar Kay em casa e depois voltar para buscar você.

— Eu levo Clara para casa — diz Tucker, que permaneceu ao meu lado.

— Não, só vou levar um minuto — protesta Christian, aprumando o corpo.

— O baile vai terminar dentro de dez minutos — diz Tucker. — Você quer que ela fique esperando no estacionamento?

Sinto-me como Cinderela, parada no meio da estrada com uma abóbora e dois camundongos, enquanto o Príncipe Encantado se manda para resgatar outra garota.

O sentimento de culpa dá a Christian um aspecto doentio.

— Vá em frente, leve Kay em casa — digo, quase me engasgando com as palavras. — Vou para casa com Tucker.

— Por você está tudo bem?

— Claro. Tenho que estar em casa à meia-noite, lembra?

— Fico lhe devendo essa.

Juro que vi Tucker revirar os olhos.

— Tudo bem. — Olho para Tucker. — Podemos ir agora?

— Com certeza.

Depois de me despedir de Wendy e Ângela, fico esperando à porta, enquanto Tucker reúne suas outras acompanhantes. Elas olham para mim com uma expressão que lembra piedade. Por um momento, realmente sinto ódio de Christian Prescott. Viajamos sem conforto na caminhonete enferrujada de Tucker — quatro garotas com vestidos de baile apertadas na cabine. Ele deixa a loura, em primeiro lugar, pois ela mora em Jackson. Depois, a ruiva. Depois, a morena.

— Tchau, Frei — diz ela ao saltar da caminhonete.

Agora, somos só nos dois na cabine. Sem dar uma palavra, ele se dirige à estrada de Spring Creek.

— Então... Frei, hein? — brinco com ele um pouco, sem conseguir suportar o silêncio. — Por que isso?

— É — diz ele, abanando a cabeça como se ele mesmo ainda não entendesse o motivo. — No primeiro grau o pessoal me chamava de Frei Tuck[38]. Agora é só Frei. Mas os meus bons amigos me chamam de Tuck.

Quando paramos em frente à minha casa, já estou quinze minutos atrasada. Abro a porta do veículo, paro e olho para ele.

— Será que você poderia... Não falar desse vexame para ninguém na escola?

---

[38] Personagem das lendas de Robin Hood, de quem Frei Tuck é amigo. (N. T.)

— Eles já sabem — responde ele. — Na Jackson Hole, todo mundo sabe da vida de todo mundo.

Dou um suspiro.

— Não se preocupe com isso — diz ele.

— É, todo mundo vai esquecer na segunda-feira, não é?

— Claro.

Não sei se ele está ou não fazendo troça comigo.

— Obrigada pela carona — digo. — Frei.

Ele dá um gemido e depois sorri.

— Foi um prazer.

Ele é um cara muito estranho. E fica mais estranho a cada minuto que passa.

— A gente se vê.

Salto da caminhonete, bato a porta e me encaminho para casa.

— Ei, Cenoura — grita ele inesperadamente.

Viro-me para ele.

— Você e eu provavelmente nos daríamos melhor se você parasse de me chamar assim.

— Você gosta.

— Não gosto.

— O que você vê num cara como Christian Prescott? — pergunta ele.

— Não sei — digo, com o cansaço transparecendo na voz. — Mais alguma coisa?

Sua covinha aparece.

— Não — diz ele.

— Boa noite, então.

— Boa noite.

Ele se afasta na escuridão.

A luz da varanda se acende assim que subo os degraus. Mamãe está parada à porta.

— Esse não era Christian — diz ela.

— Brilhante observação, mãe.

— O que houve?

— Ele está apaixonado por outra garota — digo, tirando da cabeça a coroa de louros prateados.

Mais tarde, na hora mais tenebrosa da noite, minha visão se transforma em um pesadelo. Estou na floresta. Estou sendo observada. Sinto os olhos ambarinos do Asa-Negra. De repente, estou deitada com ele em cima de mim, prendendo-me no chão frio. Seu corpo bloqueia a luz. Agulhas de pinheiro machucam minhas costas. Eu grito e me debato. Seguro uma de suas asas e arranco um punhado de penas negras, que se evaporam entre meus dedos. Continuo a arrancar as penas de suas asas. Cada uma é um pedaço de sua maldade. Até que, subitamente, ele se dissolve em uma densa nuvem de fumaça, deixando-me prostrada na terra, tossindo e ofegando.

Acordo com um pulo, enrolada nos cobertores. Alguém está de pé ao lado da cama. Tomo fôlego para recomeçar a gritar, mas ele tapa minha boca com a mão.

— Clara, sou eu — diz Jeffrey. — Ele retira a mão da minha boca e senta-se à beira da cama. — Eu ouvi você gritar. Pesadelos, não é?

Meu coração bate com tanta força que parece um tambor de guerra. Meneio a cabeça, concordando.

— Quer que eu chame a mamãe?

— Não. Estou bem.

— O que foi agora?

Ele ainda não sabe a respeito dos Asas-Negras. Mamãe disse que, se eu lhe contar, isso vai deixá-lo mais vulnerável a eles. Engulo em seco.

— O baile não foi exatamente como eu esperava.

Ele franze a testa, unindo as sobrancelhas.

— Você teve um pesadelo com o baile?

— Tive. Bem, foi uma noite horrível.

Ele me olha como se não estivesse acreditando, mas me sinto cansada demais para lhe explicar como minha vida parece estar se descosturando.

13

A SININHO GÓTICA

Meu telefone celular começa a tocar. Tiro o do bolso, olho o mostrador, clico em IGNORAR e o recoloco no bolso. No outro lado da mesa, mamãe ergue as sobrancelhas para mim.

— Christian de novo?

Corto um pedaço de torrada francesa e o enfio na boca. Mal consigo saboreá-lo, de tão furiosa. O que me deixa ainda mais furiosa. Normalmente, eu adoro torradas francesas[39].

— Talvez você deva falar com ele. Para lhe dar uma chance de se redimir — observa ela.

Pouso meu garfo na mesa.

[39] As torradas francesas se assemelham às nossas rabanadas, embora um pouco mais simples. E, ao contrário das rabanadas, são comidas durante todo o ano. (N.T.)

— A única maneira que ele tem de se redimir é construir uma máquina do tempo, voltar à noite passada e...

Minha voz esmorece. E o quê? Virar as costas a Kay enquanto ela desmorona? E me levar para casa? E me beijar em frente à porta?

— Eu preciso ficar furiosa por algum tempo, certo? Pode não ser uma coisa muito madura, mas é do que estou precisando.

O telefone da cozinha começa a tocar. Olhamos uma para a outra.

— Eu atendo — diz ela, deslizando para fora da cadeira e tirando o aparelho do gancho.

— Alô? — diz ela. — Acho que ela não quer falar com você.

Eu me debruço sobre a mesa. Minha torrada está fria. Pego meu prato e o levo até a cozinha. Mamãe está recostada na bancada, escutando seja o que for que ele está dizendo e assentindo com a cabeça. Como se estivesse totalmente do lado dele.

Ela tapa o bocal com a mão.

— Eu realmente acho que você deveria falar com ele.

Com ar indiferente, jogo a torrada na lixeira e passo água no prato, que ponho na lavadora. Seco as mãos na toalha de pratos e estendo a mão para o aparelho. Surpresa, ela o entrega a mim. Encosto o fone no ouvido.

— Clara? — diz a voz esperançosa de Christian.

— Vê se entende o recado — digo e desligo o telefone.

Entrego o receptor de volta à mamãe. Ela é inteligente o bastante para não dizer nada, enquanto passo à sua frente empertigada e me dirijo ao quarto. Fecho a porta do quarto e me jogo na cama. Sinto vontade de gritar no travesseiro.

Não vou ser esse tipo de garota que deixa o cara tratá-la como lixo e continua a andar atrás dele. Eu fui ao baile com Christian Prescott. Não era para ser uma coisa mágica, digo a mim mesma. Não era para ser romântica. Era parte do meu trabalho. Mas, no final da noite, eu não deveria ter ido parar na caminhonete de Tucker.

Já basta, decido. De agora em diante, minha ligação com Christian será estritamente profissional. Vou até a floresta e o tiro de lá — voando, ao que parece. Depois o deixo onde ele quiser ficar e pronto. Não preciso ser sua amiga. Nada de mãos dadas. Nada de olhar para ele embevecida. Ao me lembrar da visão, da intensidade dela, sinto um aperto no peito. Sua mão quente em meu rosto. Fecho os olhos. Maldigo o calor que inunda meu ventre. Maldigo a visão por me seduzir.

Meu telefone celular toca novamente. É Ângela. Respondo à chamada.

— Não diga nada — peço a ela.

Silêncio no outro lado da linha.

— Você está aí?

— Você me disse para não falar nada.

— Eu me referia a ontem à noite.

— Tudo bem. Então, vejamos. Minha mãe decidiu encenar *Oklahoma!* no outono. Estou tentando convencê-la a mudar de ideia. Quem é que já ouviu falar de *Oklahoma!* no Wyoming[40]?

— Todo mundo ficou falando no assunto? — pergunto. — Depois que a gente saiu?

Ela faz uma pausa. Depois, obedientemente, muda de assunto.

---

[40] Uma ironia de Ângela. *Oklahoma!* é um dos musicais mais encenados nos Estados Unidos, particularmente em estados rurais, como é o caso do Wyoming. (N.T.)

— O tempo está lindo hoje. Parece um dia de verão.

— Ângela.

Ela suspira.

— Sim — admite.

Solto um gemido.

— Eles acham que eu sou uma completa idiota?

— Bem, só posso falar por mim mesma. — Quase posso ouvir seu sorriso. Começo a sorrir também, mesmo sem querer. — Venha jantar aqui — diz ela. — Minha mãe vai fazer *fettuccine* à moda do Alfredo. E eu vou achar alguma coisa para você socar.

Quase desfaleço de alívio. Bendita Ângela. Eu não conseguiria passar o dia em casa, com o telefone tocando a toda hora e mamãe me enchendo a paciência.

— A que horas eu posso chegar?

— Pode vir agora? — pergunta ela.

Ângela e eu assistimos a uma dupla programação no Teton Theatre: um filme de horror e um de ação — puro divertimento descompromissado, exatamente o que eu precisava. Depois, sentamo-nos à beira do palco vazio do Garter, com os pés pendurados acima do poço da orquestra. Estou começando a adorar esse lugar. É como se fosse só meu e de Ângela, um esconderijo onde ninguém poderá nos encontrar. E Ângela sabe entreter.

— Aqui está uma coisa que vai alegrar você — diz ela.

Pondo-se de pé, ela convoca suas asas. Fecha os olhos. Uma mosca pousa em meu ombro e a espanto rapidamente. As moscas do teatro me assustam. Estão sempre esbarrando nas luzes e queimam as asas. Então, caem e ficam zumbindo no palco. Olho para Ângela. Não vejo nenhuma diferença.

— Eu devo ver alguma coisa? — pergunto depois de um minuto.

Ela franze a testa.

— Espere um pouco.

Mais um minuto, e nada acontece. De repente, suas asas começam a tremular, como o ar sobre concreto num dia de verão. Aos poucos, vão mudando de forma, tornando-se mais planas e se curvando em um formato diferente. Ângela abre os olhos. Suas asas lembram as de uma mariposa, só que enormes. Ainda são de um branco imaculado, mas lisas, segmentadas e pontilhadas de pequenas escamas, como as que vemos numa borboleta quando a observamos bem de perto.

Fico boquiaberta.

— Como você fez isso?

Ela sorri.

— Não consigo mudar a cor — diz ela. — Achei que seria legal ter asas roxas, mas não funcionou. Mas posso fazer com que elas fiquem com a forma que eu quiser, se me esforçar bastante.

— Como você sente essas asas quando elas estão assim? — pergunto, olhando as gigantescas asas de borboleta se abrirem e fecharem atrás dela, para trás e para frente, um movimento muito diferente dos que executamos com as asas emplumadas. Ela parece uma Sininho Gótica.

— Sinto que elas são mais frágeis. E acho que não voariam do mesmo jeito. Nem sei se eu conseguiria voar com elas. Mas isso pode ser uma limitação do meu cérebro. Acredito que nossas asas podem ser tudo o que nós quisermos. Nós vemos asas emplumadas porque elas são o símbolo dos anjos. Mas, na verdade, são só um instrumento. Nós escolhemos a forma.

Fico olhando para ela. Eu nunca teria pensado, nem em um milhão de anos, em mudar o formato das minhas asas.

— Uau — digo, sem conseguir falar mais nada.

— Pois é.

— Mas o que você quer dizer com "só um instrumento"? Elas me parecem reais — observo, pensando no peso das minhas asas sobre meus ombros, na massa de músculos, penas e ossos.

— Você já se perguntou para onde vão nossas asas quando não estão abertas?

Pestanejo.

— Não.

— Acho possível que elas existam entre dimensões. — Ela espana a poeira das calças. — Veja só.

Ela fecha os olhos outra vez. As asas de borboleta se transformam em uma névoa que fica pairando em torno de sua cabeça e ombros.

— Você acha que eu consigo fazer isso?

Levanto-me e convoco minhas asas desajeitadamente. Não consigo evitar uma súbita ponta de inveja. Ela é muito mais forte que eu. E muito mais inteligente em tudo. Tem duas vezes mais sangue de anjo.

— Não sei — pondera ela. — Acho que posso ter herdado esse negócio de moldar as asas. Mas faria mais sentido se todas nós pudéssemos fazer isso.

Fecho os olhos.

— Borboleta — sussurro.

Abro os olhos. Penas, ainda.

— Você precisa libertar sua mente — diz Ângela.

— Você parece o Yoda[41].

— Libertar sua mente, você deve — diz ela com sua melhor voz de Yoda.

Ergue então os braços acima da cabeça e se estica. Suas asas desaparecem.

— Essa foi incrivelmente legal — comento.

— Eu sei.

Neste momento, uma mosca cai sobre minha camisa. Berro com voz esganiçada e me debato, tentando me livrar do inseto. Depois, enquanto ambas rimos histericamente, sinto-me grata por ter uma amiga como Ângela. Sempre que fico me achando uma aberração da natureza, ela me lembra de como é bacana ser sangue-de-anjo. E me faz esquecer Christian Prescott, nem que seja por um minuto.

Quando chego em casa, Christian está sentado na escada da frente. A luz da varanda projeta um suave halo de luz ao seu redor, como se fosse um holofote. Ele segura uma caneca do que presumo ser o chá de framboesa de mamãe. Quando me vê, imediatamente pousa a caneca no degrau e se levanta com um pulo. Desejo com todo o fervor poder voar para longe.

— Desculpe — diz ele com sinceridade. — Foi bobeira. Fui burro. Fui um idiota.

Tenho de admitir que ele parece adorável, de pé ali, com seus grandes olhos sonhadores, dizendo-me como foi burro. Não é justo.

Dou um suspiro.

— Há quanto tempo você está sentado aí? — pergunto.

[41] Personagem sábio e poderoso da série *Guerra nas Estrelas*. (N.T.)

— Não muito — responde ele. — Umas três horas. — Ele aponta para a caneca. — Mas parecem duas, graças aos reabastecimentos de chá.

Recusando-me a sorrir, passo por ele e entro em casa, onde minha mãe pula do sofá e se encaminha para o escritório sem dar uma palavra. Sou grata por isso.

— Entre — convido, pois está claro que ele não pretende ir embora tão cedo.

Ele me segue até a cozinha.

— Tudo bem — digo. — Vamos fazer um trato. Não vamos conversar sobre o baile nunca, jamais.

Seus olhos brilham de alívio. Pouso a caneca ao lado da pia, sobre cuja bancada me apoio por alguns instantes, tentando me recompor.

— Vamos começar de novo — digo, ainda de costas para ele.

Seria ótimo, penso eu, começar de novo. Nada de visões, nada de expectativas, nada de humilhações. Apenas um garoto e uma garota. Ele e eu.

— Tudo bem.

— Meu nome é Clara.

Viro-me para ele e estendo a mão.

O canto de sua boca se levanta em um sorriso contido.

— O meu é Christian — murmura ele, apertando minha mão gentilmente.

— Prazer em conhecê-lo, Christian — digo, como se ele fosse um cara comum.

Como se, quando fecho os olhos, não o visse no meio de um incêndio florestal. Como se o fato de ele estar me tocando não me provocasse uma pontada de anseio e gratidão.

— O prazer é meu.

Retornamos à varanda. Faço mais chá, pego um cobertor para ele e outro para mim e nos sentamos no degrau mais alto da escada, olhando para o céu pontilhado de diamantes.

— As estrelas não eram tão brilhantes na Califórnia — observa ele.

Eu estava pensando a mesma coisa.

Quando minha mãe sai do escritório e polidamente (extasiadamente, penso eu) nos informa que está tarde, que teremos aulas no dia seguinte e que é melhor Christian ir para casa, já sei muito mais a respeito dele. Sei que ele mora com o tio, o qual é o dono do Banco de Jackson Hole e de algumas imobiliárias na cidade. Ele não chega a me dizer onde estão seus pais, embora eu fique com a nítida impressão de que estão mortos e há muito tempo. É extremamente ligado a Marta, a governanta que trabalha em sua casa desde que ele tinha dez anos de idade. Adora comida mexicana, esqui, é claro, e tocar guitarra.

— Chega de falar de mim — diz ele, depois de algum tempo. — Vamos falar sobre você. Por que vocês vieram para cá? — pergunta ele.

— Ah, hum... — vasculho meu cérebro à procura da resposta ensaiada. — Minha mãe. Ela queria sair da Califórnia e se mudar para um lugar que não fosse tão populoso, queria um pouco de ar puro. E achou que aqui iria ser bom para nós.

— E foi? Bom para você, quero dizer.

— Mais ou menos. Quer dizer, a escola não tem sido exatamente fácil, tentando fazer amigos e tudo mais. — Ruborizo e olho para outro lado, conjeturando se ele estará pensando no apelido de Palhaça *Sexy*, tão popular entre seus amigos. — Mas gosto daqui... Sinto como se aqui fosse o meu lugar.

— Eu sei como é — diz ele.

— Como assim?

É a vez dele de ficar embaraçado.

— Quer dizer, quando eu me mudei para cá, as coisas foram difíceis por algum tempo. Eu não me enquadrava.

— Você não estava com o quê, cinco anos?

— É, eu tinha cinco anos, mas mesmo nessa época. Aqui é um lugar estranho para alguém se mudar, de diversas formas, principalmente se você vem da Califórnia. Eu me lembro das primeiras tempestades de neve. Eu pensava que o céu estava caindo.

Dou uma risada, mudo um pouco de posição e nossos ombros se tocam. Zás. Mesmo através de nossas roupas. Afasto-me dele. *É trabalho, Clara, trabalho*, digo a mim mesma. *Não perca a cabeça por esse cara agora*. Pigarreio levemente.

— Mas agora você se sente parte deste lugar, não é?

Ele faz que sim com a cabeça.

— Sim, é claro. Não há nenhuma dúvida em minha mente de que este é o meu lugar.

Então ele me conta que está pretendendo ir a Nova York durante as férias de verão, para fazer uma espécie de estágio em administração destinado a alunos do segundo grau.

— Não estou muito empolgado com o estágio, mas passar o verão em Nova York me parece uma aventura — diz ele. — Provavelmente eu irei.

— Vai passar o verão todo? — pergunto, um tanto abalada. *Mas e o incêndio?* — sinto vontade de dizer. *Você não pode ir.*

— Meu tio — começa ele, e fica em silêncio por alguns instantes. — Ele quer que eu me forme em administração de empresas, para assumir o banco algum dia. Ele tem expectativas, sabe? Acha que eu devo fazer determinadas coisas para me preparar, e toda essa babaquice. Eu não sei o que quero fazer.

— Entendi — comento, pensando que há incertezas bem piores. — Minha mãe é assim, sempre esperando muita coisa de mim. Sempre dizendo que eu tenho um propósito na vida, uma coisa que eu nasci para fazer, e que eu só preciso descobrir o que é. Quase não faz pressão, não é mesmo? Eu tenho medo de desapontar minha mãe.

— Bem — diz ele, virando-se para mim e sorrindo de um modo que faz meu coração disparar. — Parece que nós dois estamos encrencados.

As últimas semanas de aula transcorrem como em uma névoa. Christian me telefona quase todos os dias, e conversamos abobrinhas. Senta-se ao meu lado na aula e graceja o tempo todo. Algumas vezes até almoça à minha mesa, o que deixa as Invisíveis totalmente extasiadas. Durante uma semana, toda a escola especula se estamos ou não namorando.

Eu mesma me pergunto isso.

— Eu falei para você — diz Ângela, quando eu menciono o assunto. — Eu nunca erro, Clara.

— Isso é reconfortante. Você poderia se concentrar mais, por favor? Eu ainda não sei nada a respeito do incêndio. Não sei por que ele vai estar lá naquele dia. Não sei onde vai acontecer. Pensei que se conhecesse Christian melhor eu descobriria, mas...

— Você tem tempo. Aproveite a companhia — pondera ela.

Wendy, por sua vez, mal disfarça sua desaprovação ao meu envolvimento com Christian. O fato é que ela nunca gostou da ideia.

— Eu já lhe disse — observa ela solenemente. — Christian é como um deus. E deuses não são bons namorados.

— Se você vai tentar me empurrar Tucker de novo, me poupe. Apesar de ele ter sido gentil em me levar para casa depois do baile.

— Aí, eu estou do seu lado. Se é o que você quer, vou torcer por você e Christian.

— Obrigada — digo.

— Embora eu ache que é um grande erro.

Grandes amigas eu tenho.

O fato de Christian começar a me paquerar tão de repente me deixa confusa. Justo quando decidi manter as coisas estritamente profissionais entre nós, apenas um trabalho de anjo, ele se aproxima de mim de um modo que faz minha cabeça girar. Mas não me convida para sair. Não me toca. Digo a mim mesma que não devo me importar com isso.

— Avalanche prateada subindo a alameda — grita Jeffrey do alto da escada.

— Você agora é o quê, segurança? — grito de volta.

— Algo assim.

— Obrigada pelo aviso.

Estou de pé na varanda quando Christian estaciona em frente à casa.

— Olá, estranho — digo.

Ele sorri.

— Olá.

— Bom ver você aqui.

— Eu queria me despedir — diz ele. — Estou sendo mandado para Nova York amanhã.

Ele faz a viagem para Nova York parecer um exílio num internato.

— Ah, por favor, tem muita aventura em Nova York. Meu pai mora em Nova York, mas eu só estive lá uma vez. Como ele estava trabalhando, eu fiquei sentada no sofá assistindo tevê durante uma semana.

— Seu pai? Você nunca falou dele antes.

— É, bem, não há muita coisa para ser dita.

Ele dá de ombros.

— Com meu pai é a mesma coisa.

Um assunto delicado, posso perceber. Eu gostaria de saber se meu rosto também fica assim quando falo sobre meu pai, como se eu estivesse ótima, como se o fato de meu pai não dar a mínima para mim não me importasse nem um pouco.

Faço beicinho.

— Que droga. As aulas terminaram não faz nem dois dias e todo mundo já está dando o fora. Você, Wendy, Ângela, até minha mãe. Ela vai para a Califórnia a trabalho na semana que vem. Eu me sinto como o único rato burro o bastante para permanecer no navio que está afundando.

— Desculpe — diz Christian. — Vou lhe mandar torpedos, está bem?

— Está bem.

O telefone celular toca em seu bolso. Ele dá um suspiro. Não responde. Em vez disso, dá um passo em minha direção, diminuindo a distância entre nós. É como na visão. É como se ele fosse segurar minha mão.

— Clara — diz ele. Meu nome parece diferente quando passa pelos lábios dele. — Vou sentir sua falta.

Vai?, penso eu.

— Bluebell subindo a alameda! — grita Jeffrey de uma janela do segundo andar.

— Obrigada! — grito de volta.

— Quem era? Seu irmão? — pergunta Christian.

— É. Ele parece um cão de guarda.

— Quem é Bluebell?

— Hum...

A caminhonete enferrujada de Tucker estaciona atrás da Avalanche de Christian. Wendy desce do veículo. Tem uma expressão perturbada, como se estivesse confusa por me encontrar com Christian. Ainda assim, tenta sorrir.

— Oi, Christian — diz ela.

— Olá — responde ele.

— Resolvi passar aqui — diz ela. — Tucker está me levando até o aeroporto.

— Hoje? Pensei que você só fosse amanhã — digo, desolada. — Ainda não embrulhei seu presente de despedida. Espere aqui. — Corro para dentro de casa e volto com o iPod Shuffle que comprei para ela. Estendo-lhe o aparelho. — Não consegui pensar no que você poderia precisar num estágio de veterinária, a não ser meias extras. Mas acho que vão deixar você ouvir música durante o trabalho, não vão?

Ela parece mais chocada do que eu esperava. Seu sorriso é um pouco forçado.

— Clara — diz ela. — Isso é muito...

— Eu já pus aí algumas canções que sei que você gosta. E encontrei a trilha sonora de *O Encantador de Cavalos*. Sei que você praticamente já decorou esse filme.

Ela olha o iPod durante alguns momentos, antes de finalmente pegá-lo.

— Obrigada.

— De nada.

Tucker aperta a buzina. Wendy se vira para mim com ar embaraçado.

— Estou sem tempo agora, desculpe. Tenho que ir.

Nós nos abraçamos.

— Vou sentir muito a sua falta — sussurro.

— Tem um telefone público no armazém. Vou ligar para você — diz ela.

— Vê se não esquece. Estou me sentindo completamente abandonada aqui.

Tucker põe a cabeça para fora da janela.

— Desculpe, mana, mas nós temos que ir andando. Não podemos perder o voo.

— Tudo bem, tudo bem.

Wendy me abraça pela última vez e corre para a caminhonete.

— Ei, Chris — diz Tucker.

Christian sorri.

— Como vai, Frei Tuck?

Tucker não parece particularmente alegre.

— Você está bloqueando a minha passagem — diz ele. — Eu poderia contornar sua caminhonete, mas não quero estragar o gramado deles.

— Sem problema. — Christian olha para mim. — Também tenho que ir.

— Ah, bem, você pode ficar por mais um minuto, não pode? — pergunto, tentando não dar a impressão de que estou suplicando.

— Não, realmente tenho que ir embora — responde ele.

Ele me abraça e, durante os primeiros segundos, tudo parece estranho, como se não soubéssemos onde pôr as mãos. Mas a força magnética acaba assumindo o controle e nossos corpos se encaixam com perfeição. Encosto a cabeça em seu ombro e fecho os olhos, o que mantém a parte profissional de meu cérebro temporariamente desativada.

Tucker liga o motor. Afasto-me de Christian.

— OK, ligue para mim.

— Vou voltar na primeira semana de agosto — diz ele. — Então vamos passar mais tempo juntos, está bem?

— Boa ideia.

Espero que não haja nenhum incêndio florestal antes de ele voltar. Mas não pode haver, pode? O incêndio não pode ocorrer se ele não estiver aqui, certo? Será possível perder meu propósito porque meu protegido não quer cooperar?

— Tchau, Clara — diz Christian.

Ele acena para Tucker, volta para a Avalanche e liga o motor, cujo ronco faz a Bluebell parecer ainda mais enferrujada e molambenta. Aceno com a mão, enquanto ambas as caminhonetes desaparecem no bosque, deixando-me literalmente envolta em uma nuvem de poeira. Suspiro. Pergunto a mim mesma por que a despedida de Christian me pareceu tão final.

* * *

Alguns dias depois, estou ajudando Ângela a fazer as malas para a viagem à Itália, onde ela passa todos os verões com a família de sua mãe.

— Pense nisso como um intervalo — diz ela quando me vê zanzando pelo seu quarto, com ar infeliz.

— Um intervalo pra quê?

— Um intervalo para refletir. Um intervalo para *aprender a voar*, droga, e buscar a glória, e descobrir todas as coisas bacanas que você pode fazer.

Suspiro e jogo um par de meias na mala dela.

— Eu não sou como você, Ângela. Eu não consigo fazer o que você faz.

— Você não sabe o que consegue fazer — diz ela prosaicamente. — E não vai saber até tentar.

Mudo de assunto levantando um vestido de noite preto que estava junto com as outras roupas.

— Para que é isso? — pergunto, olhando-a de olhos arregalados.

Ela tira o vestido da minha mão e o enfia no fundo da mala, com o rosto impassível.

— Existe algum garoto italiano *sexy* do qual você nunca me falou? — pergunto.

Ela não responde, mas seu rosto pálido adquire um brilho rosado.

Respiro fundo.

— Então *existe* um garoto italiano *sexy* de quem você nunca me falou!

— Tenho que dormir cedo hoje. Amanhã o voo é longo.

— Giovanni. Alberto. Marcello — digo, relacionando todos os nomes italianos que conheço e observando o rosto dela para detectar alguma reação.

— Cale a boca.

— Sua mãe sabe?

— Não. — Ela segura minha mão e me faz sentar na cama. — E você não pode contar nada a ela, está bem? Ela ficaria maluca.

— Por que eu diria alguma coisa a sua mãe? Quase não falo com ela.

A coisa é séria. Ângela costuma tagarelar sem parar quando fala de garotos, nada muito importante. Imagino-a com um garoto italiano de cabelos negros, correndo por uma ruela estreita de Roma para se beijarem embaixo das arcadas. Instantaneamente, sinto uma inveja feroz.

— Não fale nada, certo? — Ela aperta com força a minha mão. — Prometa que não vai contar para ninguém.

— Prometo.

Acho que ela está sendo melodramática.

Ela se recusa a falar mais sobre o assunto e se fecha como uma ostra. Eu a ajudo a arrumar o resto das coisas. Ela realmente vai madrugar no dia seguinte, pois precisará dirigir até Idaho Falls para pegar o primeiro de seus voos, que parte absurdamente cedo. Portanto, tenho que me despedir esta noite. À porta do teatro, nós nos abraçamos com força.

— Vou sentir mais saudades de você do que de qualquer um — digo.

— Não se preocupe — replica ela. — Quando você perceber, já estou de volta. E com toneladas de informações para a gente digerir.

— Tudo bem.

— Cuide-se bem. — Ela me dá um tapinha no braço. — E aprenda a voar, já!

— Vou aprender — digo fungando.

Vai ser um verão muito solitário.

Na noite seguinte, após o jantar, dirijo até o Parque Nacional de Grand Teton. Estaciono o carro próximo ao Lago Jenny. É um lago pequeno e tranquilo, cercado de árvores e montanhas. Vou até a margem e observo a paisagem. O sol se pondo no horizonte deixa um rastro brilhante na água, onde um pelicano branco mergulha e sai com um peixe no bico. Tudo é lindo.

Quando escurece, começo a caminhar.

O silêncio é inacreditável. É como se não houvesse mais ninguém no mundo. Tento relaxar e respirar fundo, deixando o ar frio, recendendo a pinheiros, inundar meus pulmões. Quero deixar tudo de lado e apenas sentir a força de meus músculos, enquanto subo a montanha, deixando para trás a orla do arvoredo e me aproximando do céu vasto e aberto. Subo até me sentir aquecida. Então, procuro um bom lugar para fazer uma parada. Encontro uma plataforma na encosta da montanha, que o mapa chama de Ponto de Inspiração. Parece um bom lugar para a minha experiência.

Subo na plataforma e olho para baixo. Vejo o lago refletindo a lua. A queda é grande.

— Vamos fazer isso — murmuro.

Estico os braços. Convoco e estico minhas asas. Olho para baixo novamente. Grande erro.

Mas vou voar mesmo que tenha de morrer. Tenho que voar. Presenciei isso na visão.

— Tenho de ser leve — digo, esfregando as mãos. — Não é nada demais. Leve.

Respiro fundo de novo. Penso no pelicano que vi sobre o lago. O modo como o ar simplesmente parecia carregá-lo. Estendo as asas.

E pulo.

Caio como uma pedra. O ar golpeia meu rosto e me suga o ar dos pulmões, de tal forma que nem consigo gritar. As árvores estendem os galhos para mim. Tento me preparar para o impacto, embora não tenha ideia de como, exatamente, alguém deve se preparar para um impacto. Na verdade, não pensei bem na coisa toda, percebo um pouco tarde. Mesmo que a queda, por algum milagre, não me mate, posso aterrissar sobre as rochas abaixo e quebrar as pernas. Ninguém sabe que estou aqui, ninguém me encontrará.

É só pular da montanha, recrimino a mim mesma. *Que grande ideia, Clara*!

De repente, minhas asas capturam o ar e se estendem. Meu corpo sofre um tranco violento, como o de um paraquedista quando o paraquedas enfim se abre. Oscilo desajeitadamente no ar, tentando ganhar equilíbrio. Minhas asas fazem um esforço enorme para suportar meu peso, mas conseguem me segurar. Afasto-me do Ponto de Inspiração, levada pelo vento.

— Estou voando — sussurro.

Sinto-me então incrivelmente leve, aliviada pela constatação de que não vou morrer, cheia de adrenalina, tomada pela pura empolgação de sentir o ar frio me segurando e me levantando. É a melhor sensação que já tive em minha vida, sem nenhuma exceção.

— Estou voando!

Na verdade, estou mais planando sobre as copas das árvores, como um piloto de asa-delta ou um grande esquilo voador, do que propriamente voando. Acho que os pássaros da área estão morrendo de rir diante dos meus esforços para não despencar. Tudo bem, não tenho um talento natural. Não sou um lindo ser angelical abanando as asas em direção ao céu. Mas ainda não morri, o que considero algo positivo.

Forço as asas para baixo, tentando subir. Em vez disto, mergulho em direção às árvores, até quase tocar com os pés os ramos mais elevados. Tento me lembrar de alguma coisa das aulas de aerodinâmica, qualquer coisa, mas não consigo relacionar os tópicos sobre os aviões — sustentação, empuxo, arrasto — com o que minhas asas estão fazendo neste momento. Voar, na vida real, não é uma equação matemática. Sempre que tento mudar de direção, exagero na dose e aderno violentamente no ar antes de recuperar o controle. Por enquanto, o melhor que consigo fazer é abanar as asas às vezes e posicioná-las num ângulo que me permita permanecer no ar.

Sobrevoo o lago. Meu reflexo é uma mancha branca e brilhante na superfície escura, cortada pelos rastros do luar. A certa altura, vejo-me como o pelicano, roçando a superfície da água. Desço mais um pouco e sinto o frescor do lago deslizar por entre meus dedos. Estou dançando com os lampejos da lua. Dou uma risada.

Vou fazer isso, digo a mim mesma. *Vou salvar Christian.*

14

A ÁRVORE DOS PULOS

Meu décimo sétimo aniversário é no dia 20 de junho. De manhã, acordo em uma casa completamente vazia. Mamãe retornou à Califórnia, onde ficará uma semana, trabalhando. Jeffrey tem andado sumido durante toda a semana. Acabou de tirar carteira de motorista diurno (quando soube que garotos de quinze anos podem dirigir legalmente no Wyoming, mesmo que apenas durante o dia, ele realmente esqueceu a Califórnia), e desde então não o tenho visto muito. Ele está ocupado demais percorrendo Jackson em sua nova caminhonete, presente de nosso velho e querido pai. O único indício que tenho de que ele ainda está vivo é a crescente pilha de pratos que se acumulam na pia.

Pela primeira vez, desde que consigo me lembrar, não haverá uma festa em meu aniversário. Nada de bolo. Nem presentes.

Mamãe me deu um presente antes de partir para a Califórnia: um vestido de verão amarelo-claro que farfalha nas minhas panturrilhas quando eu ando. Adorei o vestido, mas, quando o vejo pendurado no cabide do armário — um vestido maravilhoso, perfeito para uma festa de aniversário, um encontro ou um passeio noturno —, sinto-me instantaneamente deprimida. Desço as escadas e me sento à bancada da cozinha, comendo cereais. O fato de não haver nenhuma banana para acrescentar aos cereais me deixa ainda mais triste. Ligo o pequeno televisor da cozinha e assisto ao noticiário.

A repórter está falando sobre o tempo seco que se abateu sobre Jackson Hole este ano. Tivemos apenas dois terços da quantidade normal de neve, diz ela, e o degelo de primavera foi bastante minguado. O reservatório está baixo. Ela para em frente ao lago e aponta para a água. Posso perceber com clareza onde era o limite normal da água, pois a cor das rochas acima é bem mais clara.

— A seca deste ano pode não nos afetar muito no momento — diz ela, olhando solenemente para a câmera —, mas à medida que o verão avança, a terra vai se tornando cada vez mais seca. Os incêndios deverão começar mais cedo e ser mais destrutivos.

Na noite passada, tentei voar novamente, desta vez carregando um saco de viagem. Não pude achar um equivalente melhor para um ser humano. Enchi-o com latas de sopa, galões de água, cobertores e acolchoados, e o levei até o quintal. Com ele nas mãos, tentei levantar voo. Foi inútil. Provavelmente tinha a metade do peso de Christian, se tanto. E eu não consegui, por mais que me esforçasse, sair do chão com ele. Toda a concentração que me torna leve e permite que minhas asas possam me levantar é inútil quando pego alguma coisa pesada. Sou fraca demais.

Agora, enquanto olho fixamente para a televisão, que exibe uma sequência de incêndios florestais já ocorridos na área de Jackson, sinto a pele formigar, como se a repórter estivesse falando comigo. Entendo a mensagem. Esforce-se mais. O incêndio está para acontecer. Tenho que estar preparada.

Passo a manhã pintando as unhas dos pés e assistindo tevê. Eu deveria sair, digo a mim mesma, mas não consigo pensar em um lugar onde eu não me sinta ainda mais pateticamente sozinha.

Por volta do meio-dia, alguém bate à porta. Olho pela janela do quarto. Eu não esperava ver Tucker Avery plantado na varanda. Mas lá está ele, com uma caixa de sapatos embaixo do braço. O sol bate a pino sobre sua cabeça.

Desço e abro a porta.

— Oi.

— Oi. — Ele aperta os lábios para evitar um sorriso. — Acabou de acordar?

Percebo que estou usando um horrível pijama cor-de-rosa com a palavra PRINCESS bordada sobre o seio direito. Esse pijama não foi uma escolha minha, mas é confortável. Dou um passo para trás.

— Posso ajudar em alguma coisa? — pergunto.

Ele me estende a caixa.

— Wendy me pediu para entregar isso a você — diz ele. — Hoje.

Canhestramente, pego a caixa de sapatos.

— Não tem nenhuma cobra aqui dentro, tem?

Ele sorri.

— Acho que você vai descobrir.

Faço menção de entrar em casa. Tucker não se mexe. Olho para ele ansiosamente. Ele está esperando alguma coisa.

— Que foi, está esperando uma gorjeta? — pergunto.

— Claro.

— Estou sem dinheiro. Você quer entrar?

— Pensei que você nunca fosse perguntar.

Aceno para que ele entre.

— Espere aqui.

Pouso a caixa de sapatos na bancada da cozinha e subo a escada correndo. Vou até o quarto e visto uma calça jeans e uma camisa de flanela amarela e azul. Vislumbro minha imagem no espelho e levo um susto. Meus cabelos alaranjados estão como um ninho de ratos. Entro no banheiro e tento pentear o emaranhado, mas acabo fazendo um rabo de cavalo. Passo um pouco de *blush*. Uma aplicação de *gloss* nos lábios e estou apresentável novamente.

Ao descer a escada, encontro Tucker na sala de estar, sentado no sofá com as botas sobre a mesinha de centro. Ele está olhando pela janela, observando o vento agitar o grande choupo em frente à casa, formando um turbilhão de movimento em que cada folha parece fremir de vida. Eu adoro essa árvore. Ver Tucker admirá-la me deixa nervosa. Tenho vontade de enfiar Tucker numa pequena caixa, onde eu possa prever suas intenções. Mas sempre que tento fazer isso, ele se recusa a permanecer na caixa.

— Bonita árvore — observa ele.

O garoto é inesperadamente profundo.

— Abra — diz ele, sem se virar para me olhar ou olhar para a caixa de sapatos na bancada da pia.

Pego a caixa e levanto a tampa. Em seu interior, embrulhado em papel de seda, está um par de botas de caminhada. Estão visivelmente usadas, com desgaste nas bordas e nas solas, embora limpas e bem cuidadas. São botas caras. Pergunto-me se Wendy e eu calçamos o mesmo número, embora eu seja muito mais alta que ela. Pergunto-me como ela teve condições de comprar botas tão boas, e por que as daria para mim.

— Tem um bilhete — diz Tucker.

Dentro de uma das botas está um cartão com a caligrafia oblíqua de Wendy na frente e no verso. Começo a ler.

Querida Clara,

lamento muito não poder estar com você no dia do seu aniversário. Quando você estiver lendo essas linhas, eu provavelmente estarei recolhendo esterco de cavalos ou coisa pior, portanto não sinta pena de si mesma! As botas não são seu presente de aniversário. São um empréstimo, portanto cuide bem delas. Tucker é o seu presente de aniversário. Agora, antes de fazer essa cara feia, me escute. Na última vez em que nós conversamos, você me pareceu sozinha e um pouco carente. Eu me recuso a permitir que você fique zanzando dentro de casa quando está cercada pelas terras mais lindas que existem. Ninguém no mundo conhece essa parte do país melhor que Tucker. Ele é o melhor guia da região que se pode encontrar. Então aproveite, Clara, calce as botas e deixe que ele seja seu cicerone por alguns dias. Esse, realmente, é o melhor presente que posso lhe dar. Grande abraço! Te amo, Wendy.

Levanto os olhos. Tucker ainda está olhando para a árvore. Não sei o que dizer.

— Ela queria que eu cantasse uma musiquinha também, como esses caras pagos para entregar presentes. — Ele me olha por cima do ombro, levantando um canto da boca. — Pedi para ela não encher o saco.

— Ela disse...

— Eu sei.

Ele suspira, como se estivesse diante de uma tarefa particularmente desagradável, e se levanta. Olha para mim de cima a baixo, parecendo não estar muito certo de que estou à altura de fazer o que ele tem em mente, seja lá o que for.

— O quê? — digo, indignada.

— A roupa está boa. Mas você vai ter que subir e vestir um maiô por baixo.

— Um maiô?

De alguma forma, isso não me parece plausível.

— Ou biquíni — explica ele.

— Nós vamos nadar? — pergunto, já começando a me sentir insegura com essa história de Tucker, apesar das boas intenções de Wendy. Olho para ele. Muitas garotas ficariam deslumbradas se recebessem Tucker Avery de presente, sei disso, com seus ardentes olhos azuis, sua pele bronzeada, seus cabelos dourados e a covinha na face esquerda. Tenho um constrangedor lampejo de Tucker, à minha frente, usando apenas uma gravata-borboleta vermelha, e mais nada.

Feliz aniversário, Clara.

De repente, minhas bochechas ficam desagradavelmente vermelhas.

Tucker não responde à minha pergunta sobre natação. Presumo que a surpresa deve fazer parte da experiência. Ele acena em direção à escada. Sorrio e corro escada acima. No quarto, vejo-me às voltas com um dilema: decidir qual dos biquínis que eu trouxe da Califórnia pode ser o menos humilhante na situação. Escolho um duas-peças azul simplesmente por ser o que cobre mais o corpo. Ponho as calças e a camisa às pressas, pego uma toalha no armário e desço para me juntar a Tucker. Ele me pede para calçar as botas.

Satisfeito com minha configuração, conduz-me até sua caminhonete, abre a porta, espera que eu entre e contorna o veículo para entrar também. Partimos em silêncio, chacoalhando pela estrada de terra. A camisa de flanela me faz sentir calor. É um dia típico de verão, com o céu limpo e perfeitamente azul. Embora não faça tanto calor quanto na Califórnia, shorts e camiseta seriam roupas mais adequadas. Pergunto-me se a caminhada será longa.

— Essa coisa não tem ar-condicionado?

Minha camisa está começando a grudar em minhas costas.

Tucker aumenta a velocidade. Depois, estende o braço e abaixa o vidro da minha janela.

— Eu poderia ter feito isso — digo, certa de que ele só fez isso para encostar em mim.

Ele sorri. Um sorriso fácil e descontraído que de alguma forma me deixa à vontade.

— Essa janela pode ser difícil — é tudo o que diz.

Coloco o braço para fora e deixo o ar da montanha deslizar entre meus dedos. Tucker começa a assoviar suavemente uma canção que acabo reconhecendo como *Danny Boy*, que Wendy cantou no Concerto de Primavera do coro da escola. Seu assovio tem uma ótima qualidade e é perfeitamente afinado.

Entramos na rodovia e dobramos na direção da escola.

— Para onde estamos indo? — pergunto.

— Hoback.

Já ouvi mencionarem esse nome na escola e o vi nas placas de sinalização da rodovia. Existe um canyon Hoback, um desfiladeiro Hoback e, se me lembro bem, um entroncamento Hoback. Para qual deles estamos indo, não sei dizer. Passamos pela escola e prosseguimos por cerca de meia hora, deixando para trás as construções humanas e entrando em uma área só de bosques e montanhas. Subitamente, chegamos a um pequeno vilarejo chamado Hoback. Após o armazém-geral de Hoback, a estrada se bifurca. Tucker pega a estrada à esquerda. Logo estamos rumando em direção às montanhas, com um rio de águas caudalosas e esverdeadas à direita.

— Esse é o Rio Snake? — pergunto.

O ar que entra pela janela aberta começa a fustigar meu rosto, à medida que a caminhonete ganha velocidade. Recolho o braço.

— Não — responde ele. — É o Hoback.

Sinto o aroma do rio, dos pequenos pinheiros que se amontoam na encosta e das sálvias do deserto que se estendem de cada lado da estrada.

— Adoro o cheiro da sálvia — digo, inspirando profundamente.

Tucker funga com ar de pouco caso.

— A sálvia é uma guerreira. Espalha-se pela terra como um incêndio. Suga toda a água e nutrientes da terra, até matar tudo. É uma plantinha vigorosa, reconheço. Mas é feia, cinzenta, e os carrapatos adoram se esconder nela. Você já viu algum carrapato?

— Ele me olha de relance. Devo estar com uma expressão desalentada, pois ele tosse pouco à vontade e acrescenta baixinho: — A sálvia tem um cheiro bom.

De repente, ele sai da estrada e entra num pequeno desvio gramado.

— Chegamos — diz ele, virando-se para mim.

Estacionamos ao lado de uma cerca de madeira desgastada pelo tempo, onde um letreiro alaranjado informa: PROPRIEDADE PRIVADA. INVASORES LEVARÃO TIROS. Tucker levanta as sobrancelhas para mim, como que me desafiando, e estende a mão para mim. Seguro a mão dele. Ele me ajuda a transpor a cerca. No outro lado, vejo uma ladeira íngreme que desce em direção ao rio. Latas de cerveja se amontoam nas touceiras de sálvia. Ainda segurando minha mão, Tucker envereda por uma trilha que serpenteia ladeira abaixo, até uma árvore enorme à beira do rio. Sinto-me grata pela robustez de minhas botas.

No final da trilha, Tucker estende sua toalha na base da árvore e começa a tirar a roupa. Viro-me para o outro lado e, vagarosamente, começo a desabotoar a camisa. É um biquíni bonito, digo a mim mesma para me tranquilizar. Não sou nenhuma puritana. Respiro fundo e deixo a camisa deslizar pelos ombros. Depois, tiro rapidamente a calça e as botas. Viro-me de novo para Tucker. Para meu alívio, ele está olhando para o rio, embora antes — tanto quanto eu saiba — pudesse estar perscrutando meu corpo com os cantos dos olhos. Seu calção de banho vai até seus joelhos. Sua pele é toda bronzeada. Desviando o olhar, coloco minhas roupas e minha toalha ao lado das roupas dele.

— E agora? — pergunto.

— Agora vamos subir na árvore.

Olho para os galhos, que balançam ligeiramente ao vento. Uma série de tábuas foi pregada no tronco, como uma espécie de escada. Em um dos galhos maiores, que se debruça sobre a água, alguém amarrou uma longa corda negra.

Pelo jeito, vamos pular da corda no rio.

Olho o rio novamente, que me parece incrivelmente escarpado e rápido.

— Acho que você está querendo me matar no dia do meu aniversário — digo, em tom de brincadeira, esperando que ele não veja a ponta de medo em meus olhos. Sangues-de-anjo podem se afogar. Precisamos de oxigênio tanto quanto os humanos normais, embora provavelmente sejamos capazes de prender a respiração por mais tempo.

Sua covinha aparece.

— Então deixe que eu vou primeiro.

Sem dar mais uma palavra, ele começa a subir na árvore. Suas mãos e pés encontram os lugares certos como se ele já tivesse feito isso mil vezes, o que não deixa de ser tranquilizador. Quando ele chega aos galhos mais altos, mal consigo vê-lo, apenas um vislumbre de suas pernas bronzeadas ou de seus cabelos contra a folhagem e o sol. Até que ele some de vista. Mas, subitamente, a corda balança.

— Suba aqui — instrui ele. — Tem lugar para dois.

Desajeitadamente, inicio minha escalada. Esfolo o joelho e uma farpa de madeira se crava profundamente em minha mão, mas não reclamo. A última coisa que desejo é que Tucker Avery pense que sou um bebê. A mão dele aparece diante do meu rosto: eu a seguro e ele me puxa para os galhos mais altos.

Podemos enxergar uma longa distância rio abaixo. Procuro algum lugar em que seu curso se torne mais plano ou que as corredeiras diminuam, mas não encontro nenhum. Ao meu lado, Tucker agarra a corda, que parece elástica como uma corda de *bungee jumping*. Ele volta o rosto para o sol e fecha os olhos por um minuto.

— O pessoal chama esse lugar de Solário — diz ele.

— Este lugar onde estamos? O topo da árvore?

— É. — Ele abre os olhos. Estou tão próxima que vejo suas pupilas se contraírem com a luz. — Os garotos da escola vêm aqui há gerações — informa ele.

— O letreiro deve ser por causa disso — digo, olhando em direção à estrada.

— Acho que o proprietário do terreno vive na Califórnia — observa Tucker ironicamente.

— Oba. Não vou levar um tiro no meu décimo sétimo aniversário.

— Não. — Tucker reajusta sua pegada na corda e dobra os joelhos. — Só vai se molhar — diz ele e pula da árvore.

A corda se estica até o meio do rio. Tucker a larga e solta um grito, enquanto despenca na água. A corda balança de volta e eu a seguro, olhando para o ponto onde emerge a cabeça de Tucker, que acena para mim enquanto é arrastado pelo rio.

— Venha! — grita ele. — Você vai adorar.

Respiro fundo, seguro a corda com mais firmeza e pulo.

É impressionante a diferença entre cair e voar, e já fiz um pouco das duas coisas. A corda se estende por sobre o rio e se estica com o meu peso. Minha vontade de voar é tão grande que tenho que cerrar os dentes para manter as asas guardadas. Solto então um grito e largo a corda, pois sei que se não fizer isto a corda me levará de encontro ao tronco da árvore.

A água está tão fria que perco o fôlego na mesma hora. Venho à tona tossindo. Por alguns instantes, não sei o que fazer. Sou uma nadadora competente, mas não uma grande nadadora. Sempre nadei em piscinas e nas praias do Oceano Pacífico. Nada poderia ter me preparado para o modo como o rio me prende e me empurra. Bebo uma golada de água de rio. Tem gosto de terra, gelo e algo que não consigo identificar, uma coisa mineral. Cuspo o resto da água e começo a nadar energicamente em direção à margem, antes que seja arrastada rio abaixo e nunca mais seja vista. Não consigo ver Tucker. O pânico começa a me apertar a garganta. Consigo imaginar o noticiário, o rosto triste de mamãe, de Ângela e sobretudo de Wendy, ao perceber que é a culpada de tudo.

Um braço se enrola em minha cintura. Viro-me e quase bato cabeça com Tucker, que me arrasta com força em direção à margem. Ele é um nadador poderoso. Aqueles volumosos músculos de seus braços realmente são úteis. Pouco mais posso fazer que me agarrar a seus ombros e bater as pernas na direção certa. Logo chegamos à margem arenosa do rio. Ofegante, deito-me de costas e contemplo uma nuvem branca e fofa passar no céu.

— Bem — diz Tucker simplesmente. — Você é corajosa.

Olho furiosa para ele. Água escorre de seus cabelos e pescoço. Depois me fixo em seus olhos, incrivelmente azuis e sorridentes. Tenho vontade de lhe dar um soco.

— Isso foi bobagem. A gente poderia ter se afogado.

— Que nada — diz ele. — O rio não está mais tão rápido. Já esteve muito pior.

Sento-me e olho para a árvore, rio acima. Parece estar a um quilômetro de distância.

— Acho que a próxima etapa é andar até a árvore.

Tucker ri, sentindo a irritação em minha voz.

— É.

— Descalços.

— O caminho é quase só areia, não vai ser tão ruim. Você está com frio? — pergunta ele.

Tenho um lampejo de que ele ficaria muito feliz em me aquecer com um abraço. Mas não estou realmente com frio, não agora que o sol está bem alto e a água sobre minha pele já se evaporou quase toda. Só estou um pouco molhada. Tento não me lembrar de que Tucker está tão perto de mim, com o peito nu irradiando calor; e eu com esse minúsculo biquíni e a pele da barriga toda arrepiada.

Ponho-me de pé e começo a caminhar ao longo da margem. Tucker se levanta com um pulo para caminhar ao meu lado.

— Desculpe — diz ele. — Talvez eu devesse ter avisado que a correnteza do rio é forte.

— Talvez — concordo. Mas já estou cansada de me enfurecer com Tucker. Afinal de contas, foi ele quem me socorreu no baile. Eu não me esqueci disso. E ele está aqui agora. — Tudo bem.

— Quer tentar de novo? — pergunta ele, sorrindo para mim. Sua covinha aparece. — É muito mais fácil na segunda vez.

— Você realmente está tentando me matar. — Abano a cabeça para ele, incrédula. — Você é maluco.

— Eu trabalho para a Companhia de Rafting Crazy River no verão. Passo cinco dias por semana no rio, às vezes mais.

Portanto, ele estava totalmente confiante de que seria capaz de me resgatar, por pior nadadora que eu fosse. Mas e se eu fosse direto para o fundo?

— Tucker! — grita alguém mais acima. — Como está a água?

— Boa! — grita Tucker de volta. — Beleza pura.

Ao chegarmos à árvore, duas outras pessoas já subiram nela e pularam no rio. Nenhuma delas parece ter encontrado a menor dificuldade em alcançar a margem. Vendo isso, decido subir na árvore novamente. Ao pular, faço um esforço para soltar um grito, como Tucker, e nadar para a margem assim que caio na água. No terceiro pulo, já perdi o medo. Estou me sentindo invencível. Este, percebo agora, é o motivo da atração que exercem os lugares desse tipo.

— Você é Clara Gardner, certo? — pergunta uma garota que está esperando para subir na árvore.

Confirmo com um aceno de cabeça. Ela se apresenta para mim, embora estejamos na mesma turma de química. É Ava Peters, a garota que vi com Tucker no resort de esqui.

— Vai ter uma festa na minha casa, sábado, caso você queira ir — diz ela.

Como se eu, de repente, tivesse sido admitida no clube dela.

— Oh — digo, atônita. — Eu vou. Obrigada.

Lanço um sorriso de gratidão a Tucker, que acena para mim como se estivesse tocando em um chapéu. Pela primeira vez, tenho a impressão de que nós poderemos, talvez, ser amigos.

Tucker me leva para jantar no Bubba's aquela noite. Mesmo naquela churrascaria despretensiosa, sinto-me nervosa como se estivesse num encontro. Mas a comida é tão deliciosa que acabo relaxando e devorando tudo. A última coisa que comi foi a tigela de cereais hoje de manhã, e não me lembro de alguma vez ter sentido tanta fome. Sob os olhos observadores de Tucker, mordo uma asa de frango como se fosse a coisa mais deliciosa que já comi na vida. O molho é alucinantemente bom. Depois que dou cabo de um quarto de frango, feijões e uma grande porção de salada de batata, atrevo-me a olhar para ele. Estou meio que esperando que ele faça algum comentário sarcástico sobre como eu me empanturrei. Já estou preparando uma resposta, alguma coisa sobre o fato de que eu preciso de um pouco mais de carne sobre os ossos.

— Peça a torta de nata com baunilha — diz ele, sem qualquer entonação crítica. — Está até me olhando com uma ponta de admiração. — Eles servem essa torta com uma fatia de limão. Quando você morde o limão e come um pedaço, o gosto é igualzinho ao da torta merengue de limão.

— Então por que não pedir logo a torta merengue de limão?

— Vai por mim — diz ele, e descubro que confio nele.

— Tudo bem.

Faço sinal para o garçom e peço a torta de nata com baunilha. Que é divina, como eu já deveria saber.

— Uau, estou cheia — digo. — Você vai ter que me rolar até em casa.

Por um minuto, não falamos nada. As palavras pairam no ar, entre nós.

— Obrigada por hoje — digo por fim, achando difícil olhá-lo nos olhos.

— Foi um bom aniversário?

— Sim. Obrigada também por não espalhar para o restaurante todo que é meu aniversário e fazer todo mundo cantar para mim.

— Wendy me disse que você detestaria isso.

Pergunto-me quanto deste dia foi orquestrado por Wendy.

— O que você vai fazer amanhã? — pergunta ele.

— Hein?

— Tenho folga amanhã. Se você quiser, posso levar você ao Yellowstone para lhe mostrar como é lá.

— Eu nunca estive no Yellowstone.

— Eu sei.

Ele é um presente que se renova. O Yellowstone me parece mil vezes melhor que ficar sentada em casa assistindo tevê, preocupada com Jeffrey, ou tentando voar com uma sacola do tamanho de Christian.

— Eu adoraria conhecer o Old Faithful[42] — admito.

— Tudo bem. — Ele parece inquietantemente satisfeito consigo mesmo. — Vamos começar por lá.

---

[42] Famoso gêiser do Parque Nacional de Yellowstone. (N.T.)

15

UMA CANSEIRA COM TUCKER

Nossa excursão ao Yellowstone só é maculada por um descuido meu: inadvertidamente, falo coreano com uma turista que perdera de vista o filho de cinco anos. Eu a ajudo a conversar com os guardas do parque e eles localizam o garoto. História feliz, não? Exceto pela parte em que Tucker me encara de olhos arregalados, como se eu fosse uma mutante. Até que, meio sem graça, explico a ele que tenho uma amiga coreana na Califórnia, e sou boa em línguas. Não espero ver Tucker depois disso, presumindo que o presente de aniversário que Wendy me deu já foi todo usado. Mas no sábado ouço uma batida na porta e lá está ele de novo. Uma hora depois, vou parar em um grande bote inflável com um grupo de turistas de outros estados, sentindo-me enorme dentro do colete salva-vidas laranja que somos todos obrigados a usar. Tucker está empoleirado na proa do bote, remando na direção das corredeiras, enquanto o outro guia vai à frente, gritando ordens. Vejo os poderosos e bronzeados braços de Tucker se flexionarem enquanto ele manobra os remos. Alcançamos o primeiro trecho de corredeiras. O bote balança em meio aos jatos de água, e as pessoas no bote gritam como se estivessem numa montanha-russa. Tucker sorri para mim. Sorrio para ele.

Naquela noite, ele me leva à festa na casa de Ava Peters e permanece comigo durante todo o tempo, apresentando-me a pessoas que mal conhecem meu nome. Fico boba de ver como estar com ele muda tudo para mim em termos sociais. Nos corredores da Jackson Hole, a maioria dos alunos olhava para mim com estudado desinteresse, como se eu fosse uma intrusa no território. Nem mesmo a atenção de Christian, nas últimas semanas, levara as pessoas a falar *comigo* em vez de *a meu respeito*. Agora, com Tucker a meu lado, os alunos de fato conversam comigo. Seus sorrisos são autênticos. É fácil perceber que todos, não obstante o grupo a que pertencem ou quanto dinheiro seus pais possuem, gostam verdadeiramente de Tucker. Os garotos gritam "Frei!" e batem os punhos no punho dele, ou o cutucam com os ombros. As garotas o abraçam, murmuram olás e me olham com ar curioso, mas afável.

Quando Tucker vai à cozinha pegar uma bebida para mim, Ava Peters segura meu braço.

— Há quanto tempo você e Tucker estão namorando? — pergunta ela, com um sorriso maroto.

— Nós somos só amigos — balbucio.

— Ah. — Ela franze um pouco a testa. — Desculpe, eu pensei...

— Você pensou o quê? — pergunta Tucker, aparecendo de repente ao meu lado com um copo plástico vermelho em cada mão.

— Pensei que vocês estivessem namorando — responde Ava.

— Somos só amigos — diz ele.

Nossos olhos se encontram brevemente. Ele me entrega um dos copos.

— O que é isso?

— Rum com Coca-Cola. Espero que você goste de rum de coco.

Eu nunca bebi rum. Nem tequila, nem vodca, nem uísque, nem nada a não ser uma pequena taça de vinho em algum jantar elegante de vez em quando. Minha mãe viveu durante a Lei Seca. Mas agora está a mais de mil quilômetros de distância, num hotel de Mountain View, com certeza mergulhada em sono profundo, completamente alheia ao fato de que sua filha está em uma festa de adolescentes não monitorada, prestes a ingerir sua primeira dose de bebida forte.

O que ela não sabe não pode lhe fazer mal. Saúde.

Tomo um gole da bebida. Não detecto o mínimo sinal de coco ou de álcool. O gosto é exatamente o mesmo de uma Coca-Cola comum.

— Está gostoso, obrigada — digo.

— Ótima festa, Ava — diz Tucker. — Você realmente caprichou.

— Obrigada — responde Ava. — Fico feliz por você ter vindo. Você também, Clara. Foi bom finalmente conhecer você.

— É — digo eu. — É bom ser conhecida.

* * *

Tucker é muito diferente de Christian, reflito, voltando para casa depois da festa. É popular de um modo muito diferente. Não por ser rico (o que definitivamente não é, apesar de suas inúmeras atividades — nem celular ele tem) ou por ser bonito (o que definitivamente ele é, embora no estilo rústico, enquanto Christian faz o estilo contemplativo). Christian é popular porque, como Wendy sempre diz, ele é como um deus. Lindo, perfeito e um pouco distante. Nasceu para ser adorado. Tucker é popular porque tem talento para deixar as pessoas à vontade.

— Em que você está pensando? — pergunta ele, pois já estou há algum tempo sem falar nada.

— Você é diferente do que eu pensei que fosse.

Ele mantém os olhos na estrada, mas a covinha aparece em sua face.

— O que você pensou que eu fosse?

— Um caipira bronco.

— Nossa, tudo isso? — diz ele, rindo.

— Você bem que sabia. Você queria que eu pensasse isso.

Ele não responde. Fico pensando se não falei demais. Parece que nunca consigo segurar a língua quando estou perto dele.

— Você também é diferente do que eu pensava — observa ele.

— Você achou que eu fosse uma garota californiana mimada.

— Eu ainda acho que você é uma garota californiana mimada.

Dou um soco no ombro dele, com força.

— Ai. Está vendo?

— Então, em que eu sou diferente? — pergunto, tentando disfarçar meu nervosismo.

É incrível como, subitamente, comecei a me importar com o que ele pensa a meu respeito. Olho pela janela e deixo meu braço pender para fora enquanto atravessamos o bosque em direção a minha casa. A noite de verão acaricia meu rosto, tépida e aveludada. A lua cheia derrama uma luz prateada sobre a floresta. Grilos ciciam. Uma brisa fresca, recendendo a pinheiros, faz as folhas farfalharem. Uma noite perfeita.

— Fale, em que eu sou diferente? — pergunto a Tucker novamente.

— É difícil explicar. — Ele esfrega a nuca. — Tem muita coisa em você que fica abaixo da superfície.

— Humm. Que coisa misteriosa — comento, esforçando-me para manter um tom descontraído.

— É. Você é como um *iceberg*.

— Puxa, obrigada. Acho que o problema é que você sempre me subestimou.

Paramos em frente a minha casa, que parece escura e vazia, e sinto vontade de permanecer na caminhonete. Não estou pronta para dar a noite por terminada.

— Não — diz ele, estacionando o carro. Depois, olha para mim com ar sério. — Eu não ficaria surpreso se você pudesse voar até a lua.

Prendo a respiração.

— Você quer catar mirtilos comigo amanhã? — pergunta ele.

— Mirtilos?

— Eles vendem na cidade por cinquenta pratas o galão. Eu conheço um lugar que tem uns cem pés de mirtilos. Costumo ir lá algumas vezes, no verão. Ainda estamos no início da temporada, mas já deve haver alguns frutos, pois tem feito muito calor. Dá um bom dinheiro.

— Tudo bem — digo eu, surpreendendo a mim mesma. — Eu vou.

Ele pula para fora, dá a volta na caminhonete e abre a porta para mim. Estende a mão e me ajuda a descer.

— Obrigada — murmuro.

— Boa noite, Cenoura.

— Boa noite, Tuck.

Ele se encosta na caminhonete e espera que eu entre em casa. Acendo a luz da varanda e o observo de uma janela no canto da sala, até que a traseira da caminhonete enferrujada desaparece entre as árvores. Depois, corro até meu quarto e olho as luzes traseiras, que se movem suavemente pela longa alameda de nossa casa em direção à estrada principal.

Olho-me no espelho de corpo inteiro que fica na porta do meu closet. A garota que me olha de volta foi sacudida por um rio caudaloso e seus cabelos cor de tangerina secaram em ondas desordenadas em torno do rosto. Ela está começando a ficar bronzeada, embora os sangues-de-anjo não se bronzeiem com facilidade. E no dia seguinte estará na encosta de alguma montanha, colhendo mirtilos com um verdadeiro caubói de rodeio.

— O que você está fazendo? — pergunto à garota no espelho.

Ela não me responde. Olha para mim com olhos brilhantes, como se soubesse algo que desconheço.

Não estou totalmente desconectada do mundo. Ângela me envia e-mails de vez em quando e me conta, em seu código próprio, que está descobrindo coisas incríveis sobre os anjos. Ela escreve coisas como: *Está escuro lá fora. Estou acendendo a luz*, o que, suponho, significa que ela está obtendo um monte de boas informações sobre os Asas-Negras. Quando ela escreve *Está tão quente que tenho de trocar de roupa o tempo todo*, entendo que anda treinando a mudança de formato das asas. Ela não diz muita coisa mais. Nada sobre o misterioso namorado italiano, mas parece feliz. Como se, sugestivamente, estivesse se divertindo muito.

Também tenho notícias de Wendy sempre que ela consegue se aproximar de um telefone público. Parece cansada, mas satisfeita. Passa o dia entre cavalos, aprendendo com os melhores mestres. Não menciona Tucker, nem o tempo que tenho passado com ele nos últimos dias, mas desconfio que sabe de tudo.

Recebo uma mensagem de Christian e percebo que já faz algum tempo que não penso nele. Ando muito ocupada andando por aí com Tucker. Nem tenho tido a visão ultimamente. Nesta semana, quase me esqueci de que sou uma sangue-de-anjo e me permiti ser uma garota comum em um verão perfeitamente normal. O que é bom. E me faz sentir culpada, pois tenho que me concentrar em meu propósito.

Eis o texto dele:

Você já esteve em um lugar que deveria adorar, mas só consegue pensar em sua casa?

Misterioso. Como sempre, no que se refere a Christian, não sei como responder.

Ouço um veículo subindo a alameda e, depois, o som da porta da garagem. Mamãe chegou. Faço uma rápida inspeção na casa, para me assegurar de que as coisas estão em ordem; pratos lavados, roupa lavada e dobrada, Jeffrey jiboiando no quarto dele. Tudo bem na habitação dos Gardners. Quando ela entra em casa, arrastando sua mala enorme, estou sentada à bancada da cozinha, com dois grandes copos de chá gelado.

— Bem-vinda ao lar — digo alegremente.

Ela pousa a mala no chão e estende os braços. Pulo do tamborete e caio em seus braços. Ela me abraça com força, fazendo com que eu me sinta novamente criança. Segura. Decente. Como se nada fosse normal na ausência dela.

Ela se afasta e me olha de cima a baixo.

— Você parece mais velha — diz ela. — Dezessete anos ficam bem em você.

— Eu me sinto mais velha. E mais forte ultimamente, seja lá por que for.

— Eu sei por quê. Você deve estar se sentindo cada vez mais forte porque está se aproximando do seu propósito. Seu poder está crescendo.

Faz-se um silêncio desconfortável. Quais serão meus poderes, exatamente?

— Consegui voar — digo de repente.

Já faz duas semanas que vou ao Ponto de Inspiração. Levei centenas de tombos e me arranhei toda, mas finalmente peguei o jeito da coisa. Acho que é uma coisa que ela deve saber. Levanto a perna da calça para lhe mostrar uma esfoladura na canela causada por um pinheiro, quando voei muito perto das copas das árvores.

— Clara! — exclama ela, tentando parecer feliz.

Mas sei que ela está desapontada por não ter estado presente, como se eu fosse um bebê que deu os primeiros passos sem que ela visse.

— É mais fácil para mim quando você não está olhando — explico. — Menos pressão, eu acho.

— Bem, eu sabia que você conseguiria.

— Eu realmente amei o vestido que você me deu — digo, em uma tentativa de mudar de assunto. — Talvez a gente possa jantar fora hoje e eu vou com ele.

— Parece uma boa ideia.

Ela me solta, pega a mala e a arrasta pelo corredor, em direção a seu quarto. Eu a sigo.

— Como foi o trabalho? — pergunto, enquanto ela coloca a mala sobre a cama, abre a primeira gaveta da cômoda e, cuidadosamente, começa a arrumar suas meias e sua roupa de baixo. As calcinhas são dobradas e arrumadas por ordem de cor em fileiras impecáveis. O perfeccionismo dela me faz abanar a cabeça. Às vezes parece impossível que sejamos parentes. — Conseguiu resolver tudo?

— Sim. Pelo menos as coisas estão melhores. Eu realmente precisava ir lá. — Ela passa para a gaveta seguinte. — Mas lamento muito ter perdido o seu aniversário.

— Tudo bem.

— O que você fez?

Por alguma razão, não quero lhe falar sobre Tucker, sobre a Árvore dos Pulos e sobre o tempo que tenho passado com ele ao longo de toda a semana, caminhando, colhendo mirtilos, praticando *rafting* e falando coreano na frente dele. Talvez eu esteja com medo de que ela chame Tucker do que no fundo sei que ele é: uma distração. Ela pedirá que eu volte a me dedicar à missão de salvar Christian. E eu terei de dizer a ela que, embora eu esteja me sentindo mais forte e tenha conseguido voar, ainda não consigo tirar do chão o saco de viagem. E ela me olhará com aquela expressão dela e fará aquele discurso sobre leveza e força, e sobre quantas coisas eu serei capaz de fazer se pelo menos me concentrar nelas. Eu não quero chegar a esse ponto. Pelo menos não ainda. Mas tenho que dar alguma coisa a ela.

— Wendy me emprestou o irmão dela e um par de botas de caminhar. E ele me levou a um lugar onde todos os garotos mergulham no rio Hoback — digo, de um só fôlego.

Mamãe me olha com desconfiança.

— Wendy lhe *emprestou* o irmão dela?

— Tucker. Você já se encontrou com ele quando nosso carro saiu da estrada, lembra?

— O garoto que trouxe você de volta do baile — diz ela pensativamente.

— É, é ele. E obrigada por me lembrar *disso*.

Por um minuto, nenhuma de nós fala nada.

— Eu trouxe uma coisa para você — diz ela finalmente. — Um presente.

Ela abre um compartimento de sua mala e puxa algo feito de tecido violeta. É um casaco, um deslumbrante casaco de veludo. Tem a cor exata da violeta africana que mamãe mantém na janela da cozinha. Vai disfarçar a cor laranja dos meus cabelos e realçar o azul dos meus olhos. É perfeito.

— Eu sei que você já tem sua parca — comenta mamãe —, mas achei que poderia precisar de uma coisa mais leve. Além disso, casacos nunca são demais no Wyoming.

— Obrigada. Adorei.

Estendo a mão para pegar o casaco. Mas no momento em que meus dedos tocam o tecido macio e aveludado, sou transportada para a visão. Estou caminhando no meio do bosque.

Tropeço e caio, arranhando a palma da mão direita. Não tenho tido a visão há semanas, desde o baile da escola, quando me vi voando com Christian nos braços, afastando-me do fogo. O cenário já não me parece tão familiar. Mas Christian ainda está lá, esperando por mim. Quando o vejo, chamo seu nome; ele se vira e corro em sua direção. Estava com saudades dele, percebo, embora não saiba se agora ou no futuro. Ele me faz sentir completa, com seu jeito de me olhar como se precisasse de mim. De mim e de mais ninguém.

Seguro a mão dele. A tristeza está lá também, misturada com algo mais: júbilo, medo, determinação e até uma boa dose de luxúria. Sinto tudo isso, mas eclipsando qualquer outra emoção está a tristeza, a sensação de que perdi a coisa mais importante do mundo, mesmo que pareça estar triunfando. Abaixo a cabeça e olho para nossas mãos. As de Christian são finamente modeladas, como as mãos de um cirurgião. Suas unhas estão meticulosamente cortadas. A pele é macia, quase quente. Seu polegar afaga os nós dos meus dedos, fazendo meu corpo se arrepiar. Então me dou conta.

Estou usando o casaco violeta.

Recupero os sentidos e vejo mamãe sentada na cama, ao meu lado, com o braço em torno dos meus ombros. Ela sorri compreensivamente, mas seus olhos estão preocupados.

— Desculpe.

— Não seja boba — replica ela. — Eu sei como é isso.

Às vezes esqueço que mamãe já teve seu propósito. Talvez tenha sido há cem anos, se ela tinha a minha idade, então. Isto a situaria (num instante, faço as contas de cabeça) em um período compreendido entre 1907 e 1914, aproximadamente. O que significa damas de longos vestidos brancos e espartilhos, homens com cartolas e grandes bigodes eriçados, e carruagens puxadas a cavalos. Leo DiCaprio prestes a receber seu bilhete para o *Titanic.* Tento imaginar minha mãe nessa época, atormentada pela força de sua visão e tentando entender o que deveria fazer.

— Tudo bem com você? — pergunta ela.

— Eu vou usar esse casaco — digo em voz trêmula.

O casaco está caído no chão, perto da cama. Deve ter escorregado das minhas mãos quando fui dominada pela visão.

— Que bom — diz mamãe. — Eu acho mesmo que ele vai ficar bem em você.

— Não. Na visão. Estou *usando* esse casaco.

Seus olhos se dilatam ligeiramente.

— Está acontecendo. — Calmamente, ela pega uma mecha do meu cabelo e a prende atrás da minha orelha. — Tudo está se alinhando para você. Vai acontecer este ano, na temporada de incêndios. Tenho certeza.

Faltam algumas semanas. Só faltam algumas semanas.

— E se eu não estiver pronta?

Ela sorri com ar de conhecedora. Seus olhos estão flamejantes novamente, com aquela estranha luz interior. Ela levanta os braços e os estica acima da cabeça, bocejando. Parece melhor. Não tão cansada. Não tão depauperada e frustrada com tudo. É como se tivesse voltado a ser como antes, como se estivesse pronta a pular da cama e iniciar meu treinamento de novo, como se estivesse entusiasmada com meu propósito e determinada a me ajudar.

— Você estará pronta — diz ela.

— Como você sabe?

— Simplesmente sei — responde ela com firmeza.

Na manhã seguinte, esgueiro-me pela escada em silêncio e rapidamente preparo uma tigela de granola para mim. Como a granola em pé no meio da cozinha e fico aguardando o som da caminhonete de Tucker chocalhando na alameda. Mamãe me dá um susto, aparecendo na cozinha quando estou me servindo de suco de laranja.

— Acordou cedo.

Ela examina minha nova versão silvestre, com botas de caminhar, shorts impermeáveis, camisa polo e a mochila pendurada em um ombro. Tenho certeza de que pareço estar saindo de um anúncio de artigos esportivos. — Aonde você vai?

— Pescar — digo, engolindo o suco apressadamente.

Ela ergue as sobrancelhas. Nunca pesquei em minha vida. O mais perto que cheguei disso foi quando marinei filés de salmão para o jantar.

— Com quem?

— Com um garoto da escola — respondo, estremecendo por dentro.

Não chega a ser uma mentira, digo a mim mesma. Tucker é um garoto da escola.

Ela inclina a cabeça para o lado.

— Que cheiro é esse? — pergunta, franzindo o nariz.

— Repelente de insetos. — Os mosquitos nunca me incomodam, mas aparentemente comeriam Tucker vivo se ele se esquecesse de usar repelente de insetos. Então uso o spray também, por solidariedade. — Todos os garotos usam — explico a mamãe. — Eles dizem que o mosquito é o pássaro-símbolo do Wyoming.

— Você está mesmo se enturmando.

— Bem, eu tinha amigos antes — digo, um tanto incisivamente.

— Claro que sim. Mas estou achando que tem alguma coisa nova. Algo está diferente.

— Corta essa.

Ela ri.

— Corta essa?

Fico vermelha.

— Tudo bem, estou falando que nem os garotos da escola — digo. — A gente ouve tanto que acaba assimilando. Com Jeffrey é a mesma coisa. Mas o pessoal daqui diz que eu falo rápido demais para ser do Wyoming.

— Isso é bom — diz ela. — Se enturmar.

— É melhor que ser muito diferente — replico nervosamente.

Acabei de avistar a caminhonete azul enferrujada serpenteando em meio ao arvoredo.

— Tenho que ir, mãe.

Dou um rápido abraço nela. Logo estou fora de casa. Desço a alameda e pulo na caminhonete de Tucker, que ainda está se movendo. Ele dá um grito de surpresa e pisa no freio.

— Vamos.

Sorrio para ele com ar inocente. Ele aperta os olhos.

— O que está havendo com você?

— Nada.

Ele franze a testa. Sempre sabe quando estou mentindo. O que é preocupante quando há tantas coisas que tenho de esconder dele. Suspiro.

— Minha mãe voltou — confesso.

— E você não quer que ela veja você comigo? — pergunta ele, ofendido. Olho por cima do ombro e vejo claramente o rosto de mamãe na janela da sala. Aceno para ela e olho de novo para Tucker.

— Não, seu bobo. Estou empolgada com a ideia de aprender a pescar, é só isso.

Ele ainda não acredita em mim, mas deixa passar. Pondo a mão na aba do chapéu, cumprimenta mamãe através do espelho retrovisor. A cabeça dela desaparece da janela. Eu relaxo. Não é que eu não queira que mamãe me veja com Tucker. Eu só não quero dar a ela a chance de interrogá-lo. Ou de me perguntar sobre o que estou fazendo com ele. Porque eu mesma não faço a menor ideia do que estou fazendo com Tucker Avery.

— Pescar com mosca artificial é fácil — explica Tucker duas horas mais tarde, depois de já ter me ensinado os fundamentos da pescaria na relativa segurança da grama à beira do Rio Snake. — Basta você pensar como um peixe.

— Claro. Pensar como um peixe.

— Pare de caçoar. Olhe para o rio. O que você vê?

— Água. Pedras, galhos e lama.

— Olhe com mais atenção. O rio forma um mundo próprio de águas rápidas e lentas, de partes fundas e rasas, de lugares claros e escuros. Se você olhar para ele assim, como o cenário em que os peixes vivem, vai ser mais fácil pegar um deles.

— Bonitas palavras. Você é um caubói-poeta?

Ele fica ruborizado, o que acho extremamente atraente.

— Fique observando — murmura ele.

Olho para o rio. Realmente parece um cantinho do paraíso. Réstias douradas de sol cortando o ar, profundos bolsões de sombra ao longo da margem. Choupos e álamos farfalhando ao vento. E, acima de tudo, o rio faiscante. É uma coisa viva, impetuosa e borbulhante, cujas profundezas esverdeadas estão cheias de mistérios. E, presumivelmente, de magníficos e saborosos peixes.

— Vamos fazer a coisa — digo, levantando a vara de pesca. — Juro que estou pensando como um peixe.

Ele dá uma fungada e revira os olhos.

— Tudo bem, *peixe*. — Ele aponta para o rio. — Você pode ficar naquele banco de areia ali.

— Deixe ver se eu entendi bem. Você quer que eu fique no meio do rio?

— É — diz ele. — É um pouco frio, mas acho que você pode aguentar. Eu não tenho botas impermeáveis do seu tamanho.

— Isso não é mais um de seus truques para depois me resgatar, é? — Inclino a cabeça e olho para ele apertando os olhos. — Porque não pense que eu me esqueci da Árvore dos Pulos.

— Não — diz ele com um sorriso.

— Tudo bem.

Dou um passo para dentro do rio, cuja frialdade me tira o fôlego. Dou outro passo e mais outro, até ficar com água pela altura dos joelhos. Paro à beira do estreito banco de areia que Tucker me indicou, tentando me firmar nas pedras lisas sob meus pés. A água fria empurra com força minhas pernas nuas. Endireito os ombros e ajusto as mãos no caniço, como ele me ensinou. Posiciono a linha e fico esperando. Tucker se aproxima de mim e começa a amarrar a mosca artificial.

— Essa é uma das minhas favoritas — informa ele. Suas mãos se movem rápida e graciosamente enquanto ele fixa a mosca, um anzol concebido para se parecer com um inseto na água. — Efemérida do Amanhecer.

— Bonito — digo, embora não faça ideia do que ele está falando. Para mim, parece uma espécie de mariposa. Para um peixe, ao que tudo indica, é como se fosse uma costeleta saborosa.

— Tudo pronto. — Ele solta a linha. — Agora tente fazer o que nós praticamos na grama. Incline a vara para trás, na posição duas horas. Depois arremesse o anzol para a frente, parando a vara na posição dez horas. Puxe um pouco a linha. Relaxe na posição nove horas.

— Duas horas, dez horas — repito.

Inclino então a vara para trás, no que espero ser a posição duas horas, e arremesso sua ponta para a frente.

— Suavemente — instrui Tucker. — Tente jogar o anzol perto daquele tronco ali, para que o peixe pense que a isca é um inseto suculento.

— Certo, pense como um peixe — digo, dando um risinho embaraçado.

Duas e dez, duas e dez, duas e dez, repito, arremessando o anzol sem parar. Acho que estou pegando o jeito, mas dez minutos depois, nenhum peixe sequer olhou para minha Efemérida do Amanhecer.

— Acho que não estou conseguindo enganar os peixes.

— Sua linha está esticada demais, a isca está se arrastando. Tente não arremessar como se fosse um limpador de para-brisa. Você tem que fazer uma pausa antes de arremessar. Você está se esquecendo da pausa.

— Desculpe.

Posso sentir seu olhar sobre mim e, francamente, isto está arruinando minha concentração.

Sou uma péssima pescadora. Não porque esteja me refreando. Simplesmente, sou péssima.

— É divertido — digo. — Obrigada por me trazer.

— É, acho que é meu passatempo favorito. Já peguei tudo o que é tipo de peixe nesse rio: truta da fonte, truta arco-íris, truta pintada e truta marrom. As trutas pintadas são nativas, mas estão desaparecendo. As arco-íris, que foram introduzidas depois, estão acabando com elas.

— Você joga as trutas de novo no rio? — pergunto.

— Quase sempre. Assim elas se transformam em peixes maiores e mais espertos. Melhores de se pescar na próxima vez. Eu sempre solto as pintadas. Mas, quando pesco as arco-íris, sempre levo para casa. Mamãe faz um jantar de trutas fora de série: ela as frita na manteiga com sal, pimenta-do-reino e um pouco de *chili*. Elas quase derretem na boca.

— Parece uma coisa divina.

— Bem, talvez você pegue uma hoje.

— Talvez.

— Amanhã eu estou de folga — diz ele. — Você quer se encontrar comigo antes da alvorada? Poderemos fazer uma caminhada até o melhor lugar do Teton para se ver o sol nascer. É um dia especial para mim.

— Claro. — Tenho de admitir que, no quesito distrações, Tucker é imbatível. Ele fica me propondo coisas para fazer e eu fico dizendo que sim. — Nem consigo acreditar que o verão está passando tão depressa. Eu pensava que iria demorar uma eternidade. Olhe, acho que vi um peixe!

— Segure firme — suspira Tucker. — Você está abanando a vara.

Ele se aproxima de mim no exato momento em que tiro a linha da água com um violento puxão. O anzol aterrissa em seu chapéu de caubói e se prende nele. Puxo a linha novamente e o arranco de sua cabeça. Praguejando baixinho, Tucker pula para pegá-lo, mas erra o bote.

— Epa! Mil desculpas.

Puxo a linha e consigo desprender o chapéu do anzol. Depois o estendo para ele, fazendo força para não rir. Ele me olha com uma carranca fingida e o arranca das minhas mãos. Ambos caímos na gargalhada.

— Acho que tive sorte por ter sido meu chapéu, não minha orelha — diz ele. — Fique parada um minuto, está bem?

Ele anda até onde estou, chapinhando na água com suas botas de pesca, e se posta atrás de mim. Está tão perto que posso cheirá-lo: protetor solar, biscoito de chocolate (por alguma misteriosa razão), repelente, água de rio e colônia de almíscar. Dou um sorriso, subitamente nervosa. Ele estende a mão e segura uma mecha do meu cabelo.

— Seu cabelo não é realmente vermelho, é? — pergunta ele.

Minha respiração se congela nos pulmões.

— Como assim? — digo, voltando-me para ele.

Aprendi com mamãe: na dúvida, responda a uma pergunta com outra pergunta.

Ele abana a cabeça.

— Suas sobrancelhas. A cor delas é, vamos dizer, dourado escuro.

— Você agora está olhando para minhas sobrancelhas?

— Estou olhando para você. Por que você está sempre tentando esconder como é bonita?

Ele parece estar olhando dentro de mim, como se estivesse vendo quem eu realmente sou. Neste momento, sinto vontade de lhe contar a verdade. Loucura, eu sei. Bobagem. Um erro. Tento dar um passo atrás, mas escorrego e quase caio de cara no rio; ele, porém, me segura.

— Opa — exclama ele, enlaçando minha cintura com ambas as mãos para me firmar.

Ele me puxa para mais perto dele, de modo a resistirmos à correnteza. Enquanto as águas se quebram sobre nós, gélidas e incansáveis, permanecemos parados por intermináveis segundos, tentando recuperar o equilíbrio.

— Suas pernas ainda estão embaixo de você? — pergunta ele, com a boca próxima à minha orelha.

Meu braço fica todo arrepiado. Viro-me ligeiramente e olho sua covinha bem de perto. Uma veia pulsa com força no pescoço dele. Sinto seu corpo quente em minhas costas. Sua mão se fecha sobre a minha, na vara de pescar.

— É — arquejo. — Tudo bem.

O que estou fazendo aqui?, penso estonteada. Isso já é mais que uma distração. Não sei o que é isso. Eu deveria...

Não sei o que fazer. Meu cérebro me abandonou de repente.

Ele pigarreia.

— Cuidado com o chapéu, dessa vez.

Levantamos a vara juntos e a inclinamos para trás. Depois a arremessamos para a frente. O braço de Tucker guia o meu.

— Como um martelo — diz ele. — Devagar para trás, uma pausa e então... — Ele arremessa a vara para a frente, fazendo a linha girar sobre nossas cabeças e se desenrolar suavemente sobre a água. — Um rápido movimento para a frente, como um arremesso de beisebol.

A efeméride pousa delicadamente sobre a superfície e hesita um momento, até ser levada pela correnteza. Agora parece de fato um inseto. Maravilhada, observo sua dança sobre as águas. Mas logo a linha começa a puxá-la de forma anormal. É hora de fazer um novo arremesso.

Tentamos mais algumas vezes, para trás e para a frente, com Tucker ditando o ritmo. É fascinante. *Devagar para trás, pausa, para a frente*, várias vezes. Encosto-me em Tucker quase totalmente, relaxando, enquanto arremessamos a linha e esperamos que algum peixe morda a isca.

— Pronta para tentar de novo? — pergunta ele.

Sinto-me tentada a dizer que não, mas não posso pensar numa boa razão. Faço que sim com a cabeça. Ele larga minha mão e se afasta de mim, encaminhando-se para a margem, onde pega sua própria vara.

— Você me acha bonita? — pergunto.

— Temos que parar de falar — diz ele, um tanto bruscamente. — Estamos assustando os peixes.

— Tudo bem, tudo bem.

Mordo os lábios, mas depois sorrio.

Pescamos por algum tempo em silêncio. O único barulho que se ouve é o borbulhar do rio e o farfalhar das árvores. Tucker fisga e solta três peixes. Reserva um momento para me mostrar a truta-pintada, com suas manchas vermelhas sob as guelras. Eu, por minha vez, não consigo nem uma mordiscada. Saio da água fria. Sento-me à beira do rio e massageio as pernas para lhes devolver um pouco de circulação. Tenho que enfrentar a dura verdade: sou uma droga de pescadora.

Sei que pode parecer estranho, mas isto é uma coisa boa. Gosto de não ser ótima em tudo, para variar. Gosto de ver Tucker pescar, o modo como seus olhos perscrutam as sombras e corredeiras, o modo como ele arremessa a linha sobre a água em ângulos graciosos e perfeitos. É como se estivesse conversando com o rio. Transmite uma sensação de paz.

E Tucker me acha bonita.

À tarde, arrasto o velho saco de viagem até o quintal e faço mais uma tentativa. De volta à realidade, lembro a mim mesma. De volta ao dever. Mamãe está no escritório, diante do computador, bebendo uma xícara de chá, como sempre faz quando está tentando aliviar o estresse. Só está em casa há um dia e já parece cansada novamente.

Estico meus braços e asas. Fecho os olhos. *Leve*, instruo a mim mesma. *Seja leve. Seja parte da noite, das árvores, do vento.* Tento imaginar o rosto de Christian, mas percebo que já não o vejo com muita clareza. Tento evocar seus olhos, o lampejo verde e dourado, mas também não consigo.

Em vez disso, obtenho imagens de Tucker. Sua boca manchada de vermelho dos mirtilos que comeu, enquanto enchemos potes vazios de sorvete com as frutinhas, acocorados na encosta da montanha. Sua risada rouca. Suas mãos em minha cintura no rio, firmando-me, apertando-me. Seus olhos tão cálidos e azuis me fisgando.

— Droga — murmuro.

Abro os olhos. Estou tão leve que as pontas dos dedos dos pés são as únicas coisas que mantenho encostadas no chão. Estou flutuando.

Não, penso. Isso não está certo. Christian é quem deve fazer com que eu me sinta assim. Estou aqui por causa de Christian Prescott. Droga! O pensamento aumenta meu peso e caio de novo na terra.

Mas não consigo tirar Tucker da cabeça. Fico repassando sem parar os momentos em que estivemos juntos.

"O que você vê num cara como Christian Prescott?", ele me perguntou na noite do baile, quando me levou em casa. O que estava dizendo na verdade, o que deveria ser claro e evidente para mim se eu não fosse tão cega, era: por que você não está me vendo?

Conheço essa sensação.

Concentre-se, digo a mim mesma. *Voe agora.*

Aperto a sacola com mais força. Levanto as asas e as estendo em direção ao céu. Uso todos os músculos, toda a força que adquiri ao longo de meses de treinamento. Meu corpo se ergue alguns palmos. Continuo segurando o saco de viagem.

Subo mais alto, quase até o alto das árvores. Mal consigo divisar a lua. Movo-me em direção a ela, mas o saco de viagem me desequilibra e aderno para um lado. Bato as asas desesperadamente e largo o saco. Tenho a impressão de que meus braços vão ser arrancados das articulações. Então começo a cair e, praguejando o tempo todo, acabo desabando sobre um pinheiro na orla de nosso quintal.

Jeffrey está de pé em frente à pia da cozinha, quando entro me arrastando pela porta dos fundos, arranhada, machucada e à beira das lágrimas.

— Bonito — diz ele, com um sorriso maroto.

— Cale a boca.

Ele ri.

— Eu também não consigo fazer isso.

— Fazer o quê?

— Não consigo carregar coisas quando voo. Perco o equilíbrio.

Não sei se devo me sentir melhor porque Jeffrey também não consegue fazer isso ou me sentir pior porque, evidentemente, ele estava me observando.

— Você já tentou? — pergunto.

— Várias vezes.

Ele estende a mão e retira uma pinha dos meus cabelos. Seu olhar é afável e solidário. De todas as pessoas que conheço, Jeffrey é a única que realmente pode entender o que estou passando. Ele também está passando por isso. Ou pelo menos vai passar, quando receber seu propósito.

— Você...

Eu hesito. Olho para a porta do escritório de mamãe, no corredor. Ele olha por cima do ombro e volta a olhar para mim, curioso.

— O quê?

— Vamos tentar juntos?

Ele olha para mim por alguns momentos.

— Claro — diz finalmente. — Vamos fazer isso.

Está tão escuro no quintal que não consigo ver muita coisa além do gramado.

— Isso seria muito mais fácil durante o dia — digo. — Estou começando a detestar esse negócio de praticar à noite.

— E por que não pratica durante o dia?

— Hum... As pessoas poderiam me ver.

— E daí? — diz ele.

— O que você quer dizer com isso?

— As pessoas não vão ver você. Elas não vivem olhando para cima.

— O quê? Isso é loucura — digo, abanando a cabeça.

— É verdade. Se alguém avistar você, vai pensar que é um pássaro grande, uma coisa assim. Um pelicano.

— De jeito nenhum.

Mas imediatamente me recordo de que, quando voei sobre o Lago Jenny, meu reflexo era uma mancha branca; eu parecia um pássaro.

— Não tem problema. Mamãe faz isso o tempo todo.

— Faz?

— Ela voa quase todas as manhãs. Quando o sol está se levantando.

— Como você viu isso?

Ele dá de ombros.

— Eu me levanto cedo.

— Não acredito que eu não sabia disso!

— Assim a gente pode voar durante o dia. Problema resolvido. Mas vamos logo com isso, certo? Eu tenho outras coisas para fazer.

— É *claro* que você tem. Tudo bem, então. Olhe isso. *Mostrem-se!* — grito eu.

As asas dele se abrem.

— O que foi isso? — balbucia ele.

— Um truque que aprendi com Ângela.

Suas asas são de um cinza-claro, muitas gradações mais escuras que as minhas. Nada que preocupe, provavelmente. Mamãe diz que as asas de todos nós apresentam diversos tons de cinza. E as dele não são tão escuras, só parecem... sujas.

— Bem, me avise na próxima vez, está bem?

Jeffrey dobra as asas ligeiramente, encolhe-as e vira as costas para mim. Depois, caminha até a beira do gramado, onde deixei o saco de viagem. Ele o levanta facilmente e volta correndo para perto de mim. Os músculos que ganhou na luta livre lhe dão uma grande vantagem.

— Tudo bem, vamos fazer isso. — Ele me estende o saco de viagem e eu seguro uma das alças. — Vou contar até três.

Subitamente, imagino nós dois batendo as cabeças ao decolarmos. Dou um passo para trás, colocando o maior espaço possível entre mim e ele sem largar o saco de viagem. Com ele sustentando metade do peso, até que o esforço não é tão grande.

— Um — diz ele.

— Espere, nós vamos em que direção?

— Aquela.

Ele inclina a cabeça em direção à extremidade norte de nossa propriedade, onde as árvores são mais finas.

— Boa ideia.

— Dois.

— Qual vai ser a altura?

— A gente vê isso depois — responde ele, em tom exasperado.

— Sua voz está começando a soar como a de papai. Acho que não gosto disso.

— Três! — exclama ele.

Ele dobra então os joelhos, flexiona as asas e se impulsiona para cima, enquanto tento fazer a mesma coisa da melhor forma que posso.

Não há lugar para hesitações. Vamos subindo, subindo e subindo. Harmonizamos as batidas de nossas asas e mantemos o saco de viagem entre nós, um tanto tremulamente, mas conseguimos sustentá-lo. Em cerca de dez segundos, estamos acima das copas das árvores. Começamos a nos mover para o norte. Olho para Jeffrey, que me lança um sorriso presunçoso e satisfeito, como se soubesse o tempo todo que seria fácil. A facilidade é tanta que me deixa chocada. Poderíamos ter subido duas vezes mais alto. Minha mente dá voltas com o significado disso. Se eu não conseguir levantar Christian sozinha, deverei procurar ajuda? Ou é contra as regras?

— Jeffrey, talvez seja isso.

— Isso o quê? — pergunta ele, um tanto distraído, tentando erguer um pouco o saco de viagem para obter melhor empunhadura.

— Seu propósito. Talvez a gente tenha que fazer isso juntos.

Ele solta o saco, que instantaneamente me puxa para baixo. Eu o deixo cair também. Nós o observamos se chocar contra as moitas do bosque.

— Esse não é o meu propósito — diz ele, em voz neutra.

Seus olhos cinzentos ficam frios e distantes.

— Qual é o problema?

— Nada. Nem tudo gira em torno de *você*, Clara.

Wendy me disse a mesma coisa. É como um soco no estômago.

— Desculpe — murmuro. — Acho que fiquei empolgada com a ideia de conseguir ajuda. Estou achando muito difícil fazer isso sozinha.

— Temos que fazer isso sozinhos. — Ele faz uma curva no ar e retorna para o quintal. — As coisas são assim.

Fico olhando para ele por um longo tempo. Depois, desço para pegar o saco de viagem. Um dos galões de água rachou e a água está se derramando lentamente sobre a terra seca.

16

REPELENTE DE URSOS

Na manhã seguinte, meu celular toca de madrugada. Solto um gemido sob as cobertas e tateio a mesinha de cabeceira. Encontro o telefone e respondo bruscamente:

— Quem é?

— Que bom. Você já acordou.

Tucker.

— Que horas são?

— Cinco.

— Vou matar você.

— Estou indo para aí — diz ele. — Chego em meia hora. Achei que você gostaria que eu telefonasse antes para ter tempo de pentear o cabelo e se maquiar.

— Você acha que vou usar maquiagem para caminhar com você?

— Está vendo? É isso o que eu gosto em você, Cenoura. Você não tem frescura.

Desligo na cara dele. Jogo as cobertas para o lado e passo um minuto olhando para o teto. No lado de fora, está totalmente escuro. Eu estava sonhando com ele, percebo, embora não consiga me lembrar dos detalhes. Alguma coisa sobre a grande estrebaria vermelha do rancho Lazy Dog. Dou um bocejo. Obrigo-me a sair da cama e me vestir.

Não tomo banho, pois o barulho acordaria mamãe. Jogo água fria no rosto e passo um pouco de creme hidratante. Não preciso de maquiagem. Minha pele adquiriu um brilho natural nos últimos dias, outro indício de que as coisas estão começando a mudar, a se intensificar, como mamãe disse que aconteceria. Aplico rímel e um pouco de gloss. Depois, volto a atenção para as ondas revoltas de cabelos que me caem pelas costas. Há uma bolota de seiva grudada numa mecha, lembrança do treinamento de voo da noite passada. Passo os quinze minutos seguintes tentando me livrar dela. Quando finalmente consigo removê-la, juntamente com um bocado de fios de cabelo, ouço o som de pneus sobre o cascalho da alameda.

Desço as escadas em silêncio. Jeffrey tem razão. Mamãe não está em seu quarto. Deixo um bilhete na bancada da cozinha: *Mamãe, vou ver o sol nascer com uns amigos. Volto mais tarde. Estou com o celular. C.* Dirijo-me então à porta.

Desta vez, estou nervosa. Tucker, por sua vez, age como se nada tivesse mudado. Está tão completamente normal que me pergunto se a energia que rolou entre nós ontem foi fruto da minha imaginação. Mas acabo relaxando e me entregando a nossas brincadeiras de costume. O sorriso dele é contagiante. Sua covinha permanece visível durante todo o percurso. Ele dirige tão depressa que tenho de me segurar na alça da porta ao fazermos as curvas. Para evitar a entrada principal do Grand Teton, ele toma um atalho secreto. Logo estamos voando pela estrada vazia.

— Então, que dia é hoje? — pergunto.

— Hein?

— Você disse que era um dia especial.

— Ah, eu já vou chegar lá.

Dirigimos até o Lago Jackson. Ele estaciona e pula da caminhonete. Espero ele dar a volta e abrir a minha porta. Já estou me acostumando com seus modos cavalheirescos e até começando a gostar deles.

Ele consulta o relógio.

— Temos que caminhar rápido — diz ele. — O sol vai se levantar daqui a vinte e seis minutos.

Abaixo-me e aperto os cadarços das botas. Então partimos. Ele sai do estacionamento, entra no bosque e eu o acompanho.

— Então, quais os cursos que você vai fazer no ano que vem? — pergunta ele, olhando por sobre o ombro enquanto subimos uma colina à beira do lago.

— As coisas de sempre — respondo. — Cálculo avançado, inglês, sistema político, francês, física, essas coisas.

— Física, hein?

— Bem, meu pai *é* professor de física.

— Sem brincadeira? Onde?

— Na Universidade de Nova York.

Ele assovia.

— É um bocado longe daqui. Quando vocês se separaram?

— Por que você de repente ficou tão tagarela? — pergunto um tanto incisivamente.

Alguma coisa na ideia de lhe contar minha história pessoal me deixa desconfortável. Sinto que, se começar, não vou conseguir parar. Vou entregar tudo: mamãe é meio anjo, eu sou um quarto de anjo, minha visão, meus poderes, meu propósito, Christian... e depois o quê? Ele vai me falar sobre o circuito de rodeios?

Ele para e se vira para me olhar. Seus olhos dançam com uma expressão travessa.

— Temos que conversar por causa dos ursos — diz ele em voz baixa, exagerando na representação.

— Ursos?

— Temos que fazer barulho. Não vamos querer surpreender um urso-cinzento.

— Não, acho que não vamos querer isso.

Ele começa a subir a trilha novamente.

— Então me conte o que aconteceu com o seu avô, quando sua família perdeu o rancho — digo rapidamente, antes que ele tenha chance de mencionar minha família. Ele não diminui o ritmo das passadas, mas quase posso senti-lo ficar tenso. Nossas posições foram invertidas. — Wendy me disse que é por isso que você odeia os californianos. O que aconteceu?

— Eu não odeio os californianos. Isso é óbvio.

— Ufa, que alívio.

— É uma longa história — diz ele —, e já estamos quase chegando.

— OK. Desculpe. Eu não quis...

— Tudo bem, Cenoura. Qualquer dia eu lhe conto. Mas não agora.

Ele começa a assoviar e nós paramos de conversar. O que parece ser conveniente para nós dois, com ou sem ursos.

Após alguns minutos de penosa subida, chegamos a uma clareira no topo de uma pequena elevação. Um cinza mesclado com amarelo-claro banha o céu. Novelos de nuvens rosadas pairam no lugar onde as montanhas Tetons, em sua majestade violácea, avultam como monarcas na fímbria do horizonte. Abaixo delas está o Lago Jackson, cuja limpidez dá a impressão de que existem dois conjuntos de montanhas e céu perfeitamente replicados.

Tucker verifica o relógio.

— Sessenta segundos. Chegamos bem a tempo.

Não consigo tirar os olhos das montanhas. Nunca vi nada tão formidavelmente belo. Sinto-me ligada a elas de um modo como nunca senti em nenhum outro lugar. Olhar para os picos recortados contra o céu me inunda com uma sensação de paz, como as águas do lago inundam suas margens. Ângela tem uma teoria segundo a qual as montanhas atraem os anjos, pois elas tornam mais tênue a separação entre o céu e a terra, assim como tornam o ar mais tênue. Eu não sei. Só sei que olhar para elas me desperta uma ânsia de voar, de ver a paisagem de cima.

— Por aqui.

Tucker faz com que eu me vire para a direção oposta, onde, no outro lado do vale, o sol aparece sobre outra cadeia de montanhas, distante e menos familiar. Estamos completamente sozinhos. O sol está nascendo só para nós. Assim que se ergue sobre os picos das montanhas, Tucker me segura gentilmente pelos ombros e me vira de novo, na direção das Tetons, onde um milhão de faíscas douradas cobrem agora a superfície do lago.

— Oh — engasgo.

— Faz a gente acreditar em Deus, não faz?

Olho para ele, espantada. Nunca o vi falar sobre Deus antes, embora Wendy tenha me contado que os Avery frequentam a igreja todos os domingos. Eu jamais diria que ele é do tipo religioso.

— Sim — concordo.

— O nome dessas montanhas significa "seios". — O canto de sua boca se ergue em seu sorriso travesso. — Grand Teton significa "grande seio".

— Legal, Tucker — digo ironicamente. — Eu sei disso. Estou no terceiro ano de francês, lembra? Acho que os exploradores franceses, realmente, já não viam uma mulher havia muito tempo.

— Acho que eles só queriam rir um pouco.

Por um longo tempo, permanecemos lado a lado, em completo silêncio, olhando a luz se alongar e dançar sobre as montanhas. Uma brisa suave começa a soprar meus cabelos em direção ao ombro de Tucker. Ele me olha. Engole em seco. Parece estar prestes a dizer algo importante. Meu coração sobe até a garganta.

— Eu acho que você... — começa ele.

Neste exato momento, ouvimos um ruído nas moitas atrás de nós e nos viramos.

Um urso acaba de subir pela trilha. Logo vejo que é um urso-cinzento. Seus ombros volumosos brilham à luz do sol nascente, quando ele se detém para nos observar. Mais atrás, dois filhotes surgem aos trambolhões por entre os arbustos.

Isso é ruim.

— Não corra — avisa Tucker.

Não há nenhuma possibilidade. Meus pés estão grudados no chão. Com o canto dos olhos, vejo que ele, lentamente, começa a tirar a mochila do ombro. A ursa abaixa a cabeça e bufa.

— Não corra — repete ele, mais alto dessa vez.

Eu o vejo remexer em alguma coisa. Talvez se preparando para bater nela com algum tipo de objeto. A ursa olha para ele fixamente e contrai os ombros, preparando-se para atacar.

— Não — murmuro em angélico, estendendo a mão espalmada, como se pudesse detê-la mediante pura força de vontade. — Não.

A ursa para e olha para meu rosto. Seus olhos castanho-claros são destituídos de qualquer sentimento ou compreensão. Puramente animais. Ela fixa os olhos na minha mão e se ergue sobre as patas traseiras, roncando.

— Nós não vamos machucar você — digo em angélico, tentando manter a voz baixa.

Não sei como minha voz irá soar para Tucker. Não sei se a ursa me entenderá. Não tenho tempo para pensar. Mas tenho que fazer uma tentativa.

A ursa emite um som que é meio rugido, meio latido. Permaneço impassível. Olho dentro de meus olhos.

— Saia deste lugar — digo com firmeza.

Sinto uma estranha força atuando dentro de mim, deixando-me um pouco tonta. Quando olho para minha mão estendida, vejo um leve brilho sob minha pele.

A ursa cai sobre as quatro patas, abaixa a cabeça e rosna para os filhotes.

— Vá embora — murmuro.

Ela vai embora. Vira-se e mergulha no matagal, seguida pelos filhotes. Desaparece tão repentinamente quanto surgiu.

Meus joelhos cedem. Os braços de Tucker me envolvem. Por alguns segundos, ele me aperta contra seu corpo, com uma das mãos por baixo de minha cintura e outra sob meu pescoço, apoiando meu rosto contra o próprio peito, onde ouço seu coração bater acelerado. Ele respira em arquejos trêmulos.

— Oh, meu Deus — suspira ele.

Ele segura alguma coisa nas mãos. Afasto-me dele para ver melhor. É um longo tubo prateado, que lembra vagamente um extintor de incêndio, embora menor e mais leve.

— Repelente de ursos — explica ele.

Seu rosto está pálido e seus olhos azuis, esbugalhados de susto.

— Ah! Então você poderia ter resolvido o problema.

— Eu estava tentando determinar a melhor direção para pulverizar esse negócio — diz ele, com um sorriso contrafeito. — Não sei se conseguiria descobrir a tempo.

— A culpa foi nossa. — Sento-me no chão pedregoso a seus pés. — Nós paramos de conversar.

— Correto.

Não sei o que ele ouviu, nem o que pensou.

— Estou com sede — digo, tentando ganhar tempo para inventar uma explicação.

Ele enfia o tubo na mochila, pega uma garrafa de água, abre a tampa, ajoelha-se ao meu lado e encosta a garrafa em meus lábios.

Sua expressão ainda está contraída de medo. Ele está tão trêmulo que derrama água no meu queixo.

— Você me avisou sobre os ursos — balbucio depois de beber alguns goles. — Nós tivemos sorte.

— É. — Ele se vira e olha em direção à trilha que a ursa tomou. Em seus olhos há uma pergunta que não posso responder. — Tivemos muita sorte mesmo.

Não falamos mais sobre o assunto. Descemos a montanha e dirigimos de volta a Jackson para tomar o café da manhã. Depois, vamos até a casa de Tucker para pegar o bote inflável e passamos a tarde no Rio Snake, pescando. Tucker fisga uma grande truta arco-íris, que decidimos comer no jantar juntamente com os peixes que pegamos no dia anterior. É somente na cozinha da casa dos Avery, enquanto me ensina a estripar os peixes, que Tucker levanta o assunto novamente.

— O que você fez hoje com a ursa? — pergunta ele.

Estou em frente à pia da cozinha, tentando fazer uma incisão benfeita na barriga de um peixe, do modo como ele me ensinou.

— Esse corte está horrível — lamento.

Ele olha para mim com a expressão séria que sempre assume sempre que tento enrolá-lo. Eu não sei o que dizer. Quais são minhas opções? Em primeiro lugar, dizer a verdade, o que vai contra a única regra absoluta que mamãe estabeleceu no tocante à minha condição de sangue-de-anjo: *não conte aos humanos — eles não vão acreditar e, mesmo que acreditem, não saberão lidar com isso.* E, em segundo, apresentar alguma desculpa esfarrapada.

— Eu cantei para a ursa — arrisco.

— Você falou com ela.

— Eu só cantarolei para ela — digo lentamente. — Só isso.

— Eu não sou burro, sabia?

— Eu sei. Tuck...

A faca escorrega. Sinto-a penetrar na parte carnuda abaixo do meu polegar, seccionando pele e músculo, e fazendo espirrar um jato de sangue. Instintivamente, fecho os dedos sobre o corte.

— Pois é, quem teve a brilhante ideia de me dar uma faca?

— O corte está feio. Aqui. — Tucker me faz abrir os dedos e pressiona o ferimento com uma toalha de prato. — Agora aperte bem — instrui ele, largando a toalha.

E ele sai às pressas da cozinha. Aperto a toalha, como ele disse, mas o sangramento já cessou. Novamente me sinto estranha, um pouco tonta, e me apoio no balcão da pia. Minha mão começa a latejar e uma onda de calor explode em meu braço, alastrando-se como fogo em um pavio, do cotovelo à ponta do dedo mindinho. Fico ofegante. Posso sentir o corte se fechando, o tecido se reconstituindo em minha mão.

Mamãe tinha razão. Meus poderes estão aumentando.

Após alguns momentos, a sensação desaparece. Largo a toalha e examino minha mão. Agora só há um corte raso, pouco mais profundo que um arranhão. E parece que o ferimento parou de se regenerar. Flexiono os dedos para trás e para a frente, sem muita firmeza.

Tucker aparece com um tubo de pomada antibiótica e ataduras suficientes para atender a um pequeno exército. Larga tudo no balcão da cozinha e se aproxima de mim. Aperto a toalha contra a palma da minha mão e encosto a mão no peito.

— Estou bem — digo rapidamente.

— Deixe eu ver — ordena ele, estendendo a mão.

— Não, está tudo ótimo. Foi só um arranhão.

— É um corte profundo. Precisa ser fechado.

Vagarosamente, pouso minha mão sobre a dele. Estou prendendo a respiração, percebo. Digo a mim mesma para relaxar. Aja normalmente, é o que mamãe sempre diz. Posso explicar isso. Tenho que explicar isso.

— Você vai ler meu futuro? — digo, soltando um riso abafado.

Ele retorce a boca.

— Eu pensei que você precisaria levar pontos, com certeza.

— Que nada. Alarme falso.

Ele se concentra em cuidar de mim. Limpa o ferimento com água, passa um pouco de pomada e o envolve com uma atadura, meticulosamente. Fico aliviada depois que o corte é coberto, pois enfim ele para de olhá-lo.

— Obrigada.

— O que está acontecendo com você, Clara?

Seu olhar guarda tanta dor e mágoa que chego a perder o fôlego.

— O que... o que você que dizer com isso? — gaguejo.

— Quero dizer — começa ele. — Não sei o que quero dizer. Eu só... você só...

E então não diz mais nada.

Faz-se o maior e mais constrangedor silêncio na história dos maiores e mais constrangedores silêncios. Olho para ele. De repente, sinto-me cansada das mentiras que tenho contado para ele. Ele é meu amigo e todos os dias eu lhe conto mentiras. Ele não merece isso. Desejo poder lhe dizer tudo — mais do que já desejei qualquer coisa na vida. Eu gostaria de me plantar à sua frente, ser eu mesma e lhe dizer tudo. Mas é contra as regras. E não são regras que possam ser quebradas impunemente. Não sei quais poderão ser as consequências se eu falar.

— Eu sou assim — digo baixinho.

Ele ri com ironia. Pega então a toalha de prato e a segura aberta: um pedaço de pano branco com uma mancha de sangue incrivelmente vermelha.

— Pelo menos agora sei que você sangra — diz ele. — Já é alguma coisa, eu acho. Você não é completamente indestrutível, é?

— Ah, é claro — respondo tão sarcasticamente quanto consigo. — Por quê? Pensou que eu fosse a Supergirl? Que só fosse vulnerável à criptonita?

— Não sei o que eu penso. — Ele consegue desviar o olhar da toalha de prato e olhar para mim novamente. — Você não é... normal, Clara. Você finge que é. Mas não é. Você falou com uma ursa-cinzenta e ela obedeceu você. Os pássaros seguem você como se fosse um desenho animado, ou você não reparou? E por algum tempo, depois que vocês foram a Idaho Falls, Wendy pensou que você estivesse fugindo de alguém ou de alguma coisa. Você é boa em tudo o que tenta. Monta um cavalo como se tivesse nascido em cima da sela, esquia perfeitamente na primeira vez que tenta e, ao que parece, fala fluentemente francês, coreano e sei lá mais o quê. Ontem eu notei que suas sobrancelhas parecem faiscar no sol. E você tem um jeito de se mover que é mais que gracioso, mais que humano até. É como se você fosse... outra coisa.

Um calafrio violento percorre meu corpo, da cabeça aos pés. Ele conseguiu juntar todas as peças. Só não sabe o que significam.

— E você acha que não pode haver uma explicação racional para isso...

— Considerando o seu irmão, a melhor explicação que encontrei foi que talvez você e sua família sejam parte de alguma experiência secreta do governo, super-humanos geneticamente alterados que podem se comunicar com os animais — sugere ele. — E estão se escondendo.

Rio ironicamente. Seria uma coisa engraçada se a verdade não fosse tão mais estranha.

— Isso é loucura, sabia?

Outro silêncio para o livro dos recordes. Então ele suspira.

— Eu sei. É loucura. Eu me sinto como...

Ele se interrompe. Parece tão infeliz que sinto uma dor no coração.

Detesto minha vida.

— Tudo bem, Tuck — digo suavemente. — Nós tivemos um dia meio louco.

Pouso a mão em seu ombro, mas ele abana a cabeça. Está prestes a dizer alguma coisa quando a porta se abre e o sr. e a sra. Avery entram na cozinha falando em voz alta, pois sabem que estão nos interrompendo. A sra. Avery avista a pilha de ataduras e o tubo de pomada.

— Epa. Alguém se machucou?

— Eu me cortei — digo rapidamente, evitando os olhos de Tucker. — Tucker estava me ensinando a limpar peixe e eu me descuidei. Mas já estou bem.

— Que bom — diz a sra. Avery.

— Esses peixes estão bonitos — diz o sr. Avery, olhando para a pia, onde eu larguei a grande truta arco-íris. — Vocês pegaram hoje?

— Foi Tucker quem pescou. Ontem. Hoje ele pegou aquela ali.

Aponto para a caixa de isopor. O sr. Avery a examina e solta um assovio de aprovação.

— Você tem certeza de que vai querer isso mesmo como jantar de aniversário? — pergunta a sra. Avery. — Eu posso fazer qualquer coisa que você queira.

— Hoje é seu aniversário! — exclamo, engasgando-me.

— Ele não lhe disse? — ri o sr. Avery. — Dezessete anos, hoje. Já é quase um homem.

— Obrigado por essa, pai — resmunga Tucker.

— De nada, filho.

— Eu poderia ter lhe dado um presente — digo em voz baixa.

— Você deu. Você me deu a vida, hoje. Adivinhem o que aconteceu — diz ele para os pais, em voz mais alta que o normal. — Hoje ficamos frente a frente com uma ursa e dois filhotes no ressalto de Colter Bay. Clara cantou para ela e ela foi embora.

O sr. e a sra. Avery olham fixamente para mim, perplexos.

— Você cantou para ela? — repete o sr. Avery.

— Ela canta muito mal — diz Tucker, e todos riem.

Acham que ele está brincando. Eu sorrio frouxamente.

— É — concordo. — Eu canto muito mal.

Depois de jantarmos os peixes que a sra. Avery fritou, comemos bolo e sorvete. Tucker ganha alguns presentes, a maior parte deles destinada a Midas, seu premiado cavalo de rodeios. Acho Midas um nome engraçado para um cavalo. O sr. Avery alardeia que Tucker e Midas podem separar e capturar qualquer rês em um rebanho.

— Quase todos os cavalos de competição são treinados por profissionais e custam bem mais de quarenta mil dólares — diz ele. — Mas Tucker criou e treinou Midas desde que ele era um potro.

— Estou impressionada.

Tucker parece inquieto. Não para de esfregar a nuca, um gesto que significa, como já aprendi, que está tremendamente embaraçado com o rumo da conversa.

— Eu gostaria de ter visto Tucker competir — digo. — Aposto que é um espetáculo.

— Você pode fazer isso este ano — informa o sr. Avery.

— Eu sei! — exclamo.

Apoiando o queixo nas mãos, eu me debruço sobre a mesa e sorrio para Tucker. Sei que ao provocá-lo estou piorando as coisas. Mas, se eu agir normalmente, talvez tudo volte a ser como antes.

— Vamos até a estrebaria para mostrar a Midas seu novo freio — propõe Tucker.

Ele me conduz até a estrebaria. No momento em que entramos, o cavalo se aproxima da porteira de sua baia, empinando as orelhas para a frente com ar de expectativa. Ele tem uma linda e reluzente pelagem marrom e vivos olhos castanhos. Tucker o acaricia sob o queixo. Então coloca nele o novo freio que ganhou de seus pais.

— Você deveria ter me dito que era seu aniversário — digo.

— Eu ia dizer. Mas de repente quase fomos comidos por uma ursa-cinzenta.

— Ah, é. E Wendy? — pergunto.

— O que tem ela?

— É aniversário dela também. Sou a pior amiga do mundo. Eu deveria ter lhe mandado alguma coisa. Vocês já trocaram presentes?

— Ainda não. — Ele se vira para mim. — Mas ela já me deu o presente perfeito.

O modo como ele me olha me dá um frio na barriga.

— Qual?

— Você.

Não sei o que dizer. O verão não foi como eu imaginava. Eu não deveria estar no meio de uma estrebaria com um caubói de olhos azuis me olhando como se estivesse prestes a me beijar. E não deveria querer que ele me beijasse.

— O que estamos fazendo?

— Cenoura...

— Não me chame assim — digo, um tanto abalada. — Essa não sou eu.

— Como assim?

— Uma hora atrás você estava achando que eu era uma espécie de aberração.

Ele passa a mão nos cabelos, nervoso, depois me olha nos olhos.

— Eu nunca achei que você fosse uma aberração. Eu acho... eu achei que você era mágica ou uma coisa assim. Achei que você era perfeita demais para ser real.

Sinto vontade de mostrar a ele, de voar até o topo do palheiro e sorrir para ele, de lhe contar tudo. Quero que ele conheça a verdadeira Clara.

— Eu sei que disse algumas coisas idiotas hoje. Mas eu gosto de você, Clara — diz ele. — Eu realmente gosto de você.

Talvez esta seja a primeira vez que ele diz meu nome.

Ele percebe a hesitação em meus olhos.

— Tudo bem. Não precisa dizer nada. Eu só queria que você soubesse.

— É, não preciso — concordo. — Ele é uma distração. Eu tenho um propósito, uma obrigação. Eu não estou aqui por causa dele. — Tuck, eu não posso. Eu tenho que...

A tristeza cobre seu rosto.

— Só me diga que isso não é por causa de Christian Prescott — ele pede. — Me diga que você não quer mais nada com esse cara.

Sinto uma ponta de raiva com seu tom condescendente, como se eu fosse uma garota boba com uma paixonite.

— Você não sabe nada a meu respeito — digo, tentando controlar a raiva.

— Venha cá.

Sua voz é tão cálida e veemente que sinto um calafrio na espinha.

— Não.

— Eu acho que você não quer realmente namorar Christian Prescott.

— Como se você soubesse o que eu quero.

— Eu sei. Conheço você. Ele não é o seu tipo.

Olho para minhas mãos, com medo de encará-lo.

— Ah, quer dizer então que você é o meu tipo, certo?

— Acho que sou — responde ele, encurtando a distância entre nós e segurando meu rosto entre as mãos, antes que eu consiga ao menos pensar em detê-lo.

— Tuck, por favor — consigo dizer em voz trêmula.

— Você gosta de mim, Clara — declara ele. — Eu sei que gosta.

Seria bom se eu pudesse rir dele. Rir, recuar e lhe dizer como ele é bobo, como está enganado.

— Tente me dizer que não gosta — murmura ele, tão próximo que sinto seu hálito em meu rosto.

Vejo o calor convidativo em seus olhos. Não consigo pensar. Seus lábios estão perto demais dos meus e suas mãos me puxam ainda mais para perto.

— Tuck — sussurro.

Então ele me beija.

Já fui beijada antes. Mas não dessa forma. Ele me beija com surpreendente ternura, apesar de suas palavras inflamadas. Ainda segurando meu rosto, roça gentilmente os lábios nos meus, devagar, como que memorizando a sensação. Fecho os olhos. Seu sabor de mato, sol e colônia de almíscar faz minha cabeça girar. Ele me beija novamente, com um pouco mais de firmeza. Depois, afasta-se de mim e me olha no rosto.

Eu não quero que isso termine. Todos os outros pensamentos desaparecem de minha mente. Abro os olhos.

— De novo — murmuro.

Ele ergue a comissura dos lábios e eu o beijo. Não tão gentilmente, desta vez. Suas mãos largam meu rosto, agarram-me pela cintura e me puxam para ele. Ele deixa escapar um gemido, e este som me deixa completamente louca. Perco a cabeça. Enlaço sua nuca com as mãos e o beijo sem nenhuma inibição. Posso sentir seu coração disparando, sua respiração se acelerando e seus braços se apertando ao meu redor.

De súbito, posso sentir o que ele sente. Ele esperou muito tempo por este momento. Ele ama a sensação de ter-me nos braços. Ele ama o aroma dos meus cabelos. Ele ama o modo como o olhei há pouco, ruborizada e desejando mais. Ele ama a cor dos meus lábios. Agora, o gosto de minha boca está fazendo seus joelhos perderem a firmeza, e ele não quer parecer fraco diante de mim. Portanto se afasta, arquejante. Seus braços me soltam.

Abro os olhos.

— O que houve? — pergunto.

Ele não consegue falar. Seu rosto empalideceu sob a pele dourada. Percebo então que a estrebaria está clara demais. E a luz está vindo de mim, irradiando-se em ondas.

Estou na glória. Tucker me olha de olhos arregalados, em choque. Posso *sentir* seu choque. Com toda a luz que se irradia através das minhas roupas, é como se eu estivesse nua diante dele. Inspiro profundamente. Sua presença em minha mente se desvanece, enquanto a estrebaria mergulha de novo na penumbra.

— Desculpe — digo.

Observo a cor de seu rosto começar a retornar, lentamente.

— Eu não sei o que... — começa ele, e depois interrompe.

— Desculpe. Eu não queria...

— O que você *é*?

Eu hesito.

— Sou a Clara.

Meu nome, pelo menos, não mudou. Ando na direção dele e pouso a mão em seu rosto. Ele recua. Segura então minha mão, a que tem o corte, e arranca a atadura. Eu estremeço.

O ferimento está completamente curado. Não resta nem uma cicatriz. Ambos olhamos para minha palma. Tucker deixa cair a mão.

— Eu sabia — diz ele.

Sinto-me inundada com uma mistura de pânico e alívio. Não há como explicar isso. Vou ter que contar a ele.

— Tuck...

— O que você é? — pergunta ele novamente.

E se afasta alguns passos para trás, cambaleando.

— É complicado.

— Não.

Ele abana a cabeça subitamente. Seu rosto ainda está muito pálido. E meio esverdeado, como se ele estivesse prestes a vomitar. Ele continua a se afastar de mim. Chegando à porta da estrebaria, vira-se e corre em direção à casa.

Tudo o que posso fazer é olhar. Sinto-me desconectada de mim mesma, abalada com o que aconteceu. Não tenho carona para voltar para casa. E Tucker, que eu saiba, pode estar procurando uma espingarda. Portanto, saio correndo. Aos tropeções, chego ao bosque nos fundos do rancho, aliviada com a proteção oferecida pelas árvores. Está começando a escurecer. Quando me embrenho mais no bosque, minhas asas aparecem, antes mesmo que eu as convoque. Começo a voar e, distraída, acabo me perdendo completamente. Quando consigo descobrir a direção de casa, estou cercada de nuvens, encharcada, em pânico e com a visão turvada pelas lágrimas. Sinto tanto frio que meus dentes se entrechocam.

Choro durante todo o caminho. Não paro de chorar. Parece que minhas lágrimas jamais secarão.

Mamãe me encontra em meu quarto, algumas horas mais tarde, soluçando no travesseiro. Estou arranhada e com os olhos inchados de tanto chorar. Mas o que ela diz quando me vê é:

— O que houve com seu cabelo?

— O quê?

Estou tentando desesperadamente me recompor, para decidir o quanto direi a ela sobre o incidente com Tucker.

— Voltou à cor natural. O vermelho desapareceu todo.

— Ah. Foi a glória. Deve ter acabado com a tintura.

— Você atingiu a glória? — pergunta ela, arregalando os olhos azuis.

— Sim.

— Ah, querida. Não é de admirar que você esteja deprimida. É uma experiência avassaladora.

Ela não sabe a metade.

— Descanse agora. — Ela me dá um beijo na têmpora. — Amanhã de manhã você me fala mais sobre o assunto.

Quando ela sai, envio um e-mail desvairado a Ângela: *Emergência*, escrevo, mal conseguindo que meus dedos e cérebro se coordenem o suficiente para escrever uma simples mensagem. *Responda o mais rápido possível.*

Não tenho ninguém com quem conversar. Ninguém com quem desabafar. E já sinto falta dele.

Cedendo à necessidade de ouvir sua voz, telefono para Tucker em meu celular. Ele atende ao primeiro toque. Por um minuto, nenhum de nós fala nada.

— Me deixe em paz — diz ele e desliga.

17

ME CHAME DE ANJO

Três dias se passam, três dias agonizantes em que não volto a ligar para ele, nem tento vê-lo. Revivo o beijo até achar que vou enlouquecer e arrancar minhas penas aos punhados. Fico dizendo a mim mesma que é melhor assim. Tudo bem, talvez não *melhor*, pois basicamente me revelei a um humano e nem mesmo sei qual será a punição para isso caso alguém descubra. Mas talvez tenha sido melhor Tucker ter me rejeitado. Ele sabe que há algo estranho comigo, com certeza. Mas pode provar isso? Não. Alguém acreditará nele? Provavelmente não. E não parece provável que ele vá contar a alguém. Se o fizer, posso negar tudo. As coisas podem reverter ao estado anterior. Ele me acusará de coisas e eu fingirei que não sei do que ele está falando.

Certo.

Só que não sou uma boa mentirosa, mesmo quando minto para mim mesma. Eu gostaria que Ângela me respondesse logo, assim eu poderia lhe perguntar o que devo fazer.

Como se as coisas já não fossem suficientemente ruins durante o dia, sonho com ele à noite. Três noites seguidas. Não consigo esquecer que estive dentro de sua cabeça, sentindo o que ele sentia, ouvindo seus pensamentos enquanto ele me beijava. Pude senti-lo me amar. E o momento em que senti seu amor se transformar em medo foi como a morte para mim.

Na terceira manhã, acordo com lágrimas no rosto. Quando olho para o teto, chafurdando na infelicidade, um pensamento me ocorre.

Ele me *ama*. Todos os pensamentos e reações dentro de sua cabeça nasceram do amor, amor por dentro e por fora, amor irracional (com um pouco de luxúria, claro). Ele me ama e por isso, ao me ver acesa como uma árvore de Natal, ficou aterrorizado. Ele não sabe o que eu sou, mas me ama.

Sento-me no leito. Talvez eu devesse ter percebido há muito tempo. Não deveria ter precisado ler seu coração para entender isso. Mas, quando senti aquele amor crescendo dentro dele, eu não sabia que estava *dentro* de sua cabeça. Não notei que aqueles sentimentos não eram meus. E por quê?

Fácil.

Eu amo Tucker Avery. Com todo o meu ser, a parte humana e a parte angélica.

Se isso não é uma revelação, não sei o que é.

Eis por que agora estou sentada na calçada em frente ao seu local de trabalho, a Companhia de Rafting Crazy River, como uma ex-namorada inconformada e sinistra, esperando que ele apareça para emboscá-lo com amor. Só que ele não aparece. Espero por uma hora além do seu habitual horário de saída, mas ninguém sai do prédio, exceto uma mulher loura, que presumo ser a secretária e que vem falar comigo.

— Posso ajudar em alguma coisa? — pergunta ela.

— Acho que não.

Ela hesita, sem saber ao certo como interpretar minha resposta.

— Você está esperando alguém?

— Tucker.

Ela sorri. Gosta de Tucker. Qualquer pessoa em seu juízo perfeito gosta de Tucker.

— Ele ainda está no rio — diz ela. — O bote dele virou. Não foi nada sério, mas eles vão chegar um pouco mais tarde. Você quer que eu telefone para ele dizendo que você está aqui?

— Não — digo rapidamente. — Eu espero.

Confiro o relógio de minuto em minuto, e todas as vezes que uma caminhonete desponta na rua, prendo a respiração. Algumas vezes chego a pensar que foi má ideia ter vindo e me levanto para ir embora. Mas nunca consigo chegar até o carro. Preciso pelo menos vê-lo.

Finalmente, uma grande caminhonete vermelha entra no estacionamento, rebocando um trailer aberto carregado de botes. Tucker está sentado no banco do passageiro, conversando com um cara mais velho. Já o conheço: é ele quem dirige as descidas pelas corredeiras. Tucker o chama de Murphy, mas não sei se é nome ou sobrenome. Quando me informou os regulamentos do *rafting*, ele disse que eram as leis de Murphy.

Tucker não me vê imediatamente. Está sorrindo, como faz sempre que diz algum gracejo, um lampejo oblíquo e maroto de dentes e covinha. Eu me derreto ao ver esse sorriso, lembrando-me das vezes em que foi dirigido a mim. Murphy ri. Ambos saltam da caminhonete, vão até o trailer e começam a descarregar os botes. Eu me levanto. Meu coração está batendo tão forte que tenho a impressão de que vai se projetar do meu peito e atingir Tucker.

Murphy abre a enorme porta da garagem ao lado do escritório e volta para a caminhonete. É quando me vê. Imobiliza-se na mesma hora e fica olhando para mim. Tucker está atarefado, desprendendo os botes.

— Tuck — diz Murphy lentamente. — Acho que essa garota veio falar com você.

Tucker fica completamente imóvel por alguns segundos, como que atingido por um raio congelante. Vejo os músculos de suas costas se contraírem. Então ele se vira e olha para mim. Uma sequência de emoções atravessa seu rosto: surpresa, pânico, raiva, dor. Ele se fixa na raiva. Seus olhos ficam frios. Um músculo treme em seu queixo.

Sinto-me enfraquecer diante de seu olhar.

— Você precisa de uns minutos? — pergunta Murphy.

— Não — diz Tucker em uma voz baixa que partiria meu coração, se este já não estivesse esfacelado aos meus pés. — Vamos terminar isso.

Fico plantada no lugar, enquanto Tucker e Murphy arrastam os botes para a garagem. Inspecionam cada um deles, conferem os coletes salva-vidas em uma espécie de lista e fecham a garagem.

— A gente se vê — diz Murphy, pulando para dentro de um jipe e dando o fora dali.

Tucker e eu permanecemos parados no estacionamento, olhando um para o outro. Não consigo formar palavras. Todas as coisas que planejei dizer desapareceram da minha mente assim que pus os olhos nele. Ele está tão bonito, de pé ali com as mãos enfiadas nos bolsos, os cabelos ainda úmidos do rio, os olhos tão azuis. Sinto lágrimas aflorando em meus olhos e tento piscar para me livrar delas.

Tucker suspira.

— O que você quer, Clara?

O som de meu nome soa estranho vindo dele. Já não sou Cenoura. Meus cabelos voltaram a ser louros. Agora ele pode dizer com certeza que eu não sou o que parecia ser.

— Eu sinto muito por ter mentido para você — digo finalmente. — Você não sabe como eu queria lhe dizer a verdade.

— Então por que não disse?

— Porque é contra as regras.

— Que regras? Que verdade?

— Eu vou lhe dizer tudo agora, se você quiser me escutar.

— Por quê? — pergunta ele incisivamente. — Por que vai me contar agora se é contra as regras?

— Porque eu te amo.

Pronto. Eu disse. Não consigo acreditar que realmente disse isso. As pessoas proferem essas palavras de forma tão descuidada.

Eu sempre me sinto mal quando ouço os garotos dizerem isso quando estão se agarrando no corredor da escola. *Eu te amo, gatinha. Eu te amo também.* Lá estão eles aos dezesseis anos de idade, convencidos de que encontraram o verdadeiro amor. Sempre pensei que teria mais juízo, mais discernimento.

Mas aqui estou eu, dizendo isso e acreditando nisso.

Tucker engole em seco. A raiva se desvanece de seus olhos, mas ainda vejo sombras de medo.

— Podemos ir a algum lugar? — pergunto. — Vamos para um lugar no bosque, e eu mostro a você.

Ele hesita, é claro. E se eu for uma invasora alienígena tentando levá-lo a um lugar isolado para sugar seu cérebro? Ou uma vampira, sequiosa por seu sangue?

— Eu não vou machucar você.

Não tenha medo.

Seus olhos faíscam de raiva, como se eu o tivesse chamado de medroso.

— Tudo bem. — Ele aperta os lábios. — Mas eu dirijo.

— Claro.

Tucker dirige por cerca de uma hora na direção do Idaho, entrando nas montanhas acima da represa Palisades. O silêncio entre nós é tão grande que me dá vontade de tossir. Ambos tentamos olhar um para o outro sem sermos flagrados olhando um para o outro. Em qualquer outra circunstância, eu acharia isso uma bobagem hilariante.

Ele entra numa estrada de terra marcada como propriedade privada, passa por cabanas de troncos aninhadas entre as árvores e sobe a encosta da montanha até chegarmos a uma grande cerca de arame. Pula então da caminhonete e remexe em suas chaves. Destranca o enferrujado cadeado de metal que fecha o portão, volta para a caminhonete e atravessa o portão. Ao desembocarmos em uma clareira ampla e vazia, ele para o veículo e, finalmente, olha para mim.

— Onde nós estamos? — pergunto.

— No meu terreno.

— Seu?

— Meu avô ia construir uma cabana aqui, mas teve câncer. Ele deixou a terra para mim. Tem pouco mais de três hectares. É para onde eu iria se um dia tivesse que enterrar um corpo ou algo assim.

Fico olhando para ele.

— Então me conte — diz ele.

Respiro fundo e tento não olhá-lo nos olhos, que estão me encarando. Quero contar a ele, sempre quis contar a ele. Só não sei exatamente como.

— Nem sei por onde começar.

— Que tal começar me contando que é algum tipo de criatura sobrenatural, feita de luz?

Sinto falta de ar.

— Você acha que eu sou feita de luz?

— Foi o que eu vi.

Posso perceber o medo nele de novo, pelo modo como desvia o olhar e muda de posição ligeiramente, colocando mais espaço entre nós.

— Não sou feita de luz. O que você viu se chama glória. É difícil explicar, mas é uma forma de comunicação, de se conectar com o outro.

— Comunicação. Você estava tentando se comunicar comigo?

— Não intencionalmente — digo, corando. — Eu não queria que aquilo acontecesse. Nunca tinha acontecido antes, para falar a verdade. Mamãe diz que emoções fortes às vezes podem provocar isso. — Estou balbuciando. — Desculpe. Eu não tive intenção de assustar você. A glória tem esse efeito sobre os humanos.

— E você não é humana — diz ele prosaicamente.

— Eu sou humana, na maior parte.

Tucker se recosta na porta da caminhonete e suspira de frustração.

— Isso é uma brincadeira, Clara? Algum tipo de truque?

— Eu sou uma Nefilim. Normalmente não usamos essa palavra, porque significa "caídos" em hebreu, e nós não gostamos de nos considerar caídos, mas é como nós somos chamados na Bíblia. Nós preferimos o termo *sangue-de-anjo.*

— Sangue-de-anjo — repete ele.

— Minha mãe é meio anjo. O pai dela era um anjo e a mãe era humana. Isso me torna um quarto de anjo, já que meu pai é um cara normal.

As palavras se derramam rapidamente, antes que eu possa mudar de ideia. Tucker me olha como se eu tivesse desenvolvido uma cabeça extra.

— Então você é parte anjo.

Ele soa exatamente como eu quando minha mãe me deu a notícia pela primeira vez. É como se estivesse confeccionando mentalmente uma lista dos hospitais psiquiátricos da área.

— Sim, vamos sair da caminhonete.

Ele arregala os olhos.

— Por quê?

— Porque você não vai acreditar em mim, enquanto eu não lhe mostrar.

— Como assim? Você vai fazer aquele negócio da luz outra vez?

— Não. Não vou fazer isso outra vez.

Pouso a mão suavemente em seu braço, tentando tranquilizá-lo. Mas meu toque parece ter o efeito oposto. Ele retira o braço, abre a porta e pula da caminhonete para se afastar de mim.

Desço também. Ando até o meio da clareira e me planto diante dele.

— Agora, não tenha medo — digo a ele.

— Certo. Porque você vai me mostrar que é um anjo.

— Parte anjo.

Convoco minhas asas e me viro ligeiramente para mostrar a ele. Não as abro nem vôo, como fez mamãe para me convencer. Acho que vê-las dobradas em minhas costas será o bastante.

— Caramba.

Ele dá um passo para trás.

— Pois é.

— Isso não é uma brincadeira. Isso não é algum quebra-cabeça ou truque de ilusionismo. Você realmente tem asas.

— Sim.

Ando até ele, devagar para não assustá-lo, e viro-lhe as costas de novo, para que ele possa ver minhas asas de perto. Ele levanta a mão, como se fosse tocá-las. Meu coração parece que vai parar com a expectativa. Ninguém nunca mexeu nas minhas asas.

Pergunto-me o que vou sentir quando ele tocar nelas. Mas ele retira a mão.

— Você pode voar? — pergunta ele, em voz estrangulada.

— Sim. Mas, na maior parte do tempo, eu sou uma garota normal.

Sei que ele não vai acreditar nisso. Pergunto-me se algum dia voltará a me tratar como uma garota normal. Essa é a parte que me faz adorar estar com Tucker. Ele faz com que eu me sinta normal, não como uma garota qualquer, mas como se eu fosse suficiente apenas sendo eu mesma, sem nada de angélico. A ideia de que vou perder isso quase me faz começar a chorar.

— E o que mais? O que mais você pode fazer?

— Na verdade, não muita coisa. Sou só um quarto de anjo. Nem sei o que os que são metade anjo podem fazer. Eu posso falar qualquer língua. Acho que é uma coisa útil para os anjos quando eles estão tentando transmitir alguma mensagem.

— Então foi assim que você entendeu o que aquela senhora coreana estava falando, no Canyon. Foi assim também que você falou com a ursa-cinzenta?

— Sim.

Olho para meus pés. Estou amedrontada demais para olhar seu rosto e saber que tudo terminou. O beijo foi há apenas três dias, mas parece fazer parte da vida de outra pessoa. Outra garota, de pé na estrebaria, beijando Tucker pela primeira vez. Uma garota que ele ama. Não eu. Não essa criatura patética que humilha a si mesma começando a chorar.

— Desculpe — soluço.

Ele não fala nada. Lágrimas escorrem do meu queixo. Ele expele o ar dos pulmões, lenta e tremulamente.

— Não chore — diz ele. — Não é justo.

Eu rio e choro ao mesmo tempo.

— Tudo bem — sussurra ele. Seus dedos limpam as lágrimas do meu rosto. — Não chore.

Então ele me abraça, com asas e tudo. Enlaço seu pescoço com os braços, enterro o rosto em seu peito e inspiro o aroma de rio que ele exala. Em algum lugar no bosque, um corvo crocita. Um melro responde. De repente, estamos nos beijando e tudo desaparece, exceto Tucker.

— Tudo bem, espere — diz ele, após alguns momentos, afastando-se.

Por favor, por favor, penso, *não deixe que este seja o momento em que ele muda de ideia.*

— Eu posso beijar você? — pergunta ele.

— O quê?

— Não vou ser atingido por um raio?

Eu rio. Então me inclino e roço meus lábios nos dele. Suas mãos me apertam mais.

— Nada de raios — digo.

Ele sorri. Acaricio sua covinha com o dedo. Ele levanta uma mecha do meu cabelo (que escapou do rabo de cavalo) e a inspeciona à luz do sol.

— Não é vermelho — digo, dando de ombros.

— Eu sempre senti que havia alguma coisa estranha com o seu cabelo.

— E então resolveu me torturar me chamando de Cenoura?

— E também achei que nunca tinha visto ninguém mais linda que você.

Ele abaixa a cabeça e esfrega a nuca, embaraçado. Está ficando ruborizado.

— Você é um autêntico Romeu — digo, ruborizando também, tentando amenizar o fato brincando com ele.

Ele estica os braços e desliza as mãos sobre minhas asas. Seu toque é suave, cuidadoso, mas envia uma onda de prazer até a boca do estômago, tão forte que meus joelhos enfraquecem e se vergam. Aperto meu rosto em seu ombro, esforçando-me para manter o ar entrando e saindo dos pulmões, enquanto ele afaga lentamente minhas asas.

— Então você é um anjo, só isso — murmura ele.

Beijo seu ombro.

— Parte anjo.

— Diga alguma coisa na língua dos anjos.

— O que você quer que eu diga?

— Alguma coisa simples — diz ele. — Alguma coisa verdadeira.

— *Eu te amo* — sussurro automaticamente, surpreendendo a mim mesma.

As palavras em angélico são como murmúrios do vento e das estrelas, uma música clara e suave. Seus braços se apertam em torno de mim. Olho para seu rosto.

— O que você disse? — pergunta ele, mas seus olhos me dizem que ele me entendeu claramente.

— Ah, você sabe. Tipo, eu gosto de você.

— Hum. — Ele beija o canto da minha boca e afasta uma mecha de cabelo do meu rosto. — Eu realmente, *realmente*, gosto de você também.

Então estou amando. Com esse tipo de amor louco, em que a gente se esquece de comer, fica zanzando de um lado para outro como que atordoada, passa a noite ao telefone e pula da cama de manhã pensando em vê-lo. O verão passa voando enquanto, a cada dia, descubro algo mais que amo em Tucker.

Tenho a impressão de que ninguém o conhece como eu. Sei que ele realmente não gosta de música country, mas a tolera por fazer parte do cenário *western*. Admite que chega a se encolher quando ouve o som de uma guitarra de aço. Sabendo disso, sinto vontade de rir quando o vejo escutar isso. Ele adora Cheetos. Acredita que uma das maiores tragédias do mundo é o modo como a terra vem sendo devorada, com todos os espaços naturais sendo ocupados por condomínios e hotéis-fazenda. Por este motivo, ama e odeia o Lazy Dog. Sua fantasia recorrente é voltar no tempo e cavalgar pelas pradarias na época em que ainda não havia cercas, conduzindo novilhos como um verdadeiro caubói.

Ele é bom para as pessoas, respeitador. Não xinga. É gentil. Ponderado. Gosta de colher flores silvestres para mim, que transformo em grinaldas e coloco nos cabelos, para poder sentir seu aroma o dia inteiro. Não se incomoda muito com o fato de eu ser diferente. Na verdade, ele pouco toca no assunto, embora às vezes eu o veja me olhando com uma expressão curiosa.

Eu adoro o modo como as conversas muito sentimentais o deixam embaraçado. Sua voz fica rouca, e ele me faz cócegas ou me beija para encerrar o assunto. Cara, como nos beijamos. Somos verdadeiros profissionais.

Tucker nunca vai muito longe, embora às vezes eu deseje que ele vá. Ele me beija, beija e beija até minha cabeça começar a girar e meu corpo se tornar leve e pesado ao mesmo tempo. Ele me beija até eu começar a arrancar nossas roupas, querendo tanto contato físico quanto possível. Então ele geme, segura meus pulsos e se afasta de mim, fechando os olhos e respirando fundo por algum tempo.

Acho que ele acredita seriamente que deflorar um anjo pode representar uma eternidade no inferno flamejante.

— E a igreja? — pergunta ele certa noite, após se afastar de mim, ofegante.

É a primeira semana de agosto. Estamos deitados sobre um cobertor na carroceria de sua caminhonete, com um turbilhão de estrelas brilhando sobre nós. Ele me beija as costas da mão e entrelaça os dedos nos meus. Por um segundo, esqueço a pergunta.

— O quê?

Ele ri.

— A igreja. Por que sua família não vai à igreja?

Outra coisa que eu amo em Tucker: ele é inabalavelmente honesto, sincero até demais. Eu contemplo as estrelas.

— Não sei. Mamãe costumava nos levar todos os domingos quando nós éramos crianças, mas parou depois que ficamos mais velhos.

Ele rola para o lado e olha para mim.

— Mas você sabe que existe um Deus. Quer dizer, você é em parte um anjo. Você tem a prova, certo?

Que prova eu tenho realmente? Asas. O domínio das línguas. A glória. Tudo proveniente de Deus, foi o que me disseram. Deus parece ser a explicação mais provável.

— Bem, tem esse negócio da glória — digo. — Como nós nos conectamos com Deus. Mas não sei muito sobre isso. Só senti naquela vez.

— E como foi?

— Foi bom. Realmente, não sei descrever. Foi como se eu pudesse sentir tudo o que você sente, seu coração batendo, seu sangue correndo nas veias, sua respiração, como se fôssemos a mesma pessoa. E nós sentimos uma incrível... alegria. Você não sentiu também?

— Acho que não — admite ele, desviando os olhos. — Eu só me sentia louco de felicidade por estar beijando você. E de repente você estava brilhando. Depois, você ficou tão brilhante que eu nem conseguia olhar para você.

— Lamento isso.

— Eu não — diz ele. — Estou feliz por ter acontecido. Assim eu fiquei sabendo quem você realmente é.

— Ah, é? Quem sou eu?

— Uma garota mimada da Califórnia.

— Cale a boca.

— Mas isso é legal. Minha namorada é um anjo.

— Eu não sou um anjo. Não vivo no céu, não toco uma harpa dourada, nem tenho conversas particulares com o Todo-Poderoso.

— Não tem? Você nunca participou de uma grande ceia de Natal com Deus?

— Não — digo, dando uma risadinha. — Nós temos nossas próprias tradições, mas realmente não ficamos de bate-papo com Deus. Minha mãe diz que todos os sangues-de-anjo um dia se encontrarão com Deus depois que nosso propósito na terra for cumprido. Cara a cara. Não consigo realmente imaginar isso, mas é o que ela diz.

— Sim, mas não é a mesma coisa com todo mundo? Com os humanos também?

— O quê?

— Supõe-se que todos nós nos encontraremos com Deus. Depois da morte.

Fico olhando para ele. Nunca pensei nas coisas dessa forma. Presumi que o encontro fosse uma espécie de interrogatório a respeito de nosso propósito. A ideia sempre me aterrorizou.

— Certo — digo lentamente. — Todos nós nos encontraremos com Deus algum dia.

— Então acho melhor continuar a frequentar a igreja.

— Mal não vai fazer.

Acaricio seu rosto, adorando o contato com a barba que começa a crescer. Quero dizer algo profundo, algo sobre como me sinto grata pelo fato de ele ter me aceitado como eu sou, com asas e tudo, mas sei que soaria extremamente piegas. Então, começo a pensar na igreja. Mamãe, Jeffrey e eu sentados no banco da igreja, quando eu era pequena, cantando e rezando junto com todo mundo. Sob a luz colorida dos anjos dos vitrais.

Estamos sacolejando na Bluebell em uma estrada de terra. Procuro manter um espaço bem-comportado entre nós para irmos de fato pescar, ao contrário da última vez. Mas ele aciona a embreagem e, ao retirar a mão da alavanca, toca em meu joelho. Instantaneamente, fico toda arrepiada.

— Rufião.

Seguro a mão atrevida e a enlaço com a minha. Seu polegar afaga os nós dos meus dedos, fazendo meu coração acelerar.

— Às vezes você fala umas palavras estranhas — diz ele.

— É o resultado de ter uma mãe com mais de cem anos de idade. E o negócio da linguagem — explico. — Eu entendo todas as palavras que ouço. Isso me dá um vocabulário fenomenal.

— Fenomenal — implica ele.

— Exemplar, na realidade. Aí, você tem falado com sua irmã?

— Falei com ela duas noites atrás.

— Você falou sobre nós?

Ele franze a testa.

— Não deveria?

Eu sorrio.

— Você pode contar a ela. Mas acho que ela já sabe. Falei com ela ontem e ela estava com um jeito engraçado.

— Então *você* não falou com ela.

— Não, achei que ficaria meio estranho falar uma coisa tipo "adivinhe só, estou namorando o seu irmão". Achei que seria melhor partir de você.

— Eu contei a ela — admite ele. — Não consigo ter segredos com Wendy. Já tentei. Não funcionou.

— Mas... — eu hesito. — Você não falou nada sobre... você sabe.

Ele me olha com ar de fingido espanto.

— O quê? Tem alguma coisa sobre você que você ainda não me contou?

— Me chame de anjo da manhã — canto eu[43].

Ele ri.

— É claro que não contei isso a ela. Eu não saberia como contar uma coisa dessas a ela. — Ele acrescenta em voz baixa: — Mas vai ficar difícil depois que ela voltar.

Olho pela janela. Estamos passando diante de pinheiros *lodgepole*, que margeiam ambos os lados da estrada. Alguns choupos aqui e ali estão começando a ficar coloridos. Faz calor, mesmo para os padrões de Wyoming. O ar está seco e poeirento.

De repente, tudo começa a me parecer bastante familiar. O pior caso de *déjà vu* de que se tem notícia.

Minha mão aperta a de Tucker.

— Pare a caminhonete — arquejo.

— O quê?

— Pare!

Tucker pisa no freio, levantando uma nuvem de poeira. Antes mesmo que a caminhonete pare, eu pulo para fora. Quando a poeira assenta, estou no meio da estrada, rodopiando lentamente para examinar as imediações.

Ando então pela beira da estrada, em um estado de torpor. Através dos olhos de minha mente, cruzo a sombra de uma caminhonete prateada. Depois me viro e, pé ante pé, entro no bosque.

---

[43] Alusão a uma famosa canção popular americana chamada *Angel of the Morning* — "anjo da manhã", em português. (N.T.)

Ouço vagamente Tucker me chamando, mas continuo caminhando. Não sei se conseguiria parar, mesmo que tentasse. Avanço em meio às árvores. Tropeço uma vez, caindo de joelhos no chão, mas nem me dou ao trabalho de espanar a poeira. Continuo a me embrenhar no bosque, cada vez mais fundo.

Subitamente, eu paro.

Está tudo aqui. A pequena clareira. O morro.

O ar está cheio de fumaça. O céu é de um laranja dourado. Vejo Christian usando sua jaqueta de camurça preta, de mãos nos bolsos e quadris levemente voltados para o lado. Permanece imóvel, olhando para o alto do morro.

Meu Deus, penso. Posso ver as chamas. Ando na direção de Christian. O ar está muito seco. Lambo os lábios e olho minhas mãos, que estão trêmulas. É como se, neste momento, eu estivesse deixando minha vida para trás. Sinto-me tão triste que poderia chorar.

— Christian. — Minha voz é um grasnido.

Ele se vira. Não sei como interpretar sua expressão.

— É você — diz ele.

— Sou eu... Eu estou...

Ele vem na minha direção. Eu continuo a caminhar. Paramos à distância de um braço um do outro e nos entreolhamos. Sinto-me como que drogada ou algo parecido. Desejo tanto tocá-lo que não fazê-lo me provoca uma sensação semelhante a dor. Estendo o braço. A mão dele envolve a minha. Sua pele está muito quente, febril. Fecho os olhos por um segundo. De repente, uma revelação explode dentro de mim.

Nós somos ligados.

Abro os olhos. Ele se aproxima mais. Seu olhar passeia sobre meu rosto como um afago. Ele olha meus lábios, depois meus olhos, depois meus lábios novamente. Ergue a mão para me tocar. Estou chorando, percebo, lágrimas me escorrem pelo rosto.

— É realmente você — sussurra ele.

Ele me abraça enquanto o fogo avança em nossa direção, movendo-se rapidamente sobre a terra como se fosse um monstro, soltando densas nuvens de fumaça pelas narinas, rugindo e crepitando ameaças. Pressiono meu corpo no corpo de Christian e convoco minhas asas, que movimento com todas as forças, impulsionando-nos para o alto.

Só que não levanto voo. Afundo no chão do bosque, tentando agarrar o ar com as mãos, pois Christian não está ali. Então, tudo escurece.

Tenho uma vaga noção de estar sendo carregada. Sem precisar abrir os olhos, sei que é Tucker quem está me carregando. Eu poderia identificar seu cheiro de sol e de homem em qualquer lugar. Minha cabeça balança junto a seu peito e meus braços estão pendentes.

Tive a visão. De novo. Se visão for a palavra certa para o que ocorreu. Agi muito mais que contemplei. Eu estive lá.

E aparentemente desmaiei. De novo.

Tento erguer o corpo, recuperar o uso dos braços e pernas. Mas assim que me mexo, começo a tossir. Como se tivesse inalado fumaça. Imediatamente, Tucker para de andar.

— Ah, graças a Deus você está bem — diz ele.

Não sei se eu diria isso. A última coisa que pareço estar é bem. Tusso sem parar até limpar os pulmões. Observo os olhos preocupados de Tucker e tento sorrir. A tosse logo recomeça.

— Estou bem.

Tosse, tosse, tosse.

— Aguente firme. Estamos quase chegando.

Ele recomeça a caminhar e, em poucos minutos, estamos de volta à caminhonete. Ele abre a porta da carroceria, pega o grande cobertor que já me é familiar e o estende no piso — tudo com uma das mãos, enquanto me segura com a outra. Gentilmente, ele me deita sobre o cobertor. Depois se acomoda ao meu lado.

— Obrigada — digo com voz roufenha. — Você é o meu herói.

Ele é muito mais do que isso.

A tosse cessou.

— O que aconteceu?

Olho para o céu, para as nuvens grandes e fofas que passam vagarosamente acima de nós. Um pequeno tremor sacode meu corpo. Tucker percebe.

— Pode me dizer

— Eu sei.

Olho para ele. Seus doces olhos azuis estão tão cheios de amor e apreensão que sinto um bolo na garganta.

— Tudo bem com você? Está precisando de um médico?

— Não, eu só desmaiei.

Ele espera. Respiro profundamente.

— Eu tive uma visão.

Então, despejo toda a história.

— Onde nós estamos? — pergunto, depois que termino.

Estamos ambos sentados agora. Tucker está encostado na cabine da caminhonete, tentando processar as informações. Não sei dizer se está furioso com a participação de Christian ou aliviado em saber que minha obsessão por Christian Prescott é por uma boa causa. Ele não diz nada durante uns dez minutos.

— O que você está pensando? — pergunto, sem conseguir me conter mais.

— É impressionante. É como uma missão sagrada que você tem que realizar.

— Certo.

É claro que a versão que contei a Tucker não inclui detalhes inconvenientes, como mãos dadas, toques no rosto e a intimidade que houve entre Christian e eu naquele momento. Eu mesma não sei o que pensar sobre isso.

— Mas onde nós estamos? — pergunto novamente.

— Estamos na estrada de Fox Creek.

Estrada de Fox Creek. Um nome simples e despretensioso para um lugar tão importante para o meu destino. Agora já sei o onde. E quem, e o quê.

Tudo o que me resta saber é quando.

E por quê.

18

MINHA VIDA COM UM PROPÓSITO

Estou sentada num bote com Tucker, bem no meio do Lago Jackson, quando Ângela finalmente me telefona.

— E aí, o que houve? — pergunta ela. Ouço sinos tocando ao fundo. — O incêndio já aconteceu?

— Não.

— Você conseguiu alguma coisa com Christian?

— Não! — Começo a gaguejar de exasperação. — Ele não... eu não... ele não está na cidade.

Olho para Tucker, que ergue as sobrancelhas e pergunta baixinho:

— Quem é?

Abano a cabeça levemente.

— Então, qual é a grande emergência? — pergunta ela, impaciente.

— Enviei o e-mail há semanas. Você só recebeu agora?

— Eu fiquei algum tempo sem acessar a internet — diz ela, um tanto na defensiva. — Andei meio afastada dos lugares convencionais. Mas está tudo bem agora? A crise foi contornada?

— Sim — digo, ainda olhando para Tucker. Ele sorri. — Tudo bem.

— Afinal, o que aconteceu?

— Você quer que eu reme de volta? — pergunta ele.

Abano a cabeça de novo e sorrio para lhe mostrar que está tudo bem, como eu disse.

— Posso ligar para você depois? — pergunto a Ângela.

— Não, você não pode me ligar depois! Quem estava falando?

— Tucker — respondo com forçada descontração.

Ele se desloca pelo bote e se acomoda no assento ao meu lado, sorrindo maliciosamente o tempo todo, de um modo que faz meu coração bater acelerado.

— Tucker Avery — diz ela.

— Sim.

— Wendy está aí também?

— Não, Wendy ainda está em Montana.

Tucker levanta minha mão livre e começa a beijar os nós dos meus dedos, um por um. Estremeço e puxo a mão, mas ele não a larga.

— Estão só você e Tucker — observa Ângela.

— Certo.

Abafo uma risada quando Tucker mordisca um dos meus dedos.

— E o que você está fazendo com Tucker Avery?

— Pescando.

Passamos a tarde descrevendo lentas circunferências no lago, trocando beijos, jogando água um no outro, comendo uvas, *pretzels* e sanduíches de peru, trocando mais beijos, abraços, fazendo cosquinhas um no outro, rindo e, ah, sim, trocando mais beijos. Mas a certa altura nós de fato pescamos. Lembro-me com clareza de estar com uma vara de pescar nas mãos em algum momento do dia.

— Não — diz Ângela em voz baixa.

— O quê?

— O que você está fazendo com Tucker Avery? — pergunta ela de novo, incisivamente.

Às vezes, ela é inteligente demais para seu próprio bem.

Sento-me e me afasto de Tucker.

— Essa realmente não é uma boa hora. Eu ligo pra você.

Ela se recusa a ser posta de lado.

— Você está estragando tudo, não é? — diz ela. — Está perdendo a concentração numa hora em que deveria estar apurando a concentração e se preparando. Não consigo acreditar que você está andando por aí com Tucker Avery. E Christian? E o seu destino, Clara?

— Eu não estou estragando nada. — Levanto-me e ando cautelosamente até o outro lado do barco. — Ainda sou capaz de fazer o que devo fazer.

— Ah, certo. Parece mesmo que você tem tudo sob controle.

— Pare com isso. Você não sabe de nada.

— Sua mãe sabe?

Quando eu não respondo, ela dá uma risada curta e amarga.

— Perfeito — diz ela. — Uau.

— É a minha vida.

— É sim. Que você está arruinando completamente.

Desligo na cara dela e me deparo com os olhos indagadores de Tucker.

— O que foi isso tudo? — pergunta ele suavemente.

Ele não sabe que Ângela é sangue-de-anjo, e não me cabe divulgar esse segredo.

— Nada. Só uma pessoa que deveria ser minha amiga.

Ele franze a testa.

— Acho que a gente deveria voltar. Já estamos aqui há muito tempo.

— Ainda não — peço.

Nuvens de chuva estão se formando sobre nossas cabeças. Tucker olha para elas.

— Nós realmente deveríamos sair do lago. A temporada de chuvas está para começar, e as tempestades estouram de repente. Só duram uns vinte minutos, mas podem ser violentas. Nós deveríamos ir embora.

— Não.

Seguro sua mão e o arrasto até a popa do bote, onde o faço sentar. Sento-me então a seu lado, posicionando seus braços em torno de mim. Aninhada em seu calor e no seu cheiro familiar, reconfortante, sinto-me protegida. Beijo uma veia que pulsa em seu pescoço.

— Clara...

Ponho um dedo sobre seus lábios.

— Ainda não — sussurro. — Vamos ficar aqui um pouco mais.

Quando meu celular toca novamente, estou comendo lombinho de porco com maçã e funcho, uma das receitas mais notáveis de mamãe. Está delicioso, é claro, mas não estou pensando em comida. Também não estou pensando em Ângela. Já faz dois dias que recebi o telefonema dela no lago, que estou fazendo o possível para esquecer. Para falar a verdade, ando sonhando acordada com Tucker. Ele tem trabalhado no rio nos últimos dois dias. Disse que precisa ganhar dinheiro para pagar um churrasco para sua namorada no aniversário de um mês de namoro. Todas as vezes em que ele me chama de namorada, fico emocionada. Ele vai me levar para dançar e quer me ensinar algumas coreografias *country*.

— Você não vai atender? — pergunta mamãe do outro lado da mesa, erguendo uma sobrancelha.

Jeffrey também fica me olhando. Tento organizar meus pensamentos desordenados. Tiro o celular do bolso e o examino.

É um número desconhecido. A curiosidade acaba levando a melhor e eu aperto o botão.

— Alô — digo.

— Olá, estranha — diz uma voz familiar.

Christian.

Quase largo o telefone.

— Ah, oi. Não reconheci seu número. Puxa, como vai? Como foi o verão? Como está Nova York?

Estou fazendo perguntas demais.

— Foi chato. Mas já estou de volta.

— Já?

— Bem, estamos em agosto. Vamos ter que retornar à escola daqui a pouco, como você sabe. E eu realmente estou pretendendo aparecer por lá. Me formar, essas coisas.

— Certo — digo, e tento rir.

— Então, como eu disse, estou de volta. Pensei em você durante todo o verão e quero te convidar para jantar comigo amanhã à noite. Um encontro para valer, caso eu não tenha sido claro — diz ele em uma voz deliberadamente descontraída, mas com tantos subtons que tenho a impressão de que o ar foi sugado da sala.

Levanto os olhos e vejo mamãe e Jeffrey me encarando.

Ele está esperando que eu diga: *sim, eu adoraria jantar com você, quando é que você vem me buscar, eu mal posso esperar*. Mas não vou dizer isso. O que posso dizer? *Desculpe, acho que eu estava louca por você antes, mas isso foi antes? Eu agora tenho um namorado? Bobeou, dançou?*

— Você está aí? — pergunta ele.

— Estou, claro. Desculpe.

— Tudo bem...

— Amanhã à noite eu não posso — digo rapidamente, em voz baixa, mas sei que mamãe escutou. Ela tem ouvidos muito bons.

— Ah. — Christian parece surpreso. — Tudo bem. Que tal sábado?

— Não sei. Depois eu ligo para você — digo, acovardando-me totalmente.

— Claro — diz Christian, tentando agir como se não fosse uma coisa importante. Porém todos nós sabemos, ele, mamãe, Jeffrey e eu, que é uma coisa muito importante. — Você tem o número do meu telefone.

Ele murmura uma rápida despedida e desliga.

Fecho o telefone. Por um momento, faz-se um desconfortável silêncio. Mamãe e Jeffrey estão quase com a mesma expressão: como se eu tivesse perdido completamente o juízo.

— Por que você disse não? — pergunta mamãe.

É a pergunta que eu mais quero não ter de responder.

— Eu não disse não. Só disse que não posso amanhã.

— Por que não?

— Tenho outros planos. Eu tenho uma vida, sabia?

Ela parece zangada.

— Sim, e o que poderia ser mais importante para a sua vida agora do que Christian?

— Vou sair com Tucker.

Durante todo esse tempo, venho dizendo a ela que estou saindo com pessoas da escola, e ela sempre acredita em mim. Nunca teve motivos para não acreditar. E anda estressada e preocupada demais com o trabalho para prestar muita atenção.

— Então cancele — diz ela.

Abano a cabeça para indicar que ela me entendeu mal.

— Não — digo. — Vou sair com Tucker.

— Você deve estar brincando — diz Jeffrey com voz engasgada. Não porque não goste de Tucker, mas porque é simplesmente inacreditável que alguém da família esteja interessado em outra pessoa que não seja Christian. Afinal, ele é o motivo de estarmos aqui.

— Não. Tucker é meu namorado.

Eu o amo, sinto vontade de dizer, mas sei que isso seria extrapolar.

Mamãe pousa o garfo na mesa.

— Desculpe por não ter lhe contado antes — digo, pouco à vontade. — Eu pensei, nem sei o que eu pensei. Quer dizer, eu ainda posso salvar Christian, como na visão.

Só que não como na visão, penso eu, de mãos dadas, rosto colado e toda a coisa sentimental. Mas *vou* salvá-lo. Isso eu já decidi.

— Eu tenho praticado voo. Estou ficando mais forte, como você disse. Acho que posso carregar Christian.

— Como você sabe que seu propósito é *salvar* Christian?

— Porque na visão eu o tiro do incêndio. Voando. Isso se chama salvamento, certo?

— E isso é tudo?

Olho para outro lado, tentando escapar de seus olhos perspicazes. *Nós somos ligados*. Esse pensamento tem sido como um caco de vidro cravado em meu cérebro desde a última versão da visão. Repassei a frase várias vezes, tentando encontrar outra interpretação. Eu não quero estar apaixonada por Christian Prescott. Não mais.

— Não sei — digo. — Mas estarei lá. Vou salvar Christian.

— Isso não é um trabalho aleatório, Clara — diz mamãe calmamente. — É seu propósito na Terra. E chegou a hora. Teton County, ontem, entrou em estado de alerta máximo contra incêndios. O incêndio pode começar a qualquer momento. Você tem que se concentrar. Não pode se distrair agora. Nós estamos falando da sua vida.

— É — digo, levantando um pouco o queixo. — É a *minha* vida.

Nos últimos dias, tenho falado muito isso.

O rosto dela está pálido; seus olhos, inexpressivos e sem brilho. Certa manhã, quando ainda éramos crianças, Jeffrey encontrou uma cascavel enrolada no nosso quintal, letárgica de frio. Mamãe foi até a garagem e pegou uma enxada. Ordenou que nós nos afastássemos. Depois, levantou a enxada e decepou a cabeça da cobra com um golpe seco.

Ela agora está com a mesma expressão no rosto, estoica e determinada. Uma expressão que me assusta. Tento contemporizar.

— Está tudo bem, mamãe.

— Não está tudo bem — diz ela lentamente. — Você está de castigo.

Esta noite é a primeira vez que saio de casa às escondidas. Na verdade é uma coisa muito fácil: abrir a janela, subir no telhado, convocar minhas asas e escapar. Mas tenho sido uma boa menina durante toda a minha vida. Sempre obedeci a minha mãe. Meus pés jamais se desviaram da trilha em que ela me colocou. Meu simples ato de rebelião me faz ficar com o coração tão pesado que fica difícil voar.

Pouso diante da janela de Tucker. Ele está reclinado na cama, lendo uma revista em quadrinhos, X-Men, o que me faz sorrir. Seus cabelos estão mais curtos do que estavam ontem. Ele deve tê-los aparado para o nosso aniversário. Bato levemente no vidro. Ele levanta os olhos e sorri, pois fica feliz ao me ver. Sinto um aperto no coração. Ainda bem que não sou um sangue-de-anjo mensageiro. Detesto ser portadora de más notícias.

Ele enfia a revista sob o travesseiro e anda até a janela. Tem que se esforçar para abri-la, pois o ar está quente e úmido, o que faz a moldura aderir ao caixilho. Seus olhos relanceiam minhas asas, e percebo que ele está tentando conter o medo instintivo que sente quando é confrontado com provas de que o mundo não é exatamente como parece. Ele se debruça para fora e segura minha mão. Guardo as asas. Tento sorrir. Ele me puxa para dentro do quarto.

— Oi. O que houve? Você parece... chateada.

Ele me leva até a cama, onde me sento. Depois, pega a cadeira de sua escrivaninha e se instala à minha frente. Tem uma expressão preocupada, mas ao mesmo tempo resoluta, como se tivesse certeza de que pode enfrentar qualquer coisa que eu lhe diga. Está comigo — é o que seus olhos dizem.

— Tudo bem com você? — pergunta ele.

— Sim. Mais ou menos.

Não me resta nada a fazer a não ser lhe contar tudo.

— Eu nem deveria estar aqui. Estou de castigo.

Ele parece confuso.

— Por quanto tempo?

— Não sei — digo lastimosamente. — Mamãe não foi muito específica. Indefinidamente, acho.

— Mas por quê? O que você fez?

— Hum...

Como posso explicar que é porque me recusei a sair com Christian Turner? Que minha mãe está me punindo porque não lhe contei que estava namorando Tucker? Não que eu tenha escondido o namoro. Simplesmente omiti o fato, pois já esperava que ela o desaprovasse. Mas não tanto.

Meu rosto deve ter revelado alguma coisa, pois Tucker diz.

— Sou eu, não é? Sua mãe não me aprovou?

Odeio a dor que detecto em sua voz. Odeio olhar para ele e me deparar com a expressão de bravura dos Avery. Isso não é justo. Tucker é o tipo de cara que a maioria das mães adoraria que suas filhas namorassem. É respeitador, gentil e até mesmo cavalheiresco. Além disso, não fuma, não bebe, não usa tatuagens nem *piercings* malucos. Ele vale ouro.

Mas minha mãe não se importa com nada disso. Após me deixar de castigo, disse-me que, se eu fosse uma garota normal, não veria nenhum problema no fato de eu estar namorando Tucker

Avery. Mas não sou uma garota normal. Tenho um propósito. E este propósito não envolve Tucker.

— Tem a ver com Christian? — pergunta ele.

— Mais ou menos.

— O que tem ele?

— Eu tenho que me concentrar em Christian. Minha mãe acha que você está me distraindo. Por isso estou de castigo.

Sei que ele merece uma explicação melhor, mas não quero mais falar sobre o assunto. Não quero me sentir como se o estivesse enganando quando nada disso foi escolha minha. E ele agora está me olhando como se tivesse sido.

Ele fica em silêncio por um longo momento.

— E o que *você* acha?

Hesito. Não sei de nenhuma história em que os sangues-de-anjo não tenham cumprido seu propósito. Nem mesmo sei de muitas histórias sobre os sangues-de-anjo, ponto final. Tanto quanto eu saiba, eles podem murchar e morrer se fracassarem. Mamãe, com certeza, nunca me apresentou outra opção. Ela sempre fez o propósito soar como inevitável. Como a coisa para a qual eu fui feita.

— Não sei o que pensar — admito.

É a resposta errada. Tucker solta um longo suspiro.

— Parece que vamos ter que passar a andar com outras pessoas. Pelo menos você.

— O quê?

Ele vira o rosto.

— Você está rompendo comigo?

Ondas de choque percorrem meu corpo como um terremoto. Ele solta o ar dos pulmões lentamente, passa os dedos nos cabelos curtos e me olha nos olhos.

— Acho que sim.

Eu me ponho de pé.

— Tuck, não. Eu vou dar um jeito. De alguma forma, vou fazer as coisas funcionarem.

— Sua mãe não sabe, certo?

— Como assim?

— Ela não sabe que eu sei sobre você. Que eu sei sobre os sangues-de-anjo e tudo mais.

Suspiro e abano a cabeça.

— E você vai ficar ainda mais encrencada se ela souber.

— Não tem importância.

— *Tem* importância. — Ele começa a andar de um lado para outro. Eu não vou ser o cara que complica a sua vida, Clara. Não vou me colocar entre você e o seu destino.

— Por favor. Não se afaste de mim.

— Vai ficar tudo bem — diz ele, mais para si mesmo que para mim. — Talvez, quando tudo isso acabar, depois que o incêndio acontecer, você salvar Christian, coisa e tal, tudo possa voltar ao que era antes.

— É — concordo frouxamente.

Faltam só algumas semanas, talvez um mês ou dois, no máximo, para a temporada de incêndios terminar e eu concluir esse negócio com Christian. Depois, poderei voltar para Tucker sem que nada se interponha entre nós. Só que não acredito nisso. Não vou conseguir. Algo dentro de mim sabe que, se eu for com Christian para o bosque, nunca mais encontrarei o caminho de volta para Tucker. Tudo estará terminado, para sempre.

Ele já não está me olhando nos olhos.

— Nós somos jovens — diz. — Temos muito tempo para nos apaixonarmos.

Permaneço na cama por dois dias. O mundo está sem cor e a comida, sem sabor. Parece bobagem, eu sei, Tucker é só um garoto. As pessoas são rejeitadas; é uma circunstância da vida. E eu deveria estar me sentindo melhor com o fato de que ele, na verdade, não *queria* romper comigo. Estava tentando fazer a coisa certa. Não foi isso o que Christian disse quando rejeitou Kay? *Só estou tentando fazer a coisa certa. Eu não posso ser o que ela precisa.* Mas eu preciso de Tucker. Sinto falta dele.

Na manhã do terceiro dia, a campainha toca, o que quase nunca acontece. A primeira coisa que me passa pela cabeça é que deve ser Tucker. Veio me dizer que mudou de ideia e que nós vamos conseguir fazer as coisas funcionarem. Mamãe saiu para comprar mantimentos. Ouço Jeffrey descer as escadas correndo para abrir a porta. Pulo da cama e corro até o banheiro para desembaraçar os cabelos e lavar as lágrimas do rosto. Ponho algumas roupas, olho-me no espelho e decido trocar de camisa. Visto a que Tucker mais gosta — diz que realça o oceano profundo dos meus olhos —, a que eu estava usando no dia da Árvore dos Pulos. Mas ao tocar na maçaneta da porta do quarto, sinto que não é Tucker que está lá embaixo. Bem no fundo, sei que Tucker não é do tipo que muda de ideia.

É Ângela. Está conversando com Jeffrey sobre a Itália, sorrindo. Parece cansada, mas feliz. Ambos se viram quando desço as escadas lentamente. Considerando nossa última troca de palavras, não consigo me decidir se estou feliz em vê-la.

O sorriso dela se desvanece quando ela me vê.

— Uau — exclama ela, como que chocada ao ver como alguém pode parecer tão mal.

— Eu esqueci que você ia voltar esta semana — digo, ao chegar ao primeiro degrau.

— Bem, é bom ver você também.

Um canto de sua boca se levanta. Ela se aproxima de mim e me puxa da escada. Pega então um punhado de cabelos meus e os põe sob a luz que entra por uma janela.

— Uau — diz ela de novo. E ri. — Isso é muito melhor que cor de laranja, Clara. Você mudou. Sua pele está toda rosada. — Ela põe a mão na minha testa como se eu fosse uma criança doente. — E quente. O que aconteceu com você?

Não sei como responder a ela. Não vi o que ela parece estar vendo quando me olhei no espelho. Tudo o que vi foi meu coração despedaçado.

— Meu propósito está chegando, eu acho. Mamãe diz que eu estou ficando mais forte.

— Que loucura.

Não entendo a inveja nua e crua que vejo em seus olhos dourados. Não estou acostumada ao fato de ela me invejar; geralmente é o contrário.

— Você está linda — diz ela.

— Ela tem razão — diz Jeffrey de repente. — Você está parecendo um anjo.

Mas não me importa estar bonita agora. Estou me sentindo horrível. Lágrimas rolam pelo meu rosto.

— Ah, Clara... — Ângela me abraça apertado.

— Só não me diga "eu avisei", está bem?

— Há quanto tempo ela está desse jeito? — pergunta ela a Jeffrey.

— Alguns dias. Mamãe fez ela terminar com Tucker.

Não foi bem assim, mas não me dou ao trabalho de corrigi-lo.

— Tudo vai ficar bem — diz Ângela. — Vamos limpar você. Porque, mesmo com pele rosada e tudo, você está meio fedorenta, Clara. Depois, vamos alimentar você, dar alguns toques femininos e você vai ficar legal, você vai ver. — Ela se afasta e me olha com sua entusiástica expressão de historiadora dos sangues-de--anjo. — Tenho coisas incríveis para te contar.

Concluo que, afinal de contas, estou feliz por ela ter voltado.

Quando mamãe chega em casa, encontra-nos na sala de estar. Ângela está pintando minhas unhas dos pés com um profundo tom de rosa. Eu acabei de sair do banho. Elas trocam um olhar em que mamãe diz, sem palavras, como está feliz em me ver finalmente fora do quarto, e Ângela diz que tem tudo sob controle. De fato me sinto melhor, admito, não porque Ângela seja uma pessoa reconfortante, mas porque detesto parecer fraca na frente dela. Ela é sempre tão forte, tão incisiva, tão compenetrada. Sempre que estamos juntas é como se jogássemos "verdade ou desafio" o tempo todo. No momento, estamos no desafio. Ela me desafiou a parar de ficar à toa dentro de casa e, droga, ser uma verdadeira sangue-de-anjo. Minha fase de bancar a adolescente de coração partido está oficialmente terminada. É hora de seguir em frente.

— Está um lindo dia — diz mamãe. — Vocês, meninas, não querem sair para fazer um piquenique? Posso preparar uns sanduíches.

— Não posso. Estou de castigo.

Ainda estou furiosa com mamãe. Por causa dela, perdi Tucker. E me recuso a crer que as coisas têm de ser assim. Na verdade, toda essa confusão — meu propósito, minha fracassada vida amorosa e meu lamentável estado atual, para não falar de minha completa ignorância a respeito do que vai acontecer — se reporta a ela. Foi ela quem me falou sobre a divina obrigação que eu deveria cumprir. Foi ela quem teve a ideia de nos mudarmos para o Wyoming. Foi ela quem me assegurou insistentemente que existem razões para suas regras idiotas e para me manter às escuras. Tudo. Culpa. Dela. Porque, se a culpa não for de mamãe, é de Deus, e não estou preparada para me irritar com o Todo-Poderoso.

Ângela franze a testa para mim, vira-se para mamãe e sorri.

— Um piquenique seria ótimo, sra. Gardner. É claro que a gente precisa sair de casa.

Ângela quer comer ao ar livre, encontrar alguma mesa de piquenique nas montanhas, talvez no Lago Jenny, diz ela, mas eu não conseguiria ir ao lago. Ficaria me lembrando de Tucker. Só o fato de estar ao ar livre me faz ansiar por Tucker. Já me resignei à ideia de que talvez nunca mais saia ao ar livre. Assim, vamos para o Garter. O palco já está montado para *Oklahoma!*, com pés de milho artificiais, uma carroça quebrada, árvores, arbustos, uma casa de fazenda e um céu azul ao fundo. Ângela estende uma toalha no meio do palco e nos sentamos para comer o lanche.

— Eu andei estudando os Asas-Negras — diz ela, mordendo uma maçã verde.

— Isso é seguro? Considerando o que mamãe disse sobre consciência e tudo?

Ela dá de ombros.

— Não acho que eu esteja mais consciente deles do que antes. Eu só sei mais.

Ela pega uma agenda nova, de capa preta, cujas páginas estão cobertas com tudo o que ela conseguiu juntar sobre os anjos. Normalmente Ângela escreve em uma caligrafia caprichada, mas as anotações da agenda estão rabiscadas e manchadas, como se ela as tivesse escrito sempre às pressas. Ela folheia as páginas. Penso no meu diário, que iniciei com tanta paixão e desvelo na primeira semana em que tive a visão. Não toco nele há meses. Ângela me deixa mesmo envergonhada.

— Veja aqui — diz ela. — Eles são chamados de *Moestifere*, os Lamentáveis. Eles são mencionados em um velho livro que achei numa biblioteca em Florença. A palavra foi traduzida como "demônios tristes".

— Demônios? Pensei que eram anjos.

— Demônios são anjos — explica Ângela. — Na realidade, é mais uma distinção artística. Os pintores sempre representaram os anjos com lindas asas brancas, como as de pássaros. Como os anjos caídos tinham que ter asas também, eles lhes deram asas negras. Mas isso não era o bastante. Então eles lhes deram asas de morcego, e depois chifres, caudas e um tridente. Essa é a imagem que as pessoas têm agora.

— Aquele cara que nós vimos no shopping parecia um sujeito comum.

— Como eu disse, acho que eles podem ter a aparência que quiserem. Acho que o importante é como eles fazem a gente se sentir, certo? Fazer você chorar de repente pode ser um sinal.

— Minha mãe disse que a tristeza que sinto na minha visão pode ser por causa de um Asa-Negra.

A expressão no rosto de Ângela é de concordância.

— Você tem tido a visão com mais frequência?

Aceno que sim. Tenho tido a visão todos os dias na última semana. Mais ou menos uma vez por dia. Só demora alguns minutos, é um *flash* na verdade, sem nada substancial. E sem nada além do que já sei: a Avalanche, o bosque, a caminhada, o incêndio, Christian, as palavras que dizemos um ao outro, os toques, o abraço, o voo para longe. Tenho tentado ignorá-la.

— Mamãe fica me dizendo que eu preciso treinar, mas como? Eu posso voar bem. Posso carregar coisas. Estou ficando mais forte. Mas não são meus músculos que precisam ficar mais fortes, certo? Então, como eu posso treinar? O que eu devo fazer?

Ela reflete sobre a minha pergunta durante um minuto, depois diz:

— É a sua mente que você tem que treinar, como sua mãe disse uma vez. Você tem que se desligar de todas as bobagens e ir ao fundo do que interessa. Se concentrar. Nós podemos fazer isso juntas. — Ela sorri. — Eu vou ajudar você. Chegou a hora, Clara. Eu sei que esse assunto com Tucker incomoda. Mas você não pode virar as costas ao seu propósito. Você sabe disso, não sabe?

— Sei.

— Então, vamos fazer isso — diz ela, batendo as mãos e pulando, como se fôssemos começar no mesmo minuto. — Não há tempo a perder. Vamos treinar.

Ela tem razão, como sempre. Chegou a hora.

19

O CASACO DE VELUDO

Portanto, treinamos. Todas as manhãs, levanto-me com o sol e tento não pensar em Tucker. Tomo uma chuveirada, penteio os cabelos, escovo os dentes e tento não pensar em Tucker. Desço até a cozinha e preparo uma vitamina para mim — Ângela está nos mantendo em uma dieta de alimentos crus; diz que é mais pura, melhor para a mente. Eu aceito a ideia dela. Até acrescento algas, o que, estranhamente, faz com que eu pense em Tucker. E em pescar. E em beijar. Abafo o pensamento. Após o café da manhã, temos meditação na varanda da frente, o que é na verdade uma vã tentativa para não pensar em Tucker. Depois, vou para dentro e passo algum tempo na internet. Verifico o boletim meteorológico, a direção e a velocidade do vento e, o mais importante, o alerta contra incêndios no momento. Nestes últimos dias de agosto, está sempre amarelo ou vermelho. O perigo é sempre iminente.

Nos dias amarelos, passo as tardes voando no bosque dos fundos carregando o saco de viagem para exercitar as asas, acrescentando mais peso a cada vez e tentando não pensar em Tucker nos meus braços. Às vezes, Ângela vem comigo e voamos lado a lado, descrevendo filigranas no ar. Quando dou duro o bastante e por um bom tempo, consigo banir Tucker de minha mente por algumas horas. E quando eu tenho a visão às vezes não penso nele durante algum tempo.

Ângela me faz documentar a visão. Fez uma planilha. Nos dias em que não está na minha casa, ela geralmente me telefona na hora do jantar — posso ouvir a música de *Oklahoma!* ao fundo. E então me interroga sobre a visão. Ela me deu uma pequena agenda que levo no bolso traseiro da minha calça. Quando tenho a visão, devo largar tudo (de qualquer forma, quando tenho a visão, eu largo tudo mesmo) e registrar o que aconteceu. Hora. Lugar. Duração. Todas as facetas da visão de que consigo me lembrar. Todos os detalhes.

É por causa disso que começo a notar as variações. No início, sempre presumo que a visão é exatamente a mesma, a mesma coisa se repetindo. Mas, quando vou registrá-la, percebo que existem pequenas diferenças de um dia para o outro. A essência é sempre a mesma: estou no bosque, o fogo se aproxima, encontro Christian e voamos para longe. Em todas as vezes, estou usando o casaco de veludo. Em todas as vezes, Christian está usando sua jaqueta de camurça preta. Essas coisas parecem constantes, imutáveis. Mas às vezes subo a colina em um ângulo diferente, ou encontro Christian um pouco mais à direita ou à esquerda que no dia anterior. Ou recitamos nossas falas "É você / Sim, sou eu" de modo diferente ou numa ordem diferente. E noto que a tristeza muda. Às vezes a sinto no primeiro momento. Outras vezes não a sinto até ver Christian. Então ela cai sobre mim como uma onda quebrando. Às vezes eu choro e às vezes minha atração por Christian, o magnetismo que há entre nós, supera a dor. Um dia nós voamos em uma direção. No dia seguinte, voamos em outra.

Não sei como explicar isso. Ângela acha que as variações podem ser minúsculas versões alternativas do futuro, cada uma baseada em uma série de escolhas que farei no dia. O que me leva a conjeturar. Quanto do que acontece depende de uma escolha? Serei uma protagonista no cenário ou uma marionete? No final, suponho, isso não terá importância. Será o que será: meu destino.

Nos dias de alerta vermelho, voo pelas montanhas próximas a Fox Creek, observando, procurando vestígios de fumaça. Considerando a direção do fogo em minha visão, Ângela e eu concluímos que o incêndio provavelmente se iniciará nas montanhas e descerá pelo Canyon da Morte (nome arrepiantemente apropriado, eu acho) até terminar na estrada de Fox Creek. Portanto, patrulho essa área num raio de cinquenta quilômetros. Voo sem me preocupar que me vejam. Mesmo em meu estado de depressão e autopiedade, acho uma coisa muito legal. Aprendo rapidamente a voar à luz do dia, quando posso ver a terra abaixo de mim, tão tranquila e imaculada. Sou de fato como um pássaro, projetando minha longa sombra no chão. Eu quero ser um pássaro. Não quero pensar em Tucker.

* * *

— Ver você tão infeliz me deixa muito triste — diz mamãe certa noite, enquanto eu zapeio sonolentamente pelos canais de televisão. Meus ombros estão doloridos. Minha cabeça também. Não como uma refeição satisfatória há uma semana. Hoje de manhã, Ângela achou que iria ser uma experiência incrível queimar meu dedo com um fósforo para ver se sou inflamável. O resultado é que sou. E apesar de eu estar fazendo o que mamãe quer que eu faça e sendo uma menina bem comportada — ironicamente graças a Ângela, que Deus a abençoe —, ela e eu ainda estamos pisando em terreno minado. Eu não consigo perdoá-la. Não sei ao certo o que não consigo perdoá-la, mas essa é a situação.

— Você está vendo esse negócio? É um liquidificador pequeno. Você pode picar alho, fazer comida para bebês e preparar uma margarita, tudo isso pela pechincha de quarenta e nove dólares e noventa e nove centavos — digo, sem olhar para ela.

— Em parte, a culpa é minha.

Isso capta minha atenção. Abaixo o som da televisão.

— Como?

— Eu negligenciei você neste verão. Deixei você muito solta.

— Ah, então quer dizer que a culpa é sua porque, se você estivesse prestando mais atenção, teria impedido meu namoro com Tucker logo no início. Arrancaria a erva daninha quando ainda estivesse nascendo.

— Sim — diz ela, ignorando intencionalmente meu sarcasmo.

— Boa noite, mãe — digo, aumentando de novo o volume da tevê. Sintonizo o noticiário. Boletim do tempo. Quente e seco. Ventos fortes. Condições propícias a incêndios. Tempestades previstas para o final da semana, quando um só raio pode incendiar uma grande área. Muita diversão à frente.

— Clara — diz mamãe suavemente.

Obviamente ainda não terminou sua confissão.

— Já entendi — retruco. — Você está se sentindo mal. Agora vou dormir um pouco, para o caso de ter que cumprir meu destino amanhã.

Desligo a televisão e jogo o controle remoto no sofá. Depois, me dirijo à escada.

— Eu lamento muito, filhinha — diz ela, tão baixo que não sei se ela pretende que eu a escute. — Você não faz ideia de como eu lamento.

Paro no meio da escadaria e me viro para ela.

— Então me conte — replico. — Se você lamenta, me conte.

— Contar o quê?

— Tudo. Tudo o que você sabe. A começar pelo seu propósito. Você não acha que seria ótimo se nós duas pudéssemos nos sentar, tomar uma xícara de chá e conversar sobre os nossos propósitos?

— Eu não posso — diz ela.

Seus olhos se tornam sombrios, com as pupilas se dilatando, como se minhas palavras lhe provocassem uma dor física. Depois, é como se ela fechasse uma porta entre nós. Seu rosto se torna inexpressivo. Sinto um aperto no peito, em parte porque fico furiosa com ela, por ter me descartado com tanta eficiência; mas também porque me ocorre que tanto esforço para me manter na ignorância só pode ter uma razão: ela não acredita que eu possa lidar com a verdade.

Isso significa que a verdade deve ser muito desagradável.

Ou isso ou, apesar de todas as suas palavras de incentivo, ela não tem nenhuma fé em mim.

* * *

O dia seguinte é de alerta vermelho. Fico em pé na sala de estar, tentando decidir se vou usar ou não o casaco violeta. Se não o usar, o incêndio irá ocorrer? Poderia ser simples assim? Todo o meu destino dependendo de uma simples decisão sobre vestuário?

Decido não fazer o teste. De qualquer modo, a esta altura, não estou tentando evitar o incêndio. Só quero encerrar o assunto. E faz frio lá nas nuvens. Visto o casaco e saio de casa.

Estou em meio à minha patrulha quando a onda de tristeza me atinge.

Não é a tristeza habitual. Não tem nada a ver com Tucker, Christian ou minha família. Não é autopiedade ou melancolia de adolescente. É uma tristeza pura e brutal, como se todas as pessoas que eu amo tivessem morrido subitamente. Propaga-se dentro de minha cabeça até turvar minha visão. Sufoca-me. Não consigo respirar. Minha leveza desaparece. Começo a cair, tentando agarrar o ar. Sou tão pesada que caio como uma pedra.

Por sorte, atinjo as ramagens superiores de uma árvore, o que me impede de colidir contra as rochas e morrer. Meu braço e minha asa direita ficam presos em um galho. Ouço um barulho seco, seguido por uma dor no alto do ombro, a pior dor física que já senti. Solto um grito, enquanto o chão se aproxima velozmente de mim. Coloco o braço intacto à frente do rosto, à medida que sou açoitada, furada e arranhada ao longo de toda a queda. Paro a seis metros do chão, com as asas entaladas nos galhos e o corpo pendurado.

Sei que uma Asa-Negra está nas proximidades. Mesmo em meio ao pânico e à dor, fui capaz de fazer esta pequena dedução. É a única coisa que faz sentido. O que significa que devo sair daqui, e rápido. Portanto, mordo os lábios e tento me desvencilhar dos galhos. Minhas asas ficaram presas e sei que uma está quebrada. Levo um minuto para me lembrar de que posso recolhê-las. Quando o faço, despenco da árvore.

Bato com força no chão. Grito outra vez, descontroladamente. A dor em meu ombro é tão intensa que quase desmaio. Não consigo encher os pulmões de ar. Não consigo pensar com clareza. Minha cabeça está anuviada pela tristeza. Que se torna pior, mais intensa a cada segundo. Chego a pensar que meu coração vai explodir de tristeza.

Isso significa que ele está se aproximando.

Luto para conseguir me sentar e descubro que não consigo mover o braço deslocado, que pende de meu ombro em um ângulo estranho. Nunca me machuquei com tanta gravidade. Onde está meu incrível poder de recuperação agora que mais preciso dele? Ponho-me de pé desajeitadamente. Um dos lados do meu rosto parece molhado. Eu o toco e fico com a mão manchada de sangue.

Não ligue para isso, penso. *Ande. Logo.*

Cada movimento que faço repercute em meu ombro, enviando uma onda de dor que me percorre o corpo. Neste momento, sinto que posso realmente morrer. Não há esperança, nenhuma luz, nenhuma prece em meus lábios. Cheguei ao fim da linha. Sinto-me tentada a deitar no chão e deixar que ele me alcance.

Não, digo a mim mesma. *O que você está sentindo é o Asa-Negra. Continue a andar. Ponha um pé diante do outro. Saia daqui.*

Ando cambaleante por mais alguns metros e me encosto numa árvore, ofegante, tentando reunir forças. Ouço então uma voz de homem, ecoando por entre as árvores como que trazida pelo vento. Com certeza não é humana.

— Olá, avezinha — diz ele.

Eu me imobilizo.

— Foi uma queda e tanto. Você está bem?

20

UMA DOR INSUPORTÁVEL

Muito, muito lentamente eu me viro. O homem está a menos de três metros e me olha com curiosidade.

É alucinantemente bonito. Mal consigo acreditar que não reparei nisso naquele dia no shopping. Acho que todos os anjos puros, presumivelmente, são lindos de morrer, mas não sabia que eram *tão* lindos. Se existe um molde para a perfeita beleza masculina, esse cara saiu dele.

Ele não é jovem nem velho. Sua pele não tem a menor ruga ou falha; seus cabelos negros como carvão são lustrosos. Mas sei que ele é tão velho quanto as pedras sob meus pés. Sua postura é sobrenaturalmente aprumada. A tristeza que faz vibrar todos os meus nervos não transparece em seu rosto. Os cantos de seus lábios estão até virados para cima, no que pretende ser um sorriso simpático. Se eu não estivesse preparada, acharia que sua voz é bondosa e que ele realmente deseja me ajudar. Como se não fosse um grande anjo mau, que pode me matar com o dedo mindinho. Como se fosse apenas um passante solidário.

Eu não posso correr. Não há como. Não posso voar. A tristeza me rouba a leveza, como uma sombra bloqueando o sol. Provavelmente vou morrer. Sinto vontade de gritar, chamando minha mãe. Em meio ao desespero do Asa-Negra, que pesa sobre mim como um cobertor molhado, tento lembrar a mim mesma que no outro lado de uma tênue cortina está o céu. E esse homem, esse falso homem, pode matar meu corpo, mas não pode tocar minha alma.

Eu não sabia até agora que de fato acreditava nisso. O pensamento me deixa momentaneamente corajosa. Tento não pensar em Tucker, nem em Jeffrey, nem em nenhuma das pessoas que deixarei para trás se esse cara me matar. Luto para me empertigar e olho o homem nos olhos.

— Quem é você? — pergunto.

Ele ergue uma das sobrancelhas.

— Você é uma menina corajosa — diz ele, dando um passo em minha direção.

Quando ele se move, provoca uma leve turvação no ar à sua volta, que desaparece quando ele para. Quanto mais olho para ele, menos humano ele me parece, como se o corpo que está diante de mim fosse apenas a roupa que recobre a criatura que há por baixo, pulsando com mágoa e fúria, mal conseguindo aguardar o momento de se libertar. Ele dá mais um passo em minha direção.

Dou um passo para trás. Ele dá uma risada. O som é suave, mas faz meu corpo estremecer dos pés à cabeça.

— Meu nome é Sam — diz ele.

Ele tem um ligeiro sotaque que não consigo identificar. Fala em voz baixa e cantada, tentando me tranquilizar.

Acho que é um nome bastante ridículo para uma criatura cujo poder gélido e sombrio se irradia dele em ondas, numa espécie de antiglória. Quase chego a rir. Tenho a impressão de estar perdendo qualquer senso de realidade, não sei se devido à tensão emocional ou à dor horrível que sinto no ombro. Já estou me desmantelando e a tortura nem sequer começou. Começo a me sentir entorpecida, como se meu corpo não pudesse suportar a situação e estivesse se desligando aos poucos. É um grande alívio.

— Quem é *você*? — pergunta ele incisivamente.

— Clara.

— Clara — repete ele, como se estivesse rolando meu nome na língua e estivesse apreciando o sabor. — Apropriado, eu acho. Qual é o seu nível?

Pelo menos uma vez, o hábito de minha mãe de me manter na ignorância se mostra útil. Não tenho a menor ideia do que ele está falando. Acho que pareço tão desorientada quanto me sinto.

— Quem são seus pais? — pergunta ele.

Mordo os lábios até sentir gosto de sangue. Minha cabeça começa a sofrer uma estranha pressão, como se ele estivesse aguilhoando meu cérebro em busca das informações que deseja. Se encontrar as pessoas que conheço, será a morte para elas. Tenho um rápido lampejo do rosto de minha mãe, mas procuro desesperadamente pensar em outra coisa. Qualquer coisa.

Vá com os ursos-polares, digo a mim mesma. *Ursos-polares no Polo Norte. Bebês ursos-polares correndo atrás da mãe sobre a neve. Ursos-polares bebendo Coca-Cola.*

Ele está me encarando.

Ursos-polares caminhando no gelo à procura de bebês focas. Dentes de urso, longos e afiados. Ursos-polares com patas e narizes rosados.

— Eu posso fazer você me contar — diz o anjo. — Será mais agradável se você colaborar.

Ursos-polares morrendo de fome. Ursos-polares nadando e nadando, em busca de terra seca. Ursos-polares se afogando, seus corpos flutuando na água. Seus olhos mortos e vidrados. Pobres ursos-polares mortos.

Ele dá outro passo em minha direção, lento e deliberado. Apenas olho, desamparada. Meu corpo não responde à minha ordem imperiosa de sair correndo.

— Quem são seus pais? — pergunta ele pacientemente.

Meus ursos-polares acabaram. A pressão em minha cabeça se intensifica. Fecho os olhos.

— Meu pai é humano. Minha mãe é Dimidius — digo rapidamente, esperando que isso o satisfaça.

Minha cabeça fica mais leve. Abro os olhos.

— Você é forte para alguém com um sangue tão fraco — comenta ele.

Dou de ombros. Sinto-me aliviada. Ele já não está mais tentando sequestrar meu cérebro. No fundo, entretanto, sei que tentará de novo. Obterá os nomes. Saberá onde moramos. Tudo. Eu gostaria de poder avisar minha mãe.

Então me lembro do celular.

— É, eu não valho muito para você. Por que não me deixa ir embora?

Enquanto digo essas palavras, enfio a mão no bolso do casaco. Ainda bem que o telefone está no bolso esquerdo, pois não consigo movimentar o braço direito. Tateio o botão número dois e o aperto. O pequeno bipe me faz estremecer por dentro. A campainha começa a tocar. Rezo para que o Asa-Negra não esteja próximo o bastante para ouvi-la. Ponho os dedos sobre o microfone.

— Eu desejo simplesmente falar com você — diz ele com uma entonação gentil.

Ele fala como minha mãe. Em dado momento, soa normal e contemporâneo; no momento seguinte, parece antiquado, como se tivesse acabado de sair de um romance vitoriano.

— Alô? — diz minha mãe.

— Não tenha medo — diz ele, aproximando-se mais. — Eu nem sonharia em machucar você.

— Clara? — diz minha mãe tranquilamente. — É você?

Tenho de transmitir a mensagem a ela. Não para que venha me salvar, pois ela não tem como vencer um anjo. Mas para salvar a si mesma.

— Eu só quero sair daqui — digo na voz mais alta e clara que me é possível sem despertar as suspeitas do anjo. — Sair daqui e nunca mais voltar.

Ele dá mais um passo em minha direção e subitamente me vejo dentro do raio de sua glória sombria. Meu torpor se desvanece. Sinto toda a carga de sua tristeza, uma dor tão profunda e cortante que me atinge como uma punhalada no peito.

O que foi mesmo que mamãe disse? Que os anjos foram concebidos para agradar a Deus e quando não o fazem sentem uma enorme dor física e emocional?

O cara está sofrendo demais. Coisa boa não vai fazer.

— Seu ombro está deslocado — diz elc. — Fique parada.

Seus dedos gelados, duros como pedra, curvam-se em torno de meu pulso antes que eu tenha tempo de esboçar qualquer coisa. Ouço um estalo alto e começo a gritar. Grito até perder a voz. Um muro cinzento se ergue diante de mim. Os braços do anjo me envolvem. Ele me puxa de encontro a seu peito e eu desmaio.

— Calma — diz ele, afagando meus cabelos.

Deixo a obscuridade me levar.

Volto a mim devagar e percebo duas coisas. Primeiro: a dor em meu braço desapareceu completamente. E segundo: estou abraçada a um Asa-Negra, com o rosto enterrado no peito dele. Seu corpo, rígido e inamovível, parece uma estátua. E ele está me tocando, sentindo minha pele. Uma de suas mãos está tocando minha nuca e a outra a base da coluna. Sob a camisa. Seus dedos são frios como os de um cadáver. Minha pele está formigando.

O pior de tudo é que posso sentir sua mente. Como se estivesse nadando na gélida piscina de sua consciência. Posso sentir seu crescente interesse em mim. Ele me acha uma criança adorável e lamenta que eu tenha um sangue tão diluído. Eu lhe lembro alguém. Meu cheiro o agrada, uma mistura de xampu de lavanda, sangue e um toque de poeira. E bondade. Ele fareja a bondade em mim e a quer para ele. Ele me quer para ele. Ele vai me levar. Mais uma, pensa ele, a raiva irrompendo em meio à lascívia. Como é simples.

Eu me contraio em seus braços.

— Não tenha medo — diz ele novamente.

— Pare.

Coloco as mãos em seu peito e empurro com toda a força. Mas ele é como um muro de tijolos e nem se mexe.

Sua resposta é me deitar no chão rochoso.

Bato nele com os punhos, inutilmente. Grito. Minha mente começa a dar voltas. Vou urinar nele. Vomitar, morder, arranhar. Com certeza perderei, mas se ele vai me marcar eu também o marcarei, se tal coisa for possível.

— Não adianta, avezinha.

Seus lábios roçam meu pescoço. Sinto seus pensamentos. Ele está totalmente sozinho. Isolado. Jamais poderá retornar.

Grito em seu ouvido. Ele solta um suspiro pesaroso e tapa minha boca com uma das mãos; com a outra, segura meus punhos e os prende no chão, acima da cabeça. Seus dedos são como metal frio sondando minha carne.

Ele tem gosto de cinzas.

Meus corajosos pensamentos sobre o céu se desvanecem ante a dura realidade do momento.

— Pare — ordena uma voz.

O Asa-Negra retira a mão da minha boca. Então se ergue em um movimento rápido e fluido, levantando-me nos braços como se eu fosse uma boneca de pano. Há alguém nas proximidades. Uma mulher de longos cabelos vermelhos.

Minha mãe.

— Olá, Meg — diz ele, como se ela o estivesse visitando para tomar o chá da tarde.

Ela está de pé sob as árvores, a cerca de três metros, com os pés bem separados, como que se preparando para receber um impacto. Sua expressão é tão feroz que ela parece uma pessoa diferente.

Eu nunca vi seus olhos desse jeito, azuis como a parte mais quente de uma chama, fixos no rosto do Asa-Negra.

— Eu andei me perguntando o que teria acontecido com você — diz ele. De repente parece mais jovem. Até com um ar de garoto. — Acho que vi você não faz muito tempo. Em um shopping, imagine.

— Olá, Samjaza — diz ela.

— Suponho que esta aqui é sua.

Ele olha para mim. Ainda posso senti-lo dentro de minha cabeça. Seu desejo por mim se desvaneceu no momento em que ele viu minha mãe. Ele a considera verdadeiramente bela. É ela, percebe ele, que eu lhe trago à lembrança. Seu espírito meigo. Sua coragem. Como o pai dela.

— Você me surpreende, Meg — prossegue ele em tom amistoso. — Eu jamais iria imaginar que você fosse do tipo maternal. E já tão tarde na vida.

— Tire as mãos de cima dela, Sam — diz mamãe com ar entediado, como se ele estivesse levando sua paciência ao limite.

Ele me aperta com mais força.

— Não seja desrespeitosa.

— Ela é só um quarto de anjo, não vale o seu tempo. É pouco mais que humana.

Seus olhos me relanceiam por um segundo. Ela tem um plano.

— Não — diz Sam empertigadamente. — Eu quero ficar ela. A não que você prefira ocupar o lugar dela.

— Vá para o inferno — vocifera mamãe.

A cólera dele me lembra uma nuvem em forma de cogumelo se expandindo após uma explosão nuclear, embora a expressão em seu rosto não mude.

— Tudo bem.

Ele murmura algo em angélico, uma palavra que pela primeira vez não entendo. Subitamente, o ar ao nosso redor reverbera e se abre. Ouço um som estridente, de algo rasgando. O chão sob nossos pés sacode levemente, como quando alguém deixa cair no chão alguma coisa pesada. Subitamente, o mundo que conheço se transforma em um lugar cinzento.

É como se o bosque onde estávamos se reduzisse a um descampado ermo e lúgubre. A forma do lugar parece a mesma de antes, a encosta de uma montanha com árvores. Mas as árvores não têm folhas nem agulhas. São apenas troncos nus e acinzentados, com galhos retorcidos que se perfilam contra um céu granuloso e estrondeante. Não há nenhuma cor, cheiro ou som, além das ocasionais trovoadas. Não há pássaros. A luz está desaparecendo como se o sol estivesse se pondo. Nuvens negras de tempestade rodopiam em um céu que, na Terra, estava perfeitamente azul.

Eu sempre visualizei o inferno como um lugar em chamas cheirando a enxofre, com lagos sulfurosos, onde demônios com chifres e olhos rútilos torturam as almas dos condenados. Mas o ar está tão frio que posso enxergar minha respiração. Uma neblina lodosa passa por nós, enregelando-me até o osso. Estou tremendo violentamente.

Mamãe brilha mais que qualquer outra coisa. Está em branco e preto, mas é como se os contrastes entre seus matizes tenham sido aumentados. Sua pele está radiosamente branca. Seus cabelos, negros como carvão.

O Asa-Negra afrouxa a pressão em meus braços. Ambos sabemos que já não tenho para onde fugir. Ele está com um aspecto mais relaxado. No inferno, parece maior, mais alto e mais corpulento. Mais poderoso, se isso é possível. Seus olhos brilham. Ele os fecha por um momento e inspira profundamente, como que se deliciando com o ar. De repente, suas asas aparecem. São enormes, muitos maiores que as de mamãe ou as minhas, oleosas e absolutamente negras — como buracos negros que tivessem se aberto atrás dele, sugando toda a luz.

Ele sorri, um sorriso triste. Está orgulhoso de si mesmo. A transição de onde nós estávamos para o inferno não foi fácil. Ele quer impressionar minha mãe.

— Você é ainda mais tolo do que eu pensava — diz mamãe rispidamente. Não parece impressionada. — Você não pode nos manter aqui.

É uma boa notícia para mim.

— Você está se esquecendo de quem eu sou, Margaret.

Ele não se mostra nem um pouco incomodado com a insolência dela, parece até encantado. Está sendo muito paciente. Ele se orgulha de sua paciência. E sabe que ela está com medo. Espera que surjam brechas na calma dela.

— Não — responde minha mãe brandamente. — Você é quem está se esquecendo de quem *eu* sou, Vigia.

Sinto o medo atravessá-lo, rápido e penetrante. Ele não está com medo de minha mãe exatamente, mas de outra pessoa. De dois indivíduos. Posso vê-los em minha mente, de modo vago, parados a distância. Dois homens de asas brancas como a neve. Um deles tem cabelos vermelhos e brilhantes olhos azuis. O outro é louro, com pele dourada e ar feroz, mas não consigo distinguir seus traços com precisão.

Ele segura uma espada flamejante.

— Quem são eles? — sussurro, sem conseguir me conter.

Sam olha para mim, franzindo a testa.

— O que você disse?

Ele inspeciona minha mente de novo, exercendo uma pressão momentânea. De súbito, parece que uma porta se fecha entre os meus pensamentos e os dele. Sua mão me larga, como se eu a tivesse queimado. Tão logo deixa de me tocar, seus pensamentos desaparecem. A irradiação de raiva e tristeza cai pela metade. Sinto que posso me mover novamente. Posso respirar. Posso correr.

Sem pensar, piso com toda a força em seu pé — não que isso o machuque — e saio correndo em direção à minha mãe, que me estende a mão. Eu a seguro. Sem largar minha mão, ela se posiciona diante de mim.

O Asa-Negra emite um som semelhante a um rosnado, que faz os pelos dos meus braços se arrepiarem. Não há como interpretar de outra forma a expressão em seu rosto: ele vai nos destruir.

Ele estende as asas. As nuvens acima de nós começam a crepitar de energia. Mamãe aperta minha mão.

Feche os olhos, ordena ela sem falar. Não sei o que me deixa mais chocada: ela ser capaz de falar dentro de minha cabeça ou querer que eu feche os olhos em um momento como esse. Ela não espera que eu obedeça. Uma luz brilhante explode em torno de nós. Os lugares que seus raios tocam emitem fagulhas de cor e calor.

Glória.

O Asa-Negra recua instantaneamente, protegendo os olhos. Seu rosto se contorce de dor. Pela primeira vez seu rosto reflete o que de fato está sentindo. É como se estivesse sendo devorado por dentro.

Não olhe para ele. Feche os olhos, ordena mamãe outra vez.

Fecho os olhos.

Boa menina, diz a voz de mamãe em minha cabeça. *Agora, abra as asas.*

Não posso. Uma delas está quebrada.

Não tem importância.

Convoco minhas asas. Sinto uma dor tão intensa que fico sem fôlego e quase abro os olhos. Mas só dura um segundo. Uma onda de calor percorre minhas asas, aquecendo músculos, tendões e ossos. Então, como ocorreu com o corte em minha mão, a dor desaparece. Não somente das minhas asas. Os arranhões em meus braços e rosto, as contusões, o deslocamento do ombro. Tudo desaparece. Estou completamente recuperada. Ainda aterrorizada, mas recuperada. E aquecida novamente.

Ainda estamos no inferno?, pergunto a mamãe.

Sim. Não posso nos levar de volta à Terra sozinha. Não sou tão poderosa. Preciso da sua ajuda.

O que eu devo fazer?

Pense na Terra. Pense em coisas verdes e viçosas. Flores, árvores. Grama embaixo dos pés. Pense nos locais que você ama.

Visualizo o choupo defronte à nossa janela, em casa, farfalhando à brisa, tremulando, milhares de ondinhas verdes, folhas translúcidas se movendo juntas como em uma dança. Lembro-me de papai. Fazendo a barba nas manhãs de domingo e passando velhos cartões de crédito em meu rosto, fingindo que estava me barbeando também. Eu contemplando seus cálidos olhos cinzentos. Penso em nossa casa atual, no aroma de cedro e pinheiro que sentimos quando estamos no lado de fora. No horrível bolo de café que mamãe faz. Em açúcar mascavo se derretendo em minha língua. E Tucker. Estamos tão próximos que respiramos o mesmo ar. *Tucker.*

O chão começa a tremer, mas mamãe me segura firme.

Perfeito. Agora abra os olhos, diz ela. Mas não largue minha mão.

A luz brilhante me faz piscar. Estamos de volta a Terra, quase no mesmo lugar em que estávamos antes. A glória nos envolve como uma força celestial. Sorrio. Tenho a sensação de que nos ausentamos durante horas, embora tudo não tenha demorado mais que alguns minutos. É bom ver cor. Parece que estou acordando de um pesadelo e as coisas estão de novo como deveriam ser.

— Vocês não venceram, vocês sabem disso — diz a voz fria e familiar.

Meu sorriso se desvanece. Sam ainda está presente, fora do raio de ação da glória, olhando-nos fria e serenamente.

— Vocês não podem manter isso para sempre — diz ele.

— Podemos manter isso o tempo suficiente — replica mamãe.

A resposta o deixa nervoso. Seus olhos examinam o céu, rapidamente.

— Eu não preciso tocar em vocês.

Ele estende a mão para nós, com a palma voltada para o lado de cima.

Prepare-se para voar, diz mamãe em minha cabeça.

Fumaça começa a sair da mão do Asa-Negra. Depois, uma pequena chama. Ele olha para mamãe, que aperta minha mão com mais força. Ele vira a mão ao contrário. Fogo começa a sair de seus dedos, atingindo o chão do bosque. E logo se propaga pela vegetação seca, movendo-se dos arbustos para o tronco da árvore mais próxima. Sam permanece em meio ao incêndio, absolutamente refratário ao fogo, enquanto grandes penachos de fumaça se erguem ao seu redor. Sei que não teremos tanta sorte.

De repente, Sam sai da cortina de fumaça e olha para minha mãe.

— Eu sempre achei você a mais bonita das Nefilins — diz ele.

— Isso é engraçado, porque eu sempre achei você o mais feio dos anjos.

Boa resposta. Tenho que admitir.

Mas os Asas-Negras, eu acho, não têm muito senso de humor.

Nenhuma de nós estava esperando as labaredas que irrompem da mão dele. O fogo atinge mamãe no peito e instantaneamente alcança seus cabelos. A glória que se irradia de nós pisca e se apaga. Tão logo desaparece, o anjo investe contra nós, agarrando mamãe pela garganta e a erguendo no ar. Ela esperneia desesperadamente. Suas asas se agitam. Tento retirar minha mão da mão dela para ajudá-la a lutar, mas ela me segura firme. Eu grito. Com a mão livre, bato nele e puxo seu braço, mas é inútil.

— É o fim dos pensamentos felizes — diz ele.

Ele olha para mim com ar triste. Uma vez mais sou tomada pela sua tristeza. Matar mamãe o deixa pesaroso. Vejo a imagem dela em seus olhos, usando cabelos curtos, fumando um cigarro e sorrindo desdenhosamente para ele. Ele manteve essa imagem na mente durante quase cem anos. Acredita de fato que a ama. Ele a ama mas está prestes a estrangulá-la.

Os lábios dela estão se tornando azuis. Eu não paro de gritar.

Fique calma, diz ela com voz severa em minha cabeça, surpreendentemente forte para alguém que parece estar morrendo à minha frente. Um grito engasga em minha garganta. Ainda ouço os ecos dos gritos anteriores. Engulo em seco.

Mamãe, eu te amo.

Quero que você pense em Tucker agora.

Mamãe, eu lamento o que fiz.

Agora!, insiste ela. Seus gritos estão se tornando mais fracos e suas asas pendem em suas costas. *Feche os olhos e pense em Tucker. AGORA!*

Fecho os olhos e tento concentrar minha mente em Tucker, mas tudo o que consigo pensar é que a mão de minha mãe está afrouxando dentro da minha e não há ninguém para nos salvar.

Pense em uma boa lembrança, sussurra ela em minha mente. *Lembre-se de um momento de amor na companhia dele.*

Faço o que ela me pede.

— O que foi que a água disse para o peixe? — pergunta Tucker.

Estamos sentados à beira de um riacho, enquanto ele amarra uma isca numa vara de pescar. Está com um chapéu de caubói e uma camisa de flanela vermelha, do tipo que os lenhadores usam, sobre uma camiseta cinza. Adorável.

— O quê? — pergunto, já com vontade de rir, e ele ainda nem me contou o final.

Ele sorri. Nem consigo acreditar em como ele é lindo. E é meu. Ele me ama, eu o amo e isso é uma coisa rara e linda.

— Nada — responde ele.

Dou uma risada alta ao me lembrar. Sou inundada pelo prazer que senti naquele momento. Depois me lembro do modo como me senti naquele dia no celeiro, enquanto o beijava e o abraçava bem apertado, amalgamando-me com ele e com todos os seres vivos do planeta.

Subitamente, entendo o que minha mãe deseja. Ela precisa de mim para chamar a glória. Tenho de me despir de tudo, exceto da minha essência — a parte que está conectada com tudo ao meu redor, a parte que alimenta meu amor. Essa é a chave, percebo, a parte oculta da glória. A razão pela qual eu me iluminei quando estava com Tucker na estrebaria. Nada mais que amor. Amor. *Amor.*

Isso, diz mamãe dentro da minha cabeça. *Isso mesmo.*

Abro os olhos. Levo alguns instantes para acostumar os olhos à luz intensa que está se irradiando de mim agora. Intensamente. Eu me transformei em uma tocha e estou faiscando como fogos de artifício no 4 de Julho.

O Asa-Negra hesita. Ainda estou agarrada a seu braço. No lugar onde o toco, sua pele começa a se desintegrar. É como se eu estivesse arrancando a parte falsa de seu corpo, sua vestimenta humana, e segurando a criatura que se esconde por baixo.

— Não — murmura ele, com ar descrente.

Ele larga minha mãe, que cai de borco no chão. Largo a mão dela e agarro o anjo pela orelha, o que ele não estava esperando. Ele puxa a cabeça para trás, mas me mantenho firme e seguro sua orelha com mais força. Ele uiva de dor. Uma fumaça começa a emanar dele, semelhante à desprendida por gelo seco. Ele está se evaporando.

Sua orelha se solta em minha mão.

Fico tão chocada que quase perco a glória. Largo a orelha intumescida, que explode em pequenas partículas tão logo atinge o chão. Estendo a mão para o anjo novamente, pensando em agarrá-lo pelo pescoço, mas ele se esquiva. A pele de seu braço, onde o estou segurando, está se dissolvendo como cinzas na chuva. Não. Como poeira. Como poeira se espalhando ao vento.

— Largue — diz ele.

— Vá para o inferno.

Eu o empurro para longe de nós. Ele cambaleia para trás.

Há uma ondulação no ar, seguida por uma fria rajada de vento, e ele desaparece.

Mamãe tosse. Caio de joelhos e, cuidadosamente, deito-a de costas. Ela abre os olhos, olha para mim e abre a boca, mas não emite nenhum som.

— Ah, mamãe — suspiro, ao notar as manchas escuras em sua garganta.

Posso distinguir o contorno da mão dele. A glória começa a se desvanecer.

Ela estende a mão para mim e eu a seguro.

Não deixe a glória ir embora ainda, diz ela em minha mente. *Continue me segurando.*

Inclino-me sobre ela e a inundo com minha luz. Diante de meus olhos, os ferimentos em sua cabeça e pescoço começam a desaparecer. Seus cabelos, que estavam queimados, crescem novamente. Ela respira fundo, como um nadador buscando ar.

— Graças a Deus.

O alívio me deixa amolecida.

Ela senta-se. Depois, olha fixamente por cima de meu ombro, para alguma coisa atrás de mim.

— Temos que sair daqui — diz.

Eu me viro. O fogaréu iniciado pelo Asa-Negra cresceu e se transformou num autêntico e crepitante incêndio florestal, desenfreado e incontrolável, devorando tudo em seu caminho. Nós inclusive, se permanecermos no local por mais alguns minutos.

Olho de novo para mamãe, que se levanta lentamente. Lembra-me uma pessoa idosa saindo de uma cadeira de rodas.

— Tudo bem com você?

— Estou me sentindo fraca. Mas consigo voar. Vamos.

Levantamos voo juntas, de mãos dadas. Quando já estamos longe o bastante, vejo como o incêndio está grande. Começa a ventar. O vento alastra o fogo. Numa fração de segundo, o incêndio se torna duas vezes maior que há um minuto — uma parede de chamas que se move inexoravelmente em direção ao Canyon da Morte.

Conheço esse incêndio. Eu o reconheceria em qualquer lugar.

— Vamos — diz mamãe.

Começamos a voar para casa. Enquanto voamos, tento fazer meu cérebro exausto aceitar o fato de que esse é *o* fogo da minha visão e agora, depois de tudo o que aconteceu, ainda terei de voar para salvar Christian. É estranho como a visão nunca incluiu um Asa-Negra especificamente. Ou algumas outras coisas que poderiam ter sido úteis.

— Querida, pare — pede mamãe. — Eu tenho que parar.

Descemos até a beira de um pequeno lago.

Mamãe pousa sobre um tronco caído. Está ofegante com o exercício de voar uma distância tão longa e tão rapidamente. Está pálida. E se o Asa-Negra a feriu de um modo que a glória não pode curar?, penso. E se ela estiver morrendo?

Subitamente me lembro do meu telefone. Tiro-o do bolso e começo a discar 9-1-1.

— Não faça isso — diz mamãe. — Vou melhorar. Só preciso descansar. Você tem que ir até a estrada de Fox Creek.

— Mas você está ferida.

— Eu lhe disse que vou melhorar. Vá.

— Primeiro, vou levar você em casa.

— Não há tempo. — Ela me empurra. — Já demoramos muito. Vá procurar Christian.

— Mamãe...

— Vá procurar Christian — repete ela. — Vá agora.

21

FUMAÇA NOS OLHOS

Dirijo-me à estrada de Fox Creek, voando em linha reta. Estou muito cansada depois de tudo o que aconteceu, mas consigo voar, e minhas asas parecem conhecer o caminho. Desço no local em que minha visão geralmente começa.

Olho ao redor. Não há nenhuma Avalanche cinzenta estacionada na estrada, nenhum céu alaranjado, nenhum incêndio. Tudo parece inteiramente normal. Até mesmo tranquilo. Os pássaros estão cantando, a folhagem farfalhando nos choupos. Tudo indica que o mundo vai bem.

Estou adiantada.

Sei que o incêndio está no outro lado do morro, movendo-se determinadamente em direção a este lugar. Vai chegar aqui. Tudo o que tenho de fazer é esperar.

Saio da estrada, sento-me encostada a uma árvore e tento me concentrar. Impossível. Por que Christian estaria aqui?, conjeturo. O que ele viria fazer na estrada de Fox Creek? Por algum motivo, tenho dificuldade em imaginar Christian de botas de pescaria arremessando uma linha de pesca no riacho. Parece que algo está errado.

Mas nada parece se ajustar. Na minha visão, eu não estou sentada esperando que ele apareça. Ele chega aqui primeiro. Eu apareço depois que a caminhonete já está estacionada. Entro no bosque e ele está aqui, olhando o incêndio que se aproxima.

Confiro o relógio. Os ponteiros não estão se mexendo. Param às onze horas e quarenta e dois minutos. Eu saí de casa por volta das nove da manhã; provavelmente caí em torno das dez. Portanto, às onze e quarenta e dois...

Às onze e quarenta e dois eu estava no inferno. E não tenho a menor ideia de que horas são agora.

Eu deveria ter ficado com mamãe. Eu tinha tempo. Poderia tê-la levado para casa ou para o hospital. Por que ela insistiu em que eu a deixasse? Por que desejaria ficar sozinha? Tenho um sobressalto de medo quando me ocorre que os ferimentos dela podem ser muito piores do que ela demonstrou; e que ela sabia que não conseguiria esconder isso por muito mais tempo. Então me fez ir embora. Imagino-a à beira do lago, com a água lambendo seus pés. Morrendo sozinha.

Pare com isso, repreendo a mim mesma. *Você ainda tem um trabalho a fazer.*

Tantos meses tendo a visão repetidas vezes, tantos meses tentando entendê-la. E agora que finalmente estou aqui, não sei o que fazer nem por que fazê-lo. Não consigo superar a sensação de que estou agindo errado — de que eu deveria ter ido ao encontro com Christian. Talvez então tivesse acontecido alguma coisa que o traria aqui hoje. *Talvez eu já tenha falhado.*

É uma ideia bastante desanimadora. Ao encostar a cabeça no tronco da árvore, ouço o telefone tocar. Não reconheço o número.

— Alô?

— Clara? — diz uma voz familiar e preocupada.

— Wendy? — Tento me recompor. Passo a mão no rosto. Parece estranho ter uma conversa normal tão de repente. — Você já voltou para casa?

— Não — diz ela. — Devo viajar na sexta-feira. Mas estou telefonando por causa de Tucker. Ele está com você?

Sinto uma pontada de dor. Tucker.

— Não — digo, pouco à vontade. — Nós terminamos. Já não o vejo há uma semana.

— Foi o que minha mãe disse. Eu tinha esperança de que vocês tivessem voltado ou algo assim e ele estivesse com você, já que hoje é o dia de folga dele.

Olho ao redor. O ar está ficando mais pesado. Posso sentir nitidamente o cheiro de fumaça. O incêndio está se aproximando.

— Minha mãe me telefonou quando viu a notícia. Meus pais estão em Cheyenne, em um leilão, e não sabem onde ele está.

— Que notícia?

— Você ainda não sabe? Os incêndios?

Então o incêndio já está no noticiário. É claro.

— O que estão dizendo? O incêndio é muito grande?

— Qual? — pergunta ela, confusa. — Qual incêndio?

— Como assim?

— São dois incêndios. Um está bem perto, avançando rapidamente pelo Canyon da Morte. E o segundo é no Idaho, perto da represa Palisades.

Um pavor frio e doentio se abate sobre mim.

— Dois incêndios — repito, aturdida.

— Eu telefonei para casa, mas Tucker não estava lá. Acho que deve estar pescando. Ele adora pescar na saída do Canyon da Morte. E na Palisades também. Minha esperança era que você estivesse com ele, já que ele não tem telefone celular.

— Sinto muito.

— É que eu estou com um pressentimento ruim.

Ela parece estar a ponto de chorar.

— Eu também estou com um pressentimento ruim. Muito, muito ruim. Você tem certeza de que ele não está em casa?

— Ele pode estar na estrebaria — diz ela. — Não tem telefone lá. Você poderia checar? Eu já deixei mais de um milhão de mensagens para ele.

Estou sem alternativas. Não posso sair daqui com o incêndio tão perto, não sem saber quanto tempo ele vai demorar para chegar.

— Não posso — digo, em tom de desespero. — Não agora.

Faz-se um momento de silêncio.

— Eu realmente sinto muito, Wendy. Vou tentar encontrar Tucker assim que puder, está bem?

— Está bem — diz ela. — Obrigada.

E desliga o telefone. Fico algum tempo olhando para o telefone. Minha mente está a todo vapor. Só para ter certeza, ligo para a casa de Tucker e passo momentos agonizantes enquanto o telefone toca repetidas vezes. Quando a secretária eletrônica é acionada, eu desligo.

Quanto tempo eu demoraria para voar daqui até o rancho Lazy Dog? Dez minutos? Quinze? Não é longe. Começo a andar de um lado para outro. Meu instinto me diz que algo está errado. Tucker está perdido. Está em dificuldades. E eu aqui esperando acontecer sei lá o quê.

Eu vou. Vou voando o mais rápido que puder, e depois volto.

Convoco minhas asas e fico parada alguns segundos no meio da estrada, ainda indecisa.

Ninguém disse que não haveria sacrifícios. Seu lugar é aqui, neste momento.

Não consigo pensar. Quando dou por mim, estou no ar, disparando em direção à casa de Tucker o mais rápido que minhas asas conseguem me levar.

Tudo bem, digo a mim mesma. *Você tem tempo. Vá até lá, encontre Tucker e volte logo.*

Depois, digo a mim mesma para calar a boca e me concentrar em voar depressa, tentando não pensar no significado de tudo, nem na escolha que estou fazendo entre Tucker e Christian.

Levo só alguns minutos para chegar ao rancho Lazy Dog. Começo a gritar o nome de Tucker antes mesmo de pôr os pés no chão. A caminhonete dele não está em frente à casa. Olho para as manchas de óleo e para o mato amassado no lugar em que ele costuma estacionar. Sinto um bolo na boca do estômago.

Ele não está aqui.

Corro até a estrebaria. Tudo parece normal, com todas as tarefas concluídas. As baias estão limpas, os arreios brilhando nos ganchos. Mas Midas, o cavalo de Tucker, não está ali. Nem o freio que Tucker ganhou de aniversário. Nem a sela que geralmente fica encostada na parede oposta. Quando saio da estrebaria, noto que o reboque para cavalos também desapareceu.

Tucker está andando por aí. A cavalo. Longe de telefones, rádios e notícias.

O céu está começando a adquirir o familiar matiz laranja. O incêndio está se aproximando. Tenho de voltar à estrada de Fox Creek. Sei que chegou a hora da verdade. Eu tinha que vir procurar Tucker, mas é só. Quando retornar à estrada de Fox Creek, a caminhonete prateada estará lá. Christian estará à minha espera. E eu o salvarei.

Subitamente, estou na visão. Parada à beira da estrada e olhando a Avalanche de Christian, prestes a ir em sua direção. Minhas mãos, penduradas ao lado do corpo, estão cerradas com tanta força que as unhas se cravam nas palmas. Porque eu sei. Tucker está encurralado. Posso vê-lo com clareza em minha mente, debruçado sobre o pescoço de Midas e olhando ao redor, procurando um caminho que o tire do inferno que o surpreendeu, procurando por mim. Ele sussurra meu nome. Depois engole em seco, abaixa a cabeça e afaga o pescoço do cavalo. Observo seu rosto enquanto ele aceita a própria morte. Em poucos instantes, o incêndio o alcançará. E estou a quilômetros de distância, dando os primeiros passos em direção a Christian. Estou muito longe.

Agora compreendo. A tristeza na minha visão não é a tristeza de um Asa-Negra. A tristeza é toda minha. E me atinge com tanta força que tenho a sensação de ter sido golpeada no peito com um taco de beisebol. Meus olhos se enchem de lágrimas quentes e amargas.

Tucker vai morrer.

Este é o meu teste.

Volto a caminhar na Lazy Dog, chorando. Olho para o céu, onde nuvens de tempestade se acumulam a oeste.

Você não é uma garota normal, Clara.

Isso não é justo — murmuro furiosamente. — Você deveria me amar.

— *O que foi que a água disse para o peixe?*

— *O quê?*

— *Nada.*

Eu o amo. Ele é meu e eu sou dele. Ele me salvou hoje. Meu amor por ele me salvou. Não posso deixar que ele morra.

Não vou deixar que ele morra.

— Nada de morrer, Tuck.

Atiro-me no ar e começo a voar na direção do Idaho. Meu instinto me diz que ele estará na represa Palisades, no seu terreno. De qualquer forma, é um ponto de partida.

Voo direto até a Palisades e me deparo com o outro incêndio.

É enorme. Já se alastrou até a beira do lago e agora está devorando o bosque da encosta. Não se move colado ao solo, mas lambendo a copa das árvores. As chamas se erguem a pelo menos trinta metros, espiralando, crepitando e rasgando o céu. Literalmente, um inferno.

Não penso em nada. Apenas voo na direção do incêndio. O terreno de Tucker está em algum lugar desse bosque. O incêndio começa a produzir seu próprio vento, uma poderosa corrente que tenho de vencer para seguir na direção certa. A fumaça é tanta que fica difícil me orientar. Voo mais baixo, tentando me posicionar abaixo da fumaça, de modo a enxergar a estrada. Não consigo ver nada. Apenas me mantenho no ar, esperando que minha intuição angélica me guie de algum modo.

— Tucker! — grito.

Uma das asas esbarra em um galho. Perco o equilíbrio e caio em parafuso. Consigo me aprumar no último momento, batendo com os pés no chão, mas conseguindo permanecer ereta. Estou perto, penso. Estive no terreno de Tucker talvez cinco vezes durante o verão e reconheço o formato do morro. A fumaça fica menos intensa por alguns momentos e vejo claramente a estrada serpenteando pela encosta. Voar seria difícil, há muitos obstáculos. Assim, começo a correr pela estrada.

— Tucker!

Talvez ele não esteja aqui, penso eu. Meus pulmões estão cheios de fumaça e começo a tossir. Meus olhos lacrimejam. Talvez você esteja errada. Talvez você tenha feito tudo isso e ele esteja no Bubba's jantando mais cedo.

É meu primeiro momento de dúvida, mas logo o supero. Ele está perto, simplesmente não consegue me ouvir. Não tenho como explicar a sensação, mas sei que ele está em um lugar onde o encontrarei. Quando dobro uma curva e chego à clareira em frente ao terreno dele, não fico surpresa ao ver sua caminhonete estacionada, com o reboque atrelado.

— Tucker! — grito de novo, com voz rouca. — Tucker, onde está você?

Nenhuma resposta. Olho ao redor freneticamente, procurando alguma pista do paradeiro dele. Na orla da clareira vejo uma trilha — muito estreita, mas definitivamente uma trilha. Posso divisar marcas de cascos impressas na terra.

Observo o sopé do morro. O incêndio já devorou o início da estrada. Posso ouvi-lo se aproximar, fazendo as ramagens estalarem com estrépito. Animais fogem do fogo: coelhos, esquilos e até mesmo cobras. A fumaça se move em minha direção como um tapete se desdobrando.

Tenho que encontrá-lo. Agora.

Posso ver melhor agora que estou à frente das chamas, mas ainda não perfeitamente. A fumaça é muita. Subo a trilha gritando o nome dele e perscrutando entre as árvores.

— Tuck! — grito eu, sem parar.

— Clara!

Finalmente o vejo, montado em Midas, vindo em minha direção tão depressa quanto o cavalo pode correr nesse terreno íngreme. Ele desmonta e corremos na direção um do outro em meio à fumaça. Ele tropeça, mas continua a correr. Então nos abraçamos. Tucker me esmaga contra ele, com asas e tudo, e aproxima sua boca do meu ouvido.

— Eu te amo — diz ele, ofegante. — Pensei que não conseguiria te dizer isso.

Ele se vira para o lado e tosse com força.

— Temos de ir embora — digo, afastando-me dele.

— Eu sei. Mas o fogo está bloqueando o caminho. Eu tentei encontrar um caminho pelo alto do morro, mas Midas não conseguiu passar.

— Vamos ter que voar.

Ele olha para mim, com uma expressão aturdida nos olhos azuis.

— Mas e Midas?

— Tuck, nós vamos ter que deixar Midas aqui.

— Não, eu não posso.

— Nós temos de ir embora. Temos de ir. Agora.

— Não posso deixar meu cavalo.

Sei como ele está se sentindo. Esse animal é seu pertence mais valioso. Todos os rodeios, cavalgadas, os momentos em que parecia que Midas era seu melhor amigo no mundo. Mas não há escolha.

— Então vamos todos morrer aqui — digo, olhando-o nos olhos. — Eu não posso carregar o cavalo. Mas posso carregar você.

Tucker se vira e corre até Midas. Por alguns instantes, penso que vai se afastar de mim e tentar sair com o cavalo. Mas ele retira os arreios do animal e os joga no chão.

O vento muda de direção, como se a montanha estivesse tomando fôlego. O fogo se move rapidamente, de galho em galho. A qualquer momento, as árvores à nossa volta pegarão fogo.

— Tuck, vamos!

— Vá! — grita ele para Midas. — Saia daqui!

Ele dá um tapa na anca do cavalo, que emite um som semelhante a um grito e sobe o morro correndo. Corro até Tucker e o enlaço por baixo dos braços.

Por favor, Senhor, digo, mesmo sabendo que não tenho direito de pedir nada. *Me dê forças.*

Durante alguns momentos, contraio todos os músculos do corpo — braços, pernas, asas, tudo. Então me impulsiono em direção ao céu com todas as forças que tenho. Erguendo-me do chão graças à pura força de vontade, ultrapasso as copas das árvores e a fumaça. Tucker me segura com força, pressionando o rosto no meu pescoço. O amor que sinto por ele fortalece meu coração. Meu corpo vibra com um novo tipo de energia. Carrego Tucker sem esforço, com uma graça que nunca tive em voo. É fácil. É como ser transportada pelo vento.

Tucker solta um arquejo. Durante alguns segundos, observamos Midas correndo na encosta do morro. Sinto a tristeza de Tucker por perder seu lindo cavalo. Quando nos elevamos mais, posso ver o incêndio avançando implacavelmente. Não há como dizer se Midas conseguirá escapar. A situação não parece boa. O terreno de Tucker, com a pequena clareira onde lhe mostrei minhas asas pela primeira vez, já foi engolfado pelo fogo. Bluebell está em chamas, soltando densos penachos de fumaça negra.

Faço uma volta no ar e me afasto do morro, indo até um espaço aberto, onde o ar é mais limpo e posso voar com facilidade. Três caminhões verdes, do corpo de bombeiros florestal, estão subindo a estrada em direção ao incêndio com as sirenes ligadas.

— Cuidado! — grita Tucker.

Um helicóptero passa por nós a caminho do incêndio, tão perto que sinto a força de suas hélices cortando o ar. Despeja uma carga de água sobre o fogo e depois retorna em direção ao lago.

Tucker estremece em meus braços. Eu o aperto com mais força e rumo para o lugar seguro mais próximo.

* * *

Quando desço em frente à minha casa e largo Tucker, ambos cambaleamos e caímos sobre o gramado. Tucker se deita de costas, cobre os olhos com as mãos e deixa escapar um gemido baixo. Sou tomada por uma sensação de alívio tão avassaladora que sinto vontade de rir. Tudo o que me importa, neste momento, é que ele está salvo. Ele está vivo.

— Suas asas — diz ele.

Olho por sobre o ombro e vejo meu reflexo na janela da frente de casa. A garota que olha para mim parece reverberar de energia, assim como o calor reverbera sobre uma calçada. De repente, posso ver parte da outra criatura que existe nela, como a que existia no Asa-Negra. Seus olhos estão turvados pela tristeza. Suas asas, dobradas para trás, apresentam uma tonalidade cinza-escura — visível mesmo no reflexo esfumado do vidro.

— O que significa isso? — pergunta Tucker.

— Eu tenho que ir.

Neste exato momento, mamãe surge no Prius.

— O que aconteceu? — diz ela. — Ouvi no rádio que o fogo acabou de passar pela estrada de Fox Creek. Onde está...

Então ela vê Tucker, ajoelhado na grama. Seu sorriso desaparece. Ela olha para mim com olhos arregalados e aflitos.

— Onde está Christian? — pergunta.

Não consigo olhá-la nos olhos. O fogo está na estrada de Fox Creek, foi o que ela disse. Ela se aproxima de mim rapidamente, segura uma de minhas asas e dá uma boa olhada nas penas escuras.

— Clara, o que foi que você fez?

— Eu tinha que salvar Tucker. Ele ia morrer.

Ela parece tão frágil neste momento, tão esgotada, abatida e desorientada... com os olhos tão desanimados. Ela os fecha por um instante e os reabre.

— Você tem que encontrar Christian agora — diz ela. — Eu tomo conta de Tucker. Vá!

Ela me dá um beijo na testa, como que se despedindo para sempre, e se vira em direção à casa.

22

E A CHUVA CAIU

Estou muito atrasada, mas sabia que estaria.

O incêndio já passou por aqui.

Pouso no chão. O lugar onde minha visão geralmente começa está devastado e enegrecido. Não há nada com vida. As árvores são postes chamuscados. A Avalanche prateada está estacionada ao lado da estrada, calcinada pelo fogo e ainda soltando fumaça.

Corro morro acima, até o lugar onde sempre o vejo na minha visão. Ele não está lá. O vento aumenta e me fustiga o rosto com partículas de cinza quente. O bosque me lembra o inferno — a paisagem é a mesma que conheço, mas queimada. Destituída de tudo o que é belo e bom. Não há nenhuma cor, som ou esperança.

Ele não está aqui.

O significado do fato cai sobre mim. Esse é meu propósito, e eu fracassei. Durante todo o tempo, só pensei em Tucker. Eu o salvei porque não queria viver sem ele. Não queria esse tipo de dor. Sou egoísta mesmo. E agora Christian está morto. Ele deve ser importante, disse mamãe. Havia um plano para ele, algo maior do que eu, Tucker ou seja o que for. Uma coisa significativa. E agora ele morreu.

— Christian!

Meu grito rouco ecoa em meio às árvores chamuscadas.

Não há resposta.

Por algum tempo, procuro seu corpo. Pergunto-me se ele pode ter sido transformado em cinzas. Retorno à caminhonete. A chave ainda está na ignição. É o único sinal dele. Em minha busca, perambulo pela floresta incinerada em um estado de torpor. O sol começa a se pôr, uma flamejante bola vermelha descendo sobre o morro. Está escurecendo.

As nuvens de tempestade que se aproximavam, provenientes do leste, abrem as torneiras sobre mim. Em questão de minutos estou encharcada. Tremendo. Sozinha.

Não posso voltar para casa. Não creio que possa suportar a expressão de desapontamento nos olhos de mamãe. Não creio que consiga voltar a viver comigo mesma. Continuo a caminhar enregelada, molhada, com mechas de cabelo grudadas no rosto e no pescoço. Ando até o alto do morro e observo o incêndio a distância, cujas chamas lambem o céu alaranjado. De certa forma, é bonito. O brilho. A dança da fumaça. E a tempestade, com suas nuvens trovejantes e os pequenos clarões dos relâmpagos, aqui e ali. A chuva está tão forte que me limpa a fuligem do rosto. As coisas são sempre assim, suponho. Beleza e morte.

Ouço alguma coisa se mover atrás de mim, em meio aos arbustos. Viro-me.

Christian emerge do bosque.

O tempo é uma coisa engraçada. Às vezes se arrasta interminavelmente. Como na aula de francês. Ou quando espero o peixe morder a isca. Outras vezes dispara, e os dias se sucedem velozmente. Lembro-me de uma vez quando ainda cursava o primeiro ano. Eu estava no *playground* da escola, perto do trepa-trepa, e apareceu um grupo de garotos do terceiro ano. Eles me pareceram enormes. Algum dia, pensei naquele momento, daqui a muito tempo, eu também estarei no terceiro ano. Isso já faz mais de dez anos, mas parece ser só dez minutos. O tempo voa, não é o que dizem? Meu verão com Tucker. A primeira vez que tive a visão. Agora.

E às vezes o tempo realmente para.

Christian e eu nos entreolhamos e permanecemos imóveis. É como se estivéssemos sob algum encanto: se um de nós se mover, o outro desaparece.

— Ah, Clara — sussurra ele. — Pensei que você estivesse morta.

— Você pensou que eu...

Ele estende a mão e toca uma mecha do meu cabelo molhado. Subitamente, sinto-me tonta. Exausta. Extremamente confusa. Começo a oscilar. Ele me segura pelos ombros e me ampara. Fecho os olhos. Ele é real. Ele está vivo.

— Você está encharcada — observa ele.

Ele tira a jaqueta de camurça preta, que só está ligeiramente úmida, e a coloca sobre meus ombros.

— Por que você está aqui? — pergunto.

— Eu achei que teria de salvar você do incêndio.

Olho para ele tão fixamente que ele ruboriza.

— Desculpe — diz ele. — É uma coisa estranha de se dizer. Eu quis dizer...

— Christian...

— Fico feliz por você estar sã e salva. Vamos nos abrigar antes que você pegue um resfriado ou coisa parecida.

— Espere — digo, puxando seu braço. — Por favor.

— Sei que isso parece não fazer sentido...

— Faz sentido — insisto —, com exceção da parte em que você deveria me salvar.

— O quê?

— Eu é que deveria salvar *você*.

— O quê? Agora *eu* é que estou confuso — diz ele.

— A não ser que...

Dou alguns passos para trás. Ele começa a me seguir, mas levanto a mão, fazendo sinal para ele parar. Minha mão está trêmula.

— Não tenha medo — murmura ele. — Eu não vou machucar você. Eu *jamais* machucaria você.

— Mostre-se — sussurro.

Uma luz relampeja. Quando meus olhos se ajustam novamente, vejo Christian de pé sob as árvores queimadas. Ele tosse e olha para os pés, como que envergonhado. Grandes asas brotaram de seus ombros, brancas com pintas pretas, como se alguém as tivesse salpicado com tinta. Ele as flexiona cuidadosamente e as dobra de novo nas costas.

— Como você...?

— Na sua visão, nós não nos encontrávamos ali? — pergunto, apontando para a estrada de Fox Creek. — Você diz "é você" e eu digo, "sim, sou eu" e nós voamos para longe?

— Como você sabe disso?

Convoco minhas asas. Sei que as penas estão escuras, agora, e sei o que isso significará para ele, mas ele merece saber a verdade.

Ele arregala os olhos e solta um arquejo incrédulo, como faz às vezes, quando ri.

— Você é uma sangue-de-anjo.

— Venho tendo a visão desde novembro — digo, com as palavras se atropelando. — É por isso que nos mudamos para cá. Eu deveria encontrar você.

Ele olha para mim, perplexo.

— A culpa foi minha — diz, após alguns momentos. — Eu não cheguei aqui a tempo. Eu não esperava que houvesse dois incêndios. Não sabia qual era o certo.

Sem desviar o olhar de mim, ele prossegue:

— E no início eu não sabia que era você. Por causa do cabelo. Não reconheci você de cabelo vermelho. Foi burrice, eu sei. Eu sabia que havia alguma coisa diferente em você, sempre senti isso. Mas na minha visão você tinha cabelos louros. E por algum tempo era só o que eu conseguia ver. Eu ouvia alguém andando atrás de mim, mas, antes de me virar completamente, a visão terminava. Eu nunca via o seu rosto até que tive uma visão no baile da escola.

— A culpa não é sua, Christian. É minha. Eu não estava aqui para encontrar você. Eu não salvei você.

Minha voz soa alta e estridente na desolação do bosque incendiado. Tapo os olhos com as mãos e faço força para não chorar.

— Mas eu não precisava ser salvo — diz ele gentilmente. — Talvez nós devêssemos salvar um ao outro.

De quê?, pergunto a mim mesma.

Tiro as mãos de cima dos olhos e o vejo se aproximar de mim com as mãos estendidas. Não estamos na visão agora, mas ainda o acho lindo, mesmo molhado de chuva e sujo de cinzas. Ele segura minhas mãos.

— Você está vivo — digo com voz estrangulada, balançando a cabeça.

Ele aperta minhas mãos e me puxa para seus braços.

— É, é uma boa notícia para mim também.

Com uma das mãos, ele afaga lentamente minhas asas, fazendo um tremor me atravessar o corpo. Então se afasta e examina uma das mãos. A palma está enegrecida. Olho também para ela.

— Suas asas estão cobertas de fuligem — diz ele, dando uma risada.

Seguro a mão dele e passo um dedo sobre ela. De fato, minha mão fica manchada com uma mistura de fuligem e chuva. Ele limpa as mãos na calça jeans.

— O que nós vamos fazer agora? — pergunto.

— Vamos dançar conforme a música.

Ele fixa o olhar em meus olhos, depois em minha boca. Estremeço novamente. Ele molha os lábios com a língua e me olha de novo nos olhos. Pedindo.

Pode ser minha segunda chance. Se nenhum de nós precisava ser salvo... O que mais resta senão isso? É como se tivéssemos sido programados para algum tipo de encontro celestial. Não precisamos do incêndio. Podemos reencenar a visão, aqui e agora.

— Sempre foi você — diz ele, tão próximo que posso sentir seu hálito em meu rosto.

Estou me deixando arrastar. Quero que ele me beije. Quero consertar as coisas. Quero que minha mãe se orgulhe de mim. Quero fazer o que devo fazer. Amar Christian, se é isso o que devo fazer.

Christian começa a se inclinar sobre mim.

— Não — sussurro, incapaz de elevar a voz.

Afasto-me de Christian. Meu coração já não me pertence. Pertence a Tucker. Não posso fingir.

— Não posso.

Ele dá um passo para trás.

— Tudo bem — diz, pigarreando.

Respiro fundo e tento clarear a ideias. A chuva parou finalmente. Anoiteceu. Estamos ambos encharcados, enregelados e confusos. Ainda estou segurando a mão dele. Aperto-a com mais força.

— Estou apaixonada por Tucker Avery — digo simplesmente.

Ele parece surpreso, como se a ideia de que eu já estivesse namorando jamais lhe tivesse passado pela cabeça.

— Ah, desculpe.

— Tudo bem. Por favor, não peça desculpas. De qualquer forma, você ainda está apaixonado por Kay, não está?

Seu pomo de adão se move, enquanto ele engole em seco.

— Eu me sinto como um idiota. Como se tudo isso fosse uma grande brincadeira. Nem sei mais o que pensar.

— Nem eu.

Largo a mão dele. Estendo as asas e me impulsiono no ar, elevando-me sobre o alto do morro e da floresta calcinada. Christian olha para mim durante alguns segundos. Depois, alça voo também. Quando o vejo deslizando pelo ar, com suas lindas asas sarapintadas, sinto um calafrio na espinha e uma onda de confusão na mente, já bastante estressada.

Você se meteu numa grande encrenca, Clara, diz meu coração.

— Venha — digo a Christian, enquanto pairamos por mais alguns instantes sobre a estrada de Fox Creek. — Venha comigo.

Permanecemos diante da porta da frente por um longo tempo. É noite. A luz da varanda está acesa. Uma mariposa se choca contra o vidro da lâmpada repetidas vezes, estabelecendo uma espécie de ritmo. Dobro minhas asas e desejo que se recolham. Viro-me para Christian. Ele também recolheu as asas, mas sua expressão me diz que ele gostaria de voar para longe e não mais voltar. Fingir que nada aconteceu. Que o incêndio nunca aconteceu. Que nós não sabemos o que sabemos, nem que tudo está incrivelmente confuso.

— Tudo bem.

Não sei se estou falando comigo ou com ele.

Essa é minha casa, a bela e retirada casa de troncos pela qual me apaixonei há oito meses. Mas de repente me sinto uma estranha. Muita coisa mudou nas últimas horas. Minha mente está atravancada com tudo o que vivi e a que sobrevivi, batalhas contra anjos maus, incêndios florestais e as implicações do que fiz. Christian está vivo, parecendo tão nervoso quanto eu, manchado de fumaça, porém lindo — muito mais do que pensei que fosse. Mas fracassei em meu propósito. E não sei o que acontecerá agora. Só sei que terei de enfrentar as consequências.

Ouvimos um ruído atrás de nós e ambos nos viramos para perscrutar a crescente escuridão. Uma figura voa em nossa direção. Não sei se Christian sabe da existência dos Asas-Negras, mas instintivamente nos damos as mãos, como se este momento pudesse ser o último que passamos na Terra.

É apenas Jeffrey. Ele pousa à beira do gramado. Traz a mochila pressionada no peito para mantê-la afastada das asas. Está de olhos arregalados, como se algo o perseguisse. Vira-se para observar a alameda. Por um instante, fica de costas para mim e tenho uma boa visão de suas asas. Estão quase pretas, da cor de chumbo.

— Não é o seu irmão? — pergunta Christian.

Jeffrey ouve sua voz e se vira, como que esperando uma luta. Quando nos vê na varanda, põe a mão em pala sobre os olhos, para protegê-los do clarão da luz da varanda, e tenta nos identificar.

— Clara? — grita ele.

Lembro-me de quando ele era um garotinho e costumava ter medo do escuro.

— Sou eu — respondo. — Tudo bem com você?

Ele dá alguns passos e entra no círculo de luz projetado pela lâmpada. Seu rosto é uma mancha branca nas trevas. Seu cheiro é igual ao da floresta incendiada.

— Christian? — pergunta ele.

— Em carne e osso — responde Christian.

— Você conseguiu. Você salvou Christian — diz Jeffrey.

Parece aliviado.

Não consigo tirar os olhos de suas asas enegrecidas.

— Jeffrey, por onde você andou?

Ele voa até o teto, pousando desajeitadamente em frente à janela de seu quarto, que está totalmente aberta.

— Procurando você — diz ele, em um tom ansioso, antes de entrar no quarto. — Não conte nada para mamãe.

Olho para o alto e contemplo o céu sem estrelas.

— É melhor a gente se recolher antes que aconteça mais alguma coisa — digo a Christian.

— Espere.

Ele levanta a mão como se fosse tocar meu rosto. Eu me retraio. Ele se retrai também. Sua mão para a centímetros do meu rosto, em uma pose quase idêntica à que vi centenas de vezes na visão. Ambos sabemos disso.

— Desculpe — diz ele. — Você está com uma mancha. Ele respira fundo, como se estivesse tomando uma decisão, e toca minha pele. Seu polegar esfrega um ponto do meu rosto. — Pronto. Tirei.

— Obrigada — digo, corando.

Exatamente neste momento, a porta se abre e Tucker aparece à soleira, olhando para nós. Primeiro para mim, examinando-me da cabeça aos pés para se certificar de que estou inteira; depois para Christian, cuja mão ainda está próxima do meu rosto. Observo sua expressão de amor e desvelo se transformar em uma sombria determinação — expressão que já vi antes, quando ele terminou comigo.

Afasto-me bruscamente de Christian.

— Tucker — digo. — Que bom que você ainda está aqui.

— Não consegui ir embora — diz ele.

— Eu sei.

— Literalmente, quero dizer. Estou sem transporte.

— Onde está mamãe?

— Está dormindo no sofá. Parece que está bem, mas meio exaurida. Ela não estava com vontade de conversar comigo.

Christian pigarreia, pouco à vontade.

— Tenho que ir — diz ele.

Eu hesito. Pretendia entrar com ele em casa para que ele contasse sua versão da história a mamãe e nós tentássemos descobrir o significado de tudo o que aconteceu. Isso não parece possível agora.

— Conversamos mais tarde — diz ele.

Faço que sim com a cabeça.

Ele se vira rapidamente e desce os degraus da varanda.

— Como você vai para casa? — pergunta Tucker.

Os olhos de Christian se encontram com os meus por um instante.

— Vou telefonar para o meu tio — explica ele lentamente. — E ficar esperando por ele na estrada. Não moro muito longe.

— Tudo bem — diz Tucker, visivelmente confuso.

— Vejo vocês depois — despede-se Christian.

Depois, desce correndo a alameda e desaparece no escuro.

Puxo Tucker para dentro de casa antes que ele veja Christian se afastar voando.

— Quer dizer que você o salvou do incêndio também, não foi? — pergunta ele, depois que fecho a porta.

— É uma história comprida, e ainda não estou compreendendo muitas coisas. E não cabe a mim falar sobre algumas delas.

— Mas já acabou? Quer dizer, o incêndio terminou. Você cumpriu seu propósito?

Ainda sinto a palavra como uma faca cravada no peito.

— Sim. Acabou.

O que é verdade. O incêndio terminou. Minha visão não aparecerá mais. Por que tenho a sensação de que estou mentindo para ele novamente?

— Obrigado por salvar minha vida hoje.

— Eu não tive escolha — replico, tentando ser engraçada.

Mas nenhum de nós sorri. E nenhum de nós diz "eu te amo", apesar de termos vontade. Eu me ofereço para levá-lo em casa.

— Voando? — pergunta ele, hesitante.

— Pensei em pegar o carro.

— Tudo bem.

Ele se inclina e tenta me beijar os lábios, rápida e cavalheirescamente. Mas não o deixo se afastar. Agarro sua camiseta e colo meus lábios nos dele, tentando transmitir em um beijo tudo o que estou sentindo, todos os meus temores, todo o meu amor — tão forte que chega às raias da dor. Ele geme, enfia a mão nos meus cabelos e me beija com entusiasmo, empurrando-me para trás até minhas costas baterem na porta. Estou tremendo, mas não sei se por mim mesma ou por estar grudada nele. Só sei que nunca mais quero perdê-lo. Atrás de nós, minha mãe pigarreia. Tucker se afasta de mim, ofegante. Eu o olho nos olhos e sorrio.

— Oi, mãe — digo. — Como vai indo?

— Estou ótima, Clara — responde ela. — E você?

— Bem. Já estava me preparando para levar Tucker até a casa dele.

— Tudo bem — diz ela. — Mas depois venha direto para casa.

Depois de deixar Tucker em casa e voltar, tomo um banho de chuveiro. Aumento a temperatura da água o máximo que posso. Só então, com a água escorrendo pelo meu rosto, as lágrimas aparecem, despejando-se de mim até aliviar parte do peso que sinto no peito. Depois, convoco minhas asas e, cuidadosamente, retiro a fuligem delas. A água aos meus pés se torna cinzenta. Esfrego as asas até deixá-las limpas, embora não fiquem tão brancas quanto antes. Pergunto-me se voltarão a ser lindas e radiosas.

Quando acaba a água quente do *boiler*, eu me enxugo e passo algum tempo penteando os cabelos. Sem me olhar no espelho. Vou então para o quarto e me deito na cama, mas não consigo dormir. Finalmente, desisto e desço as escadas. Abro a geladeira e olho o que há lá dentro, mas percebo que não estou com fome. Tento assistir tevê, mas nada me prende a atenção. Além disso, a luz bruxuleante da televisão projeta sombras na parede, o que me deixa assustada mesmo que eu saiba que não nada se esconde ali.

Acho que estou começando a ter medo do escuro.

Vou para o quarto de mamãe. Pensei que ela iria me interrogar quando eu voltasse da casa de Tucker, mas ela já estava na cama, dormindo de novo. Olho para ela com vontade de me aproximar, mas sem querer perturbá-la. A luz que a atravessa a porta aberta a ilumina. Ela parece tão frágil, tão pequena, curvada sobre si mesma no meio da cama, com um braço sobre a cabeça. Chego mais perto da cama e toco seu ombro. Sua pele está muito fria. Ela contrai o rosto.

Vá embora, diz ela. Dou um passo para trás, magoada. Estará zangada com o que aconteceu hoje? Por eu ter escolhido Tucker?

Por favor, diz ela. Não sei dizer se ela está falando em voz alta ou dentro da minha cabeça. De repente, percebo que ela não está falando comigo. Está sonhando. Quando a toco novamente, sinto o que ela sente: raiva, medo. Lembro-me de sua aparência nas recordações do Asa-Negra, a imagem que ele carregou por tanto tempo: cabelos castanhos curtos, batom brilhante e cigarro na boca. Lembro-me do modo como ela olhou para ele, aquela expressão desdenhosa. Ela não sentia medo na época, pelo menos não dele. Nem de nada. Essa versão mais jovem de minha mãe é uma estranha para mim. Pergunto a mim mesma se algum dia a conhecerei, se, agora que meu propósito ficou para trás, ela se sentirá livre para me contar seus segredos.

Mamãe suspira. Ponho o edredom sobre ela e afasto uma mecha de cabelos que caiu sobre seu rosto. Depois, saio silenciosamente do quarto e volto à cozinha. Ainda poderia sentir o sonho dela se o sintonizasse. É uma coisa nova, penso, essa capacidade para sentir o que os outros sentem, como quando senti Tucker enquanto ele me beijava, ou como quando toquei no Asa-Negra. Procuro mamãe pela minha consciência e a encontro, posso senti-la. É uma coisa extraordinária e, ao mesmo tempo, aterrorizante. Projeto minha consciência no quarto de Jeffrey. Ele está dormindo e sonhando. Há medo em seus sonhos também, e algo como vergonha. Preocupação. O que me faz ficar preocupada com ele. Não sei onde ele estava durante o incêndio, nem o que andou fazendo, só sei que algo pesa sobre ele agora.

Vou para a pia, encho um copo com água e a bebo devagar.

Sinto cheiro de fumaça; as emanações do incêndio ainda pairam no ar. Isso me faz pensar em Christian. Cinco quilômetros a leste, disse ele, em linha reta. Cinco quilômetros não é muito longe. Imagino-me atravessando o arvoredo, estendendo uma linha entre minha casa e a de Christian, como um barbante entre duas latas — meu telefone improvisado.

Quero sentir o que ele sente.

Então sinto. Encontro Christian. De alguma forma, sei que é ele e não outra pessoa. Ele não está dormindo. Está pensando em mim. Está pensando no momento em que limpou a cinza do meu rosto, na sensação de minha pele sob seus dedos, no modo como olhei para ele. Está confuso, agitado, frustrado. Não sabe mais o que se espera dele.

Entendo o que ele sente. Nós não pedimos nada disso; nascemos com isso. E precisamos obedecer cegamente a regras que não compreendemos, permitindo que uma força maior mapeie nossas vidas e nos diga quem devemos amar e o que devemos sonhar, se é que devemos sonhar.

No final, quando Christian e eu voamos juntos, não havia chamas abaixo de nós. Não havia nenhum incêndio nos perseguindo. Nós não estávamos salvando um ao outro. Não estávamos apaixonados um pelo outro. Mas fomos modificados. Fomos jogados em alguma dobra cósmica. Não sei se caí em desgraça ou se faço parte de algum Plano B Celestial. Talvez isso não tenha importância.

A única coisa que sei é que jamais poderemos retornar ao passado.

AGRADECIMENTOS

É preciso muita gente para produzir um livro. Quero agradecer às seguintes pessoas:

Os brilhantes e esforçados membros da equipe da Harper-Collins, inclusive Kate Jackson e Susan Katz, por seu entusiasmo e apoio a Clara e seu mundo; Sasha Illingworth, que transformou minhas simples páginas em um livro tão esplêndido e deslumbrante; Catherine Wallace, por seu incansável trabalho nos bastidores, e tantos outros que tornaram este livro possível, especialmente Farrin Jacobs, minha editora. Eu devo ter nascido sob uma auspiciosa conjunção astral para ter encontrado uma editora tão inteligente e meticulosa. Gosto de todas as sugestões de Farrin, e até dos cortes que ela faz.

Katherine Fausset — a melhor agente que um escritor pode desejar —, por me guiar tão suavemente na rota da realização dos meus sonhos mais extravagantes.

Minha mãe, Carol Ware, por ficar acordada até tarde para ouvir cada novo capítulo e (que Deus a abençoe) por sempre adorá-lo. E meu pai, Rodney Hand, por apoiar com todo o coração minha decisão de estudar literatura, mesmo tendo certeza absoluta de que eu iria passar fome.

Joan Kremer, minha parceira literária; graças a ela, em grande parte, escrever este livro foi muito divertido.

Minha melhor amiga, a extraordinária Lindsey Terrell, por ser um farol de amor e sanidade em uma época louca.

Meus primeiros leitores: Kristin Naca, Cali Lovett, Robin Marushia, Amy Yowell e Melissa Stockham, minhas mais leais torcedoras e minhas críticas mais engraçadas.

Meus leitores da Bishop Kelly High School, em particular Victoria Agee e Katy Dalrymple. Vocês são realmente o máximo.

Os gentis e informativos guardas do Teton National Park e os alunos e professores da Jackson Hole High School — com louvor especial a Gary Elliott, ex-diretor da escola, que me recebeu tão calorosamente e respondeu às minhas perguntas infindáveis com generoso entusiasmo. Sem você, o mundo de Clara teria sido muito mais genérico.

Shannon Fields (e Emily!), por cuidarem tão bem do meu filho para que eu pudesse trabalhar sem preocupações.

Meus incríveis e talentosos alunos da Pepperdine, sempre prontos a ouvir as últimas novidades a respeito do livro, e que, dia após dia, ajudam-me a ser sincera no meu trabalho e a me sentir feliz por ser escritora.

E por fim, mas não menos importante, quero agradecer a John Struloeff, meu marido, cúmplice, editor, caixa de ressonância e sistema de apoio, que me ajudou de tantos modos que é impossível relacioná-los. E meu filho, Will, que, para início de conversa, é a razão que me levou a escrever sobre anjos.